Joe Schlosser

Wille zur Macht

Originalausgabe – Erstdruck

Joe Schlosser

Wille zur Macht

Bremen-Krimi

Mechthild Kaysers zweiter Fall

Schardt Verlag Oldenburg

Bibliographische Information der Deutschen Bibliothek:

Die Deutsche Bibliothek verzeichnet diese Publikation in *Der Deutschen Nationalbibliografie*; detaillierte bibliographische Daten sind im Internet über *http://dnb.d-nb.de* abrufbar.

Titelbild: Rainer Griese, Troisdorf

1. Auflage 2009

Schardt Verlag
Uhlhornsweg 99 A
26129 Oldenburg
Tel.: 0441-21 77 92 87
Fax: 0441-21 77 92 86
E-Mail: kontakt@schardtverlag.de
www.schardtverlag.de
Herstellung: Fuldaer Verlagsanstalt

ISBN 978-3-89841-494-4

Frühjahr 1985

„Das ist hier kein pseudodemokratisches Gremium! Wir tragen die Verantwortung dafür, dass die Brigaden so zusammengestellt werden, dass sie vor Ort ihre Arbeit im Sinne der internationalen Solidarität erfolgreich durchführen können. *Wir* kennen die Verhältnisse vor Ort. *Ihr* nicht! Deshalb treffen *wir* die Entscheidung, wer fährt und wer nicht!“

Mit diesen markigen Worten beendete Thomas M. von seinem Podest aus eine gerade aufkeimende Diskussion. Die beiden Männer und die Frau, die neben ihm saßen, nickten zustimmend.

Ein Raunen ging durch den Raum. Autoritäres Gehabe war allen Anwesenden ein Gräuel. Viele der Frauen und Männer im Saal des alternativen Kulturzentrums im Hamburger Schanzenviertel hatten schon eine Reihe negativer Erfahrungen mit den sogenannten Autoritäten in Deutschland gemacht. Sie hatten schon immer und bei vielen Gelegenheiten grunddemokratische Strukturen in der politischen Auseinandersetzung in Deutschland eingefordert. Blinde Unterordnung war ihnen zuwider. Sie waren daran gewöhnt, dass Entscheidungen begründet und diskutiert wurden.

„Die Betroffenen an der Diskussion zu beteiligen, würde eine objektive Entscheidung im Sinne der Sache verhindern“, fuhr Thomas M. fort und wurde wieder ruhiger. „Darum haben wir uns entschlossen, eine demokratische Entscheidung nur in unserem Gremium herbeizuführen. So wird es auch von der Sandinistischen Befreiungsfront erwartet, um zu verhindern, dass über uns Konterrevolutionäre ins Land geschleust werden. Das habt ihr zu akzeptieren!“

Christian Dunker saß inmitten der Zuhörer und hatte nicht geraunt. Er fühlte sich nicht in der Lage, Entscheidungen darüber zu treffen, wer der Brigade angehören sollte oder nicht. Wenn sie ihn nicht auswählen sollten, wäre das auch nicht so schlimm für ihn. Dann machte er eben in Deutschland seine Solidaritätsarbeit weiter. Vielleicht klappte es dann ja später einmal. Er würde es auf jeden Fall wieder versuchen.

Denn hier wollte er nicht bleiben. Er hoffte in Nicaragua eine neue Aufgabe für sich zu finden. Schließlich war er Lehrer. Zumindest beinahe. Denn zum Referendariat war er nicht zugelassen worden. Die Bildungsbehörde zweifelte sein Eintreten für die freiheitlich-demokratische Grundordnung an.

Er, der seit Jahren dafür gekämpft hatte, dass die Buchstaben des Grundgesetzes in die Wirklichkeit umgesetzt wurden, war plötzlich zum

Staatsfeind erklärt worden. Weil die Würde des Menschen für ihn weiter reichte, als nur bis an den Rand eines Stammtisches. Nur weil ihm die Verpflichtung des Eigentums mehr bedeutete, als Fabriken zu bauen und Arbeiter zu knechten. Der Gegensatz von Kapital und Arbeit war für ihn eine Erfahrung, kein intellektuelles Geschwafel. Als die milliardenschwer mit Steuergeldern subventionierte Atomindustrie ihren gefährlichen Dreck nicht anders loswerden konnte, als ihn in einem stillgelegten Salzbergwerk unter die Menschen zu bringen, da entschloss auch er sich zum aktiven Widerstand. In der Nähe von Gorleben blockierte er damals zusammen mit Dorfbewohnern und einem Heuwagen eine Straße. Die Menschen aus dem angrenzenden Dorf hatten darauf bestanden, dass die Straßenblockade unbedingt passiv und friedlich verlaufen sollte. Das war die Bedingung für ihre Beteiligung. Sie wollten keine Gewalt. Und das wurde absolut eingehalten.

Die Polizei war sowieso eindeutig in der Übermacht. Sie hätten jeden der wenigen Demonstranten mit drei oder vier Beamten gleichzeitig wegtragen können. Aber das taten sie nicht. Als sie mit erhobenen Knüppeln johlend losstürmten, erschreckten sich die Menschen so sehr, dass sie sofort aufsprangen und davonrannten. Auch Christian Dunker wollte sich schnellstens davonmachen, aber er hielt inne, als er sah, wie neben ihm eine alte Frau aus dem Dorf hinfiel. Er wollte ihr aufhelfen, aber als die Polizisten sie erreichten, legte er sich nur noch schützend über sie. Mehrere Beamte prügelten auf ihn ein. Trotz der Schmerzen war seine größte Sorge, dass die alte Frau unter ihm ersticken könnte.

Als sie von ihm abließen, rutschte er langsam von der zitternden Frau. Jetzt war sie es, die ihm aufhelfen musste. Seine Beine schmerzten so sehr, dass er kaum laufen konnte. Ihm rann Blut übers Gesicht.

„Erst die Nazis und jetzt das!“ sagte die alte Frau und schob ihn von der Straße herunter in einen Feldweg, während mit einem lauten Krachen ein Sonderwagen der Polizei gegen den Heuanhänger fuhr und ihn von der Straße in den Graben drückte.

Dunker schreckte auf. Im Saal ging es weiter. Das kleine Zentralkomitee auf dem Podium begann die Namen derer zu verlesen, die als Brigadisten ins Kriegsgebiet nach Nicaragua entsandt werden sollten. Sein Name war dabei. Ein Gefühl der Aufregung durchfuhr seinen Magen. Jetzt wurde es wirklich ernst. Einerseits fühlte er sich durch die Auswahl seiner Person in seiner jahrelangen Arbeit für Lateinamerika bestätigt. Aber andererseits war ihm auch ein wenig mulmig bei der Sache. Er hatte keine große Ahnung von dem, was ihn erwartete. Aber jetzt stand unwiederbringlich fest: Er flog nach Nicaragua und trat in eine bewaffnete, internationale Brigade ein. Zum Kampf gegen die Contra, diese vom Westen unterstützte Söldnerarmee, die die neue nicaraguanische Revolutionsregierung niederkämpfen sollte. Und zum Schutz eines Dorfes im Grenzgebiet zu Costa Rica.

Zwei Monate später hob die Maschine der Cubana Airlines vom Flughafen in Ostberlin ab und nahm Kurs auf Havanna. Nach vielen Stunden gab es einen Zwischenstopp in Gander auf Neufundland. Dann ging es direkt in die kubanische Hauptstadt, und die Maschine rollte nach der Landung auf dem Flughafen José Marti vor den Eingang für Transitreisende.

„Bienvenido“ stand in großen Lettern über der Tür.

Es dauerte einige Zeit bis das Bodenpersonal eine Gangway ans Flugzeug geschoben hatte. Aber dann ging es hinaus in die schwüle Luft Kubas. Es war kurz nach Mittag, und eine brennende Sonne stand hoch am Himmel. Zwei uniformierte Frauen mit überdimensionierten Revolvern an der Seite geleiteten die Brigadisten in einen Wartesaal und wiesen sie an zu warten. Und so wartete Dunker mit etwa zwanzig seiner Mitbrigadisten darauf, dass es weitergehen würde. Aber es ging nicht weiter. Stunde um Stunde verstrich, und in dem nicht klimatisierten Raum wurde die Luft heiß und stickig. Ab und zu schaute ein Uniformierter herein, aber alle an ihn gerichteten Fragen beantwortete er nur mit einem langgezogenen „tranquilo, tranquilo“.

Nach fast fünf Stunden wurden sie erlöst. Sie durften den Raum verlassen und in das Flughafenrestaurant wechseln. Hier gab es eine funktionierende Klimaanlage und jede Menge Getränke. Dunkers Durst war groß. Er orderte zwei eiskalte, kubanische Colas und versuchte, gegen die in seine Nase aufsteigende Kohlensäure ankämpfend, die erste mit einem Zug zu leeren. Es gelang ihm nicht.

Irgendwann sickerte durch, dass ihr Anschlussflug in Nicaraguas Hauptstadt Managua erst am kommenden Morgen abgehen würde. Das bedeutete für alle eine lange und ungemütliche Nacht auf dem Flughafen. Ihnen wurde erklärt, dass sie das Restaurant nicht verlassen durften, und so machten sie es sich so bequem wie möglich, um zu lesen, zu quatschen oder sich auszuruhen. Dunker versuchte, es sich auf einem harten Plastiksitz mit seiner Parkajacke gemütlich zu machen und zu schlafen. Im Sitzen. Es klappte nicht. Irgendwann schliefen seine Beine ein, und er musste sich bewegen, um wieder Blut in die abgedrückten Adern zu bekommen.

Spät am Abend wurde die Deckenbeleuchtung im Restaurant ausgeschaltet, und das Personal ging nach Hause. Die Nacht draußen vor den Panoramafenstern war schwarz. Nur einige Lampen an den Wänden warfen noch mattes Licht in den Raum. Da niemand die Klimaanlage regelte, wurde es am frühen Morgen ziemlich kühl im Restaurant, und die meisten der Brigadisten begannen zu frieren. Mitten in der Karibik. Keiner hatte wärmende Kleidungsstücke im Handgepäck, denn alle waren auf Hitze eingestellt. Und auf Regen. Denn in den Bergen an Nicaraguas Grenze zu Costa Rica sollte es zu dieser Jahreszeit viel regnen.

Irgendwann morgens, bevor es hell wurde, flackerte dann die Restaurantbeleuchtung wieder auf, und nach einiger Zeit gab es frischen und sehr heißen Kaffee am Tresen des Restaurants. Langsam erschien die Sonne am Horizont, und nach kurzer Zeit hatte der Raum wieder eine angenehme Temperatur. Zu essen gab es noch nichts, da die Lieferanten noch nicht eingetroffen waren, wie eine freundliche Bedienung erklärte. Aber darauf konnten sie auch nicht mehr warten. Eine kleine, dicke Afrokubanerin in einer zu eng sitzenden Uniform war erschienen und verkündete, dass in kurzer Zeit die Maschine nach Managua bereitstehen würde und alle Brigadisten ihr folgen sollten. Sie wurden wieder in einen engen Raum gebracht, dessen einzige verglaste Seite zum Rollfeld des Flughafens zeigte. In eine der großen Glasscheiben war eine Tür eingelassen, die allerdings verschlossen war. Auch hier mussten sie noch zwei Stunden ausharren, bis endlich eine Stewardess erschien, die Tür zum Rollfeld öffnete und nach der Sichtkontrolle der Tickets alle Brigadisten in einen alten Bus verfrachtete, der sie zu ihrer Maschine brachte.

Es war eine kleine Maschine der Cubana Airlines, aber dennoch so groß, dass es sich jeder der Brigadisten auf mehreren Sitzen bequem machen konnte. Denn weitere Mitreisende gab es nicht. Sie waren mit ihrer Brigade allein an Bord.

Der Flug sollte nicht lange dauern, aber die Zeit reichte, um allen noch ein Frühstück zu servieren. Dann gab der Flugkapitän bekannt, dass sie in den Landeanflug auf Nicaraguas Hauptstadt eintreten würden. Alle schnallten sich wieder an, und die, die einen Fensterplatz hatten, und das waren eigentlich alle, blickten nach draußen, gespannt, wie dieses Land, das sich in einem mörderischen Befreiungskampf von der schrecklichen Diktatur des amerikafreundlichen Präsidenten Somoza befreit hatte, eigentlich aussehen würde. Sie erblickten den Beginn des Festlandes. Breite Zonen trockenen Bodens zeigten sich. Vereinzelt unterbrochen durch kleine Dörfer, die von erschlossenen Feldern umgeben waren. Dann überflogen sie Managua, bevor sie mit einer weiten Kurve in die Richtung des außerhalb liegenden Flughafens abbogen.

Managua wirkte von oben wie eine zerstörte Stadt nach länger zurückliegenden, schweren Bombenangriffen. Überall waren große, freie Flächen, die auf den ersten Blick wie Grünzonen aussahen, auf den zweiten aber zeigten, dass es mitten in der Stadt befindliche Brachflächen waren. Es handelte sich nicht um Zeugnisse der zurückliegenden Befreiungskämpfe; vielmehr waren es die Resultate des großen Erdbebens von 1972, als große Teile der Hauptstadt zerstört worden waren. Obwohl es anschließend eine internationale Finanzhilfe für den Wiederaufbau gegeben hatte, erreichte dieses Geld nie seinen Bestimmungszweck. Vielmehr soll es sich der Diktator Somoza einfach in die eigene Tasche gesteckt haben. Beim Anflug auf die Landebahn konnte man rund um den Flughafen diverse Stellungen zur Flugabwehr entdecken. Und überall waren Soldaten postiert.

Nachdem das Flugzeug in seiner Halteposition angekommen war, gab der Pilot die aktuelle Zeit und die herrschenden Temperaturen durch und vergaß auch nicht darauf hinzuweisen, dass das Photographieren des Flughafens und insbesondere der militärischen Einrichtungen strengstens untersagt wäre.

Die Passkontrolle ging überraschend schnell voran. Auch das Gepäck erhielt jeder Brigadist prompt und ohne weitere Kontrollen. Das lag nicht an der laschen Überprüfungsmentalität der Nicaraguaner, sondern an der gut funktionierenden Zusammenarbeit der Behörden und Geheimdienste in Nicaragua und auf Kuba. Während ihrer langen Wartezeit in Havanna tauschten die Offiziellen und die weniger Offiziellen die Daten der Brigadisten untereinander aus, suchten auf Computern und in Karteien und fertigten ihre Notizen an. Auch das gesamte Gepäck der Brigade wurde in Havanna inspiziert und ordnungsgemäß wieder verschlossen.

Vor dem Flughafen wartete Renate, eine deutsche Genossin aus dem nicaraguanischen Koordinierungsbüro für internationale Brigaden, und eine *camionetta*, ein kleiner Lkw mit offener Pritsche. Renate erklärte, dass die Gruppe nun erst mal ihre Unterkunft in Managua beziehen würde, bevor es weitergehen könnte an ihren Bestimmungsort in den Bergen. Die Abfahrt wurde um zwei Tage verschoben, damit die Brigade die Gelegenheit erhielt, am nächsten Tag an den Feierlichkeiten zum Nationalfeiertag teilzunehmen, dem 19. Juli, dem Tag, als im Jahr 1979 die Sandinisten die Regierung übernahmen, nachdem der Diktator Somoza fünf Tage vorher geflüchtet war. Natürlich nicht ohne die Staatskasse mitzunehmen.

Gutgelaunt und ein bisschen aufgeregt verluden die Brigadisten ihr Gepäck auf den Wagen. Dann stiegen sie selbst hinten auf, und wenig später ging es los. Es war heiß, weit über dreißig Grad Celsius, und der Fahrtwind auf der Ladefläche eine willkommene Erfrischung.

Sie fuhren durch heruntergekommene Vororte, vorbei an maroden Fabriken und Siedlungen aus einfachen Holzhütten. Kleine Gewerbebetriebe tauchten am Straßenrand auf.

An fast allen Hauswänden prangten Parolen der FSLN, der Nationalen Befreiungsfront Nicaraguas. „Patria libre o morir“ war am häufigsten zu lesen. Daneben „Nicaragua victoriosa, ni se vende, ni se rinde“ und „Aqui, allá, el Yanque morirá“.

Das gefiel den meisten Brigadisten. Revolutionäre Parolen überall, für die sie zu Hause gleich als verdächtig eingestuft wurden.

Sie erreichten die Innenstadt von Managua. Die Straßen waren abseits der Hauptachsen in einem schlechten Zustand. Nicht nur einmal musste der Lkw langsam über abgesackte Fahrbahnteile oder um Stellen mit fehlenden Kanaldeckeln herum rangieren.

In einer kurzen Nebenstraße erreichten sie ihr vorläufiges Domizil. Ein einstöckiges, kleines Haus mit vertrocknetem Vorgarten und einem schmiedeeisernen Gitter vor einer Art Garage, dem größten Raum des Gebäudes. Renate erklärte, dass das Haus der Befreiungsfront in El Salvador gehören würde und sie es den Brigadisten in internationaler Solidarität zur Verfügung stellen würden. Möbel gab es so gut wie keine im Haus. Lediglich in der Küche befand sich ein Tisch mit ein paar Stühlen. Aber es gab ein Klo und eine kleine Dusche.

Renate hatte ein paar auf schlechtem Papier gedruckte Stadtpläne Managuas verteilt und markierte die Straße, in der sie wohnten. Lediglich die Hauptstraßen und einige besondere Orte waren darauf ausgewiesen. Die kleinen Straßen hatten keine Namen. Man orientierte sich am besten durch einfaches Abzählen von einem Fixpunkt aus in eine der vier Himmelsrichtungen. Entweder von einer der Hauptstraßen ausgehend oder aber von dem im Norden Managuas gelegenen Lago de Managua, dem zweitgrößten Binnensee des Landes. Relativ einfach war es auch, sich mit den Bussen in der Stadt zu bewegen. Sie hielten in der Regel auf ein Zeichen hin überall an. Man bezahlte nur ein paar Cordobas und konnte dann so lange fahren wie man wollte. Bei jedem Umsteigen musste neu gezahlt werden.

Dunker und zwei weitere Brigadisten machten sich am Nachmittag auf den Weg, um für die Gruppe Lebensmittel einzukaufen. Mit großer Aufmerksamkeit bewegten sie sich durch die Straßen dieser für sie völlig fremden Stadt und ungewohnten Atmosphäre. Zwischen oder direkt in den überwucherten Trümmerfeldern standen vereinzelt kleine Häuser. Eidechsen huschten bei ihrem Herannahen unter Geröllhaufen. Einige Männer gingen mit einem Jutesack in der Hand gebückt durch die Brachflächen. Sie sammelten giftige Schlangen ein, die sich hier unter diesen günstigen Bedingungen rapide vermehrten und eine Gefahr für die Bevölkerung darstellten. Dunker dachte bei diesem Anblick mit Sorge an das schmiedeeiserne Tor vor ihrer Schlafstätte, das Schlangen nicht aufhalten konnte.

An der Pista de la Resistencia fanden sie endlich einen supermercado.

Eigentlich sah er so aus wie jeder Supermarkt auf der Welt. Ein großer Parkplatz, ein eingeschossiger Betonklotz und Einkaufswagen vor dem Haupteingang. Aber die gähnende Leere auf dem Parkplatz, die fehlende Farbe und der bröckelnde Putz an den Wänden wiesen auf eine Mangelwirtschaft hin. Alle Einkaufswagen waren verrostet.

Nach ihrem Eintreten in den Markt waren die Brigadisten umso mehr überrascht, wie vielfältig das Warenangebot war. Es gab im Prinzip alles, was man zum Leben brauchte. Brot, Milch, Gemüse, Fleisch. Alles war reichlich vorhanden. Und die Preise waren so niedrig, dass auch jeder Nicaraguaner hier alles kaufen konnte, was er benötigte.

Die drei kauften Brot, Obst, Mineralwasser und Kaffee. Dazu noch ein paar Flaschen „Flor de Caña“, den nicaraguanischen Rum, den es in drei Qualitäten gab und der eine Auszeichnung durch die DDR erhalten hatte, wie man einer auf der Flasche klebenden Plakette entnehmen konnte.

Mit ihren Einkäufen bepackt, schlenderten sie zurück in ihr Haus. Sie verstauten die Lebensmittel in einem Schrank in der Küche und entschlossen sich dazu, das „Sarah's“ aufzusuchen.

Das Sarah's war ein kleines Lokal in der Innenstadt, unweit der Plaza España, in dem sich die internationalen Brigadisten trafen. Fälschlicherweise wurde es von einigen als das Migrantencafé bezeichnet. Falsch, weil die wenigsten Brigadisten in Nicaragua bleiben wollten. Trotzdem hatte es dieses Flair. Vor einem kleinen, heruntergekommenen Steinhaus war eine große, auf Holzstützen ruhende Wellblechüberdachung angebracht worden. Eine Terrasse also, auf der sich unterschiedlichste Holzstühle und Tische befanden. Zusammengesucht eben.

Als die drei das Sarah's erreichten, war es bereits gut besucht. Nicaraguaner waren bis auf die Bedienungen nicht da. Die drei nahmen an einem Tisch Platz und bestellten Bier. Von allen Seiten schlugen ihnen Wortfetzen der unterschiedlichsten Sprachen entgegen. Hauptsächlich europäische Sprachen: Deutsche, Skandinavier, Engländer, Franzosen, aber auch eine Gruppe amerikanischer Aktivisten unterhielten sich hier.

Als die Bedienung die Bierflaschen auf den Tisch stellte, versuchte sie den dreien etwas auf Spanisch zu erklären, was sie aber nicht verstanden. Von einem anderen Tisch kam die Übersetzung. Ein großer, blonder Skandinavier erklärte ihnen, dass ab 18.00 Uhr kein Bier mehr ausgeschenkt werden dürfe. Wegen des morgigen Nationalfeiertags. Warum das so wäre, konnte er nicht genau erklären. Er mutmaßte, dass man entweder verhindern wollte, dass alle Nicas morgen zu besoffen sein könnten, um an den Feierlichkeiten teilzunehmen, oder die Regierung verhindern wollte, dass gerade am Nationalfeiertag ein Engpass beim Bierverkauf entstehen könnte. Dunker schaute auf seine Uhr. Es war kurz nach fünf. Allzu viele Biere könnten sie sich nicht einverleiben. Aber vom Nebentisch kam sogleich die rettende Botschaft: Nach nicaraguanischem Recht könne alles, was um sechs Uhr auf dem Tisch steht, noch ausgetrunken werden. Also brauchte man nur kurz vorher noch eine entsprechend große Menge zu ordern. Lediglich die Hitze würde dem kalten Bier auf Dauer nicht bekommen.

So beruhigt stießen die drei an. Schwitzwasser perlte in großen Tropfen die Flaschen hinunter, und nach der nächsten Runde hatte sich schon ein kleiner See auf dem wackeligen Tisch gebildet.

Es war halb sechs geworden, als sich plötzlich der Himmel verdunkelte. Innerhalb kürzester Zeit war alles grau geworden, die Sonne verschwunden, und mit einem Mal ergossen sich enorme Wassermassen aus den Wolken auf die Straße. Unmengen dicker Tropfen prasselten auf das Wellblechdach der Terrasse. So laut, dass man sich kaum noch unterhalten konnte. Genau über ihrem Tisch hatte das Dach ein Leck, und so rückten sie mit Tisch und Stühlen an eine andere Stelle. Von oben blieb es jetzt zwar trocken, aber unter ihnen weichte der lehmige Boden auf. Auf der Straße waren wahre Bäche entstanden. Jetzt erklärte sich auch, warum die Bordsteine vor den Gehwegen so hoch waren. Sie verhinderten das Überschwappen der Wassermassen in die Häuser.

Dunker war froh, jetzt einigermaßen geschützt im Sarah's zu sitzen. Es war immer noch sehr warm und er stellte fest, dass es ein überaus beruhigendes Gefühl war, von hier aus den dicken Regentropfen zuzuschauen.

Nach einer halben Stunde war alles vorbei. Wie jeden Tag im Sommer in Managua. Der Regen kam gegen sechs, heftig und massig, und hörte dann schlagartig wieder auf. Und wenige Zeit später war durch die wiedererschienene Sonne schon so viel Wasser verdunstet, dass man glauben konnte, es hätte nie geregnet. Fast hätten die drei vergessen, noch schnell mehrere Flaschen Bier zu bestellen. Die Sperrzeit stand bevor. Aber die Bestellungen an den anderen Tischen erinnerten sie rechtzeitig an das nahende Ende der Ausschankzeit.

Zwei Stunden später waren sie dann wieder zurück in ihrem Haus. Gerade rechtzeitig, denn Renate wollte sich just mit den anderen Brigadisten auf den Weg zur „Barricada“ machen. Die Barricada war eine Zeitung und das agitatorische Sprachrohr der sandinistischen Regierung. Sie erschien täglich und berichtete über die Errungenschaften der Revolution. Und die gab es unbestritten: kostenlose ärztliche Versorgung für jedermann, Bildungsmöglichkeiten für alle, eine Landreform, die kleinen Bauern endlich zu eigenem Boden verholfen hatte. Viele von ihnen hatten sich zu Kooperativen zusammengeschlossen und erhielten staatliche Hilfe, um große Maschinen gemeinsam kaufen zu können. Es gab Mindestlöhne für die Arbeiter, die ihnen einen menschengerechten Lebensstandard verschafften.

Auf der anderen Seite wurde aber auch viel über die immer noch anhaltenden Kämpfe der Regierung mit den von den USA finanzierten Contras berichtet. Gerade in den schwer zugänglichen Grenzgebieten zu Honduras und Costa Rica verübten sie Überfälle auf die dortigen Dörfer und Kooperativen und massakrierten die Bevölkerung. Ihr Ziel war es, hauptsächlich Lehrer, Ärzte, Ingenieure und Techniker zu töten, die der Bevölkerung beim Aufbau eines neuen Wirtschaftssystems halfen. Genau in ein solches Grenzdorf sollte die weitere Reise der Brigadisten gehen.

Das Photographieren war auch in den Räumen der Barricada verboten. Die Brigade sprach mit den Redakteuren und den Druckern. Sie besichtigten die Druckerei, in der auf ausrangierten Druckmaschinen aus der DDR die Zeitung hergestellt wurde. Da Nicaraguas einzige Papierfabrik nur Toilettenpapier und Servietten herstellen konnte, wurde das Zeitungspapier für die Barricada aus der Sowjetunion eingeführt. Die Setzer arbeiteten mit einem EDV-unterstützten System, das noch aus der Somoza-Zeit stammte und amerikanischen Ursprungs war. Da die USA ein Handelsembargo gegenüber Nicaragua verhängt hatten, war die Ersatzteilbeschaffung für diese Technik vollkommen von der Solidaritätsbewegung in den Vereinigten Staaten abhängig. Gleiche Schwierigkeiten gab es auch mit der Bearbeitung von Photos. Alle hierzu vorhandenen technischen Geräte waren auf ein System von Kodak ausgerichtet. Und zu allen Problemen kam noch hinzu, dass die noch vorhandenen US-Chemikalien nicht gut mit dem neuen Photopapier aus der UdSSR korrespondierten.

Die Barricada wurde mit etwa zwanzig Seiten täglich ausgegeben und kostete lediglich fünf Cordobas. Begründet mit der Erklärung des nationalen Notstandes als Folge der US-amerikanischen Interventionspolitik unterlag sie wie alle Zeitungen des Landes einer Zensur. Zensiert wurden Berichte über die Sicherheitslage und die Militärberichterstattung. Konterrevolutionäre Agitation war verboten. Trotzdem gab es sie. Zum Beispiel in der konservativen „Prensa", einer anderen Zeitung in Managua, die keine Gelegenheit ausließ, die sandinistische Regierung subtil und in suggestiver Art und Weise zu kritisieren. So wurde immer wieder in Kreuzworträtseln des Blattes nach dem Namen des Mannes gefragt, der als Präsident Nicaraguas vor den sandinistischen Diktatoren flüchten musste. Verboten worden war sie deshalb bislang noch nicht.

Einige Brigadisten kritisierten die Redakteure dafür, dass sie sehr viel agitierten und wenig informierten. Der Chefredakteur gab das ohne Ausflüchte zu. Seiner Meinung nach machte das die derzeitige Bedrohung durch die USA erforderlich. Und früher wäre das anders gewesen, behauptete er. Einige sprachkundige Brigadisten ließen sich alte Zeitungen vorlegen und stellten fest, dass das zutraf. Die revolutionäre Diskussion geschah früher viel öffentlicher und unter Berücksichtigung verschiedener Strömungen. Bürger konnten ihre Fragen stellen, und die Verantwortlichen hatten prompt in der Barricada zu antworten. So wollten einige Lehrer aus Matagalpa wissen, warum ihre Gehälter immer verspätet kamen. Der zuständige Minister hatte ihnen gegenüber persönlich dazu Stellung genommen.

Der Vizedirektor der Barricada, Renaldo Reíz, verteidigte weiter die Agitation seiner Zeitung. Er betonte, dass andere Parteien in Nicaragua nicht verboten seien und die konservative Partei über ihre Zeitung Prensa ständig gegen die Regierung arbeite und sogar die kommunistische MAP-ML, die an der Seite der Sandinisten gegen Somoza gekämpft hatte, heute harte Kritik an der Regierung verübe, da sie ihr zu bürgerlich erschien. Trotzdem würde die Regierung an ihrem Kurs festhalten und Nicaragua in eine demokratische Struktur führen wollen. Jede der Parteien, die sich an Wahlen beteiligt hatte, säße mit Vertretern in der verfassungsgebenden

Versammlung, die in den kommenden zwei Jahren eine neue Verfassung ausarbeiten sollte.

Dunker kamen diese Erklärungen nicht schlüssig vor. Sie waren in seinen Augen halbherzig. Wenn das Volk Nicaraguas es schon geschafft hatte, die schreckliche Diktatur siegreich zu beseitigen, dann durfte es während der Umgestaltung der Gesellschaft ihren Feinden keinen Raum geben. Es leuchtete ihm nicht ein, dass somozatreue Gegner des neuen Nicaragua ziemlich unbehelligt gegen die Regierung und damit gegen die Interessen des Volkes agitieren durften.

Er scheute sich aber, seine Haltung konsequent zu Ende zu denken. Ein aufkommendes Gefühl von Demokratiefeindlichkeit hielt ihn ab.

In der kommenden Nacht wurden die Brigadisten von Schüssen und Gewehrsalven in der Stadt aus dem Schlaf gerissen. Erschreckt zogen sich die meisten in die hintere Ecke der Garage zurück. Einige Mutige gingen vorsichtig vor das Haus auf die Straße. Immer wieder waren Schüsse zu hören, aber zu sehen war nichts. Es dauerte einige Zeit und Beratschlagung, wie man sich verhalten sollte, aber letztendlich war es der Hinweis eines herbeigeeilten Nachbarn, der sie beruhigte, als er erklärte, dass es sich nur um Freudensalven anlässlich des soeben begonnenen Nationalfeiertags handele, also keine Kämpfe in der Stadt stattfanden. So ganz konnte das die Brigadisten nicht beruhigen: Wild umherfliegende Geschosse von angetrunkenen Soldaten waren für sie ungewöhnlich und sehr beängstigend. Aber sie versuchten dennoch wieder einzuschlafen. Denn in wenigen Stunden wollten sie schon wieder aufstehen. Um fünf hatten sie sich mit anderen Internationalisten auf der Plaza España verabredet, von wo aus sie geschlossen zum Platz der Revolution marschieren wollten, auf dem die zentrale Kundgebung anlässlich des Nationalfeiertags stattfinden sollte. Und dort sollte auch Präsident Ortega eine Rede halten.

Dunker schätzte, dass sie bis zu tausend Brigadisten waren, die jetzt den Platz der Revolution erreichten. Alle Hauptstraßen waren mit rot-weißen Fahnen geschmückt. Militär und Polizei patrouillierten. Die Photoapparate der Brigadisten wurden überprüft, um auszuschließen, dass es sich um getarnte Schussapparate handelte.

Nach und nach füllte sich der Platz. An die fünfhunderttausend Menschen sollen es gewesen sein, wie der Eröffnungsredner in seiner Begrüßung sagte. Es wurde viel Musik gespielt, Märsche und Kampflieder. Die Brigaden aus den einzelnen Ländern wurden ebenso wie die internationalen

Gäste begrüßt. Es war kochendheiß auf dem Platz, und die Luft wurde knapp. Vereinzelt waren schon einige Demonstranten ohnmächtig geworden und mussten aus der Menge abtransportiert werden. Und dann kam er endlich. Der, auf den alle gewartet hatten: der Präsident Nicaraguas, Daniel Ortega. Dunker verstand nicht viel von dem, was der Präsident sagte. Dazu reichten seine Spanischkenntnisse nicht aus. Aber er verstand, dass Ortega die Hetzkampagnen der USA gegen sein Land verurteilte. Und Ortega betonte, dass das revolutionäre Nicaragua keine internationalen Terroristen ausbilden würde, wie behauptet wurde.

Obwohl Ortega in der Uniform der Revolutionäre auftrat, hatte er bei weitem nicht die Ausstrahlung und das Charisma eines Fidel Castro. Er wirkte eher nüchtern und technokratisch. Darüber täuschten auch seine laut geschrienen, politischen Parolen nicht hinweg, aber das hier versammelte Volk jubelte ihm zu. Es war ein sehr junges Volk, das sich hier auf dem Platz der Revolution versammelt hatte. Über die Hälfte der Bevölkerung Nicaraguas war unter sechzehn Jahre alt. Diese jungen Leute erhofften sich eine bessere und gerechtere Zukunft von ihrem Präsidenten. Einen anderen hatten sie nicht, der sich auf ihre Seite gestellt hatte. Die Menschen waren zum ersten Mal verantwortlich eingebunden in ihre Gesellschaft. Sie kümmerten sich in ihren *barrios*, den Stadtteilen Managuas, um Hygiene und Gesundheitsvorsorge, um Bildung und die Bekämpfung von Kriminalität. Und in den Komitees zur Verteidigung der Revolution traten sie für den Erhalt ihres Einflusses ein. Hier war Jugend überall ernsthaft beteiligt und vertreten. Hier konnten sie mitwirken bei der Realisierung einer neuen und gerechteren Welt. Ganz anders als zu Hause in Deutschland, dachte sich Dunker, mit dem seiner Meinung nach elenden System der Volksvertreter, die sich immer weiter von diesem entfernten.

Dann wurde es laut über den Köpfen der Menge. In Formation rasten mehrere Kampfhubschrauber über sie hinweg. Eine perfekte Inszenierung. Gerade hatte Präsident Ortega verlauten lassen, dass die Sowjetunion dem Land diese Kampfhubschrauber geschenkt hatte, um die Konterrevolutionäre aufzuhalten. Und nun wurden sie dem Volk präsentiert. Was Ortega nicht erwähnte, war, dass die Sowjetunion seinem Wunsch nach Kampfbombern nicht nachgekommen war. Ein Zeichen dafür, dass die Sowjetunion wegen Nicaragua die USA nicht unnötig provozieren wollte.

Dunker wurde es bald zu heiß. Er merkte, wie ihm flau wurde und sein Kreislauf absackte. Die Menge um ihn herum raubte ihm langsam aber sicher die Luft zum Atmen. Er drängelte sich durch die Menschenmassen nach hinten und versuchte irgendwo einen schattigen Platz zu erreichen. Er benötigte fast eine halbe Stunde, bis er den Platz der Revolution hinter sich lassen konnte. Unter einem Baum am Straßenrand stand ein Händler mit einem Holzkarren voller Eis und bot gekühlte Cola an. Dunker griff guten Gewissens zu, denn der nicaraguanische Ableger des Coca-Cola-Konzerns war erst vor kurzem verstaatlicht worden, nachdem sich herausgestellt hatte, dass Coca-Cola die Contra finanziell unterstützte. So stand es jedenfalls in der Barricada. Der Verkäufer zog eine der Flaschen aus der Kiste, öffnete sie und goss den Inhalt in einen kleinen Plastikbeutel, den er mit einem Knoten verschloss und Christian reichte. Seit Coca-Cola verstaatlicht worden war, waren die Flaschen Mangelware und wurden wie Schätze streng gehütet. Deshalb wurde die Cola aus den abgenutzten Flaschen umgefüllt.

Dunker biss in eine Ecke des Plastikbeutels und ließ den Inhalt in seinen Mund laufen. Das kühle Getränk und der Zucker ließen ihn wieder aufleben.

Er blickte zurück auf die Menschenmenge auf dem Platz der Revolution. Die Reden hatten ein Ende gefunden, aber die Menschen blieben noch, schwenkten ihre Fahnen, viele davon ganz revolutionär in Schwarz-Rot, und ihre Transparente. Die neue Nationalhymne Nicaraguas drängte aus den Lautsprechern, und viele sangen sie mit. Von hier aus war das riesige Monument eines revolutionären Klassenkämpfers, das an diesem Tag auch eingeweiht worden war, viel besser wahrzunehmen als aus der Nähe. Die Höhe des schwarzen, muskulösen Mannes, der auf einem mächtigen Steinquader stand, kämpferisch am nach oben gestreckten Arm die Kalaschnikow mit ihrem geschwungenen Magazin haltend, in der anderen Hand eine Spitzhacke, konnte Dunker nicht abschätzen. Die Statue hob sich geradezu monströs gegen den hellen Himmel ab und wirkte eher abstoßend. Für solche Art von Kunst hatte er kein Verständnis. Sie erinnerte ihn zu stark an die schönen Körper von Leni Riefenstahl und die skulpturalen Verkörperungen der überlegenen Herrenrasse der Nazis. Aber es war ihm natürlich auch klar, dass ein engerer politischer Zusammenhang nicht bestand. In der Darstellung von Macht und Schönheit gab es eben Überschneidungen – und dieselben Geschmacksverirrungen.

Dunker trank den Plastikbeutel leer und schlenderte weg von der Plaza España in irgendeine Richtung. Er war kein großer Freund solcher Massenveranstaltungen. Er war mehr an der praktischen Arbeit interessiert. Er wollte endlich in das Dorf, in dem er mit der Brigade die nächsten Wochen und Monate zubringen würde. Sie wollten dort die Miliz verstärken und nebenbei Häuser für immer mehr ankommende Flüchtlinge aus der Grenzregion bauen, die auf der Flucht vor der Contra ihre Dörfer verlassen mussten. Darin sah er den Sinn dieser Unternehmung. Sie war wahrscheinlich eher humanitär als revolutionär. Für seinen Traum von einer besseren Welt wollte er das beitragen.

Auf seinem Weg sah er einige Ruinen ehemaliger Hochhäuser. Verlassen standen sie im Gestrüpp der überwucherten Trümmerfelder. Im weißgestrichenen Beton waren noch die Spuren der Kämpfe zu erkennen. Einschüsse im Putz und durch Granaten gerissene Löcher bezeugten, dass der Befreiungskampf noch nicht lange zurücklag. Und für die Beseitigung der Spuren nicht ausreichend Geld vorhanden war.

In der Ferne leuchtete in der Sonne in sattem Grün ein Berg, auf dessen einsehbarer Flanke mit weißen Steinen weithin sichtbar das Kürzel der Befreiungsfront FSLN ausgelegt war. In diesem zum Teil ausgehöhlten Berg soll der Diktator Somoza eines seiner berüchtigten Foltergefängnisse gehabt haben. Und hier soll er Kinder in Käfigen zu Folterknechten erzogen haben, spezialisiert auf das Ausstechen von Augen. Wegen ihrer kleinen Finger. In der Barricada hatte gestanden, dass diese Kinder nach ihrer Befreiung alle erfolgreich resozialisiert werden konnten. Dunker hoffte es für sie.

Er machte sich wieder auf den Weg zurück in seine Behausung und passierte die Laguna de Tiscapa an ihrer östlichen Seite. An mehreren Stellen in Managua konnte man auf tiefliegende Seen dieser Art stoßen. Man musste schon einige Höhenmeter heruntersteigen, um an ihre Ufer zu gelangen. Sie wirkten magisch mit ihrem dunkelgrünen bis schwarzen Wassern. Das Baden war meistens verboten. Zu gefährlich waren ihre Strömungen und Tiefen.

Es war schon nachmittags, als er das Haus der el salvadorianischen Befreiungsfront erreichte. Die meisten anderen Brigadisten waren schon länger wieder zurück. Es herrschte helle Aufregung. Martin, ein Zimmermann aus Hamburg, war auf dem Weg zur Kundgebung von Militärpolizisten kontrolliert worden und hatte seinen Pass nicht dabei. Ohne viel Federlesen und Rücksicht auf die Einwände der anderen Brigadisten wurde er verhaftet, in einen Transporter gezerrt und abgeführt. Renate war seit mehreren Stunden dabei, ihn zu suchen und zu befreien. Dunker zog sich mit einigen anderen in die Küche zurück und wartete.

Dann Lärm von draußen. Ein freudiges Johlen im Vorgarten schien das Zeichen dafür zu sein, dass es Renate geschafft hatte. Martin war unversehrt wieder unter ihnen. Lediglich den Verlust seiner Armbanduhr hatte er zu beklagen. Sie war ihm am Eingang eines Gefängnisses, das im Keller einer ehemaligen Villa untergebracht war, von einem Polizisten abgenommen worden. Zurück hatte er sie bei seiner Entlassung nicht erhalten. Das war zu verschmerzen. Alle waren froh, dass er wieder da und ihm nichts geschehen war. So ganz vertrauten sie dieser revolutionären Welt eben doch nicht. Lateinamerika mit seinen Diktaturen war in ihren Köpfen mit Unrechtsstaaten und dem spurlosen Verschwinden von Menschen verbunden. Diese Angst wurde bei Martins Verhaftung sofort in ihnen geweckt. Warum sollten sie auch einem Land mit fremden und unübersichtlichen Verhältnissen so ohne weiteres trauen? Obwohl sie grundsätzlich gern gesehene Gäste dieses Landes waren, die am Aufbau einer gerechteren Gesellschaft mitarbeiten wollten, hatte dieser Vorfall einige erschüttert. Aber Renate spielte den Vorgang herunter. Wenn man immer seinen Pass dabei hätte, dann würde einem nichts geschehen. Und an einem Tag, an dem der Präsident sich in der Öffentlichkeit zeigte, waren die Sicherheitsmaßnahmen eben sehr streng. Die Regierung durfte nicht das Risiko eingehen, dass ihrem Präsidenten etwas zustoßen könnte. Er galt als hochgefährdet und die Verantwortlichen gingen davon aus, dass aus dem Ausland angeheuerte Auftragskiller versuchen wollten, ihn zu ermorden. Darum hielt sich der Präsident selten in der Öffentlichkeit auf, schlief jede Nacht an einem anderen, geheimen Ort.

Renate hatte nicht nur Martin wieder mitgebracht, sondern auch die Nachricht, dass sie am kommenden Morgen mit einem Lkw ihre weitere Reise nach San Martin beginnen wollten.

Aufgrund der bevorstehenden Abreise entschieden sich die meisten der Brigadisten dafür, irgendwo in der Stadt bei einem Bier den Abschied zu feiern.

Fast alle wollten ins Sarah's, aber Christian Dunker und die beiden Brigadisten, mit denen er einkaufen gegangen war, wollten noch etwas anderes sehen. Ein Blick auf die Uhr machte den dreien klar, dass sie sich sputen mussten. Es war schon halb fünf, und bald kam der große Regen. Sie entschlossen sich, nördlich der Laguna de Tiscapa nach Westen zu gehen, um auf den Paseo Salvador Allende zu gelangen. Dort hofften sie, auf weitere Restaurants oder Kneipen zu treffen. Links von ihnen tauchte das „Intercontinental" auf, das beste Hotel der Stadt. Wer hier wohnen wollte, musste mit harten US-Dollars bezahlen. Das Hotel war jetzt im staatlichen Besitz und eine Einnahmequelle für ausländische Währungen, die Nicaragua für den

Handel am Weltmarkt benötigte; sofern das Handelsembargo der USA das zuließ. Durch diese Präsenz des Dollars in Nicaragua war natürlich ein Schwarzmarkt entstanden. Ein Umstand, der bei den Brigadisten keine Unterstützung fand, da sie eine zweite Währung im Land neben dem Cordoba nicht fördern wollten. Dennoch war es so, dass viele Händler lieber Dollars statt der einheimischen Währung sehen wollten. Aber wer sich mit Nicaragua solidarisierte, bestand darauf, in Landeswährung zu bezahlen.

Am Paseo Salvador Allende konnten Dunker und seine beiden Begleiter kein gescheites Restaurant finden. Es gab hier einige wirklich schicke Läden, nicht zu vergleichen mit dem Sarah's, aber sie fühlten sich nicht wohl bei dem Gedanken, mit ihrem Brigadisten-Outfit unter den anderen Gästen, die hauptsächlich Anzüge trugen und Krawatten, wie sie beim Blick durch die Fenster feststellten, zu sitzen und zu essen. Zu sehr machten diese Leute auf sie den Eindruck von Feinden der Revolution.

Als sie gegenüber das psychiatrische Krankenhaus von Managua erblickten, war auch der Paseo zu Ende. Vor ihnen lag die Laguna de Asososca und glücklicherweise, denn es war schon fast fünf Uhr, und der Himmel begann sich zu bedecken, entdeckten sie ein Schild mit einem Hinweis auf ein Restaurant, das direkt am See liegen sollte. „El Panorama" hieß es und machte den Eindruck, dass sie hier ohne unangenehme Gefühle einkehren konnten. Sie bemerkten, dass in der näheren Umgebung noch weitere Restaurants angesiedelt waren, aber nur das El Panorama hatte seine Lage an der Laguna. Sie nahmen in gemütlichen Bambussesseln auf der Veranda Platz und genossen den Blick auf das tiefgrüne Wasser des Sees. Herrlich erhoben sich ihnen gegenüber seine steilen Ränder gen Himmel. Das Ufer war dicht bewachsen und der den herannahenden Abend ankündigende, sich verdunkelnde Himmel ließ in den letzten Sonnenstrahlen die vielen Grüntöne noch satter und dunkler erscheinen.

Alle drei bestellten sich *Gallo Pinto*, ein landesübliches Gericht aus Reis mit dicken, roten Bohnen und einem Spiegelei, manchmal ergänzt um ein paar Scheiben gebratener Kochbananen. Dazu natürlich Bier. Die Bedienung war ein wenig verwundert über ihre Wahl, denn die Nicaraguaner pflegten *Gallo Pinto* eher zum Frühstück zu essen. Aber das wussten die drei Brigadisten noch nicht. Sie wollten ihren letzten Abend in Managua noch einmal genießen. Wer sollte es ihnen verdenken? Denn bald würden sie es nicht mehr so komfortabel haben werden. In San Martin sollte es weder Strom noch fließend Wasser geben. Dafür aber sehr viel rote, matschige Erde.

Am nächsten Morgen waren alle sehr früh wach, obwohl bis zum Eintreffen des Lkw noch einige Stunden vergehen sollten. Sie waren eben aufgeregt, denn nun ging es wirklich los. Gegen neun Uhr erschien endlich ein gelber Mercedes-Lkw mit Fahrerkabine und einer Pritsche. Er hatte eine runde Motorhaube und noch rundere Kotflügel – ein Hinweis auf sein Alter. Renata diskutierte mit dem Fahrer die Sicherheitslage der Straßen außerhalb Managuas. Zum einen galt es, kämpferischen Auseinandersetzungen der sandinistischen Truppen mit der Contra auszuweichen, zum anderen waren die Straßen außerhalb der Hauptstadt und insbesondere in dem Gebiet, in das sie sich begeben wollten, nur als Pisten zu bezeichnen, die häufig aufgrund der Regenfälle schwer befahrbar waren. Mit Genugtuung stellte Renate fest, dass der Lkw allradangetrieben war, was ihre Fahrt mit Sicherheit erleichtern würde.

Die Ladefläche war mit hölzernen Spriegeln versehen, und hinter der Fahrerkabine befand sich eine zusammengeschobene Persenning. Wenn die Hitze zu groß werden sollte, konnte man sie schattenspendend über die Ladefläche ziehen. Oder zum Schutz vor Regen. Aber erst einmal sollte sie offen bleiben, denn alle Brigadisten wollten die Landschaft und die Umgebung sehen, durch die sie fahren würden.

Sie verließen die Stadt in östlicher Richtung, passierten noch einmal die Umgebung des Flughafens und bogen dann auf die Straße nach Teustepe ab. Ihr nächster Halt sollte in der etwa einhundertvierzig Kilometer entfernten Stadt Juigalpa sein.

Hinter Teustepe wurde die Straße schlechter. Die Landschaft veränderte sich drastisch. Nur noch vereinzelt waren Häuser zu sehen, in einiger Entfernung sah man manchmal kleine Dörfer. Die Vegetation wurde dichter und undurchdringlicher. Der Weg führte bergauf, und nur einmal konnten die Brigadisten den westlich gelegenen, riesigen Lago de Nicaragua im hellen Sonnenlicht blitzen sehen, auf dem eine ehemalige Flussfähre aus Bremen ihren Dienst versah. Ein Geschenk der Solidaritätsbewegung.

Der Lkw tat sich schwer, manche Steigungen zu nehmen. Der alte Diesel kämpfte sich aber unermüdlich hoch. Außer ihnen war fast niemand mehr auf der Straße. Lediglich ab und zu kam ihnen einer der klapprigen Überlandbusse entgegen oder wurde von ihnen überholt. Vollgestopft mit Menschen, Kleintieren und großen, in Folien eingeschlagenen Paketen auf dem Dach. Die Schaffner standen immer außerhalb der Beifahrertür auf einem Trittbrett und hielten Ausschau nach Fahrgästen oder auch unangenehmen Überraschungen. Alle Schaffner, denen die Brigadisten begegneten, litten unter einer Bindehautentzündung, da sie während ihrer gesamten Arbeitszeit draußen im Fahrtwind standen.

Häufiger fielen in dieser Gegend nun IFAs in olivgrün auf. Militärlastwagen aus DDR-Fertigung, die dem befreiten Nicaragua von dort zur Verfügung gestellt worden waren. Ein sicheres Zeichen dafür, dass die Gegend gefährlicher wurde.

Aufgrund der schlechten Straßen und des betagten Lkws dauerte es mehrere Stunden, bis die Gruppe endlich Juigalpa vor sich sah. Der Nachmittag hatte schon begonnen, als sie die gepflasterte Hauptstraße Juigalpas erreichten und nach dem Büro des CNSP Ausschau hielten. Das Comité Nicaraguense de Solidaridad con los Pueblos war der örtliche Ansprechpartner für die Brigadisten. Von dort erhielten sie ihre Instruktionen und Hilfe für die weitere Reise. Ihr Lkw fuhr langsam die Straße entlang, die in einem tiefen Bogen hinab ins Zentrum führte und auf der anderen Seite wieder anstieg Richtung Ortsausgang.

Die Bausubstanz Juigalpas wies kaum Spuren des Befreiungskampfes auf. Sie war gut erhalten, ganz anders als in der Hauptstadt. Die niedrigen, eingeschossigen Häuser mit den gebrannten Dachpfannen wirkten gepflegt. Vor ihren Fenstern waren die typischen, gewölbten Gitter aus Schmiedeeisen angebracht. Durch manche geöffnete Haustür konnte man in einen begrünten Innenhof oder in lateinamerikanischem Stil möblierte Dielen schauen. Materiell wirkte Juigalpa intakt. Inwieweit hier statt der Bauten die Seelen der Menschen durch den Krieg zerstört oder verletzt worden waren, war nicht von außen erkennbar. Im Ort herrschte aber eine merkwürdige Stimmung, die ihnen im Büro des CNSP, nachdem sie es gefunden hatten, erklärt wurde.

„Der größte Teil der Bevölkerung war hier auf Seiten von Somoza“, erläuterte der Vorsitzende des CNSP den Brigadisten. „Viele Bewohner Juigalpas waren Händler, Kaufleute, die mit der Diktatur kooperierten.“

Die Brigadisten sollten sich in Juigalpa nicht mit jedem einlassen, mahnte der Vorsitzende, man wisse nie. In der Stadt gäbe es sicher Leute, die mit der Contra Kontakt haben.

Dann erläuterte er die Sicherheitslage. Auf der Straße, die die Gruppe nach Nueva Guinea bringen sollte, war ein Linienbus auf eine Mine der Contra gefahren. Zurzeit musste das Militär klären, ob sich die Contra noch in der Gegend aufhalten würde. Jedenfalls war es für heute zu gefährlich für die Brigadisten, weiterzufahren. Selbst, wenn sie militärisches Geleit erhalten könnten.

Das CNSP hatte den unvermeidlichen Aufenthalt der Brigade aber schon organisiert. In der Nähe, an der Hauptstraße gelegen, befand sich eine einfache *hospidaje*, eine Art Herberge, in der sie übernachten sollten. Am nächsten Morgen würde man weitersehen. Wenn das Einverständnis der Bezirksregierung vorläge, könnten sie weiterfahren. Mit diesen Erläuterungen entließ der Vorsitzende des CNSP die Brigade, und sie suchten nach der Unterkunft.

Die nicaraguanische Regierung wollte möglichst verhindern, dass internationale Brigadisten in Kampfhandlungen verwickelt wurden. Für sie lag deren Wert hauptsächlich darin, als Zeugen der Situation im Lande zu fungieren und zudem, sozusagen als lebendes Schutzschild, für die Sicherheit der Bevölkerung in den grenznahen Gebieten zu dienen, in denen die Contra operierte. Denn die Contra und die sie unterstützenden Länder müssten das Risiko internationaler Verwicklungen eingehen, falls sie eine Ortschaft angreifen würde, in der Internationalisten, zum Beispiel auch aus den USA, arbeiteten. Der Tod von Zivilisten einer Nation, die die Contra förderte, war kontraproduktiv für die Konterrevolutionäre. Außerdem versprachen die Brigaden im Grenzgebiet natürlich auch mehr Schutz für die jetzt vorhandenen Erfolge der Revolution: Gesundheitsposten, Kooperativen, Lehrer und Ingenieure.

Ein von Honduras ausstrahlender, sandinistenfeindlicher Radiosender hatte vor einigen Tagen die Kämpfer der Contra aufgerufen, alle Deutschen im Land zu töten. Das hatte einige sehr beunruhigt. Auch die Brigadisten, die davon hörten, als sie noch in Managua weilten. Als sie nun an der Rezeption der *hospidaje* standen, plärrte aus dem Lautsprecher in der Ecke die Stimme des Nachrichtensprechers von Radio Revolución, die erklärte, dass derselbe honduranische Feindsender heute seine Haltung revidiert hatte und nun dazu aufrief, ausschließlich die Ostdeutschen zu töten. Laut Kommentar das Ergebnis einer Intervention des bundesrepublikanischen Botschafters in Honduras.

Für alle ein deutliches Zeichen dafür, dass auch die Bundesrepublik Deutschland in irgendeiner Weise mit der Contra verbunden war. Und wenn es nur aus Freundschaft mit ihrem Verbündeten, den USA, war.

In der *hospidaje* gab es nur Vier-Bett-Zimmer, die ihren Namen nicht verdienten und eigentlich mehr Verschlägen ähnelten, da sie einfach in einen großen Raum hineingezimmert waren. Es gab keine Fenster, und lediglich ein freigelassener Streifen zur Decke sorgte für Belüftung. Matratzen und Laken der Betten waren von Motten angefressen. Der Boden aus weißen Fliesen glänzte aber. Alles war grundsätzlich sauber, nur eben ärmlich. Es gab kein sichtbares Ungeziefer. Nur draußen auf der Veranda liefen immer wieder Kakerlaken zwischen den wenigen Tischen und Stühlen herum. Am Ende der langen Veranda gab es einen steinernen Unterstand. Hier befanden sich die Duschen. Ein fingerdickes Rohr schaute in Kopfhöhe aus der Wand, etwas weiter darunter war ein verrostetes Rad für den Wasserhahn. Besser als keine Dusche, dachte Dunker. Das Klima war schwüler geworden. Es waren vielleicht noch gerade dreißig Grad, also bei weitem nicht mehr so heiß wie in Managua, aber die Luftfeuchtigkeit hatte hier in der höheren Lage stark zugenommen. Man brauchte sich nicht lange zu bewegen, und die Kleidung klebte einem am Körper. Er entschloss sich, vor dem Schlafen noch zu duschen, aber jetzt erschien es ihm nicht ratsam. Vielmehr wollte er sich in der Stadt umsehen. Schließlich war es noch hell, und wer wusste, ob er jemals wieder hierher kommen würde. Leider konnte er keinen seiner Mitstreiter dazu bewegen, ihn zu begleiten, und so machte er sich allein auf den Weg. Was ihm gar nicht so recht war. Es war immer besser, mindestens zu zweit unterwegs zu sein.

Christian Dunker schlenderte die Hauptstraße entlang. An einer Kreuzung entschied er sich, nach rechts abzubiegen. Auch diese Straße war breit, aber unbefestigt. Die festgefahrene Erde schimmerte dunkelrot in der Sonne. Obwohl die Straße schlechter war als die Hauptstraße, tauchten hier große, mehrgeschossige Steinhäuser auf. Alle in spanischem Stil verziert und sehr gepflegt. Hier schienen die Wohlhabenden Juigalpas ihr Zuhause zu haben. In den Einfahrten vor den Garagen standen große Jeeps oder Pick-ups. Nicht ganz neu, aber gepflegt. Die dahinterliegenden Grundstücke waren angelegt und befanden sich sicher in den Händen von Gärtnern.

Christian Dunker sah, dass sein weiterer Weg zwangsläufig in eine Armensiedlung führen würde. Hinter einer dicht überwucherten Freifläche sah er schon die niedrigen, kleinen Bauten von Holzhäusern. Jetzt wurde ihm bewusst, dass er seit dem Verlassen der *hospidaje* nicht einem Menschen auf der Straße begegnet war. Es wurde ihm ein wenig unheimlich, und er entschloss sich, zurück ins Zentrum zu gehen.

Als er die Hauptstraße wieder erreichte, entdeckte er nach einigen Metern ein Hinweisschild auf ein Heimatmuseum. Er bog ab und stand nach wenigen Minuten vor einem hallenartigen Bau, vor dem im Eingangsbereich steinerne Stehlen aufgestellt waren, die ihn an die Figuren auf den

Osterinseln erinnerten. Nur kleiner. Er ging den schmalen Weg zum Eingang und trat ins Museum ein. Auch hier war niemand zu sehen. Die Tür stand einfach offen. Innen gab es nur spärliches Licht. Die heimatkundliche Sammlung war ziemlich unsortiert, und nur selten beschrieben kleine Tafeln die Exponate. Besonders fiel Christian Dunker ein ausgestopftes, zweiköpfiges Kalb auf, das in einer gläsernen Vitrine ausgestellt war. Aber dieses Museum begeisterte ihn nicht. Er verließ es alsbald und rechnete sich aus, dass er, wenn er der Straße folgen würde, an der Rückseite der *hospidaje* herauskommen müsste. Doch er hatte sich getäuscht. Nachdem er die Straße weiter entlanggegangen war, hörte die Ortschaft einfach auf. Seine Hoffnung, dass ihn eine Stichstraße wieder zurückführen würde, wurde enttäuscht. Trotzdem ging er weiter. Als die Dämmerung einsetzte, wurde ihm klar, dass er leichtsinnig geworden war. Das Tageslicht erlosch langsam aber stetig, und eine Straßenbeleuchtung gab es nicht. Abseits der Straße, etwas tiefer gelegen, sah er drei Männer, die auf Pferden einen schmalen Pfad entlangritten. Waren sie Freunde, waren sie Feinde? Er war froh, dass er nicht so einfach gesehen werden konnte. Er erklomm einen höhergelegenen Hügel, um eine bessere Rundumsicht zu erlangen. Von irgendwoher hallten Schüsse. Mündungsfeuer konnte er nicht ausmachen. Als er entfernt die Straßenlaternen der Hauptstraße Juigalpas entdeckte, merkte er, wie weit er gegangen war. Wieder hörte er Schüsse. Ihm wurde mulmig. Auch von seinem erhöhten Standort war eine Stichstraße, die ihn zurückführen konnte, nicht zu finden. Also wählte er die einzig sichere Variante, nämlich genau den Weg zurückzugehen, den er gekommen war. Er brauchte fast eine Stunde, bis er erleichtert wieder vor den mittlerweile verschlossenen Toren des Heimatmuseums stand. Jetzt fühlte er sich sicherer. Ihm wurde klar, dass die Landschaft außerhalb der Ortschaften völlig unübersichtlich war; besonders in der Dunkelheit. Es war ein Leichtes sich zu verstecken oder sich verdeckt anzuschleichen. Er verstand nun, warum es nicht so einfach war, konterrevolutionäre Söldner zu bekämpfen. In einem Gelände, das man vielleicht auf zwanzig Meter noch ausspähen konnte, das aber dann alles in einer grünen Masse von üppiger Vegetation zu verschlucken schien, war es schwierig, sich vor Angriffen zu schützen.

Als er in die *hospidaje* zurückkehrte, saß der Rest der Brigade auf der Veranda und aß. Die Chefin des Hauses hatte extra einen Truthahn geschlachtet, und so gab es Reis, Bohnen und Fleisch. Nach den schon geleerten Flaschen auf den Tischen zu urteilen, schien es auch unbegrenzt Bier zu geben. Dunker nahm auf einem wackeligen Stuhl Platz und ließ sich ebenfalls einen vollen Teller bringen. Er griff sich eine der ungeöffneten Bierflaschen und erzählte den anderen von dem Kalb mit den zwei Köpfen. Über seine Eindrücke in der Dämmerung am Ende der Stadt schwieg er.

Die Nacht in der *hospidaje* verlief für die meisten Brigadisten etwas unruhig. In den hohlen Trennwänden zwischen den fensterlosen Zimmern schien eine ganze Reihe von Kreaturen zu hausen. Mäuse und Eidechsen rumorten in den Hohlwänden, und auch die Moskitos gingen in der schwülen Nacht zum Angriff über. Am kommenden Morgen waren viele der Bridgadisten übernächtigt. Einige auch ziemlich zerstochen – sie hatten geschwollene Gesichter.

Nach dem Frühstück warteten alle auf die ersehnte Auskunft des CNSP, dass sie weiterfahren konnten. Es wurde Schach gespielt, und eine Brigadistin verteilte Knoblauchzehen. Deren Geruch sollte die Mücken fernhalten können.

Renate kam mit einem Mitarbeiter des CNSP auf die Terrasse und teilte mit, dass noch keine Genehmigung für ihre Weiterfahrt vorliegen würde. Sie sollten sich noch etwas gedulden und ihrem Begleiter zuhören, der etwas über seine Arbeit und die Region 5, zu der Juigalpa gehörte, erzählen wollte. Der CNSP-Vertreter war ein schlaksiger, junger Mann in uniformähnlicher, beiger Kleidung. Er berichtete über die Landreform, und dass eintausendsechshundert *mansanas* an die Bauern verteilt worden waren. Auf Nachfrage stellte sich heraus, dass eine mansana etwa 2,4 Hektar entsprach. Viele Bauern hatten sich anschließend zu Kooperativen zusammengeschlossen, und heute wurden in dieser Gegend fast fünfzig Prozent des gesamten Maisaufkommens des Landes angebaut. Aufgrund der schwierigen Sicherheitslage und der fehlenden Infrastruktur verbliebe der Mais leider in der Region und würde an Schweine verfüttert werden. Diese würden dann irgendwann in die Städte transportiert, und auf diesem Wege käme der Mais sinnbildlich dann doch noch nach Managua.

Noch während seines Vortrages kam ein weiteres Mitglied des CNSP zu den Brigadisten und unterbrach seinen Kollegen. Die Bezirksregierung hatte zugestimmt, dass sie ihre Reise bis nach Nueva Guinea, der nächstgelegenen Stadt auf ihrem Weg, fortsetzen konnten. Eine Militäreskorte würde es zwar nicht geben, aber ein weiterer Lkw wollte sich der Brigade anschließen.

Eilig packten die Brigadisten ihre Sachen zusammen und beluden ihren Lkw. Eine blaue IFA kam die Straße heruntergefahren und hielt genau hinter ihnen. Wie sich herausstellte, war sie mit mechanischen Nähmaschinen beladen, Spenden aus Europa, die für ein Frauenprojekt in Nueva Guinea bestimmt waren. Als es losgehen sollte, waren die Brigadisten verwundert, dass sie vorweg fahren sollten. Aber der IFA-Fahrer bestand darauf. Er betonte mehrmals, dass die Nähmaschinen wichtiger seien als ein paar Brigadisten. Für die meisten eine beunruhigende Haltung.

Nachdem sie Juigalpa verlassen hatten, begann es zu regnen. Nicht so wie in Managua, sondern schwächer, aber dafür stetig. Die Straßen wurden lehmiger, und der Lkw musste an den Steigungen der Berge jetzt besonders langsam fahren, um nicht in den Graben zu rutschen. Zu beiden Seiten der Straße und auf den nahen Hügeln war alles dicht mit Gestrüpp und kleinen Bäumen zugewachsen. Wenn hier irgendwo noch die Contra lauern würde, hätte die Brigade keine Chance gehabt, ihnen zu entgehen.

In Senken mussten die Lkw kleine Flüsse queren. Wenn es Brücken gab, waren diese von sandinistischen Soldaten bewacht und gesichert. Überhaupt sahen die Brigadisten nun immer mehr Soldaten und militärisches Gerät. Truppenverbände standen mit ihren Lkw abseits der Straße, Jeeps mit angehängten Geschützen überholten sie. Die Brigade war im Kriegsgebiet angekommen.

Der Regen hatte aufgehört, als sie Nueva Guinea endlich erreichten. Der Himmel war noch von Wolken verhangen. Wärme und Feuchtigkeit klebten sich regelrecht an die Brigadisten.

Am rechten Straßenrand stand ein aus Brettern zusammengenageltes Schild. Es hing schief, und mit schwarzer Farbe hatte man den Namen der Stadt daraufgepinselt. Diese Stadt konnte einem Vergleich mit Juigalpa nicht standhalten. Hier gab es keine befestigten Straßen, keine aus Stein gemauerten Häuser. Alles war durch den Regen verschlammt. Die wenigen, in großen Abständen an der Hauptstraße stehenden Hütten waren aus Holzbrettern zusammengenagelt. Ihre Dächer meistens aus Wellblech. Die Hütten standen auf Pfählen. Unter manchen lagen Schweine im Schlamm herum, aufgeregte Hühner rannten umher. Vereinzelt waren kleine, magere Pferde an den Häusern angebunden. Elektrizität und fließendes Wasser gab es hier nicht. Der Blick in die Ferne führte zu grünen, dichtbewachsenen Hügeln und Bergen, die die Stadt umgaben.

Die Brigade wurde in einer geräumigen Hütte untergebracht, die eigentlich eine Kfz-Werkstatt war und von ein paar westdeutschen Mechanikern aufgebaut wurde. Vom Dach wurde das Regenwasser durch eine Rinne in ein altes, blaues Ölfass geleitet. Die Trinkwasserversorgung.

Sie hörten, dass ganz in der Nähe ein kleines Krankenhaus sein würde, in dem auch deutsche Ärzte arbeiteten. Einige Brigadisten entschlossen sich, es aufzusuchen. Sie bahnten sich in ihren Gummistiefeln einen Weg durch das matschige Gras zwischen den Hütten und sahen alsbald von weitem zwei große Holzbaracken, vor denen die Fahnen der FSLN und des Roten Kreuzes nass in der Windstille hingen.

Auf der überdachten Veranda vor einem der Gebäude saß auf einer Holzbank ein erschöpfter, blonder Mann, sein Gesicht in die Hände gestützt. Er war wahrscheinlich um die dreißig, kam aus der Bundesrepublik und hatte sich freiwillig einer Ärztebrigade in Nicaragua angeschlossen. Er berichtete, dass mehr als die Hälfte seiner Operationen Schussverletzungen beträfen. Und dass er zunehmend persönliche Schwierigkeiten damit hätte, verletzte Angehörige der Contra zu behandeln. Zu oft war er in den letzten Wochen mit ihren Gräueltaten an der Zivilbevölkerung konfrontiert worden. Schwangere Frauen, denen mit Macheten ihre ungeborenen Kinder aus dem Leib geschlagen wurden. Kleine Kinder, neben deren Köpfen Gewehrgranaten abgefeuert wurden und denen die Hälfte ihres Gesichtes dadurch wegflog oder verbrannte. Zu diesen Belastungen kamen die schwierigen Operationsbedingungen. Wenn ihr benzingetriebener Generator ausfiel, mussten sie mit Taschenlampen im Mund operieren. Der Stromverbrauch ihres einzigen Röntgengerätes war so hoch, dass sie während seines Betriebs alle anderen Verbraucher abschalten mussten.

Ein weiteres, großes Problem war die Herstellung von Sterilität in ihrem provisorischen Operationssaal. Es gab keine Klimaanlage, und die schwüle Luft erschwerte die Bekämpfung von Keimen und Bakterien. Ganz zu schweigen von den relativ einfachen Bestecken, mit denen sie arbeiten mussten, und die sämtlich aus Spenden aus Deutschland stammten. Gebrauchtes Material, das in deutschen Krankenhäusern nicht weiter verwendet werden sollte.

Die Brigadisten ahnten, dass sie jetzt in einer Realität angekommen waren, die ihnen nicht nur nicht vertraut war, sondern die eindeutig auch bedeutete, dass es ab nun immer galt, selbst für alles die Verantwortung zu übernehmen. Ein hilfreicher Staat mit den in europäischen Gesellschaften gewohnten Vorkehrungen stand ihnen hier nicht mehr zur Verfügung. Sie fühlten, dass sie sehr auf sich gestellt sein würden, wenn sie in San Martin angekommen sein würden.

Der junge Arzt gab einem von ihnen ein paar Briefe mit einer Bitte mit: Sie sollten sie einem Brigadisten geben, der, nachdem sie San Martin erreicht hatten, wieder nach Managua zurückkehren würde. Dort könnte er die Briefe einem heimreisenden deutschen Brigadisten in die Hand drücken, der sie zu Hause aufgeben sollte. Hier in der Region gab es keine funktionierende Post mehr.

Zurück in der Werkstatt, war ein kräftiger Kaffeegeruch wahrzunehmen. In einer großen, mit Erde gefüllten Kiste loderte ein Holzfeuer, in dem ein rechteckiger Kanister stand. In ihm kochte so langsam ein starker Kaffee zurecht. Bier gab es hier in Nueva Guinea nicht. Schon lange war kein entsprechender Transporter bis hierher gekommen. Auch fehlte es an Kühlmöglichkeiten.

Der Kaffee war heiß und kräftig. Man musste schon viel Zucker hineingeben, um ihn genießen zu können. Aber er tat trotz der Wärme gut und belebte die Brigadisten. Die Enge der Werkstatt wandelte sich in Gemütlichkeit. Draußen setzte der Regen wieder ein, und Tropfen prasselten laut auf das Dach.

Irgendwann wurde es wieder ruhiger im Haus. Die ersten Brigadisten schliefen schon auf dem harten Holzboden. Die anderen bereiteten ihr Lager für die Nacht vor. An die Schüsse, die zu hören waren, konnte sich aber niemand so recht gewöhnen. Auch wenn sie weit entfernt zu sein schienen.

Am kommenden Morgen waren sie noch nicht einmal mit dem kargen Frühstück fertig, als ein kleiner Lastwagen kam und der Fahrer zur Eile drängte. Die letzte Etappe nach San Martin sollte beginnen und möglichst schnell geschafft sein. Die Ladefläche des Lkw war klein, und das Gepäck nahm so viel Platz weg, dass alle während der Fahrt stehen mussten.

Nueva Guinea war schnell vergessen. Es ging höher in die Berge, und alle waren beeindruckt von der Landschaft. Ein immer dichter werdender Urwald entwickelte sich mit jedem weiteren Kilometer, den sie fuhren. Urwaldriesen standen am Rand der Schlammpiste, um deren Stämme sich Schlingpflanzen so dick wie kräftige Arme emporschlängelten. Ohne Zweifel konnte diese Vegetation als „grüne Hölle“ bezeichnet werden. Sie beeindruckte und ängstigte zugleich. Kolibris und andere, den Brigadisten unbekannte, bunte Vögel schwirrten durch die Luft. Manchmal konnte man Reste von Schlangenhäuten, in den Ästen der Bäume hängend, erkennen. Stellenweise war der Wald von Brandrodungen unterbrochen, auf denen Bananen oder Kakao angebaut wurde. Da, wo Rinder auf Weiden standen, tauchten auch vereinzelt Reiter auf. Wahrscheinlich war das Pferd das geeignetste Fortbewegungsmittel in all diesem Schlamm.

Der kleine Lkw fuhr über zerbrechlich wirkende Brücken aus Baumstämmen und Bohlen. Am Straßenrand tauchte das verrußte Skelett einer ausgebrannten Militär-IFA auf. Die Straße wurde immer schlechter, und am Ende kamen sie nur noch zehn Kilometer in der Stunde voran. Zu allem Überdruss mussten sie auch noch eine kurze Strecke zurückfahren, da eine vor ihnen liegende Brücke gesprengt worden war. Die tragenden Stämme waren zerborsten, und die Fetzen an ihren Enden hingen in ein kleines Tal hinab. Der Umweg kostete sehr viel Zeit, da die Straße der Ausweichroute in einem noch schlechteren Zustand war. Aber San Martin kam stetig näher. Irgendwann sagte Renate, dass jetzt nur noch etwa ein Kilometer Strecke vor ihnen liegen würde. Als der Lkw einen abschüssigen Teil der lehmigen Straße hinabraste, um Schwung zu holen für die sich anschließende Steigung, war aber plötzlich Schluss. Die in der Senke zwischen den beiden Steigungen befindliche Wasserlache entpuppte sich als ein metertiefes Schlammloch, in dem der Lkw einfach steckenblieb. Die Brigadisten wurden auf der Ladefläche durcheinandergewirbelt. Sie prallten gegen die Rückwand der Fahrerkabine und gegeneinander. Glücklicherweise wurde niemand durch den abrupten Stopp verletzt, aber es gab keine Chance mehr, hier ohne fremde, motorisierte Hilfe wieder rauszukommen. Sie stiegen von der Ladefläche, schüttelten den Schrecken ab und besahen sich ihr Pech. Ganz schnell war klar, dass sich keiner der Brigadisten bis zur Hüfte oder noch höher in ein unbekanntes Schlammloch stellen wollte, um, wahrscheinlich vergeblich, zu versuchen, einen tonnenschweren Lkw wieder aus dem Dreck zu schieben. Also watete einer von ihnen wieder zur Ladefläche des Lkw, stieg hinauf und warf die Gepäckstücke so weit wie möglich auf einen halbwegs trockenen Teil der Straße. Sie luden sich alle ihr Gepäck auf, ließen den Lkw stehen und legten den Rest des Weges zu Fuß zurück. Für die meisten war dies eine ungewohnte Anstrengung. Die Straße führte noch mehrere Male steil bergauf und wieder hinab, und auf dem lehmigen Untergrund konnte man sehr leicht ausrutschen. Und ihr Gepäck war schwer. Nicht ihre privaten Rucksäcke, aber die mitgeführten Holzkisten mit Werkzeugen und Ersatzteilen. Sie tauschten unter sich alle hundert Meter die Kisten zum Tragen aus, und so war es für alle einigermaßen erträglich. Nach etwa einer halben Stunde erreichten sie die ersten Hütten von San Martin. Aufgeregt kamen ihnen kleine Kinder entgegengelaufen und begleiteten sie ihres weiteren Weges hinein ins Dorf.

San Martin war ein kleines Dorf mit einer Kakaokooperative. Die Bevölkerung wuchs ständig, da aus noch schwerer zu erreichenden Gebieten in der Region die Menschen vor den Übergriffen der Contra hierher flüchteten. Viele, die hier ankamen, waren froh, mit dem Leben davongekommen zu sein. Die Brigadisten hatten sich zur Aufgabe gemacht, in San Martin tagsüber möglichst viele neue Häuser zu bauen, um die geflüchteten Menschen unterzubringen, und nachts die Miliz zu verstärken und das Dorf mit der Waffe zu beschützen.

Für die Brigade gab es ein großes Holzhaus mit einer überdachten Veranda und einem Anbau, in dem die Küche und ein Speiseraum eingerichtet waren. Auch hier stand eine hölzerne Kochkiste, die mit Scheiten aus Mahagoniholz befeuert wurde. Die Brigade hatte eine Frau aus San Martin als Köchin angestellt und somit gleich noch einen Arbeitsplatz geschaffen. Sie hieß Juanita und erhielt den gesetzlich vorgeschriebenen Stundenlohn mit einem Zuschlag von der Brigade. Jeden Tag kam sie in demselben verblichenen, hellblauen Kleid mit dem kaum noch zu erkennenden Blütenaufdruck zur Arbeit. Dazu trug sie immer ihre Gummistiefel. Ihre schwarzen, lockigen Haare hingen ihr verfilzt ins Gesicht, und wenn sie lachte, sah man die diversen Lücken in ihrem Gebiss. Aber sie wirkte weder bedrückt noch verängstigt. Sie kochte zu jeder Mahlzeit nur Reis und rote Bohnen. Morgens, mittags, abends. Wer Obst wollte, brauchte nur ein paar Schritte an den Rand des Urwalds zu gehen. Überall wuchsen dort Pampelmusenbäume, die das ganze Jahr über Früchte trugen.

Im Brigadenhaus waren einfach gezimmerte Etagenbetten aufgestellt, auf die die Brigadisten ihre Schlafsäcke legen konnten.

Worauf niemand vorbereitet war, waren die vielen Ratten, die nachts durch das Haus huschten und über die Betten rannten. Aber nach einigen Nächten hatten sich die meisten an sie gewöhnt. Gegen die Ratten konnte man sowieso nichts machen. Wenigstens waren sie nicht allzu groß. Doch ihr Gefiepe war manchmal so laut, dass man davon aufwachte. Ein herzhafter Schlag auf die Bretter eines Bettes verscheuchte sie allerdings und sorgte meistens so lange für Ruhe, dass man wieder einschlafen konnte.

Am ersten Morgen nach ihrer Ankunft wurden die Brigadisten mit dem Dorf vertraut gemacht. Die wichtigsten Leute hier waren die Kakaotechniker, die den Bauern beim Aufbau ihrer Kooperative zur Seite standen, die Lehrer, die den Menschen hier Lesen und Schreiben beibrachten, und Angelita, die den Gesundheitsposten leitete. Jeder von ihnen schlief jede Nacht in einem anderen Haus. Zu ihrer eigenen Sicherheit. Denn es galt als sicher, dass die Contra das Dorf beobachtete. Und ihr primäres Ziel waren diese Menschen, die die Errungenschaften der Revolution verkörperten.

Dunker hatte einen der Kakaotechniker schon am Vorabend gesehen. Er hatte sich im Haus der Brigade zum Schlafen gelegt – seine Kalaschnikow dabei im Arm.

Heute hatten die Brigadisten zum ersten Mal selbst die Kalaschnikow in der Hand. Der Kommandant der örtlichen Miliz war erschienen und brachte ihnen den Umgang mit der AK bei. Es war ein relativ simpel gebautes Sturmgewehr und galt als sehr widerstandsfähig. Wie sie feststellten, war das einzige, was an der AK nicht richtig funktionierte, die Sicherung. Sie lernten, wie man die AK auseinander- und wieder zusammenbaute, wie man sie reinigte und wie man sie lud. Denn schon heute Nacht würden sie damit beginnen, die ansässige Miliz bei der Bewachung des Dorfes zu unterstützen.

Der Kommandant der Miliz machte keinen vertrauenerweckenden Eindruck. Er war schon angetrunken, als er zum Brigadistenhaus kam. Während seiner Erklärungen trank er ständig aus einer mitgebrachten Flasche, in der vergorener Ananasschnaps war.

Etwa fünfzig Meter vom Haus der Brigade entfernt ritt ein junger Mann auf einem braunen Pferd zwischen den vereinzelt stehenden Bananenstauden vorbei. Er war von der Sonne braungebrannt und trug seine langen, schwarzen Haare zu einem Schwanz zusammengebunden. Eine Kalaschnikow hing über seinem Rücken, und durch seine aufrechte Haltung vermittelte er eine ziemlich stolze Pose. Er sah wie ein Europäer aus, machte aber keine Anstalten, zur Brigade zu stoßen, sondern ignorierte sie.

Nach der kurzen Einführung an der AK gingen die Brigadisten mit Renate an den Rand des Dorfes, wo auf einer Lichtung frisch errichtete Holzhütten mit Wellblechdächern standen. Hier hatten sie sich mit ihrer Hauptaufgabe zu befassen. Tagsüber würden sie hier die Hütten für die neuankommenden Flüchtlingsfamilien bauen.

Als Basis der Häuser dienten in die Erde gerammte Pfeiler, auf die dicke Bohlen als Fußboden genagelt wurden. Die Konstruktion auf Pfeilern verhinderte, dass zu viel Ungeziefer die Bewohner heimsuchte und bot auch Schutz vor den schweren Regenfällen. Auf die Bohlen wurde ein einfaches Balkengerüst aufgesetzt, das anschließend mit Brettern verkleidet wurde. Als Dächer dienten Wellblechplatten, die von der katholischen Kirche gespendet worden waren. Auf dem Bauplatz kam ihnen eine Gruppe Kinder entgegen. Fast nur Mädchen. Während die Brigadisten schon am zweiten

Tag überall mit Lehm verdreckt waren, sah die Kleidung der Kinder ausgesprochen sauber aus. Ein Phänomen, das allen schon in Nueva Guinea aufgefallen war. Den Menschen gelang es auf eine für die Brigadisten unerklärliche Weise, immer in ordentlicher und sauberer Kleidung herumzulaufen.

Aus sicherem Abstand beäugten die Kinder die Brigadisten. Für sie sahen sie sehr merkwürdig aus, aber sie waren ihnen willkommen, denn sie bauten ihnen die neuen Häuser. Wenn einer aus der Brigade ihnen zuwinkte, lachten sie kurz alle auf, rannten weg und kamen nach kurzer Zeit wieder heran.

„Es sind hauptsächlich Mädchen, die hier mit ihren Eltern ankommen“, erklärte Renate. „Ihre Brüder werden von der Contra meistens gleich umgebracht, damit aus ihnen keine Soldaten werden können.“

Schrecklich, dieser Bürgerkrieg, dachte Dunker. Er erinnerte sich, auf einem der Vorbereitungstreffen in Deutschland eine Zeitungsanzeige in einem englischen Magazin für Söldner gesehen zu haben. Auf einem Photo war ein kleines, nicaraguanisches Mädchen abgebildet. Die Bildunterschrift lautete: „Das ist Juanita. Juanita ist eine Waise. Wenn Du willst, dass es noch mehr Kinder wie Juanita gibt, dann komm zu uns.“ Dann wurde die Adresse einer Rekrutierungsstelle für die Contra angegeben.

Was diese kleinen Kinder wohl schon alles erlebt hatten? Dass sie überhaupt noch so fröhlich sein konnten? Er wurde bedrückt. Aber er spürte in sich zum ersten Mal auch den Willen, diese Kinder zu verteidigen, wenn das Dorf angegriffen werden sollte. Auch wenn er kein Soldat war und bestimmt nicht viel gegen die Contra ausrichten konnte, so war er trotzdem fest entschlossen, seinen Beitrag zu leisten. Dafür war er hier.

Die meisten Mitglieder der vorherigen Brigade hatten San Martin schon verlassen und reisten in den sicheren Teilen des Landes herum oder waren nach Hause geflogen. Doch ein paar waren noch geblieben, um die Neuankömmlinge auf der Baustelle einzuweisen. Dazu gehörte auch, sich mit den Werkzeugen vertraut zu machen. Hier gab es bis auf einige Motorsägen keine Maschinen. Alles musste von Hand gesägt und genagelt werden. Martin, der Zimmermann, sollte zukünftig die Bauleitung übernehmen und gegebenenfalls die Konstruktion der Häuser verbessern. Einem anderen wurde die Verantwortung für die Werkzeuge übertragen. Ihr guter Zustand war mitentscheidend für das effiziente Arbeiten der Brigade. Sein Vorgänger, Josef, ein muskelbepackter Kerl aus dem Schwarzwald, übergab den Schlüssel für das Werkzeuglager. Trotz seines beeindruckenden Körperbaus war Josef kaum in der Lage, hundert Schritte zu gehen. Er hatte sich mit

Hepatitis angesteckt und war sehr schwach. Eine angemessene medizinische Versorgung gab es hier in San Martin nicht für ihn. In den nächsten Tagen wollten sie versuchen, Josef auf einem Maultier in eine drei Kilometer entfernte Garnison des Militärs zu bringen. Ein Tagesmarsch in dieser Gegend. Und nicht ungefährlich.

Die letzten Stunden des Nachmittags verstrichen schnell. Die Nacht brach plötzlich und sehr schwarz über sie herein. Ab sieben Uhr abends war fast nichts mehr in der Umgebung zu erkennen. Ein schwacher Mond schickte ein wenig Licht durch die Regenwolken des Nachthimmels. Die Sicht ins Gelände betrug nur wenige Meter. Das einzige, was deutlich zu erkennen war, war die schwarze Silhouette der Baumkronen ringsherum, die sich gegen den matt schimmernden Himmel abhoben.

Beim Abendessen im Schein einiger selbstgebauter Öllampen erkundigte sich eine Brigadistin bei Renate, wer denn der Reiter gewesen war, den sie am Nachmittag gesehen hatten. Merkwürdigerweise war Renate nicht davon begeistert, zu diesem Thema Erklärungen abzugeben. Aber nun drängten auch andere Brigadisten auf eine Antwort, und deutlich ihr Unbehagen zeigend, erläuterte sie die Zusammenhänge.

Der Reiter war ein Genosse aus Hamburg, den sie hier alle nur noch den „Colonel" nannten. Als er vor etwa vier Monaten hierher in die Brigade kam, wurde das Dorf gleich in den nächsten Tagen von der Contra angegriffen. Der Colonel kämpfte tapfer und hatte wahrscheinlich mehrere Söldner erschossen. Jedenfalls war er in erheblichem Maße daran beteiligt, den Angriff zurückzuschlagen. Sein Verhalten hatte ihm einen enormen Respekt bei der Bevölkerung im Dorf und bei der örtlichen Miliz verschafft.

„Na ja, und Ihr habt ja heute den Chef der Miliz erlebt", fuhr Renate fort. „Er ist ständig besoffen und ballert dann wild in der Gegend rum. Der Colonel hält die Miliz zusammen und ist ihr eigentlicher Führer. Diese Situation ist ihm ein bisschen zu Kopf gestiegen. Jedenfalls hat er sich für ein paar Dollar ein Pferd gekauft und reitet hier seitdem wie ein kleiner König im Dorf herum. Er wohnt auch nicht mehr im Brigadenhaus, sondern hat eine kleine Hütte nebenan vom Chef der Miliz bezogen. Wir haben mit ihm gesprochen, dass uns sein Gehabe nicht passen würde. Es hat ja schon feudalistische Züge. Aber der Chef der Miliz ist auf seiner Seite. Und unsere Beschwerde in Managua hat nichts bewirkt. Also halten wir uns von ihm fern."

Renate war es offensichtlich peinlich, den Colonel in der Brigade zu haben. Zu deutlich war für sie, dass er nicht einen revolutionären Gedanken verfolgte, sondern seine persönlichen Ziele nach Respekt und Macht befriedigen wollte. Etwas, was alle anderen ablehnten.

Dunker war hin und her gerissen. Zum einen lehnte auch er das Gehabe des Colonel ab. Es war ihm zu arrogant, und es gefiel ihm nicht, dass er eine Position innehielt, die ihn in gewisser Weise unantastbar gemacht hatte. Auf der anderen Seite beneidete er ihn. Der Colonel hatte das geschafft, was für ihn ein Traum war: in diesem Land Fuß fassen und eine neue Zukunft beginnen zu können. Akzeptiert von den Nicaraguanern und irgendwie auch ein bisschen machistisch. Denn Nicaragua war trotz der Revolution ein Macholand. Und hier bewiesen zu haben, dass man ein ganzer Kerl war: Das war schon was.

Aber Dunker wollte sich am Ende nicht eingestehen, dass er ebenso dachte wie der Colonel. Oder zumindest zum Teil. Nein, er würde sich lieber dem Gruppendruck beugen und das tun, was Renate empfohlen hatte. Er würde sich als ehrlicher Brigadist vom Colonel fernhalten. Das war bestimmt besser für ihn.

Gegen zehn Uhr abends kam Matthias zu ihm ans Bett und stieß ihn an. Dunker hatte zwar nicht Schlafen können, da es zu schwül war, aber er war ins Dösen gekommen. Nun schmeckte er einen schalen Geschmack im Mund und verspürte eine leichte Benommenheit im Kopf. Er war jetzt dran. Von zehn bis zwei. Matthias übergab ihm die AK und begab sich selbst ins Bett.

Christian Dunker zog sich seinen Parka an, steckte seinen kleinen, aber sehr guten Photoapparat in eine der Brusttaschen und schob seine Füße in die Gummistiefel. Dann schlich er leise aus dem Brigadenhaus, um die anderen nicht zu stören. Die erste Nacht hatte er Stellung direkt neben dem Haus zu beziehen. Er drückte sich in den rechts von der Veranda befindlichen Schützengraben, legte sein Sturmgewehr über den davor liegenden Baumstamm und begann, die Umgebung zu beobachten. Viel zu sehen gab es nicht. Der Mond brachte gerade so viel Licht durch den wolkenverhangenen Himmel, dass er seinen Weg finden konnte. Der Wind ließ die Blätter der Bäume und Bananen leise rascheln, und bei jeder Bewegung seiner Füße vernahm er ein glucksendes Schmatzen des Schlammes in seiner Grube, in dem seine Gummistiefel festzukleben drohten. Je länger er in seinem Schützengraben ausharrte, desto klarer wurde ihm, worin die besondere Gefahr seines Auftrags lag: Jeder Gegner konnte sich bis auf wenige Meter heranpirschen, ohne entdeckt zu werden. Hier, wo es weder Straßenlaternen noch Scheinwerfer gab. Wo keine Stadt ihr Streulicht gen Himmel sandte und die Umgebung erleuchtete. Mehrmals erschrak er, als sich in der Ferne leuchtende Punkte bewegten. Aber es waren nicht die glimmenden Spitzen der Zigaretten rauchender Contras, sondern lediglich Glühwürmchen, die es hier zuhauf gab. Kein Contra würde so blöd sein und vor einem Überraschungsangriff rauchen. Dunker aber rauchte in seiner Stellung. Er hielt geschickt die hohle Hand über die Glut der Zigarette und dunkelte sie so ab.

Die Stunden wollten nicht vergehen. Nichts rührte sich zu dieser Zeit im Dorf. Keine ungefährliche Ablenkung bot sich dem Ohr an. Christian Dunker wurde müde. Bloß nicht einschlafen. Das durfte ihm nicht passieren. Auch wenn Wache stehen Scheiße war – hier war sie sinnvoll und wichtig.

Leiser Regen setzte ein und machte ihm seine erste Nacht im Schützengraben schwer. Es war ein viel feinerer Regen als die Sturzbäche, die sich einmal am Tag über Managua ergossen. Und dieser Regen hörte nicht wieder auf. Nach zwei Stunden war sein Parka durchnässt. Es war zwar nicht kalt, aber unangenehm feucht auf der Haut. Irgendwo begannen ein paar Frösche ihr Quaken. Christian Dunkers Gummistiefel sanken tiefer im Matsch ein. Die AK rutschte vom Stamm in den aufgeweichten Boden des Schützengrabens. Er zog sie wieder hoch und wischte mit den bloßen Händen den Schlamm von Lauf und Verschluss. Hoffentlich funktionierte sie jetzt noch. Der Regen nahm noch zu, und das einzig Gute an ihm war, dass er die AK von allen Seiten wieder sauber spülte. Endlich war die Zeit um. Ihm war kalt geworden. Obwohl es noch weit über zwanzig Grad waren, hatte die verdunstende Nässe auf seiner Haut dafür gesorgt, dass ihm fröstelte. Sogar seine Nase lief ein wenig. Er stieg aus dem Graben, eilte mit seinen lehmverklebten Stiefeln zurück ins Brigadenhaus, wo ihm eine Mischung aus sanftem Atmen und lautem Schnarchen entgegenschlug. Er suchte im Dunkel die Schlafstatt von Steffi aus Berlin, die ihn ablösen sollte, und weckte sie vorsichtig, indem er leicht an ihrer Schulter ruckelte. Sie war sofort wach, stand auf, nahm die AK und verließ wortlos sofort das Brigadenhaus. Total militärisch. Sie war sehr diszipliniert.

Christian Dunker ging im düsteren Haus zu seinem Bett. Er zog sich die nasse Jacke und das T-Shirt aus, hängte beides an den Bettpfosten, schlüpfte ein wenig umständlich aus Gummistiefeln und Hose und legte sich in seinen Schlafsack. Es dauerte nur einige Minuten, bis ihm wieder warm wurde. Und wenige mehr, bis er einschlief.

Am nächsten Morgen stellte die Brigade nach dem Zähneputzen fest, dass das von ihnen produzierte Trinkwasser niemals für alle reichen würde. Und schon gar nicht, wenn es zum Zähneputzen benutzt wurde.

Zur Bereitung von Trinkwasser fingen sie Regen vom Dach auf und ließen diesen durch eine Filteranlage laufen, die das Wasser von Keimen befreite. Es hatte sich herausgestellt, dass die einheimische Bevölkerung zwar das Wasser aus dem Fluss vertragen konnte, es aber bei europäischen Brigadisten zu einem schrecklichen Durchfall führen konnte.

Die installierte Filteranlage konnte aber einem Bedarf, wie ihn die Brigadisten aus Deutschland kannten, bei weitem nicht nachkommen. Also wurde das Wasser rationiert.

Bevor es Frühstück gab, wurde gearbeitet. Bis auf die Brigadisten, die die letzte Wache bis sechs Uhr gemacht hatten, gingen alle auf die Baustelle und arbeiteten zwei Stunden an der Errichtung weiterer Häuser für die Flüchtlinge.

Um acht Uhr gab es dann Frühstück: Kaffee, eine heiße schwarze Brühe, die ungefiltert in einem Blechtopf gekocht wurde und einen Toten hätte erwecken können, und Reis mit Bohnen. Das, was es immer gab. Auch mittags und abends. Jeden Tag.

Tabak und Schokolade wurden zur Mangelware. Christian Dunker hatte eines Nachts drei Brigadisten dabei beobachtet, wie sie klammheimlich jeder ein kleines Stückchen Schokolade geteilt hatten. Schwer konspirativ war es dabei zugegangen. Aber so war das in San Martin mit allem. Es gab nichts zu kaufen und in der Umgebung auch keine Geschäfte. Alles, was knapp wurde, wurde wertvoller: aus Deutschland mitgebrachte Schokolade, Zigaretten und Tabak und der gebunkerte Flor de Caña. Jede Zigarette wurde genussvoll inhaliert. Viele rauchten aus Mangel an Nachschub nur eine am Tag und zelebrierten den Moment des Rauchens geradezu. Es hatte eindeutig etwas Positives, Luxus auf diese neue Art und Weise zu empfinden. Viele der Brigadisten waren zu Hause in ihren Heimatländern nicht gerade mit Wohlstand und Reichtum versehen. Aber sie würden zukünftig dort vieles sicher anders sehen können.

So gingen die Tage und Wochen ins Land. Immer wieder waren in der Ferne oder auch näher Schüsse zu hören. Hell aufblitzende Explosionen in den umliegenden Bergen zeugten von Kämpfen, bei denen Granatwerfer zum Einsatz kamen. Aber die Auseinandersetzungen erreichten San Martin bis jetzt nicht. Sie blieben davon verschont. Und die meisten hofften, dass es auch so bleiben würde. Zwar gab es im Brigadenhaus eine im Boden eingelassene Klappe, von der aus man durch einen Gang unter dem Haus in einen Erdbunker gelangen konnte. Der einzige Schutz, falls San Martin unter Granatbeschuss kommen sollte. Aber erstens mochten einige Frauen der Brigade diesen Tunnel nicht besonders, da er unbeleuchtet war und unter Wasser stand und von unzähligen dicken, braunen Kröten bevölkert war, auf denen man entlangrutschte. Und zweitens war jedem klar, auch wenn nie darüber gesprochen wurde, dass die Contra natürlich wusste, dass eine westdeutsche Brigade anwesend war, und ein Angriff bedeutete, dass es sie nicht interessieren würde, ihr Schicksal also ausgesprochen uneinschätzbar war. Manchmal kam es schon vor, dass ein Brigadist oder eine Brigadistin dem psychischen Druck der Situation nicht standhalten konnte und ein bisschen ausflippte. Aber Vorfälle dieser Art waren selten. Das Hamburger Komitee hatte schon die Richtigen ausgesucht.

In einer Nacht war Dunker für die Wache von zwei bis sechs am Rand des Dorfes eingesetzt worden. Er stapfte im Dunkeln die lehmige Dorfstraße entlang, sagte sich immer wieder in Gedanken die für diese Nacht geltende Parole vor, die Freund von Feind unterscheiden helfen sollte, und erreichte seine Stellung am Ende von San Martin. Rechtzeitig, bevor er in den schlammigen Schützengraben stieg, bemerkte er, dass es in ihm nur so von Ratten wimmelte. Wahrscheinlich hatte Gabriele, die er ablöste, irgendetwas während der Wache gegessen, und nun machten sich die Ratten über die Reste am Boden her. Unter die Ratten wollte er nicht steigen. Er schaute sich so gut es die Nacht zuließ um und suchte nach einer anderen Deckung, von wo aus er seiner Aufgabe ebenfalls nachkommen konnte. Er schlich langsam zwischen den Büschen am Rande der Straße entlang und entdeckte einen Stapel aus massiven Brettern. Er überprüfte, ob er von dort aus einen guten Blick auf den Eingang der Dorfstraße hatte und meinte im Ergebnis, sogar einen besseren Überblick als aus dem Graben zu haben. Er ließ sich nieder, lehnte sein Sturmgewehr neben sich an die Bretter und versuchte, die Umgebung auszuspähen. Zu sehen gab es nichts, zu hören auch nicht.

Die letzte Nachtwache war immer die härteste. Man war am Abend müde von der Arbeit auf dem Bau ins Bett gegangen, war kaum eingeschlafen, als die Ratten zu nerven begannen, und als man endlich ein paar Stunden geschlafen hatte, wurde man geweckt und musste aus dem warmen Bett raus in den Regen der Nacht. Schon nach einer Stunde fielen Christian Dunker fast die Augen zu. Während eines Sekundenschlafes kippte er nach vorne gegen die Bretter, wurde erschrocken wieder wach und stieß die AK um, die glücklicherweise nicht losging. Er atmete ein paarmal tief durch und suchte sein Päckchen mit den starken nicaraguanischen Zigaretten. Er klopfte auf die Brusttaschen seiner Jacke, rechts war nur die Kamera, links gähnende Leere und ärgerte sich schon, dass er die Zigaretten wahrscheinlich gar nicht mitgenommen hatte, als er das kratzige Papier der Packung tief unten in seiner Hosentasche spürte. Vorsichtig zündete er sich eine an und hielt wieder geschickt die hohle Hand über die Glut, so dass sie von weitem nicht gesehen werden konnte. Ein rauchender Soldat war halt der Klassiker der Zielansprachen für einen Scharfschützen. Es war riskant.

Plötzlich hörte er Geräusche. Sofort ließ er die Zigarette in den Matsch fallen und zog die AK auf den Bretterstapel. Christian Dunker suchte mit den Augen angestrengt die Umgebung ab und spitzte die Ohren. Da war es wieder: ein hölzernes Knarren und ein Stöhnen. Ein unterdrücktes Stöhnen. Leise und relativ weit entfernt. Sein Herz schlug schneller. Sollte er jetzt vorsichtshalber schon einen Warnschuss abgeben und damit die anderen alarmieren? Er war sich nicht sicher. Er nahm sich ein Herz und krabbelte auf allen Vieren mit der AK in der Hand durchs Gestrüpp, um den Geräuschen näherzukommen. Etwa fünfzig Meter vor sich entdeckte er einen matten Lichtschein. Vorsichtig bewegte er sich näher darauf zu. Er entsicherte die AK und schob sie jetzt am Schaft gepackt vor sich her. Bloß nicht den empfindlichen Abzug berühren. Die AK konnte ganz schnell losgehen. Die Geräusche wurden etwas lauter. Zwanzig Meter vor sich entdeckte er die Rückseite eines hölzernen Unterstandes, ähnlich einer einfach gezimmerten Bushaltestelle. Durch einige Spalten der aufrecht angenagelten Bretter fiel ein Streifen schwachen Lichtes. Das Stöhnen war jetzt klarer zu vernehmen. Ihm fielen die Geschichten ein von Söldnern, die nachts in die Dörfer kamen und Bewohner, besonders gern Lehrer, entführten und irgendwo am Rande im Urwald folterten. Vor Aufregung hätte Christian sich fast übergeben müssen, sein Magen krampfte sich zusammen, aber er konnte sich beherrschen und gegen den nervösen Brechreiz ankämpfen. Dieser kleine Sieg über seine Schwäche gab ihm neuen Mut. Er atmete tief und langsam, um sich zu beruhigen, schob sich durch den matschigen Untergrund zurück und schlug einen weiten Bogen, um von der offenen Seite des Unterstandes näher an diesen heranzukriechen. Hier standen glücklicherweise viele Büsche, die ihm Deckung boten und leider auch ein paar Ananas, an deren harten Blättern er sich seine Hände aufratschte. Er war jetzt so nah dran, dass er erkennen konnte, dass unter dem Verschlag ein Tisch stand. Auf dem Boden daneben eine Petroleumlampe, an der Wand angelehnt eine AK.

Auf dem Tisch lag eine Frau, und dahinter stand ein Mann. Mehr konnte er nicht erkennen. Was passierte da? fragte er sich. Er traute sich nicht, näher heranzurobben, aber musste unbedingt mehr sehen. Ihm fiel seine Kamera ein. Sie hatte ein lichtstarkes Objektiv und einen ausfahrbaren Telezoom. Er fingerte die Kamera aus seiner Brusttasche, nicht ohne dabei die Umgebung genau zu beobachten, und schaltete den Batteriebetrieb ein. Er schaute durch den Sucher und ließ das Teleobjektiv ausfahren. Aber auch jetzt konnte er die Szenerie nicht genauer sehen, da der Sucher seiner Kamera keine Verbindung zum Teleobjektiv hatte. Aber er konnte eine Frau erkennen. Sie lag auf einem Tisch. Der obere Teil ihres Kleides war geöffnet und ihre Brüste schemenhaft zu sehen. Ihr Rock war hochgeschoben, und ein Mann stand zwischen ihren Beinen und stieß heftig seinen Penis in sie. Das Gesicht der Frau schien blutverschmiert zu sein, und Christian Dunker sah, wie der Mann mit der Faust auf sie einschlug. Eine Vergewaltigung. Ohne Zweifel war es jemand in der Uniform der Dorfmiliz. Er versuchte, das Gesicht des Mannes zu erkennen. Aber es war zu weit weg. Als er versehentlich den Auslöser seiner Kamera berührte, feuerte diese ihren automatischen Blitz ab, um ein ordentliches Bild zu machen. Dunker riss die Kamera herunter. Der Milizionär erschrak, stellte sein Tun unverzüglich ein und griff nach seiner Kalaschnikow. Dunker war klar, dass er sich mit dem Mann besser nicht anlegen sollte. Blitzschnell und auf nichts achtend versuchte er, in das alles verschluckende Dunkel des Urwalds hinter ihm zu kommen. Er richtete sich auf und rannte um sein Leben, dessen war er sich sicher. Der Milizionär brauchte ihn zur Verdeckung seiner Tat nur zu erschießen und behaupten, die Contra wäre es gewesen. Wer würde denn dann etwas anderes annehmen? Und die Frau würde wahrscheinlich auch nichts sagen. Nicaragua war ein Macholand. Was zählte denn hier in den Bergen in den Augen der Männer eine Frau?

Nach etwa hundert Metern konnte Dunker seinen Schritt verlangsamen. Die Dunkelheit des Waldes hatte ihn umschlungen. Der Schweiß lief ihm die Stirn hinunter in die Augen, und die AK wurde schwer. Büsche und Gestrüpp um ihn herum waren jetzt so dicht, dass er sich vorsichtiger voranbewegen musste. Er sah fast nichts mehr. Aber wenigstens war er sich auch sicher, dass er nicht gesehen werden konnte. Er durfte nur keine lauten Geräusche machen. Ein paarmal blieb er stehen, um in die dunkle Nacht hineinzuhorchen. Aber er konnte nichts vernehmen, was darauf hindeutete, dass der Milizionär ihm auf den Fersen war. Aber was bedeutete das schon? Dunker versuchte sich zu orientieren und gelangte zu dem Schluss, dass er, wenn er eine bestimmte Richtung einschlagen würde, irgendwo unten am Fluss hinter San Martin herauskommen müsste. Von dort gab es einen schmalen Weg durch mannshohes Gras bis in die Nähe des Brigadenhauses. Dort musste er hin. Im Haus würde er in Sicherheit sein. Als das Gestrüpp sich lichtete, konnte er den Fluss hören. Er war also auf dem richtigen Weg. Die Wolken gaben den Mond frei, und er konnte einen gebogenen Wasserarm unter sich erkennen. Er prägte sich den Weg nach unten ein und wartete geduckt, bis die Wolken den Mond wieder verdeckten und er kein silbernes Glitzern auf die sanfte Strömung des Wassers legen konnte. Dann stieg er die Felsen hinab bis an das Ufer und versuchte, so schnell wie möglich den kleinen Pfad zu erreichen, der ihn ins hohe Gras führen würde. Wenn die Wolken nicht vor dem Mond bleiben würden, befand er sich hier auf den Felsen des Flussufers auf einem Präsentierteller. Aber die Wolken hatten ein Einsehen, und endlich erkannte er die Stelle wieder, an der er vom Fluss aus hinaufsteigen musste. Wenig später verbarg ihn das hohe Gras vor jedem Blick. Er benutzte nicht den Pfad, sondern arbeitete sich einige Meter daneben voran. Er erreichte das Brigadenhaus an dessen Rückseite. Alles blieb ruhig um ihn herum. Er versuchte von seiner Armbanduhr die Zeit abzulesen. Es war schon zwanzig nach sechs. Er schlich nach vorne und erklomm die zwei Holzstufen auf die Veranda.

„Na, hast du heute Überstunden gemacht?“

Dunker erschrak und riss die AK nach vorne, erkannte dann aber, dass es nur Steffi war, die auf der Veranda eine Zigarette genoss. Er pustete die Luft laut hörbar aus. „Mensch, du kannst mich doch nicht so erschrecken!“

„Papperlapapp!“ antwortete sie, lehnte sich zurück an die Wand und ignorierte ihn.

Christian Dunker ging ins Haus, stellte die AK an ihren Platz im Gang und begab sich ins Bett. Wer die letzte Nachtwache hatte, konnte bis elf Schlafen. Aber er war viel zu aufgeregt, um einschlafen zu können. Er hörte, wie die anderen aufstanden, sich anzogen, leise miteinander tuschelten und dann in den Anbau verschwanden, um ein wenig Wasser zum Zähneputzen zu schöpfen. Dann wurde es ruhig im Haus. Dunker dachte über das nach, was er während seiner Nachtwache gesehen hatte. Deutete er das Geschehene vielleicht falsch? War es vielleicht gar kein Blut gewesen, was er im Gesicht der Frau gesehen haben wollte? Und griff der Milizionär gar nur zur Waffe, weil der Blitz des Photoapparates ihn erschreckt hatte? Obwohl das Geschehen erst kurze Zeit zurücklag, zweifelte Christian Dunker schon jetzt an seiner Wahrnehmung. Ein Ergebnis der damit verbundenen Aufregung. Und der Angst. Zu gern würde er jetzt den Film entwickeln lassen, um dieses eine Photo genauer zu studieren. Entweder, um sich anschließend beruhigt zu fühlen, oder aber um sich Gedanken zu machen, was er damit tun sollte. Vielleicht war das Bild aber auch gar nichts geworden. Er überlegte, Renate einzuweihen. Sie war schließlich hier am erfahrensten und könnte ihm sicher einen Rat geben. Aber war das richtig? Auch sie war für ihn in dieser Umgebung nicht einzuschätzen. Das Vertrauen in die Brigade verließ ihn. Er entschloss sich, anders zu handeln. Er drehte sich in seinem Schlafsack herum zu seinem Parka, nahm den Photoapparat aus der Brusttasche und betrachtete die Bildanzeige. Sechsundzwanzig Bilder hatte er gemacht, zehn waren also noch auf dem Diafilm. Er spulte den Film ans Ende, öffnete die Kamera und nahm die Hülse heraus. Dann legte er einen neuen Film ein und photographierte sechsundzwanzig Mal im Brigadenhaus herum. Anschließend verstaute er die Kamera wieder im Parka. Die entnommene Filmhülse steckte er in die Hosentasche.

Im Bett wollte und konnte er jetzt nicht länger bleiben. Er fand keine Ruhe. Deshalb stand er auf und ging in den Anbau. Die Köchin der Brigade war gerade damit beschäftigt, den Tisch mit Tellern, Bestecken und Bechern zu decken. Auf dem Feuer in der Kochkiste stand schon ein großer Topf mit Reis und Bohnen und daneben ein Kanister mit dampfendem Kaffee. Es war gleich acht Uhr, und die Brigade würde nach ihrem ersten Arbeitseinsatz auf der Baustelle zum Frühstück zurückkehren.

Christian Dunker schöpfte mit seinem Becher heißen Kaffee aus dem Kanister und setzte sich an den großen Holztisch. Juanita erzählte ihm beim Umrühren des Reises etwas über einen Schaden an ihrem Haus. Aber aufgrund ihrer schlechten Aussprache bekam er nur die Hälfte mit. Das Spanisch, das die Menschen in den Bergen sprachen, war sehr schwierig zu verstehen. Sie verschluckten Konsonanten und ließen manche Endungen, die Aufschluss über die grammatikalische Zeit ausdrücken sollten, einfach weg. Dunker schlürfte seinen Kaffee und starrte ins Feuer der Kochkiste.

Endlich kam die Brigade von der Baustelle zurück. Verwundert sahen sie Dunker schon am Tisch sitzen, schenkten diesem Umstand aber wenig Bedeutung, nachdem er erklärt hatte, dass er nicht hatte schlafen können. Nachdem sich alle mit Reis und Bohnen satt gegessen hatten, schloss sich Dunker den anderen an und ging mit auf die Baustelle.

Es war schon am Morgen ziemlich heiß geworden. Die Sonne brannte auf sie hinab, und die meisten arbeiteten im T-Shirt oder mit freiem Oberkörper. Dunker war heute für den Nachschub an Balken und Brettern eingeteilt. Am Rande des Bauplatzes lagerten sie nach Länge und Form gestapelt. Trotz der Hitze zog er sich dicke Arbeitshandschuhe über. Zwischen den Brettern und Balken saßen häufig kleine braune Skorpione, deren giftige Stiche zwar nicht lebensgefährlich, aber ausgesprochen schmerzhaft waren. Auch konnten die damit verbundenen Schwellungen vereitern und mussten dann aufgeschnitten werden.

Pünktlich um zwölf Uhr, als die Hitze unerträglich wurde, zog sich die Brigade wieder in ihr Haus zum Mittagessen zurück. Anschließend wurde bis um vier Uhr pausiert. Einige Brigadisten zog es hinunter zum Fluss, wo sie Wäsche waschen wollten. Andere nutzten die Zeit, um zu lesen oder ihre Tagebücher zu führen.

Christian Dunker legte sich auf seine Pritsche und hing seinen Gedanken nach. Martin kam zu ihm ans Bett und zeigte die Innenseite seines Hutes vor, in dem sich eine große Spinne niedergelassen hatte. Dunker wollte sie photographieren, zog die Kamera aus seinem Parka am Bettpfosten und stellte erschrocken fest, dass der Film aus dem Apparat entfernt worden war. Er versuchte, sich nichts anmerken zu lassen und suchte in seinem Rucksack nach einem neuen Film. Er schoss das Bild, und Martin scheuchte auf der Veranda die Spinne aus dem Hut.

Jemand hatte den Film aus der Kamera gestohlen. Dunker war klar, dass sich der Diebstahl nur in Zusammenhang mit dem Photo der letzten Nacht erklären lassen konnte. Er fühlte sich unwohl und gefährdet. Wenn der Milizionär den Film gestohlen hatte, dann würde er beim Entwickeln feststellen, dass das brisante Photo nicht darauf war. Aber wo sollte er hier einen Film entwickeln können? Das war so gut wie ausgeschlossen. Wahrscheinlich hatte der Dieb die Aufnahmen einfach nur vernichtet. Ganz beruhigen konnte ihn dieser Gedanke aber nicht.

Diese Nacht wurde Christian Dunker nicht zur Wache eingeteilt. Wider Erwarten konnte er sogar ruhig und tief schlafen. Als er am nächsten Tag mittags mit den anderen von der Baustelle zurückkam, gab es eine Überraschung. Nach dem Essen forderte Renate die Brigade auf, noch am Tisch versammelt zu bleiben. Sie berichtete, dass in der letzten Nacht der Kommandant der Dorfmiliz von der Contra aus seinem Haus entführt worden war. Soldaten der sandinistischen Armee hatten ihn frühmorgens auf einer Straße gefunden. Er war tot. Von Machetenhieben zerstückelt.

Entsetzen machte sich unter den Brigadisten breit. Zum ersten Mal war in diesem Bürgerkrieg jemand ums Leben gekommen, den sie persönlich kannten. Nur Steffi blieb kühl und sachlich. „Das heißt also, dass die Contra hier in der Gegend operiert. Und dass wir noch stärker aufpassen müssen."

Renate stimmte ihr zu und erklärte weiter, dass der militärische Geheimdienst die Sache untersuchen würde. In diesem Zusammenhang war eine Depesche aus der nächstgelegenen Armeegarnison nach San Martin gebracht worden. Darin hieß es, dass man nicht ausschließen konnte, dass sich in der Brigade eventuell Helfershelfer der Contra befanden.

Nach dieser Mitteilung breitete sich Unmut unter den Anwesenden aus.

„Unmöglich!"

„Das ist an den Haaren herbeigezogen!" kommentierte die Gruppe einhellig diese Einschätzung.

Alle Brigadisten sahen sich wechselseitig an, so als wenn sie sich vergewissern wollten, dass sie mit solchen Verdächtigungen nichts zu tun haben könnten. Oder vielleicht doch in den Augen eines anderen den Verrat entdecken konnten?

Renate fuhr beruhigend fort: „Ich glaube nichts von alledem. Niemandem aus unserer Brigade traue ich ein solches Verhalten zu. Aber trotzdem wollen das Militär und der Geheimdienst jede Möglichkeit ausschließen, das Dorf zu gefährden. Sie haben einen Überprüfungskatalog entwickelt, der jeden von uns noch einmal durchleuchtet hat. Wenn es einen Risikohinweis gibt, heißt das nicht, dass der Betroffene ein Spion ist, aber es bedeutet, dass er aus Sicherheitsgründen die Brigade verlassen und nach Deutschland zurückkehren muss."

„Und gibt es schon Ergebnisse?" wollte Martin wissen.

Renate ließ sich Zeit. „Ja, einen von uns betrifft es." Sie spannte niemanden auf die Folter. „Christian wird als riskant eingestuft."

„Was?" Dunker sprang auf. „Ich soll für die Contra arbeiten? Ihr spinnt wohl!"

„Das ist doch Quatsch, Renate!" mischte sich jetzt Steffi aus Berlin ein. „Christian macht hier genauso wie alle seine Arbeit. Ist immer mit einem von uns zusammen. Und letzte Nacht hatte er gar keine Wache, sondern war hier im Haus."

„Niemand sagt, dass Christian nicht in Ordnung ist. Es besteht nur ein vermutetes Restrisiko. Aber um es gleich vorwegzunehmen: Die Entscheidung ist schon gefällt. Christian muss die Brigade verlassen.“

Dunker stützte seine Ellenbogen auf die Tischplatte und ließ sein Gesicht in die Hände fallen. Er wusste, dass er nichts mit der Contra zu tun hatte und ihm rein gar nichts vorzuwerfen war. Diese Entscheidung des Militärs machte ihn sehr traurig. Was sollte er denn jetzt zurück in Deutschland machen?

Martin sah, wie schwer Dunker dieser Vorwurf traf und erhob sich. „Ich habe mit Christian hier gearbeitet, Nachtwachen mit ihm gemacht und kenne ihn aus den Vorbereitungstreffen in Hamburg. Ich lege meine Hand für ihn ins Feuer. Er muss hierbleiben!“

Einige andere Brigadisten stimmten ihm zu. Sie wollten nicht hinnehmen, dass ohne weitere Erklärungen ein Mitglied der Brigade so schwer belastet wurde.

„Sie sollen erst mal ihre Beweise vorlegen! Dann sehen wir weiter!“ rief ein anderer.

Renate schüttelte den Kopf. „So geht das hier nicht! Wenn es Beweise gäbe, würde Christian verhaftet werden. Es geht nur darum, Risiken auszuschließen. Schließlich zur Sicherheit aller hier! Und das Militär diskutiert nicht mit uns. Sie geben ihre Anweisungen, und wir haben sie zu befolgen.“

Christian Dunker war den Tränen nahe, aber er riss sich zusammen. „Wie geht das dann jetzt weiter?“ fragte er mit belegter Stimme.

Renate sah, wie bedrückend er diese Situation empfand. Er tat ihr leid. „Ich kann es nicht ändern, Christian. Morgen früh gehst du zu einem Treffpunkt nordöstlich von hier. Einmal am Tag kommt da eine *camionetta* vorbei, die dich nach Nueva Guinea bringt. Eventuell auch gleich bis Managua. In Managua musst du dein Ticket auf den schnellstmöglichen Rückflug umbuchen.“

„Ich laufe hier doch nicht alleine durch den Dschungel und suche einen Platz, den ich nicht einmal kenne!“ entgegnete Dunker jetzt merklich sauer.

Renate verstand seine Entrüstung, aber ihr blieb keine andere Wahl. „Einer aus der Dorfmiliz wird dich begleiten und dir den Weg zeigen. Er bleibt bei dir, bis der Wagen dich mitgenommen hat.“

Dunker beschlich ein Gefühl der Angst. Der Kommandant der Miliz war tot, ein anderer hatte die Führung bestimmt schon übernommen. Vielleicht hatte der Milizionär den Film gestohlen, und nun sollte ein Angehöriger seiner Truppe ihn alleine durch den Urwald begleiten.

Dunker wusste nicht, was er jetzt tun sollte. Würde es nun noch etwas bringen, allen zu erzählen, was er während seiner Wache gesehen hatte? Würden sie ihm das glauben, oder machte ihn das nur verdächtiger? Sie würden sich fragen, warum er nichts unternommen hatte. Warum er nicht früher davon gesprochen hatte. Sein Schweigen könnte falsch ausgelegt werden. Die Stimmung in der Brigade könnte sich gegen ihn wenden, wenn er jetzt mit Anschuldigungen käme, die er nicht einmal beweisen konnte. Dunker ärgerte sich nun, dass er nicht gleich etwas unternommen hatte. Er überlegte kurz und entschied, sich dem Ansinnen des Militärs besser zu fügen. Welche Wahl hatte er denn auch?

„Ich versichere Euch allen, dass ich nichts mit der Contra zu tun habe. Ich bin hierher gekommen, um meinen Teil zum Aufbau dieses Landes zu leisten. Für eine neue, gerechte Gesellschaft. Ich hatte gehofft, hier vielleicht sogar bleiben zu können und ein neues Leben zu beginnen." Er unterdrückte die aufkommenden Tränen, musste aber dennoch einige wegwischen. „Ich kann nicht verstehen, warum ich die Brigade verlassen muss. Ich weiß nicht, warum an mir gezweifelt wird. Es gibt keinen Grund. Glaubt mir bitte!"

Dann verließ Dunker den Tisch, ging traurig auf die Veranda des Brigadenhauses und ließ sich dort in einer Hängematte nieder. Er zog das Päckchen *popular superfinos negros* hervor und steckte sich eine der starken Zigaretten an. Tief zog er den Rauch ein, so dass ihm schwindlig wurde. Auch er war es nicht mehr gewohnt, ständig zu rauchen, nachdem er sich wie die meisten anderen angewöhnt hatte, nur noch wenige Zigaretten am Tag zu qualmen.

Morgen früh also sollte er verschwinden. Begleitet von einem Milizionär, dem er ganz klar nicht traute. Steckte der vielleicht selbst hinter allem? Wenn es so sein sollte, würde es bedeuten, dass er sich bei seiner Beobachtung nicht getäuscht hatte. Er musste auf der Hut sein. Wie schnell konnte man hier verschwinden und nie wieder auftauchen? Der Milizionär würde bestimmt bewaffnet sein. Er sicher nicht. Im Dorf konnte auf kein Gewehr verzichtet werden. Er würde auf jeden Fall sein Fahrtenmesser im Gummistiefel verstecken. Für alle Fälle. Obwohl er sich ebenso sicher war, dass er es mit einem ausgebildeten Kämpfer gar nicht aufnehmen konnte.

Steffi und Martin kamen auf die Veranda.

„Wir glauben nichts von diesem Scheiß", sagte Martin und ließ sich vor Dunker auf dem Boden nieder.

„Aber wir können nichts für dich tun“, ergänzte Steffi und zog hinter ihrem Rücken eine Flasche „Flor de Caña“ hervor. Den ganz dunkeln, den besten, den es zu kaufen gab.

Christian Dunker richtete sich in der Hängematte auf. Er war drauf und dran, den beiden von seiner Beobachtung zu erzählen. Aber dann wurde ihm klar, dass, falls seine Abschiebung damit zu tun haben sollte, er die beiden nur gefährden würde, wenn er sie ins Vertrauen zöge. Sie hatten das genauso wenig verdient wie er.

„Es macht mir wirklich viel aus“, sagte er mit brüchiger Stimme, räusperte sich und fuhr fester fort: „Aber ich werde nicht vergessen, hier gewesen zu sein. Es hat gutgetan. Trotz allem, was jetzt kommt.“ Dann griff er nach der Flasche und trank einen kräftigen Schluck. Heiß und brennend lief der Rum seine Kehle hinab. Er musste scharf zwischen den Zähnen einatmen. Dann reichte er die Flasche den anderen beiden.

Auch andere Brigadisten kamen und versicherten ihn ihrer Solidarität. Es tauchten noch mehr Rumflaschen auf, und Dunker wusste, dass sie ihn ihre Überzeugung spüren lassen wollten, dass er zu ihnen gehöre. Er bot seine gesamten restlichen Zigaretten an. „Bis auf eine“, sagte er, darauf anspielend, dass sie eigentlich ein großer Luxus waren, hier, wo man keine kaufen konnte. Seine letzte steckte er in seine Hemdtasche.

Viel geschlafen hatte Christian Dunker die vergangene Nacht nicht. Zu sehr fühlte er sich durch die Anordnung, die Brigade verlassen zu müssen, verletzt. Es war nicht wirklich eine gute Abschiedsparty gewesen. Alle waren bekümmert über die Entscheidung aus Managua, Dunker nach Hause zu schicken. Den meisten tat er leid.

Er hatte seinen Rucksack gepackt. Im rechten Gummistiefel steckte sein Fahrtenmesser, so dass es nicht gesehen werden, er es aber schnell ziehen konnte. Obwohl er bezweifelte, überhaupt in der Lage zu sein, einen Menschen damit anzugreifen. Er prüfte, ob die Filmdose noch in seiner Hosentasche war. Sie war deutlich zu spüren, als er über den Stoff strich.

Einen Moment harrte er im Brigadenhaus noch aus. Er sah sich ein letztes Mal um, betrachtete seine leere Holzpritsche, den Durchgang zum Gemeinschaftsraum mit der Kochkiste, in der noch mattrot die Glut vom Zubereiten des Frühstücks leuchtete, überzogen von schwarzen Rußschlieren und weißer Asche. Die AKs lehnten ruhig im Waffenregal an der Wand, die Säcke mit Reis, Bohnen und Zucker hingen zum Schutz vor den Ratten unter der Decke. Er seufzte. Dass es so enden würde, hatte er nicht erwartet.

Es war ein sonniger und sehr heißer Tag. Wolken waren kaum am Himmel zu sehen. Draußen vor der Tür warteten einige Brigadisten. Martin und Steffi waren unter ihnen. Die meisten anderen waren schon wieder auf der Baustelle. Wahrscheinlich mochten sie diese Art von Abschied nicht.

Renate stand neben einem grinsenden Milizionär. Christian Dunker musterte ihn eindringlich, aber er konnte in ihm nicht den Mann der besagten Nacht erkennen. Doch sicher ausschließen konnte er es auch nicht.

„Das ist Rafa", erklärte Renate. „Er wird dich bis zum Haltepunkt des Lkws bringen. Von dort fährst du dann alleine weiter."

Rafa war ein kleiner, schlanker Mann zwischen dreißig und vierzig mit sehr dunkler Haut. Er hatte schwarze Haare, und vereinzelt wuchsen dunkle Barthaare auf seinen Wangen. Er trug ein verwaschenes, helles Hemd locker über einer khakifarbenen Hose. Seine geschnürten Stiefel waren blitzblank geputzt.

Als er Christian Dunker die Hand reichte, lächelte er, und jeder konnte sehen, dass er fast keine Zähne mehr im Mund hatte. Dunker griff Rafas Hand und drückte sie kurz und kräftig. Dabei nickte er mit dem Kopf, um die Begrüßung zu erwidern.

Seine AK trug Rafa auf dem Rücken, den breiten Lederriemen vor der Brust. Er mahnte zur Eile. Der avisierte Lkw könne nur kurz halten, erklärte er.

Dunker verabschiedete sich von allen Anwesenden. Martin, Steffi und Renate nahmen ihn in den Arm. Martin klopfte ihm freundschaftlich auf den Rücken. Keiner sagte ein Wort.

„Also dann: Adios, compañeros!" sagte Dunker, und Enttäuschung klang in seiner Stimme. Er hängte sich seinen Rucksack um und marschierte mit Rafa los.

Wie erwartet lief Rafa vorneweg, da er den Weg kannte. Christian Dunker traute ihm nicht und ließ den Abstand zwischen den beiden größer werden, um Rafa besser im Auge behalten und notfalls weglaufen zu können. Sein Messer würde ihm bei diesem Abstand jedenfalls nichts nützen. Das wurde ihm klar.

Rafa marschierte einige Kilometer die Straße, die aus dem Dorf führte, und auf der die Brigadisten einst gekommen waren, entlang. Dann blieb er stehen und gab Dunker ein Zeichen, dass sie sich nun nach links ins Gelände schlagen mussten. Hier gab es keinen Weg mehr. Aber Rafa schien zu wissen, wo es langging. Zwischen all den Bäumen, wildwachsenden Bananen und Büschen war es für Dunker nicht möglich, den ehemals eingenommenen Abstand zu halten. Sehr schnell hätte er Rafa aus den Augen verloren. Er schloss näher auf. Rafa drehte sich um und lachte ihm zu. Etwa hundert Meter weiter aber verharrte er plötzlich und riss das Sturmgewehr vom Rücken. Christian Dunker blieb vor Schreck fast das Herz stehen. Kam jetzt die Abrechnung? Er warf sich zur Seite in die Büsche und versuchte fortzurobben. Aber dann, nach wenigen Metern, sah er vor seinem Gesicht die Stiefel von Rafa. Ängstlich sah Dunker auf. Rafa stand vor ihm und der Lauf seiner AK zeigte genau auf Dunkers Kopf. Eine Hand Rafas befand sich am Abzug, den Zeigefinger der anderen hielt er gestreckt vor seinen Mund, um ihm wortlos mitzuteilen, dass er still sein sollte. Dann ging Rafa neben ihm in die Hocke und lauschte ins undurchsichtige Grün um sie herum. Minuten der Regungslosigkeit vergingen. Aber alsbald richtete sich Rafa wieder auf, hängte seine Waffe über den Rücken und deutete Dunker, ihm weiter zu folgen. Warum hatten sie angehalten? Waren feindliche Contras in der Nähe? Konnte Rafa ihn deshalb nicht erledigen, weil man seinen Schuss hören und er sich selbst in Gefahr bringen würde? Dunkers Misstrauen war nicht geschwunden. Er vergrößerte wieder den Abstand zu seinem Führer. Die Situation war ihm nicht geheuer.

Kurze Zeit später verlor er Rafa aus den Augen und wusste nicht, ob er nun nach rechts oder nach links gehen sollte. Rufen wollte er auf keinen Fall. Er entschied sich, nach links zu gehen, und plötzlich gab der Boden so schnell unter ihm nach, dass er sofort bis zu den Knien im Schlamm versank. Langsam ging es tiefer hinein in den Treibsand. Dunker riss sich den Rucksack vom Rücken und schleuderte ihn einige Meter fort, um sein Gewicht zu reduzieren. Trotzdem sank er weiter. Als er bis zu den Hüften im Treibsand stand, spürte er festen Boden unter den Füßen. Er versuchte, seine Beine zu bewegen, aber es ging nicht. Um sich herum fand er nirgends eine feste Stelle, auf die er sich abstützen konnte. Er steckte fest. Rafa kam zurück. Er sah Christians Oberkörper aus dem weichen Erdreich ragen und hielt sich in sicherem Abstand.

Jetzt brauchte er sich gar nicht mehr die Mühe zu machen, abzudrücken, dachte Christian. Er kann mich hier einfach steckenlassen. Rafa zog das Sturmgewehr vom Rücken. Reflexartig wollten Christians Beine loslaufen, aber es bewegte sich nichts. Sein Atem wurde schneller. Ein Scheißende, dachte Christian. Hätte er doch bloß nie dieses Photo gemacht.

Aber er irrte. Rafa legte die AK beiseite und brach mit heftigen Fußtritten einen Ast von einem Baum ab. Das dünne Ende mit den vielen Zweigen und Blättern schob er zu Christian.

„Venga, venga!" rief Rafa leise, aber mit Nachdruck. Und als Dunker begriff, dass Rafa ihm nichts antun, sondern im helfen wollte, griff er beherzt zu. Es war kein leichtes Unterfangen, ihn aus dem Treibsand herauszuholen. Aber nach einigen Versuchen gelang es Rafa, ihn so weit heranzuziehen, dass er dessen Hände ergreifen konnte. Jetzt ging es leichter voran. Dunker spürte, wie er langsam aus seinen Gummistiefeln gezogen wurde, die am Boden festzukleben schienen. Die waren weg. Und sein Messer ebenso. Aber nun glaubte er sicher zu wissen, dass Rafa ihm nichts antun, sondern ihn wie geplant zum Treffpunkt mit dem Lkw bringen würde.

Christian Dunker zog sich die verschlammte Hose und die Strümpfe aus, nahm unbemerkt die Filmdose aus der Tasche und steckte sie in seine Unterhose. Die verdreckten Klamotten warf er in die Büsche. Er befreite seine Hände und Arme im feuchten Gras so gut es ging vom Schlamm. In seinem Rucksack hatte er noch ein Paar Turnschuhe und eine einigermaßen saubere Jeans, die er eigentlich für den Rückflug vorgesehen hatte, aber die er nun schnell überzog, damit es weitergehen konnte.

Jetzt lief er direkt hinter oder neben Rafa. Dieser lächelte ihm sogar mehrmals zu, als wenn er genau gewusst hätte, weshalb sich Dunker so misstrauisch verhalten hatte.

Nach weiteren Stunden gelangten sie an eine Lichtung im Wald. Eine matschige Lehmpiste strich an dem freien Platz vorbei. Drei Frauen mit einer stattlichen Anzahl an den Füßen zusammengebundener, lebender Hühner warteten offensichtlich ebenfalls auf den Lkw. Sie beabsichtigten, ihr Geflügel in Nueva Guinea auf dem Markt zu verkaufen.

Rafa zog Dunker am Arm mit sich, und die beiden versteckten sich im Gebüsch. Sie mussten noch eine halbe Stunde warten, bis sie aus der Ferne das Geräusch eines Motors hörten. Dunker wollte sich erheben, aber Rafa hielt ihn zurück. Er wollte erst sehen, dass die Situation auch wirklich sicher war.

Ein verbeulter, ehemals hellgrüner Laster mit Ladefläche näherte sich langsam der Lichtung. Das Fabrikat war nicht mehr auszumachen, Motorhaube und Kotflügel waren von Roststellen übersät. Nur noch ein Scheinwerfer war vorhanden. Dort, wo der zweite einmal gewesen sein musste, prangte ein großes schwarzes Loch im Blech. Der Fahrer brachte die alte Kiste am Rande der Lichtung zum Stehen, öffnete die Tür und stieg hinaus. Den Motor ließ er laufen. Er trug einen zerzausten Strohhut auf dem Kopf, unter dem lange, dunkle Haare herabhingen. Der Lkw zitterte und klapperte im Stand. Es machte den Eindruck, als wenn ihn die Vibrationen in Kürze in seine Einzelteile zerlegen würden.

Die wartenden Frauen eilten zum Heck des Lkw, und der Fahrer half ihnen, die Hühner hinaufzubringen. Dann zog er einen Holzbock von der Ladefläche, der als Aufstieg diente, und reichte den Frauen die Hand, damit sie leichter auf den Lkw kamen. Er stieg schon wieder ein, als Rafa Dunker endlich nach vorne schob und laut „Alto! Alto!“ rief. Der Fahrer erschrak, sah dann die beiden und Rafas Kalaschnikow und hielt in seiner Bewegung inne. Rafa eilte zu ihm, sprach kurz mit dem Fahrer, der sofort wieder erleichtert wirkte. Er wartete bis Dunker ebenfalls auf der Ladefläche verschwunden war und setzte dann sein Gefährt mit viel Motorengeräusch, aber nur mäßigem Schwung in Bewegung. Dunker sah über die Kante der Ladefläche gerade noch, wie Rafa im Unterholz verschwand. Er hatte es eilig. Er wollte zurück zu der Stelle, an der Dunker im Treibsand versunken war. Dort gab es zwar verschmutzte, aber auf jeden Fall noch brauchbare Kleidung. Und mit etwas Glück konnte er sogar noch zwei Gummistiefel bergen. Für einen armen Bergbauern ein kleiner Schatz.

Die Strecke, die der Laster fuhr, kam Dunker nicht bekannt vor. Kein auffälliger Baum, kein Haus und keine Hütte, an die er sich von der Anreise her erinnern konnte. Es schien ein anderer Weg zu sein, der aber dennoch nach Nueva Guinea führte, wie er einige Stunden später auf einem Straßenschild lesen konnte. Die drei Frauen, die mit ihm auf der Ladefläche saßen, hielten so gut es ging ihre zwar gebundenen, aber dennoch wild zappelnden Hühner in Schach. Sie sahen, dass er Ausländer war und lächelten immer wieder, wenn er in ihre Blickrichtung kam, ohne ein Wort an ihn zu richten.

Endlich brach Christian Dunker sein Schweigen und erklärte, dass er aus Deutschland käme und nannte seinen Vornamen. Sie lächelten wieder, tuschelten untereinander, aber nahmen kein Gespräch mit ihm auf. So blieb es bis auf das Gackern der Hühner ruhig auf der Ladefläche. Und abgesehen vom lauten Brummen des Dieselmotors, der die Planken der Ladefläche vibrieren ließ.

In Nueva Guinea verließen die Frauen den Lastwagen. Der Fahrer machte Dunker mit Handzeichen verständlich, auf der Ladefläche zu bleiben. Er wollte gleich weiterfahren Richtung Managua. Es war schon später Nachmittag, und er rechnete sich aus, dass er irgendwann in der Nacht in der Hauptstadt sein würde. Er überlegte, wo ihn der Fahrer am besten absetzen sollte, kam aber zu keinem Ergebnis. Also wollte er es ihm überlassen. Mit Sorge stellte er fest, dass es über der Ladefläche keine Plane gab, und hoffte, dass sie dem abendlichen Regenguss entgehen würden. Der Fahrer schlug die Tür zu und trat ordentlich aufs Gaspedal, um den Motor wieder auf Touren zu bringen. Eine dicke, schwarze Rauchwolke stieg hinter ihnen auf, und dann ging es weiter. Nach einiger Fahrt erkannte Dunker die Gegend wieder. Es war dieselbe Strecke wie auf der Hinfahrt. Vorbei am großen See ging es jetzt stetig wieder bergab in die Ebene vor Managua. Es war schwarze Nacht, als sie am hell erleuchteten Vorfeld des Flughafens von Managua vorbeifuhren und die ärmlichen Hütten der Vorstadt passierten. Hier war es deutlich wärmer als in den Bergen von San Martin. Die Menschen saßen vor ihren Hütten, grillten Fleisch über halbierten Blechtonnen und tranken Bier. Oh ja, Bier! dachte Dunker. Ein schönes, kühles Bier. Das hatte er lange entbehren müssen.

Der Lkw fuhr an die rechte Straßenseite, lange bevor die Innenstadt Managuas erreicht worden war. An der Rückseite der Fahrerkabine wurde ein kleines Fenster aufgeschoben, und der Fahrer fragte nach hinten, wohin Dunker wollte. Er antwortete ihm, dass er ihn zu einer *hospedaje* im Zentrum bringen sollte. „Bueno!" sagte der Fahrer, und damit hatten die beiden zum ersten Mal auf dieser Fahrt miteinander gesprochen. Und auch zum letzten Mal.

In der Nähe der Plaza España stieg Dunker mit seinen Sachen von der Ladefläche. Der Mann in der Fahrerkabine zeigte ihm wortlos mit der Hand die Richtung, die er einschlagen sollte, legte krachend den Gang ein und machte sich davon. Er hängte sich seinen Rucksack um und wanderte die Straße entlang. Er erkannte die Umgebung von den Feierlichkeiten zum Tag der Revolution wieder und glaubte, einigermaßen orientiert zu sein. Schon bald stand er vor einem eingeschossigen Bau mit Atrium, über dessen Eingang eine Bierreklame hing. Die Tür stand offen, und er ging in den hell erleuchteten Innenhof. Weiße Bettwäsche hing an mehreren Leinen, und an einer Seite des Hofes befand sich offensichtlich ein Waschraum mit zwei Eingängen ohne Türen; einem für Männer, der andere für Frauen.

Christian Dunker wurde von hinten mit einem schwer verständlichen Spanisch angesprochen und drehte sich um. Eine alte Frau fragte ihn gastfreundlich, ob er ein Zimmer suche. Er nickte und sagte ihr, dass er aber nur mit US-Dollar bezahlen könne, da er noch kein Geld umgetauscht hatte. Ihr Lächeln wurde noch breiter. Eigentlich war es jetzt auch egal, dachte er. Obwohl er den Schwarzmarkt in Managua nicht mit seinen Dollars fördern wollte, blieb ihm diesmal nichts anderes übrig. Vor dem kommenden Morgen konnte er kein Geld tauschen. Und wenn sich herausstellen sollte, dass seine Abreise schon am nächsten Abend bevorstand, machte es auch kaum noch Sinn. Sollte sich die Alte halt über ein paar Devisen für den Schwarzmarkt freuen. Er war froh, dass er jetzt nach der anstrengenden Fahrt eine Bleibe hatte.

Zwei Dollar kostete die Übernachtung. Dafür erhielt Dunker ein kleines Zimmer in dem Atriumbau. Vom Innenhof gingen eine ganze Reihe weiterer Türen ab. Alle in kleine, fensterlose Räume, in denen ein Doppelbett stand, ein Beistelltisch und ein Stuhl. An einer Wand war jeweils ein Waschbecken angebracht. Die Wände waren unverputzt und bräunlich. An der Außenwand fehlten knapp unter der Decke ein paar Ziegelsteine, so dass frische Luft in den Raum kam. Moskitonetze gab es keine. Alles war sehr einfach, aber sauber. Einige der anderen Zimmerchen waren belegt. Freundlich erklärte die Alte, dass viele Pärchen hierher kommen würden, da sie woanders nicht ungestört sein konnten. Wenn er es wünschte, könnte sie dafür sorgen, dass auch er nicht alleine in seinem Bett liegen müsste. Es war also ein Nest für Liebespaare und gleichermaßen ein Bordell, in dem Dunker gelandet war. Aber was machte das schon. Er lehnte das Angebot der Alten dankend ab, was für sie kein Grund war, ihm das Zimmer gleich wieder zu kündigen. Glücklicherweise, denn er war sehr erschöpft und wünschte sich nichts sehnlicher, als endlich schlafen zu gehen.

Als er am nächsten Morgen erwachte, stellte er mit Genugtuung fest, dass er gut geschlafen hatte. Keine Unterbrechungen durch Wachdienste, keine Störungen der Nachtruhe durch Gefechtslärm. Keine psychische Anspannung wie an der Grenze in den Bergen. Die wenigen lustbedingten Geräusche, die in dieser Nacht aus anderen Zimmern in seines drangen, hatten ihm nicht seinen Schlaf rauben können. Als er sein Zimmer verließ, hatte ihn die Alte schon bemerkt und wies ihm einen Platz im Freien an einem Tisch im Hof zu. Kurze Zeit später stand eine dampfende schwarze Brühe in einer ehemaligen Konservendose vor ihm und ein Teller mit *Gallo Pinto*. Alles im Preis enthalten, wie ihm von der Alten versichert wurde. Aber Dunker wäre sehr wohl in der Lage gewesen, ihr das Frühstück extra zu bezahlen. Er merkte, dass er sich hier aufgenommen und sehr wohl fühlte. Der psychische Druck, dem er in der Brigade ausgesetzt war, wurde ihm erst jetzt deutlich, wo er in Ruhe und Sicherheit zurückgekehrt war. Dass er die Brigade verlassen musste, war für ihn immer noch nicht nachvollziehbar. Es konnte nichts geben, das ihn als Risikofaktor für das Dorf ausweisen würde. Und dass er sich nicht einmal zu den Vorwürfen äußern durfte, schmerzte. Ihm schwante, dass es möglicherweise doch etwas mit seinem brisanten Photo zu tun haben könnte. Unwillkürlich tastete er seine Hose ab. Die Filmdose war noch da.

Schade, dass er dieses gastliche Haus mit seinen speziellen Eigenheiten wohl bald verlassen musste. Aber wahrscheinlich war es wirklich besser, jetzt dieses Land hinter sich zu lassen. Er erkundigte sich, wo das Büro der Cubana Airlines war. Dort musste er sich um seinen Rückflug kümmern und sein Ticket umschreiben lassen. Auf den nächstmöglichen Flug nach Kuba und dann zurück nach Deutschland.

Als Dunker auf der Avenida Bolivar am Hotel Intercontinental vorbeiging, konnte er weiter unten in der Straße das Firmenlogo der staatlichen, kubanischen Fluggesellschaft sehen. Es war kein Problem, einen Flug nach Havanna und den Anschluss nach Ost-Berlin zu bekommen. Sein Ticket wurde umgeschrieben, er musste zehn US-Dollar bezahlen, und nun stand fest, dass er noch diesen Abend um sechs Uhr abfliegen würde. Die freundliche Angestellte der Cubana hatte ihm noch eine Hotelübernachtung in Kubas Hauptstadt organisiert, da er erst am nächsten Nachmittag weiter nach Europa fliegen konnte. „Ein Zimmer mit Dusche“, hatte sie betont. Und Dunker hatte verstanden, dass dies nicht ein Hinweis auf den ansonsten mangelnden Komfort in kubanischen Hotels sein sollte, sondern auf seinen etwas heruntergekommenen Gesamtzustand anspielte. Ja, es stimmte: Er musste sich mal wieder richtig duschen, seine Fingernägel waren schmutzig, und rasieren sollte er sich auch mal wieder. Er war jetzt nicht mehr in den Bergen, wo dies alles keine Rolle gespielt hatte, sondern zurück in der Zivilisation.

Ticket und Hotelvoucher in der Tasche, machte sich er auf den Weg zurück in seine Herberge. Viel zu packen hatte er ja nicht. Sein Rucksack stand auf dem Bett bereit. Und allzu viel Zeit hatte er auch nicht mehr zu vertrödeln. Der Nachmittag war angebrochen, und er sollte zwei Stunden vor dem Abflug am Flughafen sein. Unterwegs hielt er ein Taxi an und fuhr zu seiner Unterkunft, wo er es vor der Tür warten ließ. Er erklärte der Alten, dass er noch am selben Tag weiterfliegen würde und bedankte sich für ihre Gastfreundschaft. Als er ihr noch eine Dollarnote extra in die Hand drückte, nahm sie ihn zum Abschied herzlich in den Arm.

Das Taxi war ein riesiger, alter, amerikanischer Straßenkreuzer. Er musste schon einmal durchgebrochen sein, denn hinter den vorderen Sitzen war zwischen den beiden Seitenschwellern ein dicker Stahlträger eingeschweißt worden, der das Auto zusammenhielt. Unter dem Träger waren die Rostlöcher so groß, dass man auf die Straße sehen konnte. Dunker hoffte, dass der Wagen wenigstens bis zum Flughafen halten würde. Aber seine Sorge war unbegründet. Der Taxifahrer redete die ganze Fahrt über mit einem für Dunker unverständlichen Akzent auf ihn ein, aber lenkte dabei seinen Wagen mit Elan über die Straßen Managuas, und ohne technische Probleme erreichten sie den Flughafen.

Er gab seinen Rucksack am Schalter ab, kaufte sich für überteuerte vier Dollar einen Schokoladenriegel, der in Deutschland höchstens ein Fünftel des Preises kostete und setzte sich in die Wartehalle. Langsam biss er kleine Stücke der Schokolade ab und ließ sie im Mund zergehen. Schokolade war in der Brigade zu einem echten Luxusartikel geworden. Sie jetzt wieder und auch noch in solcher Menge genießen zu können, löste ein echtes Glücksgefühl in ihm aus. Er war schon fast wieder zu Hause.

Der Flug nach Havanna dauerte nur kurze Zeit. Es waren nur wenige Passagiere in der Maschine gewesen, und so konnte Christian sein Gepäck schnell zurückerhalten. Er schritt langsam durch die Flughafenhalle und kramte dabei seinen Hotelgutschein heraus. Als er stehenblieb, um die Adresse zu lesen, kam ein schwarzer Kubaner in einem hellbraunen Anzug auf ihn zu und sprach ihn in perfektem Deutsch an. Nach kurzem Vorgeplänkel über seine Vorliebe für deutsche Literatur, kam der Mann zur Sache. Er bot Dunker an, zu einem unglaublich günstigen Kurs Dollars in heimische Währung umzutauschen. Damit hätte er die Möglichkeit, in kubanischen Läden einzukaufen und wäre nicht auf das eigens für Ausländer hergestellte Touristengeld angewiesen. Dunkers revolutionäres Misstrauen erwachte sofort. Er wusste zum einen, dass der Schwarztausch streng verboten war, zum anderen wollte er mit seiner Einstellung ganz bestimmt nicht dazu beitragen, den Dollarschwarzmarkt auf Kuba zu unterstützen, und schon gar nicht den Kubanern in ihren Geschäften die wenigen Waren wegkaufen, die für sie lebensnotwendig waren. Für ihn war dieses Angebot fast ein imperialistischer Angriff auf die sozialistische Wirtschaft Kubas. Mit barschen Worten wies er das Ansinnen des Schwarzen zurück, ließ ihn stehen, durchschritt eilig die Flughafenhalle und bestieg ein davor wartendes Taxi. Er nannte dem Fahrer die Adresse seines Hotels, drehte sich im Losfahren noch einmal nach dem Mann um, erblickte ihn aber nicht mehr.

Das Hotel war ein kleiner Betonklotz in der Innenstadt von Havanna, nahe dem Malecón. Die Nacht war hereingebrochen, und die vielen erleuchteten Fenster wiesen darauf hin, dass das Haus gut besucht war. Der Taxifahrer wollte sich nicht in Dollars bezahlen lassen, und Dunker bat den

Portier, den Fahrer zu bezahlen und den Betrag dann auf seine Hotelrechnung zu setzen.

Sein Zimmer lag im sechsten Stock, und er hatte von hier aus einen guten Überblick über die hell erleuchtete Stadt. Zwischen moderne Hochhäuser drückten sich alte, klassizistische Bauten. Verloren zwischen den Riesen, versuchte ihr matter Sandstein mit den spiegelnden Flächen der Hochhäuser zu konkurrieren. Am Horizont war das Meer zu sehen. Dunker kam sich vor wie im Urlaub. Er rasierte und duschte sich und zog sich um. In einer Plastiktüte hatte er extra für die Rückreise ein frisches Hemd aufbewahrt. Leider muffte es jetzt etwas schimmelig, und er tropfte sich Rasierwasser in die Hände, um es damit einzureiben. So ging es. Jetzt wollte er nur noch etwas Gutes essen, ein kühles Bier trinken und sich dann von dieser schönen Stadt in ihren Bann ziehen lassen.

Eine Stunde später stand er auf dem Malecón, Havannas Prachtstraße am Meer. An den auf der Promenade flanierenden Pärchen rauschten amerikanische Straßenkreuzer der vierziger und fünfziger Jahre vorbei. Chrom blitzte im gelben Licht der Straßenlaternen. Auch er schlenderte die Promenade entlang, den warmen Wind auf der Haut. Er suchte nach einem geeigneten Zugang in die Altstadt Havannas. In freudiger Erwartung überquerte er den Malecón und trat in eine kleine Gasse. Nur wenige Straßen weiter sah es so aus, als wenn die Zeit stehengeblieben wäre. Ehemals prachtvolle Bauten mit bunt verglasten Türen und Fenstern, einmal reich verzierten, aber jetzt abblätternden Fassaden und rostigen, gebogenen Balkongittern ließen die einst vorhandene Pracht dieser Stadt erahnen. Viele der alten Bauten sahen wirklich sehr heruntergekommen aus, aber an einigen entdeckte er, dass Renovierungs- und Instandhaltungsarbeiten im Gange waren. Aus offenen Fenstern drang Musik auf die Straße, Salsa, und hübsche, kleine Kinder spielten auf Gehsteigen aus glänzenden, gebrannten Fliesen. Zwei alte Frauen unterhielten sich von Balkon zu Balkon, dabei dicke Zigarren rauchend. Hier herrschte trotz aller Probleme die Lust am Leben. Managua wirkte gegenüber Havanna eher depressiv. Das karibische Lebensgefühl war sicher einer der Trümpfe des kubanischen Sozialismus. Es machte vieles scheinbar einfacher. In einer kleinen *cantina* aß er zu Abend und machte sich dann auf den Weg zurück zum Hotel. Er spürte Müdigkeit und Erschöpfung in sich aufsteigen, aber als er vom Dach laute Musik hörte, entschied er sich, doch noch nicht ins Bett zu gehen, sondern noch etwas an der Bar zu trinken. Mit dem Fahrstuhl fuhr er nach oben zur Dachterrasse. Viele Gäste hatten sich hier eingefunden und saßen an kleinen, runden

Tischen. Meistens hatten sie aufwendig mit Früchten und Lametta verzierte Cocktails vor sich stehen, die im schwachen Licht der auf den Tischen stehenden Kerzen bunt leuchteten.

An einer Seite war die Terrasse überdacht. Hier befand sich eine große Bar mit einem massiven, dunklen Tresen. Ein Kellner mit weißem Hemd und schwarzer Weste stand dahinter und mixte gerade einen Cocktail. Dunker setzte sich auf einen Hocker an die Bar und orderte einen Cuba Libre. Angeblich das Lieblingsgetränk von Hemingway, der zu Lebzeiten in der Nähe von Havanna ein Haus besessen hatte.

Langsam trank er seinen Cuba Libre und schaute dabei auf das Lichtermeer der Stadt. Weit entfernt auf dem Ozean waren die Positionsleuchten von kleinen Schiffen zu erkennen. Es ist einfach herrlich hier! dachte er sich. Aber dennoch musste er jetzt dringend schlafen. Die Müdigkeit übermannte ihn langsam aber sicher.

Zurück im Zimmer legte er sich aufs Bett und ließ seine Gedanken einfach kreisen. Dann klopfte es an seine Zimmertür. Er sprang auf und öffnete. Zu seinem Erstaunen stand wieder der Mann vom Flughafen vor ihm und bot ihm erneut an, Geld zu tauschen. Zudem wollte er ihm einige Adressen von Kubanerinnen zukommen lassen, mit denen er sich vergnügen könnte. Aber Dunker wollte nichts mit diesem Mann zu tun haben. Mit deutlichen Worten machte er ihm klar, dass er sich verpissen und nicht wieder auftauchen sollte. Er drohte ihm sogar mit der Polizei. Das schien zu wirken. Schimpfend ging der Unbekannte den Flur entlang und bestieg den Fahrstuhl. Dunker knallte die Zimmertür zu, schloss zweimal ab und hängte zur Sicherheit noch die Absperrkette ein. Woher wusste der Typ, in welchem Hotel er abgestiegen war? Vielleicht arbeitete er mit dem Taxifahrer zusammen, der ihn hierher gebracht hatte. Trotzdem kam ihm diese Begegnung ein wenig unheimlich vor. Er schob seine Gedanken beiseite, zog sich aus und legte sich wieder aufs Bett.

Angenehmerweise gab es für Christian Dunker am kommenden Morgen einmal nicht *Gallo Pinto*, sondern ein kontinentales Frühstück. Eine willkommene Abwechslung.

Nach den Angaben auf dem Flugticket ging es von Havanna aus nach Madrid und dann weiter nach Prag. Dort musste er auf einen Anschlussflug nach Ost-Berlin warten.

Vom Flug nach Madrid bekam er nur wenig mit. Die meiste Zeit schlief er. Nervtötend war dort der Aufenthalt, da die Passagiere, die weiter nach Prag fliegen wollten, das Flugzeug nicht verlassen durften und ganze zwei

Stunden auf dem Vorfeld verharren mussten. So kamen sie nicht an die frische Luft, und die Beine konnten sie sich im Flugzeug auch nicht richtig vertreten. Aber als sie Prag morgens erreichten, spürte Dunker die Aufregung, bald wieder zu Hause zu sein. Er suchte am Flughafen den Schalter der Interflug und ließ sein Ticket bestätigen. Schon um elf Uhr ging es weiter. Die kleine zweistrahlige Düsenmaschine stieg steil in den Himmel auf, um ihre Flughöhe von zehntausend Metern zu erreichen. Alle Passagiere wurden regelrecht in ihre Sitze gedrückt. Sie verweilten im geradlinigen Flug gerade so lange, dass die Stewardess ein Getränk servieren konnte, dann ging es schon in den Landeanflug auf Ost-Berlin wieder hinunter. Im Flugzeug saß auch eine Familie aus Bremen, die Urlaub in Varadero auf Kuba gemacht hatte. Wie er erfuhr, hatten sie in West-Berlin ihr Auto stehen, mit dem sie zurückfahren wollten. Er fragte vorsichtig an, ob sie ihn eventuell mit nach Bremen nehmen würden. Natürlich gegen eine finanzielle Beteiligung, die er anbot. Der Vater der Familie schien sehr misstrauisch zu sein, aber seine Frau meinte, sie hätten noch einen Platz im Wagen frei und versprach ihm, ihn mitzunehmen. Allerdings wollten sie seine US-Dollar nicht haben, und Dunker, der keine anderen Noten bei sich hatte, versicherte, gleich nach der Ankunft die zugesagten zwanzig Mark in ihren Briefkasten im Fehrfeld zu werfen. Er war selig, so einfach wieder nach Bremen zu kommen.

Nach der Landung wartete er auf sein Gepäck, aber leider kamen nur einige Koffer, nicht aber sein Rucksack.

„Herr Dunker?“

Er drehte sich um. „Ja, das bin ich.“

Vor ihm standen zwei Volkspolizisten, einer davon an seinen goldenen Schulterklappen und dem Mützenband als Offizier zu erkennen.

„Dürfen wir Ihren Pass sehen?“

Das war natürlich keine Frage, sondern eine Aufforderung. Das war klar. Christian Dunker überreichte ihnen seinen Pass, und der Untergebene blätterte darin herum und steckte ihn dann in eine seiner Uniformtaschen.

„Würden Sie uns bitte begleiten?“

Dunker war verwundert, aber fügte sich. Außerdem war er sich sicher, dass ein heimkehrender Brigadist gerade in der DDR keinen Argwohn erregen würde. Vielleicht wollten sie auch nur ein paar Auskünfte über seinen Aufenthalt. Er wurde am Rand des Gepäckterminals in einen kleinen Raum geführt. Es befand sich nur ein hölzerner Stuhl in der Mitte. Keine anderen Möbel, keine Fenster.

„Warten Sie bitte einen Augenblick", sagte der Offizier und verließ mit seinem Untergebenen den Raum. Deutlich konnte Dunker hören, wie die Tür hinter ihm abgeschlossen wurde. Was hatte das nun wieder zu bedeuten? Er war verunsichert. Er traute sich nicht, auf dem Stuhl Platz zu nehmen. Er kam ihm wie ein Vernehmungsstuhl in einem schlechten Krimi vor. Und er wollte nicht vernommen werden, da es keinen Grund dafür gab. Wenn er sich setzen würde, sähe es so aus, als wenn er etwas zu gestehen hätte. Den Eindruck wollte er nicht erwecken. Er lief im Raum auf und ab, aber es tat sich nichts. Letztlich setzte er sich also doch hin. Der Stuhl war hart und unbequem. Seine Lehne stand zu weit nach vorne, so dass man beim Sitzen automatisch nach vorne gebeugt wurde. Dunker stützte seine Ellenbogen auf die Knie und sein Kinn in die Hände. Die Zeit verrann. Er dachte an seine Rückfahrgelegenheit und wusste, dass sie nicht auf ihn warten würden. Warum auch? Falls es so aussah, als wenn er hier verhaftet worden wäre, würde keiner der Mitreisenden aus dem Westen etwas mit ihm zu tun gehabt haben wollen. Den Mut nachzufragen hatten die meisten westlichen Touristen bestimmt nicht. Sie flogen nicht aus Solidarität mit der DDR über Ost-Berlin, sondern weil die Cubana sie billiger als andere Airlines zu ihrem Urlaubsziel brachte. Jeder von ihnen war froh, wenn er wieder aus der unberechenbaren DDR raus war.

Zwei Stunden schmorte er in dem kleinen Raum, bis er hörte, dass die Tür wieder aufgeschlossen wurde.

„Lieber Genosse", trat ihm der Offizier von vorhin mit einem aufgesetzten Lächeln entgegen. „Die Unannehmlichkeiten für dich sind uns gerade vor dem Hintergrund, dass du als Brigadist im sozialistischen Nicaragua warst, sehr peinlich. Aber die Prager Genossen hatten dir einen falschen Transitstempel in den Pass gedrückt. Und du verstehst: Das mussten wir sofort überprüfen. Der imperialistische Feind ist nicht nur in der BRD allgegenwärtig."

Dunker nickte stumm.

Der Volkspolizist reichte ihm brüderlich die Hand, händigte ihm seinen Pass wieder aus und zog ihn aus dem Raum durch die Gepäckhalle zur Passabfertigung.

Erstaunt stellte Christian Dunker fest, dass noch keiner der anderen Passagiere abgefertigt worden war. Sie standen mit ihren Koffern in einer langen Schlange vor dem Abfertigungsschalter. Alle hatten sie auf ihn warten müssen. Ein weiterer Volkspolizist kam mit dem Rucksack von Dunker angelaufen und übergab ihn an ihn. Fast mit militärischen Ehren. Dann begleitete der Offizier ihn durch die Passkontrolle und den Zoll. Auf eine befehlsartige Kopfbewegung des Offiziers wurden weder sein Pass noch sein Gepäck kontrolliert. Er marschierte einfach so durch die Kontrollstellen, bis er vor dem Flughafengebäude stand, vor dem schon der Bus nach Westberlin wartete.

„Gute Heimreise!“ wünschte ihm der Offizier der Volkspolizei, drückte ihm ein Ticket für den Bus in die Hand und schüttelte Dunker noch einmal kräftig die Hand. „Willst doch jetzt endlich wieder nach Hause. Kann ich gut verstehen!“

Gleich gibt's noch einen Bruderkuss, dachte Dunker, aber so weit kam es dann doch nicht. Der Offizier verschwand, und er stieg in den Transitbus nach Westberlin. Jetzt musste er warten. Auf die Familie, die ihn mit zurücknehmen wollte.

Als diese endlich in den Bus einstieg, fragte der Familienvater argwöhnisch, was denn losgewesen sei. Dunker wollte ihn auf keinen Fall verschrecken. Die Rückfahrgelegenheit war zu wichtig.

„Die Tschechen hatten mir einen falschen Transitstempel verpasst“, erwiderte er. „Dann kriegen die Vopos natürlich gleich ne Krise.“

„Ja, so ist das in einem Arbeiter- und Bauernstaat. Wenn nur die Bauern an der Grenze arbeiten!“ antwortete der Familienvater und lachte.

Arschloch, dachte Dunker. Aber den preiswerten Urlaub der Sozialisten nimmst du gern in Anspruch. Und machst dabei wahrscheinlich noch den großen Macker, weil sie auf deine Devisen angewiesen sind.

Aber sagen wollte er jetzt lieber nichts. Seine günstige Mitfahrgelegenheit wollte er nicht verlieren. Er dachte daran, nach Hause zu kommen, in seine Heimatstadt, nach Bremen. Jetzt kam ihm zu Hause alles so reich vor. Selbst seine kärgliche Existenz bot ihm ein friedliches Dach über dem Kopf. Warmwasser ohne Einschränkung. Genügend zu essen, ohne Schwierigkeiten, es zu besorgen. Ein Staat, der ihm auch in schwierigen Lebenslagen noch eine Möglichkeit bot, zu existieren. Aber ihm wurde auch klar, dass sein Land ihm das alles nur bieten konnte, weil es die anderen Länder mit seiner Macht ausbeutete. Länder wie einst Nicaragua. Das galt es immer zu bedenken. So froh Christian Dunker auch war, in seine gesicherte Welt zurückzukehren, so deutlich war ihm auch geworden, wie schwierig der Weg in eine wirklich gerechte Welt noch sein würde.

Wie die Familie angekündigt hatte, stand ihr Auto gleich hinter der Grenze am Busbahnhof in West-Berlin. Schweigend in einen der Sitze auf der Rückbank des Vans versunken, verstand Christian Dunker, dass es nur ein Glücksfall war, in Deutschland geboren worden zu sein. Nichts, was er als etwas Selbstverständliches hinnehmen sollte. Zu Hause musste der Kampf weitergehen. Für eine gerechte Welt, für eine menschenwürdige Zukunft für alle Menschen.

„Du schnarchst!"

Dunker hing mit dem Kopf nach vorne in seinem Gurt, als eines der neben ihm sitzenden Kinder ihn anstieß. Für einen Moment war er völlig orientierungslos. Aber dann wusste er, wo er war. Er versuchte sich zu vergewissern, wie weit sie bereits vorangekommen waren. In einiger Entfernung sah er das Schild einer Autobahnausfahrt herannahen. „Oyten" hieß die nächste Abfahrt.

„Wir sind gleich da!" krakeelte der Familienvater am Steuer viel zu laut und Familieneuphorie auslösend. Dann fuhren sie kurz hinter dem Bremer Kreuz von der Autobahn ab und ins Zentrum der Stadt. In der Nähe der Sielwallkreuzung ließen sie ihn auf seinen Wunsch aus dem Wagen.

„Nochmals vielen Dank, dass Sie mich mitgenommen haben. Mein Benzingeld stecke ich Ihnen in den Briefkasten. Ich habe ja Ihre Adresse."

„Alles klar!" erwiderte der Familienvater und hob lakonisch eine Hand zum Abschied. Dunker wusste, dass sein Tonfall bedeutete, dass er nicht daran glaubte, jemals das Benzingeld zu bekommen. Wahrscheinlich würde er seiner Frau diese Fehleinschätzung ewig vorhalten.

Das Erste, was Dunker tat, war, aus seiner Wohnung die zwanzig Mark zu holen, sie in einen Umschlag zu stecken und im Fehrfeld unter der vereinbarten Adresse einzuwerfen. Dann entschloss er sich, das erste Bremer Bier in der „Lila Eule" einzunehmen. Er stellte dabei fest, dass ihm die heimische Welt jetzt ziemlich fremd vorkam. Die Oberflächlichkeit der ihn nun umgebenden Menschen erschreckte ihn. Sie kümmerten sich wahrscheinlich um gar nichts anderes in der Welt als um sich. Er würde es anders machen wollen.

Etwa zwanzig Jahre später

„Ich danke dir für diesen Abend“, sagte Mechthild Kayser und traute sich nicht, Fritz Behrmann in die Augen zu schauen. Sie standen vor Mechthilds Haus in der Humboldtstraße und wirkten beide sehr unbeholfen. Das war schon sehr ungewöhnlich für diese beiden Menschen. Mechthild Kayser war schließlich die Leiterin der Bremer Mordkommission und Fritz Behrmann niemand Geringeres als der Chef des hiesigen Erkennungsdienstes. Sie hatten gerade einen gemeinsamen Abend im „Kleinen Lokal“, einem kleinen, aber feinen Spitzenrestaurant der Stadt verbracht, dessen intime Atmosphäre beide erfasst und zu vorsichtigen zärtlichen Berührungen verführt hatte. Fritz Behrmann wusste, dass er mehr von Mechthild wollte als er sagen und zeigen konnte. Seit zwei Jahren, seit seiner Scheidung, hatte er keinen Kontakt mehr zu einer Frau gesucht, sich nur ganz männlich auf seine Arbeit gestürzt und dann plötzlich seine Zuneigung zu Mechthild Kayser gefühlt. Es war für ihn wie eine Erlösung, nach seiner großen Enttäuschung endlich wieder etwas für eine Frau zu empfinden, endlich wieder ein ganzer Mensch zu werden. Aber er wusste auch, dass die Chefin der Mordkommission als unnahbar und interessenlos an Beziehungen eingeschätzt wurde. Nachdem ihr arabischer Ehemann vor Jahren mit der gemeinsamen Tochter verschwunden war und ihr Aufenthaltsort nicht ermittelt werden konnte, hatte sich Mechthild Kayser von allen privaten Kontakten zurückgezogen und sich ausschließlich auf ihren Dienst konzentriert. Gemeinsam mit Behrmann hatte sie im vergangenen Jahr den ersten Serienkiller Bremens nach Gesche Gottfried mit enormem Einsatz zur Strecke gebracht. Das hatte sie näher zusammengeführt, und Fritz Behrmann hatte in der großen Sorge um Mechthild sein Gefühl für die Liebe wiedergefunden. Heute Abend war es ihm endlich gelungen, sie zu einem gemeinsamen Essen einzuladen. Sie hatte mit Bedenken eingewilligt, aber ließ sich dennoch seine kleinen, feinen Berührungen gefallen. Er hatte sogar den Eindruck, dass sie sie genoss.

Nun hatte er sie nach Hause gebracht, wie er meinte es als Kavalier tun zu müssen. Er glaubte zu wissen, was sie dachte. Dass sie dem Konflikt ausgesetzt war, ihn hereinzubitten und noch auf einen Kaffee einzuladen. Eben diese ganz normale, konventionelle Verpflichtung, die so viel Unheil in die Welt brachte. Was Mechthild nicht wusste, war, dass Fritz Behrmann davor Angst hatte. Das ging ihm viel zu schnell. Er hatte Angst, in eine sexuelle Situation zu geraten, die ihn überfordern würde, wo er versagen könnte. Und wie würde er dann als Mann dastehen?

Mechthild Kayser andererseits spürte aber auch die Macht der konventionellen Erziehung in sich. Ein schöner Abend, zärtliche Berührungen, die sie nicht abgelehnt hatte. Und nun sollte sie diesen Mann vor den Kopf stoßen und ihn nach Hause schicken. Würde sie dann als frigide gelten oder eher als kaltes, die Gelegenheit ausnutzendes Weib klassifiziert werden?

Beide schwiegen und warteten.

Glücklicherweise ergriff Fritz Behrmann wieder die Initiative und traute sich, sich zu outen.

„Mechthild, ich fand diesen Abend sehr, sehr schön. Vielleicht erwartest du jetzt irgendetwas anderes, aber ich kann nicht so einfach mit reinkommen. Es ist nicht so, dass ich das nicht will. Wirklich nicht. Und ich bin auch nicht irgendwie nicht in Ordnung, oder so etwas. Aber ich kann das nicht so schnell. Verstehst du das?“ Nervös blickte Behrmann sie jetzt an. Seine Äußerung kam ihm als das denkbar Unmännlichste vor, das er hätte sagen können. Keine Spur von einem stürmischen Eroberer oder eines Liebhabers, der die Situation im Griff hatte. Verunsichert wartete er auf Mechthilds Reaktion.

Sie schloss die Augen und atmete einmal tief durch. Sie war erleichtert. Auch sie hatte in den vergangenen fünf Jahren, seit Sammy mit ihrer gemeinsamen Tochter auf ein beabsichtigtes Nimmerwiedersehen abgehauen war, keinen Menschen mehr an sich herankommen lassen. Fritz Behrmann war der erste. Sie hatte das Gefühl nicht wieder vergessen können, das er ihr vermittelte, als er sie mit ihrem Team aus den Fängen des Serienmörders befreit hatte. Es war eindeutig mehr bei ihr angekommen, als ein überaus kollegiales Verhalten. Sie hatte die liebevolle Fürsorge wieder gespürt. Fritz Behrmanns liebevolle Sorge.

Und seine Worte entspannten sie. Sie ergriff seine Hand und sagte sehr souverän: „Es war ein wunderschöner Abend, Fritz. Ich sage jetzt nicht, dass ich dir dankbar bin, dass du wieder ein wenig Glück in mein Leben gebracht hast.“

Dann zog sie ihn ins Haus. Sie schob ihn auf die schwarze Ledercouch und setzte sich in einen Sessel vor ihm.

„Sei nicht beunruhigt, ich bin gerne mit dir hier. Aber auch mir fällt es schwer, etwas Neues zu beginnen.“ Dann lächelte sie ihn liebevoll an. „Ich habe noch einen tollen Wein. Eine trockene Spätlese von der Nahe. Etwas ganz Besonderes. Davon nehmen wir noch ein Gläschen. Und dann kannst du gehen. Aber die nächste Einladung bezahle ich!"

Mit diesen Worten stand sie auf und ging in die Küche. Fritz Behrmann war erleichtert. Wie schwer manchmal die Wahrheit über die Lippen kam, und wie hilfreich sie sein konnte, dachte er sich. Und dass Mechthild Kayser von einem weiteren gemeinsamen Abend gesprochen hatte, war ihm auch nicht entgangen. Das machte ihn glücklich.

Wenig später kam sie mit der angekündigten Flasche zurück. Sie reichte Fritz den Korkenzieher. Fast andächtig öffnete er die Flasche und goss beiden ein. Der Wein war vorzüglich. Sie sprachen kein Wort, sondern saßen im Halbdunkel des Wohnzimmers nur da. Sie brauchten keinen Kerzenschein und Lovesongs im Hintergrund. Es war für beide schön, nicht allein zu sein. Das genügte ihnen.

Als Fritz sein Glas geleert hatte, stellte er es behutsam auf dem Couchtisch ab und erhob sich langsam. Sein Signal, dass er jetzt wie verabredet gehen wollte. Auch Mechthild stand auf, und so standen sie Angesicht zu Angesicht dicht beieinander. Es war der Zeitpunkt für einen Kuss. Das spürte Behrmann, aber er traute sich nicht. Mechthild trat einen kleinen Schritt näher an ihn heran, ihr Gesicht ganz dicht vor seinem, nahm seinen Geruch auf und hauchte ihm einen Kuss auf die Wange.

„Ich freue mich auf unseren nächsten freien Abend, Fritz."

Fritz Behrmann hätte Mechthild nun am liebsten an sich gerissen. So sehr war er von seinen Gefühlen in diesem Moment überwältigt. Aber er konnte sich beherrschen. Er wollte sie auf keinen Fall überrumpeln. Ganz vorsichtig beugte er sich nach vorne und drückte ihr einen Kuss auf die Stirn.

„Ja, ich freue mich auch schon darauf, Mechthild!"

„Bis morgen, Fritz!"

Er strahlte sie noch einmal liebevoll an, wortlos. Dann schritt er beschwingt die Stufen vor Mechthilds Haus hinunter und ging langsam die Humboldtstraße entlang. Er überlegte, ob sie ihm nachsehen würde, wollte sich selbst aber auf keinen Fall umdrehen. Er wusste nicht genau warum, aber so hielt sich die glückliche Spannung in ihm.

Mechthild sah ihm lange nach, und sie spürte ihr Herz wild klopfen.

Diese Nacht konnten beide nicht ruhig schlafen. Sie lagen jeder für sich im Bett und dachten über sich und den anderen nach.

Erna Ratzenow war auf dem Polizeirevier in der Neustadt keine Unbekannte. Die alte Frau wohnte alleine in einem Mietshaus in der Pappelstraße und war die Witwe eines vor einigen Jahren verstorbenen Polizeibeamten. Seit ihr Mann nicht mehr lebte, tauchte sie mindestens einmal in der Woche am Revier auf und plauschte mit den anwesenden Polizisten. Eine Polizeiwache war ein relativ öffentlicher Ort. Man konnte hineingehen, mit den Polizisten reden und sie auf etwas hinweisen oder sich einen Ratschlag holen. Sie waren eben nicht nur Freund und Helfer, sondern für Frau Ratzenow auch Mädchen für alles. Einige Jahre lang konnte sie auch noch auf einige Beamte treffen, die ihren Mann gekannt hatten. Aber auch die wurden stetig rarer, und bald gab es sie gar nicht mehr, da sie ebenfalls in den Ruhestand gegangen waren. Die jüngeren Polizisten fühlten sich zeitweise ganz schön von ihr genervt. Insbesondere, da sie in letzter Zeit immer wunderlicher wurde. Oder besser gesagt, zunehmend verkalkte und manchmal ein wenig orientierungslos war. Das führte häufig dazu, dass sich bei ihrem Erscheinen in der Wache alle schnellstens in den Aufenthaltsraum verzogen, und nur der Wachhabende noch anwesend war. Der konnte sich ja nicht verdrücken.

Aber Erna Ratzenow hatte auch ihre hellen Momente. Als sie heute in die Wache kam, war sie ziemlich aufgeregt. Die Frühschicht des Reviers war vollständig draußen im Einsatz, da es aufgrund einsetzenden Nieselregens mehrere kleine Verkehrsunfälle gegeben hatte, die es aufzunehmen galt. Der Regen hatte zwar schon wieder aufgehört, aber Nässe und Staub hatten die Straßen rutschig gemacht, und manches Bremsmanöver verfehlte sein Ziel. Der Wachhabende hatte alle Hände voll zu tun, seine Kollegen zu koordinieren und ihnen die erforderliche Hilfe auf der Straße zukommen zu lassen.

„Ja, der Abschlepper ist zu euch unterwegs!“ rief er ins Mikrophon seiner Funkanlage, und gleich darauf meldete sich eine andere Besatzung seiner Streifenwagen.

„Wir brauchen jetzt doch noch einen Rettungswagen. Der eine Fahrer hat plötzlich Schmerzen im Nacken festgestellt.“

Der Wachhabende drückte wieder den Sendeknopf des Funkgerätes. „Ja, kommt gleich!“

Dann griff er zum Telephon, wählte mit den Tasten die Feuerwehrzentrale an und orderte einen Rettungswagen zum Unfallort.

„Herr Wachtmeister!“ Erna Ratzenow lehnte sich mit den Unterarmen auf die Platte des Wachtresens. „Ich muss etwas Verdächtiges melden!“

Die auch noch, dachte sich der Wachhabende und stellte fest, dass Frau Ratzenow unangenehm roch. Er rollte auf seinem Bürosessel ein Stück nach hinten, um der Belästigung seiner Geruchsnerven zu entgehen.

„Ich kann ja nicht mehr so schnell einkaufen wie früher", fuhr Frau Ratzenow fort. „Wissen Sie, die Beine machen nicht mehr so richtig mit, wenn ich schwer tragen muss. Und da hilft mir immer ein junger Mann aus unserem Haus. Der, der unter mir wohnt. Der ist zwar bestimmt Terrorist, aber nett."

Über Funk meldete sich wieder eine der Streifenwagenbesatzungen. „Du kannst gleich den Doc aufs Revier bestellen. Einer der Beteiligten hat ne Fahne."

Der Wachhabende bestätigte den Funkspruch und griff erneut zum Telephon. Bevor er wählte, wandte er sich Frau Ratzenow zu. „Frau Ratzenow, ich habe gerade alle Hände voll zu tun. Können Sie nicht heute Nachmittag wiederkommen? Dann ist vielleicht mehr Zeit für einen Plausch."

Frau Ratzenow wollte protestieren, aber der Wachhabende hob mahnend und um Ruhe bittend die Hand. Dann hatte er den Vertragsarzt der Polizei an der Strippe und bat ihn, zum Revier für die Entnahme einer Blutprobe zu kommen.

Erna Ratzenow schluckte ihren Protest herunter. „Gut, dann komme ich eben nachher wieder. Aber wenn es dann zu spät ist, tragen Sie die Verantwortung."

Das wäre erst einmal geschafft, sagte sich der Wachhabende. Sollte sich doch der Spätdienst mit Frau Ratzenow herumärgern. Er würde jedenfalls mittags Feierabend haben.

An diesem Morgen gab es dagegen in der Mordkommission nicht viel zu tun. Nach den aufwendigen Ermittlungen bezüglich der letzten Morde war jetzt endlich wieder die Zeit gekommen, in der die Ermittler ihre haufenweise entstandenen Überstunden abfeiern konnten. Mechthild Kayser war alleine im Büro. Gelangweilt klickte sie sich auf ihrem Computer durch die Hausmitteilungen des Kriminaldauerdienstes und der anderen Kommissariate. Sie war sehr unkonzentriert und stellte fest, dass sie eigentlich nur die Zeit totschlagen wollte. Sie dachte an Fritz Behrmann. Er war es, der sie beschäftigte. Der Abend mit ihm hatte ihr gutgetan. Seine Nähe, sein Geruch, der Kuss auf ihre Stirn hatten etwas in ihr ausgelöst, was sie lange Zeit nicht mehr für möglich gehalten hatte. Sie war wieder verliebt. Allein der Gedanke, sich dies einzugestehen, ließ ihr Herz schneller schlagen. Eigentlich brauchte sie ja nur mit dem Fahrstuhl nach unten zu fahren und ihn in den Räumen des Erkennungsdienstes zu besuchen. Aber sie hielt ein solches Verhalten für so auffällig, dass jeder im Haus gleich wissen würde, dass sie etwas miteinander hatten. Und das war ihr irgendwie peinlich. Ich benehme mich wie ein Teenie, ärgerte sich Mechthild und lächelte dabei glücklich.

Mit einem elektronisch erzeugten Gong meldete ihr Computer, dass eine direkt an sie gerichtete E-Mail eingegangen war. Sie riss sich aus ihren Gedanken, wechselte in ihren Posteingang und öffnete das Schreiben.

Beim Lesen der ersten Zeilen fiel es ihr wieder ein. Die Polizeihochschule hatte sich gemeldet. Mechthild erinnerte sich an den Besuch des Organisationsreferenten vom Senator für Inneres vor ein paar Wochen. Der hatte angefragt, ob sie bereit wäre, einen der Polizeistudenten für ein Praktikum in ihr Kommissariat aufzunehmen. Nach Rücksprache mit ihren Kollegen hatte sie zugestimmt. Die E-Mail kündigte sein Kommen an.

Gerade jetzt, wo nichts los ist, und die anderen kaum da sind, dachte Mechthild. Auch nicht gerade schön für einen Praktikanten. Aber sie konnte ja nicht extra für ihn einen Mord begehen lassen. Nur, damit er etwas von ihrer Arbeit mitbekäme.

Sie schaltete das kleine Radio auf ihrem Schreibtisch ein. „Love is in the air!" plärrte es aus dem kleinen Lautsprecher, und hektisch drehte Mechthild die Musik wieder ab. Ihre Gedanken waren wieder bei Fritz.

Egal! Ich gehe jetzt zu ihm, entschied sich Mechthild. Sie konnte ihn ja fragen, ob er den Praktikanten auch mal in seine Arbeit schauen lassen könnte. Das wäre ja nicht abwegig, so etwas zu fragen. Und ganz klar dienstlich. Also unverdächtig.

Mechthild verließ ihr Büro und schlenderte vergnügt zum Fahrstuhl. Wie er wohl reagieren wird, wenn sie jetzt bei ihm auftaucht? Mit einem Mal kamen ihr Zweifel. Täuschte sie sich auch nicht? Interpretierte sie den gestrigen Abend richtig? Viel länger konnte sie diesem Gedanken aber nicht nachhängen. Der Fahrstuhl war schon auf dem Weg und öffnete nun seine edelstählernen Schiebetüren im Untergeschoss des Präsidiums. Behrmanns Büro lag rechts hinten am Ende des Flures. Die Räume des ED sahen immer sehr sauber und ordentlich aus. Die Wände des Flures machten den Eindruck, als wenn sie jeden Tag frisch gestrichen werden würden. Fritz Behrmann legte als Chef des ED großen Wert darauf, dass sich möglichst keine fremden Spuren an seine Untersuchungsgegenstände heften konnten.

Mechthild ging den Flur entlang. Langsam kam sie Behrmanns Büro näher, als plötzlich neben ihr eine Tür aufgerissen wurde und Fritz Behrmann hastig auf den Flur trat und Mechthild dabei beinahe umriss. Erschreckt kam Mechthild ins Taumeln. Behrmann riss reflexartig ihre Arme an sich und hielt sie auf diese Weise fest, damit sie nicht fallen konnte. Dann erkannten sie sich. Ganz eng hatte Behrmann Mechthild an sich herangezogen, und jetzt lockerte sich sein fester Griff und wandelte sich in eine zärtliche Umarmung. Beide strahlten sich verliebt an. Dann ging eine andere Tür zum Flur auf, und schnell lösten die beiden ihre Verbindung.

„Na, da hätte ich ja beinahe die Leiterin der Mordkommission umgerannt!“ gab Behrmann für alle laut hörbar bekannt, in der Hoffnung, irgendwelchen anderen Interpretationen zuvorkommen zu können. Dann führte er sie in sein Büro, schloss sorgfältig die Tür und nahm sie noch einmal in den Arm. Er strich ihr eine Haarsträhne aus dem Gesicht und küsste sie vorsichtig.

Mechthild erwiderte seine Zärtlichkeiten, aber dann machte sie sich plötzlich von ihm frei. Sie wollte sich selbst bremsen, denn in ihr begann es zu brodeln.

„Eigentlich bin ich ja aus einem ganz anderen Grund zu dir gekommen“, log sie. „Aber ein solcher Empfang ist auch schön!“

Behrmann ließ sich auf der Kante seines Schreibtisches nieder. „Was hast du denn auf dem Herzen? Gibt’s einen neuen Fall?“

„Nein“, erwiderte Mechthild schmunzelnd. Und nun musste sie einen Moment nachdenken, denn ihre Ausrede hatte sie fast vergessen. „Ich bekomme heute einen Praktikanten von der Hochschule. Aber bei mir ist zurzeit so wenig los, dass ich dich bitten möchte, ihm etwas von deiner Arbeit zu zeigen. Kannst du das machen?“

Behrmann lachte. „Willst du ihn loswerden, oder meinst du es ehrlich?“

Mechthild tat erst ein wenig beleidigt, versicherte ihm dann aber, dass es ihr nicht darum ginge. Nur ohne einen Mord konnte es in der Mordkommission ganz schön langweilig zugehen, erklärte sie.

Fritz Behrmann sagte ihr zu, sich um den Praktikanten zu kümmern. Und nutzte gleich die Gelegenheit und fragte Mechthild, ob sie nicht Lust hätte, am Abend mit ihm auszugehen. Ein Strahlen huschte fast unmerklich über Mechthilds Gesicht.

„Aber bitte erst später und dann nur auf einen Wein. Was hältst Du von neun Uhr in der kleinen Vinothek am Steintor?“

Behrmann war begeistert. Mechthild drückte ihm noch schnell einen Kuss auf die Wange und verließ dann sein Büro.

Die Frühschicht auf dem Polizeirevier in der Neustadt hatte gerade den Dienst an die eingetroffenen Kollegen des Spätdienstes übergeben, als Erna Ratzenow wieder im Wachraum erschien und dem Wachhabenden ihr Anliegen vermitteln wollte.

„Der junge Mann, der unter mir wohnt, geht immer für mich einkaufen. Aber heute ist er nicht gekommen. Können Sie nicht mal nach ihm sehen", erklärte sie kurz. Sie hatte keine Lust, wieder alles vollständig und von vorne an zu erzählen.

Ralf Strutz war ein erfahrener Hauptkommissar und Dienstgruppenleiter. Er wusste, dass Hinweise dieser Art nicht gleich eines Polizeieinsatzes bedurften.

„Haben Sie denn mal bei ihm geklingelt?"

Frau Ratzenow sah ihn etwas entgeistert an, da sie den Eindruck bekam, dass der vor ihr sitzende Polizist sie nicht ganz ernst nahm. Sie erklärte ihm, dass sie das natürlich schon mehrfach versucht hatte. Aber ohne Erfolg. Und sie wies darauf hin, dass dieser junge Mann ihr bislang jedes Mal Bescheid gegeben hatte, wenn er verhindert war und sich nicht um sie kümmern konnte. Ausnahmslos.

Ralf Strutz wiegte sein Haupt unentschlossen hin und her. Sicher hätte er einen Streifenwagen vorbeischicken können. Aber hier in der Neustadt war so viel zu tun, dass er die wenige Zeit seiner Kollegen nicht vergeuden durfte. Die personelle Ausstattung der Polizei war einfach schmaler geworden. Er machte Frau Ratzenow den Vorschlag, dass sie sich am kommenden Vormittag wieder auf dem Revier melden sollte, wenn der Mann bis dahin nicht wieder aufgetaucht wäre. Er würde einem Kontaktbeamten eine Mitteilung zukommen lassen, so dass dieser sich dann um den Fall kümmern und sie besuchen würde.

Ralf Strutz übergab ihr eine Visitenkarte seines Kollegen, auf der sein Name und die telephonische Durchwahl angegeben waren.

Das beruhigte Frau Ratzenow. Mit der Visitenkarte in der Hand verließ sie die Wache.

Als Mechthild Kayser in ihr Büro zurückkehrte, wartete auf einem der Besucherstühle ein junger Mann Anfang zwanzig in einem grauen Anzug und strahlte sie mit extrem weißen Zähnen an. Seine braunen Haare trug er halblang und hatte sie auf der einen Seite gescheitelt. Unter seinem Jackett schaute ein weißes T-Shirt hervor. Er erhob sich, reichte ihr die Hand und stellte sich mit Harald Strehlow vor. Er war der angekündigte Student aus dem Fachbereich Polizei der Hochschule für öffentliche Verwaltung in Bremen.

Mechthild begrüßte ihn und hieß ihn herzlich willkommen. Sie war neugierig, mit wem sie es zu tun hatte, und so fragte sie ihn nach seinen Beweggründen zur Polizei zu gehen, und warum er unbedingt ein Praktikum bei der Mordkommission absolvieren wollte. Mechthild wusste gleich nachdem sie sie ausgesprochen hatte, wie blöd eine solche Frage war und ärgerte sich, sie überhaupt gestellt zu haben.

Es kamen die üblichen, stereotypen Antworten: ein sicherer Job, etwas für die Gesellschaft tun zu wollen, mit Menschen arbeiten, helfen wollen und so weiter.

Was sollte man auch andere Antworten als diese von einem Berufsanfänger erwarten, dachte Mechthild. Sie hatte damals nichts anderes auf diese Fragen geantwortet, als sie ihre Ausbildung begann.

Harald Strehlow hatte gerade zwei Semester hinter sich, sich erste Grundkenntnisse von Strafrecht, Einsatzlehre und Polizeirecht angeeignet und ein paar Schichten bei der Schutzpolizei gemacht. Die beiden einzigen Dinge, die er schon abgeschlossen hatte, waren die Schießausbildung, die ihn berechtigte, eine Waffe zu führen, und eine Fahrerschulung, damit man ihm Streifenwagen anvertrauen konnte. Er war noch kein Hilfsbeamter der Staatsanwaltschaft, was bedeutete, dass er weder Durchsuchungen noch Festnahmen anordnen konnte. Aber das war kein Problem. Mechthild hatte nicht vor, ihn alleine arbeiten zu lassen. Sie erläuterte ihrem Praktikanten nun die Aufgabenbereiche der Mordkommission, die sich nicht nur mit Mord und Totschlag, Körperverletzungen mit Todesfolge und ähnlichen Delikten zu befassen hatte, sondern auch mit Vermisstenfällen. Sie berichtete ihm von dem letzten großen Fall, als sie einen Serienmörder dingfest machen mussten. Ein Fall, der ja auch lang und breit durch die Presse gegangen und Harald Strehlow nicht verborgen geblieben war.

„Zurzeit ist bei uns eine ruhige Phase. Aber Sie sind ja drei Monate bei uns. Da kann schon noch einiges passieren“, fuhr Mechthild fort und erläuterte Harald Strehlow, dass er auch im Erkennungsdienst mitarbeiten werde. „Schließlich sind die Leute vom ED unsere wichtigsten Verbündeten bei der Jagd nach einem Täter.“

Harald Strehlow nickte stumm. Insgeheim hoffte er, dass während seines Praktikums doch noch ein spektakulärer Mord in Bremen geschehen würde. Obwohl ihm jetzt schon davor graute, bei einer Leichenöffnung in der Pathologie dabei sein zu müssen. Und damit war Mechthild auch schon beim Thema.

„Ich zeige Ihnen natürlich auch die Pathologie und mache sie mit unserem Gerichtsmediziner, Herrn von Sülzen, bekannt. Er ist für unsere Arbeit ein weiterer wichtiger Zeuge und von unschätzbarem Wert. Wissen Sie was? Wir fahren da mal hin und schauen uns alles an. Dann haben Sie schon mal einen ersten Eindruck." Mechthild wollte irgendwie die Zeit rumbringen.

Harald Strehlow schluckte kurz. Und obwohl es in dem Büro nicht sonderlich warm war, traten ihm kleine Schweißperlen auf die Stirn. Das entging auch Mechthild nicht.

„Sie brauchen sich keine Sorgen zu machen. So schrecklich ist es dort nicht. Wir machen ja nicht gleich eine Obduktion! Sie müssen das so sehen, als wenn Sie einen Patienten im Krankenhaus besuchen wollten. Sie sprechen mit dem Arzt, sind bei den Untersuchungen dabei. Nur, dass unser Patient schon tot ist."

Dann stand sie auf, zog sich ihren Mantel an und ging mit Harald Strehlow zu ihrem Dienstmercedes im Innenhof des Polizeihauses. Das Wetter hatte sich geändert. Während am frühen Morgen noch die Sonne geschienen hatte, waren jetzt vermehrt dicke, graue Wolken am Himmel aufgezogen. Wetter, wie es kurz vor dem Sommer in Bremen immer war.

Für einen Moment dachte Mechthild daran, Strehlow fahren zu lassen, aber dann setzte sie sich doch lieber selbst hinters Lenkrad. Sie war sich nicht sicher, ob ihr Praktikant sich gut auf den Verkehr konzentrieren konnte, bei allem, was jetzt wahrscheinlich durch seinen Kopf ging im Hinblick auf den bevorstehenden Besuch in der Path. Aber sie kannte auch nur ein beschränktes Erbarmen für angehende Polizisten. Wenn sich jemand dafür entschieden hatte, Polizist zu werden, musste er einiges ertragen können, was den meisten anderen Menschen in der Regel erspart blieb. Ein Polizist sah nun mal hauptsächlich Leid und Elend der Gesellschaft und musste sich selbst einen Plan entwickeln, wie er damit umging, damit es ihn nicht zerfraß. Und man konnte nie früh genug damit beginnen.

Mechthild Kayser schaltete das Funkgerät ein, nannte Strehlow ihren Funknamen und forderte ihn auf, sich bei der Einsatzleitzentrale zu melden und ihr Fahrtziel anzugeben. Etwas umständlich nahm sich Strehlow das Funkgerät, und mit belegter Stimme gab er unsicher seinen Funkspruch ab.

Mechthild lenkte den Wagen durch die Ostertorswallstraße auf den Wall und dann an der Vorderseite des Polizeihauses vorbei auf den Ostertorsteinweg, passierte die Sielwallkreuzung, und am Ende der Straße Vor dem Steintor bog sie ab in eine Allee, die Am Schwarzen Meer genannt war. Alleen schienen bei Wahlkampfmanagern besonders für Werbung beliebt zu sein. Während Mechthild während der ganzen Fahrt nirgendwo etwas aufgefallen war, hingen hier an allen Bäumen massenweise Plakate der in der Bremer Bürgerschaft vertretenen Parteien. Und derer, die neu hineingewählt werden wollten. Bremen war im Wahlkampf. Die letzten vier Jahre wurde das kleine Bundesland von einer großen Koalition aus Konservativen und demokratischen Sozialisten regiert. Ein Novum in der sonst jahrzehntelang immer links und fortschrittlich orientierten Stadt. Aber die strukturell bedingten wirtschaftlichen Probleme Bremens ließen das Land in den vergangenen Jahren zunehmend in die Pleite schliddern, so dass manche Wähler glaubten, dass ein Ruck nach rechts die Stadt wieder nach vorne bringen könnte. In den vergangenen vier Jahren hatte sich allerdings noch nicht viel bewegt.

Nach ein paar hundert Metern erreichten sie die Einfahrt zur Pathologie, und Mechthild stellte den Wagen auf dem Parkplatz, der eigens für die Mordkommission reserviert war, ab.

Harald Strehlow hatte die ganze Fahrt über kein Wörtchen mehr gesagt. Er war aufgeregt, und ihm war unwohl. Er kannte Pathologien nur aus den Fernsehkrimis, und er ahnte schon immer, dass die Wirklichkeit erschreckender sein musste. Aber jetzt schlapp machen konnte er natürlich auch nicht. Wie würde er denn dastehen? Also folgte er brav, aber nervös, seiner Chefin auf Zeit durch die Tür ins Innere der Pathologie. Sofort nach dem Eintreten schlug ihm ein merkwürdiger, unbekannter Geruch entgegen. Süßlich-muffig mit einem Zusatz von Chemikalie. Eben eine Mischung aus Leichengeruch und Formaldehyd.

Mechthild hielt dem jungen Praktikanten eine Tür auf, und schon standen sie in einer kleinen Halle, von der an der rechten Wand drei Kühlzellen abgingen. Die dicken Türen mit ihrem großen, blanken Hebeln waren stark abgenutzt. Durch kleine, runde, schon etwas matt gewordene Fensterchen konnte man in die Kühlkammern schauen. Aber Harald Strehlow war im Augenblick nicht gerade neugierig.

Am gegenüberliegenden Ende der Halle stand eine Tür offen, und nachdem Mechthild ein lautes „Hallo“ von sich gegeben hatte, erschien ein hagerer Mann Ende vierzig, glattrasiert und mit einer schwarzen Hornbrille auf der Nase, in weißem Ärztekittel mit einer ebenfalls weißen Gummischürze.

„Ah, Frau Kayser. Ich begrüße Sie in meinen zwar zunehmend derangierter wirkenden, aber immer noch heiligen Hallen."

Prof. Dr. von Sülzen, der leitende Gerichtsmediziner in Bremen, reichte der Chefin der Mordkommission seine gummibehandschuhte Hand und nach einem prüfenden Blick von ihr, ob diese noch frei von Anhaftungen jeglicher Art war, ergriff sie sie zur Begrüßung. Dann stellte sie ihren Polizeischüler vor.

„Ja, da hab ich doch zwei kleine, nette Dinge, die einem jungen Polizeistudenten einen Einblick in meine Arbeit geben können." Von Sülzen schob Harald Strehlow zu einer der Kühlkammern. Mechthild hielt ihn im Vorübergehen am Ärmel seines Arztkittels fest und warf ihm einen strengen Blick zu. Von Sülzen verstand sofort. „Natürlich etwas, das das unerfahrene Gemüt eines Polizeischülers nicht über die Maßen erschüttern kann", ergänzte er, zog Harald Strehlow zu einer anderen Kühlkammer und drückte den großen Hebel nach unten. Er zog die schwere Tür auf und schob den Polizeischüler in die Kammer hinein. Trotz der Kühlung hing ein merkwürdiger Gestank in der Luft. Irgendetwas zwischen Lagerfeuer und kaltem Sonntagsbraten.

„Hier sehen Sie eine Brandleiche aus dem angrenzenden Niedersachsen, die mir zur Begutachtung aufgrund von Personalengpässen bei den niedersächsischen Kollegen überstellt worden ist." Von Sülzen trat neben Harald Strehlow und schaltete das Licht ein. Es war ziemlich schwach. Glück für den Praktikanten. Dann fuhr der Gerichtsmediziner mit seinen Erklärungen fort.

Vor Harald Strehlow lag ein braun bis schwarz verkohlter Leichnam. Das Geschlecht konnte er nicht erkennen. Das Gesicht war verschwunden. An den Oberschenkeln erinnerten ihn die Verbrennungen an die krosse Schwarte eines gelungenen Schweinebratens.

Von Sülzen erhob seine Stimme. „Sehen Sie hier!" Er wies mit dem Zeigefinger auf die rechtwinklig angezogenen und in dieser Stellung verharrten Arme der Leiche. „Ein klassischer Hinweis auf eine länger anhaltende große Hitze, der der Körper ausgesetzt war. Durch die Erhitzung verdunstet sehr viel Flüssigkeit im Körper, und die Sehnen ziehen sich zusammen."

Dann stockte von Sülzen der Atem.

„Was ist das für eine Schweinerei!" schrie er wütend los. Im Halbdunkel der dem Licht abgewandten Seite der Leiche entdeckte er in der Hand des Toten eine geschälte und abgebissene Banane. Das leuchtende Gelb der

Bananenschale hob sich deutlich und eigentlich sehr ästhetisch vom dunklen Braun der verbrannten Hand ab. Harald Strehlow war schockiert. Was waren denn das für Mätzchen in der Pathologie?

Von Sülzen biss grimmig die Zähne zusammen, versuchte seine Wut herunterzuschlucken und sich zu beruhigen. Er bugsierte Harald Strehlow aus der Kühlkammer, drückte mit hoher innerer Anspannung die Tür wieder zu und mit einem heftigen Ruck den Klinkenhebel wieder herunter.

Mechthild Kayser war nicht mit in die enge Kühlkammer gegangen und wusste deshalb nicht, was den Ausbruch ihres so geschätzten Gerichtsmediziners ausgelöst hatte.

„Was war denn, Herr Professor?"

Von Sülzens Blick wanderte von Mechthild zu Harald Strehlow und wieder zu ihr zurück. Dann hatte er seine Fassung wieder.

„Manche Menschen haben einen Humor, den ich nicht teile", begann er ruhig und besonnen. Ohne jedoch den eigentlichen Grund seines Wutausbruchs preiszugeben. „Aber ..." Er machte eine kleine Pause und wandte sich wieder an Harald Strehlow. „Aber es ist für manche auch nicht so leicht, mit der Arbeit hier umzugehen. Besonders für Nichtmediziner. Einige müssen sich durch solch kleine Neckereien von der Last des Umgangs mit nicht immer schön aussehenden Toten befreien. Ich habe in begrenztem Umfang Verständnis dafür."

Damit war dieses Thema für ihn erledigt. Mechthild wusste noch immer nicht, worum es ging, wollte aber auch nicht nachfragen. Und Harald Strehlow war froh, dass die Kühlkammer wieder geschlossen war. Er hatte noch nie in seinem Leben eine echte Brandleiche gesehen. Er spürte schon jetzt, dass er diesen Anblick nicht so schnell vergessen würde.

Von Sülzen ergriff wieder die Initiative. „Nun, Herr Strehlow. Wir haben natürlich auch so etwas wie eine Alltagsroutine zu erledigen." Von Sülzen kehrte zu seiner kühlen Sachlichkeit zurück. „Wie Sie sicher wissen, muss bei tödlichen Verkehrsunfällen immer auch geklärt werden, ob Unfallopfer unter dem Einfluss von Drogen oder Alkohol standen. Das ist besonders für die Versicherungen von entscheidender Bedeutung, gilt es doch Versicherungsleistungen zu gewähren oder abzulehnen. Kommen Sie!"

Mit diesen Worten zog von Sülzen Harald Strehlow in den Nebenraum. Mechthild Kayser hielt sich dicht hinter ihrem Praktikanten. Er schien sehr irritiert zu sein. Sie wollte nicht, dass er schon heute seine Grenzen kennenlernte. Noch war er in der Ausbildung und musste mit großer Verantwortung an seinen Beruf herangeführt werden. Sein bevorstehendes Polizistenleben würde ihn schon von ganz allein so mancher Illusion berauben. Aber das war eine Entwicklung und kein Crashkurs.

In der Mitte des hell erleuchteten Raumes mit einer Wand aus Glasbausteinen lag auf einem Rollwagen ein toter Mann. Er musste mindestens siebzig gewesen sein, schätzte Harald Strehlow. Vielleicht noch älter. Er war nackt, und sein Körper wies mehrere Hautabschürfungen und Hämatome auf. Am Kopf war eine größere Platzwunde zu erkennen, um die herum eingetrocknetes und verkrustetes Blut klebte.

Neben seinen gespreizten Beinen stand ein Pathologiehelfer. Ein etwas grobschlächtig wirkender Mann über fünfzig. Auch in ärztliches Weiß gekleidet und mit einer Gummischürze gewappnet.

Von Sülzen erklärte weiter die Situation. „Dieser Mann ist vor eine Straßenbahn gelaufen und dabei ums Leben gekommen. Schädelfraktur mit Todesfolge." Er wies auf die Kopfverletzung. „Es gilt zu klären", dabei nickte er dem Pathologiehelfer zu, „ob der Gute unter Einfluss von berauschenden Mitteln die Fahrbahn überqueren wollte, obwohl eine Straßenbahn herannahte. Zu dieser Bestimmung benötigen wir Blut. Grundsätzlich trocknet unser roter Saft in den kleinen Adern nach dem Exitus sehr schnell ein. Darum öffnen wir die Oberschenkelvene, die aufgrund ihrer Dimension meistens noch genügend flüssiges Blut enthält." Und mit einer Geste forderte er den Pathologiehelfer auf, seine Arbeit zu machen.

Der Mann nahm sich von einem Beistelltisch ein Messer und setzte es an der Innenseite des Oberschenkels der Leiche an. Ein kräftiger Schnitt durch Fett und Muskelfleisch genügte, und eine große klaffende Wunde entstand. Ein wenig Blut sickerte aus ihr. Jetzt setzte der Mann eine Art Spange in die Wunde und drückte sie damit auseinander. Das in der Tiefe der Wunde liegende, dicke Blutgefäß war gut zu erkennen. Ein weiterer, vorsichtiger Schnitt, und ein gläsernes Röhrchen konnte in die Öffnung geführt und vollständig mit Blut gefüllt werden.

Mechthild Kayser beobachtete ihren Praktikanten. Er schien sich wieder gefangen zu haben. Er machte sogar den Eindruck, als wenn er sich interessiert mit der Blutentnahme beschäftigen würde.

Der Pathologiehelfer klebte einen roten Zettel mit einer Nummer auf das Reagenzglas und legte es in eine bereitstehende Aluminiumschale.

„Tja, und das war's schon!" rief von Sülzen und strahlte dabei zufrieden übers ganze Gesicht.

Mechthild wollte von Sülzen nicht noch eine Gelegenheit geben, von seiner Alltagsarbeit zu zeigen. Das sollte für heute mehr als ausreichend sein.

„Ja, Herr Professor. Dann bleibt mir ja nur, mich bei Ihnen zu bedanken. Ich denke, es war für Herrn Strehlow sehr aufschlussreich“, sagte sie schnell.

Harald Strehlow nickte. Eilig gab er von Sülzen seine Hand zum Abschied und bedankte sich auch noch einmal. Dann verließen sie die Pathologie.

Draußen vor der Tür hörte Mechthild, wie Harald Strehlow mehrfach tief ein- und ausatmete.

„Frische Luft ist noch immer die beste“, sagte er. Mechthild stimmte ihm zu.

Auf der Rückfahrt ins Präsidium konnte sie ihre Neugier aber nicht länger bremsen. Sie wollte unbedingt wissen, warum von Sülzen in der Kühlkammer so sauer geworden war.

„Die Leiche hatte eine angebissene Banane in der Hand.“

Mechthild musste kurz lachen. Es erschien ihr wirklich komisch. Aber dann bat sie ihren Praktikanten gleich um Verzeihung. Immerhin gehörte ein solcher Scherz eigentlich in die Kategorie „Störung der Totenruhe“.

„Nicht so schlimm. Ich kann mir schon gut vorstellen, dass man sich bei dieser Arbeit irgendwie abreagieren muss. Bei all dem Leid!“

Gar nicht so dumm, der Junge, dachte Mechthild zufrieden. Die erste Belastungsprobe hatte er also gut verarbeitet. Jedenfalls machte es den Eindruck.

Am nächsten Morgen wartete Erna Ratzenow genau bis halb zehn, bevor sie zum Hörer ihres Telephons griff. Sie wusste aus Erfahrung, dass die Kontaktbeamten im Tagesdienst am Neustädter Revier um neun Uhr eine Frühstückspause einlegten. Darauf hatte sie Rücksicht genommen. Aber nun wählte sie die Nummer auf der Visitenkarte, die sie gestern von dem Wachhabenden am Revier erhalten hatte, und Felix Kutscher, der für ihre Straße zuständige Kontaktbeamte, meldete sich auch gleich am anderen Ende.

Erna Ratzenow erklärte ihm ihr Anliegen, und Kutscher kramte auf seinem Schreibtisch herum. Irgendwo hatte er doch schon eine Notiz über diesen Vorfall gelesen. Er fand sie unter seiner Brotdose.

„Ah ja!“ rief er laut und entschlossen in den Hörer, ahnend, das Frau Ratzenow nicht mehr gut hören konnte. Er dachte sich, dass ein kleiner

Spaziergang nach dem Frühstück nicht schlecht sein würde und teilte ihr deshalb mit, dass er sich gleich auf den Weg zu ihr machen würde. Insgeheim glaubte er, dass die alte Dame wohl eher mal ein bisschen Gesellschaft brauchte. Aber gegen ein Tässchen Tee und etwas Gebäck bei einem gemütlichen Plausch hatte er nichts einzuwenden. Er musste seinen Tag ja auch irgendwie herumkriegen. Eigentlich war er längst durch mit dem Arbeitsleben in seinem schwierigen Beruf. Er wollte nur noch seine Ruhe haben und die Zeit bis zu seiner Pensionierung möglichst gefahr- und geräuschlos hinter sich bringen.

Felix Kutscher meldete sich beim Wachhabenden ab, steckte sich eines der Handfunkgeräte ein, ohne es einzuschalten, und machte sich auf den Weg. Von der Wache bis zur Pappelstraße, wo Erna Ratzenow wohnte, ging man etwa fünfzehn Minuten zu Fuß. Es war zwar noch kühl, aber trocken. Und er hatte ja seine gefütterte Streifenjacke an, die nicht nur wärmte, sondern auch seinen mittlerweile ziemlich umfangreichen Bauch kaschierte.

Unterwegs wies Felix Kutscher noch einen Radfahrer zurecht, der aus der Delmestraße kommend die rote Ampel ignoriert hatte, und mit sich zufrieden erreichte er das viergeschossige Haus, in dem Erna Ratzenow ihre Wohnung besaß. Er klingelte, und sogleich wurde der Summer zum Öffnen der Tür ausgelöst. Sie hatte also schon auf ihn gewartet. Frau Ratzenows Wohnung befand sich in der dritten Etage. Großes Unbehagen löste bei Polizeihauptmeister Kutscher der Umstand aus, dass es keinen Fahrstuhl gab und er seinen gewichtigen Körper drei Stockwerke hinaufschleppen musste. Er ergriff den dunkelbraunen, hölzernen Handlauf des Geländers und schlurfte die mit Linoleum beklebten Stufen empor. Auf jedem Treppenabsatz ging jeweils rechts und links eine Wohnung ab. Auf dem schmalen Flur der zweiten Etage machte er eine Pause, gestand sich aber nicht ein, dass er schon jetzt außer Atem war, sondern nahm diese Unterbrechung zum Anlass und inspizierte die Briefkästen der beiden Wohnungen. Eine dieser beiden musste es ja sein. Bei Ernsting war nichts Auffälliges zu bemerken. Aber bei Dunker steckte im Briefschlitz eine Zeitung, zwei weitere lagen vor der Tür auf dem Fußabtreter. Es handelte sich jeweils um Exemplare der „taz“.

Aha, ein Kommunist! dachte sich Kutscher und erklomm die letzte Treppe. Frau Ratzenow erwartete ihn in der geöffneten Tür ihrer Wohnung.

Nachdem sie ihn begrüßt und hereingebeten hatte, bot sie ihm frischen Kaffee und Kekse an, die sie aus einer blechernen Schmuckdose auf ihrer Anrichte nahm. So hatte sich Felix Kutscher das vorgestellt. Aber es wurde kein gemütlicher Plausch, wie er es sich gewünscht hatte, denn Erna Ratzenow wies plötzlich ziemlich energisch auf ihr Anliegen und die damit verbundene Sorge hin, dass mit dem jungen Herrn Dunker unter ihr etwas nicht in Ordnung sein könnte.

Frau Ratzenow ließ Polizeihauptmeister Kutscher gerade so viel Zeit, wie er benötigte, um seinen Kaffee auszutrinken, dann nahm sie rigoros die Kekse vom Tisch und forderte ihn auf, etwas zu unternehmen.

Die Alte ging Kutscher ganz schön auf den Geist. Am besten würde es sein, wenn er sich davonmachte, entschied er. Er gab vor, jetzt seine Ermittlungen aufzunehmen und verabschiedete sich schnell. Er stolzierte mit ernster und überaus dienstlicher Miene die Treppe wieder hinunter, gefolgt von den Blicken Erna Ratzenows, die ihn übers Geländer gelehnt beobachtete. An der Tür von Herrn Dunker klingelte er mehrfach, klopfte und rief. Aber aus der Wohnung kam keine Reaktion.

Polizeihauptmeister Kutscher beugte sich hinunter, fummelte die eingeklemmte Zeitung aus dem Briefschlitz und versuchte dann durch die Klappe in die Wohnung zu schauen. Als er ganz nah mit dem Gesicht vor der Öffnung war, schlug ihm ein süßlicher Geruch entgegen. Diesen Geruch kannte er. So rochen Leichen.

„Verdammt!" rief er und richtete sich mühsam wieder auf. Nicht sein Verdacht ärgerte ihn. Vielmehr roch es hier nicht nur nach Leiche, sondern auch nach Arbeit für ihn. Warum hatte der Wachhabende denn keinen Streifenwagen hierher geschickt? fragte er sich. Jetzt konnte er den ganzen Papierkram erledigen. Misslaunig zog er sein Handfunkgerät hervor, schaltete es ein und rief seine Wache. Als er Antwort erhielt, schilderte er kurz seine Wahrnehmungen, forderte einen Streifenwagen zur Verstärkung und einen Schlosser zum Öffnen der Tür an. Während er wartete, machte er sich nervös erste Notizen in sein kleines Buch mit dem grünen Pappdeckel.

Wenige Minuten später stürmten zwei junge, sportliche Kollegen aus Kutschers Wache die Stufen zu ihm hoch. Einer kniete sich gleich vor die Tür und steckte seine Nase in den Briefschlitz. Als er sich wieder aufrichtete, verzog er sein Gesicht.

„Puh, das riecht ganz nach Leiche", konstatierte er. „Wollen wir wirklich auf den Schlosser warten?"

„Quatsch", antwortete sein Kollege. „Ist doch Gefahr im Verzug!" Er trat zwei Schritte zurück, nahm einen kurzen Anlauf und rannte mit der Schulter voraus gegen den Türrahmen. Mit einem trockenen Knacken brach der Riegel des Türschlosses aus dem hölzernen Rahmen, und die Tür flog weit auf, bis sie scheppernd an einer an der Wand hängenden Garderobe zum Halten kam. Ein dunkelgrüner Parka mit Fellkapuze fiel herunter. Der Flur lag im Dunkeln, so als wenn alle Fenstervorhänge der angrenzenden Zimmer zugezogen wären.

„Okay, jetzt langsam!“ sagte einer der beiden Uniformierten und suchte mit der Hand neben dem Türrahmen nach einem Lichtschalter. Eine Scheinwerferleiste aus Messing an der Decke warf gleißendes Licht auf den kleinen Flur.

Kein Laut war zu hören, als die beiden Schutzpolizisten an den Türrahmen gepresst in die Wohnung lugten. Als sie langsam ihre Pistolen aus dem Halfter zogen, unterbrach als Erstes das Geräusch des metallischen Klackens vom Durchladen ihrer Waffen die Stille. Polizeihauptmeister Kutscher hatte sich schutzsuchend in die hinterste Ecke des Treppenhauses verzogen. Als Kontaktbeamter im Tagesdienst hatte er schon lange keine angespannte Situation dieser Art mehr erlebt. Er merkte, wie er unter seiner dicken Jacke zu schwitzen begann. In seinem Kopf ratterte es. Er versuchte längst verblasste Informationen über Eigensicherung und den sogenannten „Ersten Angriff am Tatort“ wieder hervorzukramen. Automatisch fühlte er sich in die Zeit seiner Ausbildung bei der Bereitschaftspolizei zurückversetzt, wo sie Eigensicherung bis zum Erbrechen geübt hatten. Aber das war über dreißig Jahre her. Fest umklammerte er sein Handfunksprechgerät, als wenn es ihm Halt geben könnte. Seine Hand zitterte.

„Ich gehe da vorne bis zur ersten Tür“, flüsterte der Beamte an der linken Seite des Türrahmens. Sein Kollege nickte stumm.

Einer der beiden schritt langsam den Flur entlang, die Pistole senkrecht erhoben. Als er die anvisierte Tür erreichte, konnte er in ein spartanisch eingerichtetes und ziemlich unaufgeräumtes, kleines Wohnzimmer blicken. Das Bild, das sich ihm bot, ließ seinen Atem stocken, und ein Völlegefühl breitete sich in seiner Magengegend aus. Links an der Wand des Zimmers befanden sich Holzregale, vollgestopft mit Büchern und Schriften. Darin integriert eine Schreibtischplatte, auf der ein Computer stand. Die Vorhänge des einzigen, zur Straße gehenden Fensters waren zugezogen. Das Gegenlicht zeichnete dessen Rahmen auf dem Stoff ab. Auf der rechten Seite stand ein zweisitziges Sofa, das er aus einem Ikeakatalog kannte. Davor ein runder Couchtisch aus Kiefernholz. Von der Sonne gedunkelt.

Aber all das löste seine Erregung nicht aus. Das war etwas anderes. Neben dem Tisch lag ein Stuhl auf dem Boden, mit der Rückenlehne nach oben. Auf der Lehne lag ein Mensch, ein Mann. Sein Kopf hing merkwürdig verdreht darüber. Der Beamte sah ihn nur von schräg hinten. Der Mann war lediglich mit einer Unterhose bekleidet, aus der Exkremente ausgetreten und an seinen Beinen heruntergelaufen waren, wo sie jetzt antrockneten. Seine nackten Fußsohlen waren fast schwarz; das Fleisch auf seinem Rücken an mehreren Stellen tief eingeschnitten. Überall klebte verkrustetes Blut. Ein Lebenszeichen war nicht zu entdecken. Er schien tot zu sein.

„Kutscher!“ schrie er. „Notarztwagen und Kriminaldauerdienst. Aber schnell!“

Felix Kutscher konnte nur mit großer Überwindung seinen Klammergriff am Funkgerät lösen. Er war in seiner Aufregung erstarrt. Er konnte nach jahrzehntelanger Polizeiarbeit einfach keinen Stress mehr vertragen. Er drückte die Ruftaste des Gerätes und informierte seine Wache. Dann ging er ein paar Schritte zur Seite und ließ sich auf den Stufen der nach oben führenden Treppe nieder.

Frau Ratzenow hatte das ganze Geschehen vom oberen Treppenabsatz aus weiter verfolgt.

„Sehen Sie! Ich habe ja gesagt, dass da etwas nicht stimmt. Aber Sie wollten mir ja nicht glauben“, warf sie Felix Kutscher vor, stellvertretend für alle Polizisten, mit denen sie vorher gesprochen hatte. Felix Kutscher nahm die Vorwürfe gar nicht richtig wahr. In seinen Ohren rauschte es.

Der Beamte in der Wohnung winkte seinen Kollegen heran. „Sieht schlecht aus. Ist ziemlich shocking!“

Sein hinzugekommener Streifenkollege spähte um die Ecke ins Wohnzimmer, konnte aber das sich ihm zeigende Bild nicht so gut verkraften und wollte lieber alles andere machen, als sich diesem Anblick länger als nötig auszusetzen.

„Wir müssen die anderen Räume checken“, schlug er vor und machte sich zum Ende des Flures auf. Er öffnete die Tür, warf vorsichtig einen Blick hinein, bevor er eintrat. Es handelte sich um das Schlafzimmer. Alles war durcheinandergeworfen worden. Die Matratze lag quer über dem dünnen Holzrahmen des Bettes. Kleidungsstücke waren im ganzen Zimmer verstreut. Aber niemand befand sich hier. Auch die kleine Küche und das Badezimmer mit seiner unsauberen Dusche waren menschenleer.

„Okay, wir müssen hier erst mal raus!“ befahl der Streifenführer. Die beiden Beamten steckten ihre Waffen wieder ein und gingen zu Felix Kutscher ins Treppenhaus zurück.

Kutscher war anzusehen, dass er überfordert war. Obwohl er noch nicht einmal die Leiche gesehen hatte, schien er am Ende zu sein.

„Geh zur Wache, Felix, und erhol dich. Wir machen das hier schon!“

Felix Kutscher hatte ein schlechtes Gewissen, weil er in dieser Situation so schnell schlapp gemacht hatte. Das war ihm peinlich. Aber jetzt hier verschwinden zu können, an die frische Luft zu kommen und sich Bewegung zu verschaffen war genau das richtige Angebot. Er zog seinen übergewichtigen Körper am Treppengeländer hoch und setzte sich seine Mütze auf.

„Ich gebe dem Wachhabenden schon mal einen Zwischenbericht.“ Dann wankte er langsam die Stufen hinunter.

„Auch nicht mehr gerade fit“, meinte einer der Beamten.

„Zu fett“, antwortete der andere.

Von weitem näherte sich die Sirene des herannahenden Notarztwagens.

Mechthild Kayser hatte gerade mit Harald Strehlow einen Rundgang durch die leeren Büros der Mordkommission abgeschlossen. Sie machte sich Gedanken darüber, was sie mit ihrem Polizeischüler noch anfangen konnte, dachte daran, ihn vielleicht erst mal nach Hause zu schicken, als ihr Handy klingelte.

„Kayser!“

Am anderen Ende war ein Kollege des Kriminaldauerdienstes. „Hallo Frau Kayser! In der Neustadt ist ein Toter aufgefunden worden. Eindeutig Fremdverschulden. Meine beiden verfügbaren Wagen suchen ein vermisstes Kind und sind bei einem Raubüberfall auf einen Kiosk in Osterholz. Können Sie nicht gleich selbst übernehmen?“

Mechthild Kayser spürte, wie die Muskulatur in ihrem Rücken steif wurde. Ihre knapp besetzte Mordkommission bestand zurzeit nur aus ihr selbst. Und ihrem Polizeistudenten. Aber es führte kein Weg daran vorbei. Sie musste sich dieser Herausforderung stellen, sofort.

„Gut. Schicken Sie mir die Daten per E-Mail auf meinen PC. Ich bin schon so gut wie unterwegs. Und informieren Sie bitte den ED. Und auch meine beiden Mitarbeiter, Frau Günher und Herrn Heller. Versuchen Sie’s auf deren Handys. Die haben heute frei. Dann komme ich schon zurecht.“ Sie klappte ihr Mobiltelephon grußlos wieder zu.

Auch wenn es kein schöner Anlass war, sie dachte nicht zuerst an den neuen Fall. Sie freute sich darauf, Fritz Behrmann auf diesem Wege wiederzusehen.

Dann wandte sie sich an Harald Strehlow. „Wir haben einen Fall, Herr Strehlow. Und jetzt brauche ich Sie. Es gibt einen Toten in der Neustadt.

Wir beide müssen da jetzt hin. Zurzeit habe ich niemanden außer Ihnen. Schaffen Sie das?"

Harald Strehlow schwieg einen Augenblick. Sein Wunsch war in Erfüllung gegangen. Ein echter Mord – vielleicht!

Mechthild Kayser deutete das Schweigen ihres Polizeistudenten falsch.

„Wenn Sie sich dazu noch nicht in der Lage fühlen, dann können Sie auch erst einmal hier bleiben."

„Ich?" entgegnete Harald Strehlow. „Aber nein! Ich werde Sie unterstützen, wo ich kann. Sie müssen mir nur sagen, was ich machen soll. Ich habe zwar keine Ahnung, aber Sie können sich darauf verlassen, dass ich mein Bestes geben werde."

„Gut, dann los. Sie fahren mein Auto!"

Vorher eilten sie in ihr Büro, ließen sich die E-Mail des Kriminaldauerdienstes ausdrucken, und wenig später saßen sie im Dienstwagen von Mechthild.

„Pappelstraße! Kennen Sie die?"

„Klar, kein Problem. Mit oder ohne Alarm?" wollte Strehlow wissen.

„Lieber mit, oder?" Mechthild ahnte, dass es ihrem Polizeistundenten eine Freude machen würde, mit Blaulicht und Martinshorn durch Bremen zu rauschen. „Aber fahren Sie trotzdem nicht zu schnell. Wir wollen ankommen. *Das* ist wichtig!"

Während der Fahrt studierte Mechthild die ersten Informationen vom Tatort. Ihr wurde bei der Lektüre sofort klar, dass dies kein gewöhnlicher Fall sein konnte. Eine Leiche, auf einen Stuhl gefesselt. Da war nichts von affektivem Verhalten zu erkennen. Und auch nicht von einer Körperverletzung mit Todesfolge oder einem Totschlag. Das war ein gezieltes Vorgehen.

Trotz dieser Erkenntnisse nahm sie sich gleich wieder zurück. Eine voreilige Festlegung vernebelte den Blick. Das war sehr unprofessionell. Sie teilte ihre Erkenntnisse ihrem Fahrer mit und erklärte ihm auch, dass die Leiche nicht gerade gut aussehen würde.

„Wenn Sie wollen, brauchen Sie nicht mit reinzukommen, Herr Strehlow. Es gibt auch im Haus genügend zu tun. Anwohnerbefragungen und so."

Aber Harald Strehlow wollte von Anfang an bei allem dabei sein. Auch wenn er in Wirklichkeit nicht wusste, was das genau sein würde. Und vor allem, wie es ihm dabei gehen würde.

„Ich will nichts auslassen, Frau Kayser. Aber was mache ich, wenn ich es doch nicht so gut aushalte und mich übergeben muss?"

Mechthild konnte ihn gut verstehen. Das waren genau die Gedanken, die sie auch am Anfang bei der Mordkommission gequält hatten. Sie wollte ihn beruhigen.

„Wenn Sie kotzen müssen, kotzen Sie. Das ist schon vielen passiert. Eine ganz menschliche Reaktion. Achten Sie nur darauf, dass Sie herumstehende Behälter meiden. Einfach auf den Boden, ein Zettelchen drauf mit Name und Uhrzeit. Das ist alles. Wenn Sie deswegen jemand hänselt, machen Sie sich nichts draus. Den meisten ist schon mal schlecht geworden."

Zu Mechthilds Beruhigung lenkte Strehlow den Dienstwagen mit mäßigem Tempo geschickt durch die Innenstadt und über die Wilhelm-Kaisen-Brücke in die Neustadt. Von der Brücke aus konnte sie erkennen, dass an der Schlachte ein weiteres Restaurantschiff auf der Weser angekommen war. Es wirkte wie ein altes Seeräuberschiff.

Vorsichtig und immer wieder nach allen Seiten blickend, bewegte Harald Strehlow den Mercedes über die Kreuzung am Buntentorsteinweg, und nur wenig später bog er nach rechts in Richtung Pappelstraße ab. Vor der Tür stand bereits ein Streifenwagen des Neustädter Reviers.

Nachdem sie einen geeigneten Parkplatz gefunden hatten, holte Mechthild Kayser das Blaulicht vom Dach, öffnete den gepolsterten Deckel des Faches zwischen den beiden Vordersitzen und entnahm diesem zwei Paar Gummihandschuhe.

„Wir brauchen zwar nicht das volle Programm zu machen wie der ED, aber wollen doch das Legen von Falschspuren vermeiden." Dann befahl sie Strehlow, aus dem Kofferraum Überzieher für ihre Schuhe und ein Diktiergerät zu holen.

Harald Strehlow war sehr aufgeregt, versuchte aber, es sich nicht anmerken zu lassen. Mit dem Wissen, dass alle eingetroffenen Schaulustigen glaubten, er gehöre zur Mordkommission, stieg er stolz mit Mechthild die Treppen bis zur Wohnung des Opfers hinauf. Oben erwarteten sie die beiden Kollegen der Schutzpolizei.

Mechthild wies sich als Leiterin der Mordkommission aus, da sie die beiden uniformierten Beamten nicht kannte. Sie kam sofort zur Sache. „Sie waren beide drin, richtig?" Die Beamten nickten.

„Schildern Sie mir kurz, was Sie gemacht haben, und ob noch mehr Personen die Wohnung betreten haben."

Der Streifenführer erklärte Mechthild minutiös jeden Schritt, den sie unternommen hatten, bis sie die Leiche fanden. Mechthild Kayser nahm seine ganze Aussage auf ihr Diktiergerät auf. Außer ihnen war lediglich der herbeigerufene Notarzt in der Wohnung gewesen. Aber der war schon wieder verschwunden.

Der andere Beamte zog aus seiner Jacke einen Totenschein heraus und übergab ihn der Chefin der Mordkommission.

Mechthild bedankte sich für die genauen Schilderungen. Das war nicht immer so. Manch ein Polizist war durch den Anblick einer entstellten Leiche so verwirrt, dass er im Nachhinein nicht mehr genau sagen konnte, was er alles getan, angefasst und verändert hatte. Aber diese beiden waren vorbildlich.

„Ich bitte Sie, noch so lange hier zu bleiben, bis der Erkennungsdienst eintrifft", bat Mechthild freundlich. Aber eigentlich war es eine Anweisung. Wieder nickten beide.

„Dann mal los!" Mechthild und Harald Strehlow zogen sich die dünnen Schutzhandschuhe über die Hände und schlüpften in die Überzieher für die Schuhe. Mechthild ging voraus. Langsam bewegte sie sich durch den Flur und sprach dabei ihre Beobachtungen in ihr Diktiergerät.

Dann erreichte sie das Wohnzimmer. Der Anblick, der sich ihr nun bot, war bei weitem nicht leicht zu ertragen. Das Licht im Wohnzimmer war vom Notarzt eingeschaltet worden, und hell leuchtete der malträtierte Körper des Toten über dem abgenutzten grünen Teppichboden. Neben dunkelbraunem getrocknetem Blut war auf dem Rücken des Toten hellrot leuchtendes Fleisch aus tiefen Schnittwunden zu erkennen. Mechthild drehte sich um und wollte Harald Strehlow zum Warten auffordern. Aber der stand schon die ganze Zeit hinter ihr. Schweigend, angespannt, aber gefasst. Mechthild ließ ihm noch ein bisschen Zeit. Sie hatten es ja nicht eilig.

„Wollen Sie hier bleiben?" fragte sie nach einer Weile. „Es ist nicht erforderlich."

Harald Strehlow antwortete nicht, sondern machte einen großen Schritt nach vorn. Jetzt musste Mechthild ihm folgen.

Sie besahen sich den Toten. Er kniete auf dem Boden zwischen den Beinen eines umgelegten Stuhles. Sein Oberkörper ruhte auf der Rückenlehne. Das Sitzkissen des Stuhles fehlte, und die Oberschenkel des Toten waren an den Rahmen des Sitzes gefesselt. Seine Arme waren straff unter der Lehne hindurchgeführt und ebenfalls am Stuhlrahmen festgebunden. Der

Kopf hing vorne über die Lehne. Die Augen waren geschlossen. Die Zunge hing links aus dem Winkel des leicht geöffneten Mundes.

„Wie kann man nur so etwas tun?" fragte Harald Strehlow fassungslos, als er die tiefen Schnittwunden auf dem Rücken des Toten sah.

Mechthild inspizierte sie genauer. Sie schaltete ihr Diktiergerät wieder auf Aufnahme. „Die Schnittwunden auf dem Rücken haben die Form eines fünfzackigen Sterns. Geschätzter Durchmesser fünfundzwanzig Zentimeter, Tiefe mindestens ein Zentimeter."

Jetzt erkannte es Harald Strehlow auch. Dem Toten war ein Stern in den Rücken geschnitten worden. Langsam wurde ihm doch mulmig im Magen. Es war nicht nur der Geruch der Leiche und ihrer Exkremente. Es war noch etwas anderes, das die Übelkeit in ihm auslöste. Sein Blick begann zu flimmern. Irgendetwas anderes stank hier noch so erbärmlich, dass es ihm auf den Magen schlug. Aber irgendwo hatte er es schon einmal gerochen. Er konnte es nur nicht zuordnen. Etwas benommen hörte er Mechthild Kaysers Stimme.

„Schwere Verbrennungen an den Fußsohlen des Opfers. Die Haut ist zum Teil verkohlt."

Jetzt wusste er, woher er diesen Geruch kannte. Erst heute Morgen hatte er ihn in der Pathologie wahrgenommen, als Professor von Sülzen ihm die gekühlte Brandleiche vorführte.

Er war sich sicher, dass er diesen Geruch seinen Lebtag nicht vergessen würde. Und er spürte ebenso, dass er ihn zukünftig nicht mehr erschrecken konnte.

Vom Flur der Wohnung hörte man leises Gepolter und verschiedene Stimmen. Kayser und Strehlow drehten sich zur Tür. Fritz Behrmann und zwei seiner Mitarbeiter aus dem Erkennungsdienst standen im Türrahmen, ihre großen Aluminiumkoffer in den Händen. Mechthild Kayser hatte für diesen Mann tiefe Gefühle. Aber in dieser Situation, in der sie Gefühlsregungen ausschalten musste, um ihre Arbeit machen zu können, spürte sie sie nicht. Sie waren ihr nur als Fakt in ihrem Bewusstsein bekannt. Für Emotionen war hier kein Platz. Die Liebe konnte sich an diesem Ort keine Bahn brechen.

„Hallo Mechthild", begrüßte Fritz Behrmann bedrückt die Leiterin der Mordkommission. In seiner Stimme lag Traurigkeit. Auch er schien in diesem Moment von seiner Liebe zu ihr nur zu wissen, sie aber nicht zu fühlen.

Aber das kannten beide. In den vielen Jahren ihrer Arbeit hatten sie verstanden, dass das ständige Ausschalten der Emotionen zwar zur Professionalität gehörte, sie aber gleichsam zu „Seelenkrüppeln“ machte, wie sie es nannten. Auswirkungen auf das Privatleben miteingeschlossen.

„Sieht scheußlich aus“, fuhr Behrmann fort. „Am besten, Ihr lasst uns erst mal ran.“

Mechthild Kayser gab Harald Strehlow ein Zeichen, und dann verließen sie den Tatort. Im Vorbeigehen streifte Mechthild Fritz Behrmann an der Schulter. Ein kurzes Zucken, ein kurzer Blick. Zu mehr reichte es an diesem Ort nicht.

„Ich wusste, dass etwas passiert sein musste!“ rief Erna Ratzenow vom oberen Treppenabsatz. „Ich wusste es!“

Mechthild sah nach oben. Dann wieder zu ihrem Praktikanten.

„Gut, Herr Strehlow. Ich spreche mit der alten Dame, und Sie fangen unten im Haus an und befragen die anderen Bewohner. Geräusche, Besucher, alles, was die Leute von ...“, sie kramte den Totenschein hervor, „von Christian Dunker wissen.“

Sie überflog die Angaben des Totenscheins. Der Notarzt hatte als Todeszeitpunkt „vor circa drei Tagen“ eingetragen.

„Besonders, was Ihnen in den letzten drei, vier Tagen aufgefallen ist. Kommen Sie damit klar?“

„Natürlich! Ich schreibe alles genau auf. Aber bei der Auswertung müssen Sie mir helfen.“

„Keine Sorge, Herr Strehlow. Wir arbeiten immer im Team. Alle Erkenntnisse werden im Kommissariat besprochen. Die Schlussfolgerungen werden gemeinsam gezogen. Notieren Sie einfach alles. Lassen Sie bei ihren Fragen der Phantasie freien Lauf. Aber verschweigen Sie den Leuten die Details. Wir haben nur eine Leiche, sonst nichts. Und nun los!“

Harald Strehlow machte sich auf den Weg zu den Wohnungen im Parterre, während Mechthild die wenigen Stufen zu Frau Ratzenow hinaufstieg. Sie hoffte inständig, dass der Dauerdienst Ayse Günher und Heiner Heller schon erreicht hatte und sie auf dem Weg hierher waren. Nichts gegen die lobenswerte Einsatzbereitschaft ihres Polizeistudenten. Aber hier brauchte sie dringend die erfahrene Crew aus ihrem Kommissariat.

„Guten Tag, Frau Ratzenow. Ich bin Mechthild Kayser und leite die Ermittlungen. Wie mir meine Kollegen mitteilten, hatten Sie sich Sorgen um Herrn Dunker gemacht?“

Erna Ratzenow sah Mechthild lange an. „Er ist tot, nicht wahr?“ fragte sie bedrückt.

Mechthild nickte. „Ja, Frau Ratzenow. Er ist ermordet worden.“

„Wie schrecklich! So ein netter Mann. Und noch so jung."

Dann ging sie voraus in ihre Wohnung. Mechthild folgte ihr. Sie setzten sich an den Tisch im Wohnzimmer, wo noch das Kaffeegedeck von Felix Kutscher darauf wartete, abgeräumt zu werden.

Erna Ratzenow erläuterte noch einmal ihr Verhältnis zu dem Toten. Sie bezeichnete ihn als einen harmlosen Weltverbesserer, der ihrer Meinung nach aber einen glück- und deshalb sinnlosen Kampf führte.

„Mein Mann hätte gesagt, er ist ein Terrorist. Aber dazu war der Christian viel zu friedfertig. Mit Gewalt hatte der nichts am Hut!"

Dann schilderte sie, wie Christian Dunker regelmäßig für sie einkaufen gegangen war und ihr die schweren Tüten nach oben getragen hatte. Und auch sonst war er häufiger bei ihr gewesen und erzählte ihr dann von der drohenden Klimakatastrophe und den großen Firmen, die die Menschen auf der ganzen Welt ausbeuteten.

„Na ja, er war eben ein kleiner Spinner. Aber ein lieber!" schloss sie ihre Aussage.

Mechthild erkundigte sich konkret nach den letzten Tagen und nach Kontakten, die der Tote zu Lebzeiten hatte. Frau Ratzenow hatte Herrn Dunker zwar vor dem Haus schon mal mit anderen Leuten gesehen, aber kennen tat sie keinen von ihnen.

„Junge Leute eben. Wie die heute so aussehen!"

Das half Mechthild Kayser nicht viel weiter. Sie übergab Frau Ratzenow ihre Karte mit dem Hinweis, anzurufen, wenn ihr noch etwas einfallen würde und verabschiedete sich. Vielleicht hatte einer der anderen Bewohner im Haus etwas bemerkt.

Sie stieg die Stufen zur nächsten Etage hinauf, aber bei beiden Wohnungen wurde nicht geöffnet. Sie notierte die Namen und ging wieder hinab. Auch die Wohnungstür gegenüber von Frau Ratzenow blieb verschlossen.

Na, prima, dachte Mechthild ärgerlich. Hoffentlich hatte Harald Strehlow mehr Glück. Sie wollte ihm gerade entgegengehen, als Heiner Heller und Ayse Günher die Stufen hinaufgerannt kamen.

„Der KDD hat uns erreicht. Wie sieht's aus?" fragte Heiner Heller stürmisch. Er war der jüngste Ermittler im Team von Mechthild und hatte nach anfänglichen Unzulänglichkeiten gute Arbeit im letzten Mordfall geleistet. Obwohl er früher als einer galt, der die Arbeit nicht gerade erfunden hatte, war aus dem ehemaligen Sonnyboy und Partygänger unter den Fittichen von Mechthild Kayser ein ordentlicher Mordermittler geworden. Und Ayse Günher hatte schon mehrfach bewiesen, dass sie einiges auf dem Kasten hatte. Zudem war sie Mechthilds beste Freundin, weshalb die Leiterin der Mordkommission darauf Acht geben musste, dass Ayse nicht in den Ruf des Protegés Mechthilds geriet. Sehr zum Leidwesen von Ayse, die ahnte, dass sie wahrscheinlich schon längst für die nächste Beförderung vorgeschlagen worden wäre, wenn Mechthild nicht diesem Konflikt ausgesetzt wäre. Aber als Kriminaloberkommissarin, deren Eltern als Hilfsarbeiter vor Jahren aus der ländlichen Türkei nach Deutschland gekommen waren, hatte sie es nicht gerade schlecht getroffen. Sie hatte die deutsche Staatsangehörigkeit angenommen und war immerhin Vorgesetzte von Heller, der nur Kriminalkommissar war. Insgeheim hoffte Ayse, dass ihr nach dem unehrenhaften Wechsel von Mechthilds Stellvertreter Kurt Roder in ein anderes Kommissariat, eventuell dessen Stelle angeboten werden würde. Aber das stand heute nicht zur Diskussion.

Mechthild erläuterte ihren beiden Mitarbeitern die bisher vorliegenden Fakten, wies Ayse an, nach Harald Strehlow zu suchen und ihn zu unterstützen und forderte von Heller, dass er sich um Daten zu Christian Dunkers Leben kümmern sollte.

„Wie hat er gelebt und wovon? Freunde, Ehefrau, Verwandte, Interessen, Sie wissen schon!“

Fritz Behrmann hatte mittlerweile dutzende Photos der Leiche machen lassen. Immer wieder wurde das Wohnzimmer von zuckenden Blitzen erhellt. Jetzt schnitt er vorsichtig die Fessel durch und achtete darauf, die Knoten nicht zu beschädigen.

„Tag, Kollege“, begrüßte er Heller gebückt über den Toten. „Wir sind noch nicht so weit, dass Sie loslegen können. Aber mit der Regalwand sind wir gleich fertig. Da können Sie dann schon mal ran. Am besten warten Sie noch, bis der Leichentransporter da war. Dann haben Sie mehr Platz. Und auch nicht mehr dieses schreckliche Geschehen vor Augen.“

Heller lehnte sich wortlos an die Wand neben der Wohnzimmertür. Er betrachtete den Toten. Er hatte wahrlich ein Martyrium über sich ergehen lassen müssen. Immer tiefer versank Heller in das Bild des Toten. Fast war es so, als wenn er selbst die unbeschreiblichen Schmerzen des Opfers empfinden würde. Die verbrannten Fußsohlen, die tiefen Schnitte im Rücken. Aber niemand konnte sich ausmalen, der es nicht selbst erlebt hatte, was solche Torturen bedeuteten. Das war wie Folter, dachte Heller. Ja, für ihn war dieser Mann gefoltert worden. Aber warum? Heller betrachtete die Einrichtung der Wohnung. Der Tote hatte eher in ärmlichen Verhältnissen gelebt. Um Geld oder Wertsachen ist es hier wahrscheinlich nicht gegangen.

Aber sicher wollte sich Heller noch nicht sein. Manchmal hatten Menschen, denen man es nicht ansah, beträchtliche Summen auf ihrem Sparbuch.

Lärm schallte von draußen in die Wohnung. Der leere Zinkbehälter der Leichenträger schlug immer wieder gegen die Wände des engen Treppenhauses, und sein hohler Körper erwies sich als funktionierender Schallkörper.

„Müsst ihr so viel Lärm machen?“ schimpfte Mechthild.

„Ja, ja. Wenn einer drin liegt, wird's wieder ruhiger.“ Leichenträger waren eine Gattung für sich. Sie wirkten auf andere immer sehr abgestumpft. Oft waren sie auch angetrunken. Die sie umgebende Schnapswolke war dann unüberriechbar. Dennoch schritt niemand gegen sie ein, wenn sie in diesem Zustand ihren Leichenwagen zur Pathologie fuhren. Wer jemals die Einzelteile einer Bahnleiche zusammengesammelt hatte, wusste, dass ein Schluck aus der Pulle hilfreich sein konnte.

Die beiden Träger hoben mit Unterstützung des ED die Leiche Christian Dunkers in die Zinkwanne und setzen akkurat den Deckel darauf.

Sie wuchteten den Behälter hoch und zwängten sich durch den Flur zurück ins Treppenhaus. Wortlos stampften sie mit ihrer Last vorbei an Mechthild und die Stufen durchs Haus hinunter.

Mechthilds Handy klingelte. Umständlich kramte sie es aus ihrer Manteltasche hervor und meldete sich. Professor Dr. von Sülzen, der Leiter der Bremer Gerichtsmedizin, war am anderen Ende zu hören.

„Wie mir Herr Behrmann freundlicherweise mitteilte, ist ein nettes Paket zu mir unterwegs?“

Mechthild mochte es eigentlich nicht, wenn jemand zu burschikos über das Opfer eines Tötungsdeliktes sprach. Auch wenn es manchem dadurch etwas leichter fiel, mit diesem Umstand umzugehen. Dafür hatte sie Verständnis. Ihren eigenen Leuten ließ sie dies allerdings nicht durchgehen. Sie hatten sich daran zu gewöhnen, in Fakten zu sprechen. Was trotzdem nicht immer gelang. Aber bei von Sülzen akzeptierte sie diese Art. Er war mit Sicherheit nicht verlegen darum, in ordnungsgemäßen Bezeichnungen einen Toten zu beschreiben. Als Pathologe kannte er alle Formen, wie ein Mensch ums Leben kommen konnte. Die natürlichen und die weniger natürlichen. Bei ihm wirkte diese Sprache wie der unzulängliche Versuch, poetisch zu wirken.

„Ja, Herr Professor. Der Transport ist schon zu Ihnen unterwegs. Es sieht nicht gerade gut aus.“ Dann schilderte sie ihm die ersten Erkenntnisse vom Tatort. Von Sülzen pfiff laut durch die Zähne.

„Ich nehme an, Frau Kayser, Sie wünschen sich angesichts dieser Tragödie noch heute einige hilfreiche Details?“ Die Sachlichkeit war in seine Sprache zurückgekehrt.

„Darum bitte ich Sie inständig. Leider kann ich zurzeit niemanden entbehren, der Ihnen als Zeuge bei der Begutachtung zur Seite stehen könnte. Wäre es Ihnen möglich, im Revier im Steintor nachzufragen, ob sie einen Beamten abstellen können? Aber einen mit Erfahrung, der heute Abend noch zu uns kommen und berichten kann.“

„Das macht bestimmt keine Schwierigkeiten. Ich habe denen erst zum letzten Betriebsfest ein Fass Bier spendiert und fürs nächste eins in Aussicht gestellt. Das lassen die sich bestimmt nicht entgehen.“

Mechthild war erleichtert. Seit ihr Stellvertreter das Kommissariat verlassen musste, hatte es immer noch keinen Ersatz für ihn gegeben. Nicht einmal die Stelle war vom Polizeipräsidenten ausgeschrieben worden. Haushaltsprobleme, erklärte der PP jedes Mal, wenn sie nachfragte. Aber nun fehlte einer im Team, der die Schnittstelle zwischen Gerichtsmedizin und ihr ausfüllen müsste, während die anderen die Ermittlungen am Tatort führten.

„Erklären Sie ihm alles möglichst genau. Ich brauche heute Abend schon ein paar Fakten. Wann kann der Mann denn bei uns sein?“

Von Sülzen überlegte. „Genaue Todeszeit geht nicht vor morgen Abend. Aber wenn es sich um bloße Gewalteinwirkungen handeln sollte, haben Sie heute Abend um neun Uhr schon einiges auf dem Tisch. Vorabbericht kommt dann morgen früh per E-Mail.“

„Sie sind ein Schatz, von Sülzen“, freute sich Mechthild, die sich darüber im Klaren war, dass der Gerichtsmediziner eine Nachtschicht einzulegen gedachte. Anderenorts gab es Pathologen, die sich ziemlich streng an ihre vereinbarten Arbeitszeiten hielten und die Mordkommissionen warten ließen. Aber von Sülzen war glücklicherweise anders.

Ayse Günher kam mit Harald Strehlow die Treppenstufen hinauf.

„Im Haus war die Ratzenow die Einzige, die mit dem Toten näher Kontakt hatte. Die anderen hielten sich von ihm fern. Jedenfalls die, die wir sprechen konnten.“ Ayse blätterte in ihren Notizen. „Er passte irgendwie nicht so recht ins Haus.“

„Er war nicht so spießig wie der Rest“, ergänzte Harald Strehlow.

„Was ist mit Heller?“ wollte Ayse wissen.

„Er hat gerade erst angefangen. Das kann noch dauern“, antwortete Mechthild. „Ich fahre jetzt zurück ins Büro. Ihr geht in die Nachbarschaft.

Und wenn Heller fertig ist, kommt ihr mit ihm zusammen zurück. Meeting ist spätestens um 21 Uhr, okay?"

Beide nickten. Mechthild ließ sich von Harald Strehlow die Autoschlüssel geben und verließ das Haus. Draußen auf dem Trottoir stand noch immer eine kleine Menschenmenge versammelt, deren Mitglieder neugierig in das Treppenhaus starrten, in der Erwartung, etwas Entscheidendes sehen zu können, über das sie dann später bei irgendeiner Gelegenheit erzählen konnten. Aufmerksame Blicke verfolgten Mechthild, bis sie mit ihrem Dienstwagen davonfuhr.

Zurück im Polizeipräsidium tauchte sie gleich im Vorzimmer des Polizeipräsidenten auf und wünschte ihn zu sprechen. Noch immer war die Stelle des Leiters der Kriminalpolizei nicht besetzt worden, und der PP hatte kommissarisch diese Funktion inne. Bald, dachte Mechthild, würden sie alle mehr kommissarische Funktionen wahrnehmen, als ihre eigentlichen Jobs hergaben. Die bevorstehende Polizeireform, die von der Politik angekündigt worden war, wurde immer häufiger als Vorwand dafür genutzt, vakante Stellen nicht mehr zu besetzen. Und jedem Beamten war klar, dass es nicht um die Aufstellung einer organisatorisch schlagkräftigeren Behörde ging, sondern ausschließlich um die Durchsetzung von weiteren Sparmaßnahmen. Aber jetzt, im Wahlkampf, mochte keine der Parteien zugeben, dass es nicht die Haushaltsnotlage war, die sie trieb. Eifrig wurde von allen beteuert, dass es mit ihnen zukünftig wieder besser werden würde. Lediglich eine populistische Partei, die sich den wunderbaren Namen „Bremen nach vorn" gegeben hatte, spielte ihr Spiel mit den Ängsten der Bürger, die sie heftig schürte, und versprach deutlich mehr Sicherheit auf den Bremer Straßen.

„Sie können jetzt rein, Frau Kayser. Der Herr Präsident erwartet Sie schon", sagte die Sekretärin wie immer in einem Stil, der den PP in alle Höhen hob und seine Autorität unterstreichen sollte. Dabei lag dem Polizeipräsidenten Ernst Logemann nur sehr wenig an einer solchen Abgehobenheit. Er war ein kluger, aber zurückhaltender Beamter, der lieber im Hintergrund und vor allem mit möglichst wenig Öffentlichkeit seine Behörde führte. Im engeren Sinne war er kein Polizeiführer, sondern ein klassischer Verwaltungsbeamter, der die Tücken kannte, aber auch die Macht des Verwaltungsrechtes in seinem Apparat zu nutzen wusste.

Mechthild trat in das von dunklem Holz dominierte Büro ein.

Der PP kam ihr schon entgegen. „Ah, Frau Kayser. Ich habe schon ein wenig vom Dauerdienst gehört. Ist ja eine schreckliche Geschichte."

Ernst Logemann schätzte die Leiterin der Mordkommission. Schließlich hatte er sie gegen alle Widerstände männlicher Bewerber zu dieser gemacht, und ihre Erfolge hatten gezeigt, dass seine Wahl die richtige gewesen war. Er hielt sie für fähig, auch noch größere Aufgaben übernehmen zu können und hoffte, sie während seiner Amtszeit noch zur Kriminaldirektorin befördern zu können.

Mechthild nahm gegenüber dem PP Platz, in einem der etwas in die Jahre gekommenen, ledernen Besuchersessel.

Dann erläuterte sie ihm die bisherigen Ermittlungsergebnisse. Da der Polizeipräsident zurzeit auch der kommissarische Leiter der Kripo war, hatte er auch die Aufgabe, die erforderliche Pressekonferenz durchzuführen und dazu einzuladen. Eine Obliegenheit, die ihm nicht lag. Er mochte es nicht, wenn er photographiert wurde und sein Bild in der Zeitung erschien. Er hatte im Gegensatz zu vielen anderen kein Bedürfnis, eine öffentliche Person zu sein. Sein Reihenhaus im Bremer Stadtteil Horn galt ihm als Refugium, und er legte keinen Wert darauf, dass seine Nachbarn daran erinnert wurden, dass er Bremer Polizeipräsident war. Er wollte auch in Zukunft, zwar nicht erlaubt, aber trotzdem ungestört seine Gartenabfälle in der Tonne hinter dem Haus verbrennen können. So, wie es alle in seiner Straße taten. Er hielt nichts von Überregulierungen, die dem kleinen Mann das Leben nur schwerer machten und völlig an der Realität vorbeigingen. Kleine Normenverstöße waren somit in seinen Augen unumgänglich. Die breite Kriminalisierung des ansonsten gesetzestreuen Menschen durch Strafandrohungen für Bagatellen lehnte er ab.

Ernst Logemann hatte sich in Ruhe die Berichterstattung angehört. Unter Beachtung der Tatsache, dass sie wohl erst nach ihrem Meeting am Abend genügend Erkenntnisse haben würde, legte er den Termin für die anstehende Pressekonferenz auf den nächsten Tag um elf Uhr. Mechthild war einverstanden.

Dann lehnte sich der PP nachdenklich in seinem Sessel zurück. Er zog seine Stirn in Falten.

„Glauben Sie, dass es etwas Politisches ist? Ich meine, wegen des Sterns im Rücken des Opfers."

Mechthild dachte nach. Weniger darüber, ob ein politisches Motiv hinter der Tat stecken könnte als darüber, welche Konsequenzen eine solche Einschätzung für ihre Arbeit mit sich bringen würde.

„Zurzeit sehe ich dafür keine Anhaltspunkte. Diesbezüglich tappen wir noch völlig im Dunkeln, und deshalb sollten wir nicht vorab eine Ermittlungsrichtung vorgeben, die sich im Nachhinein als sehr hinderlich erweisen könnte. Außerdem haben wir doch dann in Bremen gleich den ganz großen ‚Bahnhof': LKA, BKA, Verfassungsschutz und so weiter. Wäre peinlich, wenn dann nachher nichts dran sein sollte, oder?"

Mechthild hoffte auf eine schnelle Zustimmung des PP. Sie spekulierte darauf, dass sich seine Scheu vor zu viel Aufmerksamkeit durchsetzen würde und er sie erst einmal machen ließe.

Sie irrte sich nicht. Ernst Logemann pflichtete ihr bei. „Sie haben Recht. Wir brauchen uns nicht zu verstecken und können unsere Arbeit auch alleine machen. Aber halten Sie mich unbedingt auf dem Laufenden und machen Sie mir nach ihrem Meeting heute Abend noch einen Entwurf für die Pressekonferenz. Die Einladung dazu schicke ich dann heute noch raus."

Mechthild nickte, und Ernst Logemann schaute auf seine Armbanduhr. Ein untrügliches Zeichen dafür, dass er eigentlich schon Feierabend hatte und endlich aus dem Polizeihaus rauswollte. Aber heute musste er länger bleiben. Schnell verabschiedete sich Mechthild und eilte zurück in ihr Büro.

Bevor die anderen zurückkommen würden, wollte sie die erforderlichen Recherchen in den Datenbanken der Polizei durchführen. Sie tippte die Daten Christian Dunkers ein und hatte gleich zwei Treffer. Er war vorbestraft und hatte zweimal eine Geldstrafe erhalten: einmal wegen Nötigung und das andere Mal wegen versuchter Gefangenenbefreiung und Widerstand gegen die Staatsgewalt.

Kein richtig schwerer Junge, dachte Mechthild. Aber immerhin. Sie erinnerte sich an die Worte Frau Ratzenows, die meinte, dass Dunker von ihrem Ehemann für einen Terroristen gehalten wurde. Die beiden Verurteilungen machten ihn natürlich nicht zu einem Terroristen, aber sprachen nicht unbedingt gegen das, was Frau Ratzenow damit eigentlich meinte. Mechthild griff zum Telephon und wartete, bis sich die Registratur meldete. Dann orderte sie die Ermittlungsakten für die in der Datei angeführten Fälle an.

Als sie in die Tatortdatei wechselte, tauchte die Adresse Christian Dunkers nur einmal auf: Die Hansens aus demselben Haus hatten einen Einbruch in ihren Imbisswagen angezeigt. Ein Täter wurde nie ermittelt.

Dann holte sie sich die Meldedaten aller Hausbewohner auf den Schirm und ließ sie ebenfalls durch den Computer laufen. Ohne Ergebnis. Wenig später klopfte es an ihrer Bürotür. Ohne eine Antwort abzuwarten trat eine junge Frau mit einem Stapel Akten ein. Mechthild war erstaunt. So schnell hatte sie ja noch nie die Unterlagen aus der Registratur erhalten.

„Es geht ja schließlich um Mord", bemerkte die junge Frau. „Man weiß ja, dass die ersten 48 Stunden die entscheidenden sind!"

Mechthild nickte und bedankte sich kurz. Sie wusste, dass in ein paar Jahren auch diese junge Kollegin durch die Bürokratie so abgestumpft sein würde, dass sie keine Lust mehr verspüren würde, schnell zu arbeiten. Aber jetzt hatte es ja geklappt.

Sie nahm sich zuerst die Akte über die Nötigung vor. Dunker war vom Landgericht Göttingen zu sechzig Tagessätzen verurteilt worden. Er hatte an einer Straßenblockade vor einem nicht näher bezeichneten Unternehmen teilgenommen. Die Akte gab nicht viel her. Die kompletten Originalunterlagen waren eben in Göttingen. Aber jemand musste sie schon einmal angefordert haben, denn sonst gäbe es in Bremen außer dem Eintrag in der elektronischen Täterdatei keine Akte. Das Deckblatt der alten Akte, aus dem hervorgehen würde, wer sie angelegt hatte, fehlte allerdings. Das kam häufiger vor. Entweder wurde vergessen, es anzulegen, oder aber beim Umsortieren der Akten fiel es heraus, und jemand hatte keine Lust, es wieder ordentlich abzuheften und schmiss es einfach weg. Aber eine so große Rolle spielte das jetzt nicht. Wenn Mechthild mehr wissen wollte, konnte sie immer noch die Unterlagen aus Göttingen anfordern.

Der zweite Aktendeckel war praller gefüllt. Christian Dunker hatte 1983 an einer Demonstration zum Gedenken an den 6. Mai 1980 teilgenommen. Damals, 1980, kam es zu einer wahren Schlacht zwischen Polizei und Demonstranten am Bremer Weserstadion. Der damalige Bürgermeister der Stadt ließ eine öffentliche Rekrutenvereidigung im Stadion durchführen, und aus der ganzen Republik reisten Gegner eines für sie damit aufkeimenden Militarismus an. Es gab Hunderte von Verletzten auf beiden Seiten. Bremen war damals fast im Ausnahmezustand.

Dunker hatte laut Akte am 6. Mai 1983 versucht, einen Randalierer aus den Fängen der Polizei zu befreien und war dabei selbst festgenommen wurden. Diesmal kam er nicht mit einer Geldstrafe davon. Er wurde zu sechs Monaten auf Bewährung verurteilt. Aber seitdem hatte er sich nichts mehr zu Schulden kommen lassen. Mittlerweile war er etwa zwanzig Jahre nicht mehr polizeilich in Erscheinung getreten. Oder er hatte sich nicht mehr erwischen lassen.

Mechthild machte sich für die abendliche Besprechung ein paar Notizen und klappte den Aktendeckel zu. Sie ging ins Internet und gab Christian Dunkers Namen bei Google ein. Zu ihrer Überraschung tauchte er hier gleich mehrfach auf. Sie begann, die einzelnen Einträge aufzurufen und zu lesen. Dunker hatte mehrere Artikel verfasst. Er hatte Boykottaufrufe gegen die USA und China veröffentlicht, war auf einer Seite der Globalisierungsgegner zu finden und schrieb immer wieder Beiträge zur Klimaveränderung. Er war Beisitzer im Vorstand einer Menschenrechtsorganisation und hatte für einen Verein geschrieben, der sich zur Aufgabe gemacht hatte, die Polizei zu beobachten. Zudem gehörte er einer Organisation an, die sich dem Kampf gegen den Rechtsextremismus widmete.

Mechthild staunte über so viel Engagement. Und ihr fielen die Worte ihres PP wieder ein: Glauben Sie, dass es etwas Politisches ist?

Wieso hatte er ihr diese Frage gestellt? War das ein Zufall gewesen, oder wusste er schon mehr über das Opfer, bevor er mit ihr gesprochen hatte? Sie lehnte sich nachdenklich in ihrem Stuhl zurück. Sie faltete die Hände und legte sie an ihre Lippen. Hatte der PP beabsichtigt, sie auf eine Spur zu bringen, oder wollte er sie von einer abhalten? Oder verbarg sich hinter seiner Äußerung überhaupt gar keine Absicht?

Eindeutig war, dass Dunker dem Staat sehr kritisch gegenüberstand. Vielleicht sogar feindlich. Wenn es ein politisches Motiv für die Tat geben würde, sollte ihn dann der in den Rücken geschnittene Stern als unerwünschten Linken kennzeichnen? Aber genau das konnte ohne weiteres auch eine falsche Spur sein und ausschließlich der Ablenkung der Polizei dienen. Wenn ein politischer Gegner an Dunker ein Exempel statuieren wollte, warum hatte er ihn dann vorher so grausam gequält? Das ergab für Mechthild vorerst keinen Sinn.

Als die Tür ihres Büros aufgerissen wurde, stellte sie nach einem Blick auf ihre Armbanduhr fest, dass ihr beim Lesen im Internet die Zeit davongelaufen war. Es war kurz nach neun Uhr, und Ayse Günher stand im Türrahmen und fragte, wann sie denn in die Besprechung kommen würde.

Mechthild entschuldigte sich kurz bei ihrer Freundin, schnappte sich ihre Notizen und begleitete sie in den tristen Besprechungsraum der Mordkommission. Neben ihrem angestammten Platz hatte sich Harald Strehlow niedergelassen. Mechthild freute sich darüber, dass ihr Praktikant die Arbeit in ihrem Kommissariat so ernst nahm, dass er nicht auf seinen ihm zustehenden Feierabend beharrte. Aber wahrscheinlich wollte er auch nur eine gute Beurteilung von ihr erhalten.

Außer ihrem Team und Fritz Behrmann war auch ein weiterer Beamter in einer Uniform der Schutzpolizei anwesend, den sie nicht kannte. Seine Uniform saß schlecht, an den Schultern warf sie Spannungsfalten. Er hatte die fünfzig bestimmt schon hinter sich, war mittelgroß und hatte eine Strähne seines grauen, welligen Haares schräg über der Stirn liegen, was ihm in Verbindung mit seinem freundlichen Gesichtsausdruck einen jugendlichen Schwung verlieh. Er stellte sich mit Kriminalhauptmeister Peer Souton vor, der zurzeit seinen Aufstiegslehrgang in die Kommissarslaufbahn absolvierte und zu diesem Zweck im Polizeirevier im Steintor seinen Dienst versah. Wie alle Beamten des mittleren Dienstes wurde er nach Einführung der zweigeteilten Laufbahn in Bremen aus dem mittleren Dienst in die Kommissarslaufbahn gehoben. Die Abschaffung des mittleren Dienstes war einer der großen Erfolge der Gewerkschaft der Polizei. Die älteren Beamten wie Souton – er war 54 Jahre alt, wie er sagte – brauchten nicht mehr die Hochschule zu besuchen, sondern machten verschiedene Praktika und wurden dann irgendwann zum Kommissar befördert. Ihre weiteren Laufbahnmöglichkeiten waren dann beschränkt darauf, bis zum Oberkommissar zu kommen. Es gab aber auch Ausnahmen, die es weiter brachten. Sehr zum Leidwesen der jungen Hochschulabgänger. Nicht nur, weil deren Beförderungsstellen durch die Aufsteiger blockiert wurden, sondern auch, weil einige von Ihnen deren Vorgesetzte wurden, obwohl sie ihnen von der Ausbildung her bei weitem nicht das Wasser reichen konnten. Das führte häufig zu Konflikten, vor allem, wenn man sich nicht verstand. Aber solche Probleme brachten Veränderungen immer mit sich. Sie lösten sich durch die altersbedingten Abgänge zwar langsam, aber stetig von selbst auf.

Souton war eigentlich Fachmann für Einbruchsdiebstähle. Aber als die Revierleitung im Steintor bei ihm anfragte, ob er nicht als Zeuge an der Leichenschau in der Pathologie teilnehmen könnte, erklärte er sich mit dem Hinweis darauf, dass er vor vielen Jahren schon einmal in der Mordkommission gearbeitet hatte, gerne dazu bereit. Und nun saß er eben hier in der Runde und würde ordnungsgemäß berichten.

Mechthild Kayser war hochzufrieden, dass ihr nicht irgendein Beamter der Schutzpolizei die Erkenntnisse des Pathologen offerierte, sondern ihr ein erfahrener Kriminalbeamter gegenübersaß. Sie hatte zwar keine Vorbehalte gegenüber ihren uniformierten Kollegen, aber die Ausbildungen der beiden Polizeien unterschieden sich doch erheblich.

Mechthild machte kein Geheimnis aus ihrer Freude. „Na, Herr Souton. Da können wir ja froh sein, dass Sie gerade am Revier verfügbar waren. Besser als mit Ihnen konnten wir es ja gar nicht treffen!“

Souton schürzte die Lippen und neigte seinen Kopf zur Seite. Eine solche Lobhudelei war ihm unangenehm, aber er fühlte sich dennoch geschmeichelt. „Es ist schon einige Zeit her, dass ich mich mit Morden beschäftigt habe. Aber ich hoffe, ich habe noch nicht alles verlernt.“

Mechthild lächelte kurz, wurde dann aber wieder ernst. Als Erstes gab sie die Erkenntnisse ihrer EDV-unterstützten Recherchen bekannt.

Heiner Heller kommentierte in seiner bekannten vorlauten Art. „Aha! Also ein linker Krawallbruder. Wer weiß, wie vielen Kollegen der schon einen Stein an den Kopf geworfen hat ...“

„Was soll das, Heller?“ fuhr Mechthild ihn an. „Hier ist ein Mensch ermordet worden. Und mag er noch so viele Steine auf uns geworfen haben, was Sie ja hoffentlich noch belegen werden. Aber wenn Sie hier ein Zwei-Klassen-System von Opfern aufziehen wollen, dann können Sie die Mordkommission noch heute verlassen!“

Im Konferenzzimmer herrschte plötzlich eisige Stille. Fritz Behrmann senkte seinen Kopf und starrte auf die Tischplatte. Er liebte Mechthild, und es war ihm unangenehm, wenn sie so wütend wurde. Und auch Mechthild selbst war etwas erschrocken über die Härte, mit der sie auf Hellers Bemerkung reagierte. Er war hinlänglich für seine lockeren und unbedachten Sprüche bekannt, und man durfte sie nicht zu ernst nehmen. Ansonsten hatte er bewiesen, dass er ein feiner Kerl war. Aber es ging Mechthild gegen den Strich, wenn Menschen solchen Vorverurteilungen ausgesetzt waren. Diese Art der Ableitungen hasste sie: Wenn einer so war, dann musste er auch jenes sein! Solch selektives Denken war für jeden Ermittler kontraproduktiv und bediente nur gängige Vorurteile, aber brachte keine Resultate.

Heiner Heller war ganz bleich geworden. „So hab ich es nicht gemeint. Tut mir wirklich leid, das ist mir nur so rausgerutscht. Eben so‘n Bullenspruch.“

Mechthild wusste, was Heller meinte und dass sie ihn zu schroff angefahren hatte. Sie wollte die Situation wieder entspannen.

„Ist gut, Herr Heller. Ich möchte nur sichergehen, dass in einem Fall, wo uns das Opfer früher wahrscheinlich sehr kritisch gegenüberstand, nicht nachlässig ermittelt wird, nur weil manche meinen, dass es mal den Richtigen erwischt hat ... Okay, Herr Heller. Dann sind Sie der Nächste“, forderte sie ihn auf, als wenn nichts gewesen wäre, und bat ihn, einen Abriss über die Lebensumstände des Opfers zu geben.

Heller hatte sich nach dem Abtransport der Leiche alle papierenen Unterlagen, die in der Wohnung aufzufinden waren, angesehen und ausgewertet. Das Opfer lebte in bescheidenen Verhältnissen. Christian Dunker war

1962 in Göttingen geboren worden und hatte nach dem Abitur ein Lehramtsstudium aufgenommen. 1982 war er an die Bremer Universität gewechselt und hatte hier seinen Abschluss gemacht. Heller hatte einen umfangreichen Ordner gefunden, aus dem hervorging, dass Dunker jedoch nicht in den Staatsdienst übernommen wurde, weil er als Radikaler eingestuft worden war und somit nicht die Gewähr dafür bot, jederzeit für die freiheitlich-demokratische Grundordnung einzutreten. Jedenfalls war davon das Bremer Oberverwaltungsgericht überzeugt, vor dem Dunker auf Einstellung klagte und in zweiter Instanz verlor. Insbesondere wurden in diesem Zusammenhang von den Richtern die von Mechthild schon zitierten Verurteilungen wegen Gefangenenbefreiung und Nötigung angeführt. Heller fuhr fort: „Gelebt hat das Opfer hauptsächlich von Nachhilfeunterricht in Mathematik und Biologie. Die Fächer, die er studiert hatte. Es gibt diesbezügliche Geldeingänge auf seinem Konto bei der Sparkasse. Aber er unterstützte daneben viele politische Bewegungen. Er war Mitglied in einer Organisation von Globalisierungsgegnern, spendete an einen Menschenrechtsverein und in einem abgelaufenen Pass stand, dass er 1985 als Brigadist in Nicaragua war. Tja, viel mehr habe ich erst mal gar nicht. Dunker besaß die üblichen Bücher, die die fortschrittlichen Geister so im Regal haben: Max Webers ‚Wirtschaft und Gesellschaft', seine methodologischen Schriften, Bücher zur Sozialkunde, aber auch viel über Menschenrechtsverletzungen und Nazi-Deutschland. Und er hat eine große Zettelwirtschaft hinterlassen, die ich noch genauer sichten muss. Ich glaube aber, dass er zum Geldverdienen zusätzlich irgendwo in einer Kneipe gearbeitet haben muss."

Mechthild hatte sich eifrig Notizen gemacht. Sie musste sich ein möglichst weitreichendes Bild von Christian Dunker verschaffen, denn am nächsten Morgen würde sie der Bremer Presse Rede und Antwort stehen. Nachdem sie ihren Bleistift wieder aus der Hand legte, wandte sie sich Peer Souton zu. Ihr Blick verdüsterte sich zu einer ernsten, versteinerten Miene. Sie ahnte, dass Peer Souton etwas Schreckliches zu berichten hatte und ihnen einiges bevorstand.

Auch aus Soutons Zügen verflog alle Freundlichkeit. „Wie mir Herr Behrmann mitteilte, handelt es sich bei dem Toten eindeutig um Christian Dunker. Vergleiche seiner Fingerabdrücke haben ergeben, dass sie mit denen in unserer Datei identisch sind. Professor von Sülzen hat mich darum gebeten, zu betonen, dass alles, was ich vortrage, einem vorläufigen Untersuchungsergebnis entspricht. Er arbeitet zurzeit weiter und versucht, bis morgen früh weitere Erkenntnisse zu liefern, die möglicherweise für die

Pressekonferenz dienlich sein können." Souton machte eine kurze Pause und ordnete seine vor ihm liegenden Papiere neu, was gar nicht nötig war. Er brauchte einfach einen Moment der Besinnung. „Christian Dunker ist seit etwa zwei Tagen tot. Sein Martyrium begann ein bis zwei Tage vorher. Todesursache ist ein Genickbruch, der durch gewaltsames Verdrehen des Kopfes herbeigeführt wurde. Die Schnittwunden in seinem Rücken stellen einen fünfzackigen Stern dar. Die Schnitte waren so tief, dass sie durch Haut und Fettgewebe bis ins Muskelfleisch gingen. Sie wurden dem Opfer allerdings erst kurz nach seinem Versterben beigebracht. Als Tatwaffe kommt am wahrscheinlichsten eine Art Jagdmesser in Betracht. Von Sülzen sucht heute Nacht aber noch nach Metallspuren. Wie Sie gesehen hatten, war das Opfer auf einen liegenden Stuhl, dessen Sitzpolster entfernt worden war, gefesselt. Er diente zur Fixierung des Opfers und war im Ergebnis so etwas wie eine Foltereinrichtung. Die Unterhose, mit der das Opfer noch bekleidet war, war gefüllt mit Exkrementen aus einer Darm- und Blasenentleerung, die zu seinen Lebzeiten passierte. Er muss große Angst und viel Stress gehabt haben. Und die Gründe dafür stehen ebenfalls fest. An seinen Ellenbogen und auf den Handflächen sind zahlreiche Spuren von Verbrennungen zu erkennen. Verursacht durch eine offene Flamme. Am schlimmsten malträtiert worden ist das Opfer aber an den Fußsohlen. Hier sind Haut- und Bindegewebe völlig verbrannt worden, zum Teil so stark, dass man die Knochen sehen kann. Im Verlauf dieser Folter wurden auch einige seiner Fingerknochen gebrochen. Er hat Schreckliches durchgemacht, bis er endlich sterben konnte."

Ayse Günher war die Erste, die sich wieder gefasst hatte. „Er muss doch unglaublich geschrien haben. Das hätte doch einer im Haus hören müssen!"

„Ach ja, das hatte ich vergessen: Der Tote hatte einen Knebel im Mund. Zwei in ein Geschirrtuch eingewickelte Golfbälle verhinderten sein Schreien."

„So eine Sauerei", entfuhr es Heiner Heller. „Das ist doch total krank!"

„Ja, mit normalen Menschen haben solche Täter nichts zu tun", ergriff Mechthild Kayser die Initiative. „Nicht nur wegen ihrer Tathandlungen, sondern auch wegen der Umstände, die eine solche Disposition überhaupt erst zulassen. Menschliches Leben nicht zu respektieren hat immer eine Grundlage in einer misslungenen oder traumatisierten Sozialisation. Jedenfalls in westlichen Gesellschaften und außerhalb von Kriegen. Dies ist das erste Merkmal, das wir von dem Täter haben. Die wichtigste Frage aber bleibt erst einmal das Motiv. Warum tut man einem Menschen so etwas an?“ Dann wandte sie sich direkt Peer Souton zu. „Ich nehme nicht an, dass Sie etwas vergessen haben. Aber zur Klarheit: Gibt es Hinweise auf sexuelle Handlungen am Opfer?“

Souton verneinte, verwies aber vorsichtshalber auf noch ausstehende Untersuchungen der Gerichtsmedizin.

Mechthild fragte weiter: „Und wie schafft man es, einen Mann im besten Alter auf einen Stuhl zu fesseln? Nach allem, was wir wissen, war Christian Dunker eher kein Pazifist.“

Souton war noch einmal dran. „Das ist noch nicht ganz geklärt. Er könnte ein Betäubungsmittel erhalten haben. Die Blutuntersuchungen dauern noch an. Eventuell ist er auch durch einen gezielten Schlag auf die linke Halsschlagader bewusstlos geworden. Von Sülzen hat entsprechende Spuren gefunden. Er legt sich aber noch nicht fest. Es ist ja auch möglich, dass Dunker sich in Erwartung von etwas anderem freiwillig hat fesseln lassen. Aber wahrscheinlich ist das nicht. Dazu ist die Fesselung zu brutal vorgenommen worden.“

Mechthild nickte und schrieb auf ihren Notizblock unter Täter: Rechtshänder, mit Fragezeichen.

„Als Letzter bin ich dann wohl dran“, sagte Fritz Behrmann und lächelte Mechthild an. Mechthilds Züge blieben verschlossen. Behrmann verbannte schnell seine Gefühle in das dazugehörige Kämmerchen seines Herzens und begann betont professionell die Ergebnisse seiner Untersuchungen vorzutragen. Ayse war seine kurze Herzlichkeit gegenüber Mechthild nicht entgangen. Sie nahm sich vor, ihre Freundin später auszuhorchen.

Behrmann bestätigte durch seine Sammlung von Spuren und Beweismitteln, dass die Verbrennungen am Toten sicher von der in der Küche gefundenen Lötlampe herrührten. Leider war es ein absolut gängiges Modell, das aus chinesischer Produktion stammte und in fast jedem Baumarkt und selbst bei Discountern zu finden war. Eine Vielzahl von Fingerabdrücken galt es noch auszuwerten. Der Tote hatte anscheinend viel Besuch gehabt. Dass darunter auch ein Abdruck des Täters sein könnte, hielt er für unwahrscheinlich. Aus dem verbrannten Fleisch unter einem der Füße des Opfers hatten Behrmanns Leute ein angeschmortes Stück schwarzen Leders sichern können. Ein Hinweis darauf, dass der Täter Handschuhe getragen hatte. Ein noch kleineres Stückchen fanden sie am Kinn des Toten. Daraus schloss Behrmann, dass es eher keine Arbeitsteilung, wie er das nannte, bei der Folter gab; also mit großer Wahrscheinlichkeit nur ein Täter am Tatort war.

Zumindest aktiv. Auszuschließen war natürlich nicht, dass noch jemand als Zuschauer anwesend gewesen war.

„Wir konnten natürlich auf die Schnelle nicht alles auswerten. Wir haben diverse genetische Spuren, insbesondere viele verschiedene Haare gefunden. Und aus der Toilette stammen unterschiedlich alte Urinanhaftungen. Das wird natürlich noch dauern."

Noch beim Schreiben fragte Mechthild: „Was ist mit dem PC des Opfers? Und haben wir schon Listen über geführte Telephonate?"

„Den PC haben wir mitgenommen. Allerdings fehlt die Festplatte. Dafür haben wir in einer alten Zigarrenkiste unter den darin befindlichen Büroklammern mehrere USB-Speichersticks gefunden. Ausgewertet haben wir sie aber noch nicht. Sie sind passwortgeschützt. Aber da kommen wir schon durch. Am Telephon war nichts. Der Speicher wurde gelöscht."

„Da bin ich schon dran!" rief Heiner Heller dazwischen. „Ich habe dem Oberstaatsanwalt schon eine Mail geschickt und um einen Beschluss gebeten. Und ihn gleich über alles informiert."

Mechthild war überrascht. „Hatte ich nicht angewiesen, dass Kontakte mit der Staatsanwaltschaft nur über mich zu laufen haben?"

Heller wollte sich gerade verteidigen, aber seine Chefin hob beschwichtigend die Hand. „Nicht aufregen, Herr Heller. Danke, dass Sie das in die Hand genommen haben. Seit wir hier mit einer unbesetzten Stelle kämpfen müssen, muss jeder mehr Eigeninitiative zeigen und Verantwortung übernehmen. Sie haben das richtig gemacht. Schicken Sie mir bitte nur ihre Mail in Kopie zu, damit ich informiert bin."

„Schon längst geschehen", antwortete Heller und strahlte. Seine Chefin mochte ihn eben doch.

Mechthild fuhr fort: „Die Wohnung machte auf mich einen unordentlichen Eindruck. Nicht nur im Wohnzimmer, sondern auch im Schlafzimmer lagen viel Papierkram und Bücher herum. Ist sie durchsucht worden oder nicht?" Die Frage richtete sich noch einmal an Fritz Behrmann.

„Das kann ich noch nicht abschließend beantworten. Überall in der Wohnung lagen Schriften und Bücher herum. Aber sie könnten auch von dem Opfer selbst dorthin gelegt worden sein. Im Moment würde ich sagen, die Wohnung ist, abgesehen vom Schlafzimmer, höchstens sehr oberflächlich durchsucht worden. Oder ganz gezielt an bestimmten Stellen. Da der Täter wahrscheinlich keine Fingerabdrücke hinterlassen hat, wissen wir nicht, wo er überall dran war."

„Wenn er überhaupt etwas gesucht hat, könnte er ein mögliches Versteck auch aus dem Opfer herausgepresst haben“, warf Ayse Günher ein. „Immerhin wurde Christian Dunker schwer misshandelt.“

„Also bitte, Ayse. Wir wollen aus diesem Fall nicht gleich einen Mafiafilm machen“, bremste Mechthild ihre Freundin. „Dafür, dass der Täter etwas gesucht haben muss, spricht bis jetzt nur der Diebstahl der Festplatte. Sie könnte aber auch vorher schon gefehlt haben. Also wollen wir uns besser nicht zu früh festlegen. Außerdem kann das auch ein Ablenkungsmanöver gewesen sein. – Ich möchte so schnell wie möglich Informationen über den Umgang des Opfers haben. Das, Herr Heller, nehmen Sie in die Hand. Sichten Sie die Zettelwirtschaft nach Namen, Adressen und Telephonnummern. Ayse, du machst mir eine Aufstellung über die Organisationen, in denen Dunker tätig war oder zu denen er Kontakte unterhielt. Bitte mit jeweiligen Ansprechpartnern. Heller arbeitet dir zu. Und Fritz und ich gehen gleich noch mal die bisherigen Erkenntnisse durch.“

Nach diesen Worten zog in Fritz Behrmanns Bauch wieder dieses aufgeregte Gefühl ein. Endlich allein mit Mechthild sein zu können, das war es, was er wollte. Sein Herz schlug wieder schneller.

Heller bekam noch mehr zu tun. Er sollte die Angehörigen des Toten ausfindig machen und ihre Benachrichtigung veranlassen. Er hoffte inständig, dass Dunkers Verwandte nicht in Bremen wohnen würden. Er wollte nicht derjenige sein, der ihnen die Todesnachricht überbringen und die Umstände der Ermordung näherbringen musste.

„Dann gibt es nur noch eines zu klären.“ Mechthild blickte auf Peer Souton. „Herr Kollege, ich bin Ihnen dankbar für ihre Unterstützung. Können Sie sich nicht vorstellen, uns auch bei den weiteren Ermittlungen zu helfen? Sie haben ja mitbekommen, dass wir knapp besetzt sind, und nach ihrem Bericht heute Abend denke ich, dass wir gut zusammenarbeiten könnten. Also, wie ist es?“

Peer Souton war ein wenig überrascht. Aber er hatte schon mehr Lust, kriminalistisch zu arbeiten, als dem Verkehrssachbearbeiter des Steintorreviers zur Hand zu gehen und Planungen für Parkplätze zu zeichnen.

„Ich muss gestehen, ich würde sehr gerne mitmachen. Aber ich brauche das Praktikum am Revier für meinen Aufstieg“, gab Souton zu bedenken.

Mechthild überlegte. „Wissen Sie was? Sie kommen morgen früh um zehn Uhr noch einmal zu unserer Vorbesprechung in die Runde. Ich rede vorher mal mit dem PP, ob sich da nicht etwas machen lässt.“

Damit war Peer Souton sehr einverstanden. Es würde ihn schon freuen, wenn Mechthild das hinkriegen würde.

„Und bevor Sie hier auftauchen, besuchen Sie Dr. von Sülzen noch einmal. Vielleicht gibt es dann schon mehr Hinweise."

Als alle gegangen waren, saßen Mechthild und Fritz Behrmann allein im Raum.

„Also, wie isses, Fritz, krieg ich nun heute Abend noch ein Glas Wein, oder hast du etwas Besseres vor?"

Fritz Behrmanns Gesicht entspannte sich zu einem liebevollen Lächeln. „Versprochen ist versprochen, meine Liebe!"

Als die beiden das Polizeihaus verließen, stand auf dem Gehweg vor dem Präsidium ein Transporter. Zwei Männer waren damit beschäftigt, an dem weißen Fußgängerleitgitter Pappplakate anzubringen. Unter der fetten Überschrift „Bremen nach vorn!" strahlte das Konterfei eines geschniegelten Mannes dem Betrachter entgegen. Unter ihm konnte man „Liste drei" lesen, daneben war ein dickes, schwarzes Kreuz in einen Kreis gemalt.

„Von denen habe ich ja noch nie gehört."

Fritz Behrmann hakte Mechthild unter, als die Ampel auf Grün wechselte und schob sie zärtlich über die Straße. „Ach, das ist so ne neue, populistische Partei, wie sie jetzt überall auftauchen. Ein bisschen Ausländerfeindlichkeit, ein bisschen mehr Sicherheit. Eigentlich ist an denen nichts dran. Aber die kommen überall in die Landtage rein. Der Bürger ist eben enttäuscht von den anderen Parteien."

„Sind das verkappte Rechte?"

„Schon möglich. Auf deren Listen tauchen manchmal ganz schön merkwürdige Zeitgenossen auf."

Sie schlenderten den Ostertorsteinweg entlang und besahen sich die Auslagen der Schaufenster. Mechthild fühlte sich sehr wohl. Ab und an schaute sie sich unbemerkt Behrmanns Profil an und fand, dass er sehr gut aussah. Seine Nase war kantig, aber sein rundes Kinn entschärfte ihr energisches Auftreten. Es machte sie glücklich, mit ihm auf dieser belebten Straße spazieren zu gehen. Unter all diesen Menschen zu sein. Sie fühlte sich geborgen.

Nach einer halben Stunde erreichten sie die kleine Weinschänke am Steintor. Sie war schlicht eingerichtet. Hinter einer Theke aus dunklem Holz lagen in großen Fächern unzählige Weinflaschen. Eine Schiefertafel an der Wand pries spezielle Angebote an. Sie setzten sich an einen der kleinen Tische, und Behrmann begann, aus der umfangreichen Weinkarte vorzulesen. Mechthild hörte gar nicht zu. Sie lächelte ihn nur an. Endlich unterbrach er sich selbst.

„Also, was möchtest du?"

„Einen trockenen Roten und ein Mineralwasser."

Behrmann winkte den Inhaber der Schänke herbei und bestellte eine Flasche Brunello und Mineralwasser. Ebenfalls eine Flasche.

Als sie anstießen, ergriff Fritz Behrmann Mechthilds Hand. „Ich bin sehr glücklich, dass es dich gibt", flüsterte er liebevoll.

Aber er hatte sich für diesen Abend noch mehr vorgenommen, als Mechthild nur zu verstehen zu geben, dass er sie liebte. Wie viele Männer dachte er, dass es das Beste wäre, die schwierigen Dinge sofort anzusprechen, damit sie geklärt wären. Alles andere würde dann leichter sein. Nachdem er zum zweiten Mal Wein eingeschenkt hatte und die Flasche leer war, unternahm er einen ersten Anlauf. Er wollte unbedingt über Mechthilds seit Jahren vermisste Tochter sprechen. Es war kein Geheimnis, dass Mechthilds damaliger Ehemann mit ihrer Tochter in irgendein arabisches Land verschwunden war. Behrmann zweifelte nicht daran, dass Mechthild sehr unter diesem Verlust leiden würde, und er wollte ihr zu verstehen geben, dass er mit ihr empfand und auf ihrer Seite war.

Aber dieses Thema war etwas, was Mechthild zu diesem Zeitpunkt auf keinen Fall anrühren wollte. Behrmanns Worte rissen sie aus der schützenden Hülle dieses Abends, und eine kalte Hand ergriff plötzlich ihr Herz und ließ sie erstarren. Fast traten ihr Tränen in die Augen. Dann kochte in ihr eine enorme Wut hoch. Beinahe hätte sie Behrmann den Rest aus ihrem Glas ins Gesicht geschüttet. So wurde sie von diesem Gefühl überwältigt und suchte nach jemandem, gegen den sie es richten konnte. Aber sie konnte sich beherrschen. Sie wusste, dass er ihr nicht weh tun wollte. Natürlich mussten sie irgendwann einmal über Anna reden. Aber nicht so früh. Mechthilds Stimmung wanderte in den Keller. Fritz Behrmann bemerkte sofort, dass er in ein ausgeprägtes Fettnäpfchen getreten war. Er sah Mechthilds bedrücktes Gesicht. In ihm stieg die Angst empor, alles zerstört zu haben und sie nun zu verlieren.

Doch Mechthild wusste, was in ihm vor sich ging. Vor ein, zwei Jahren wäre sie noch aufgesprungen, hätte den Mann am Tisch einfach sitzenlassen und versucht, ihn möglichst nicht wiederzutreffen. Aber mit Fritz war das jetzt etwas anderes. Sie wollte ihn nicht vor den Kopf stoßen. Sie wollte, dass ihre Liebe ihre Chance behielt.

Sie nahm seine Hände. „Fritz, darüber kann ich mit dir noch nicht reden. Es tut unendlich weh. Lass mir Zeit. Du hast recht, dass es wichtig ist. Für mich, für uns. Aber bitte später."

Behrmann tat es leid. Er presste seine Lippen zusammen. Wie konnte er nur so unsensibel sein? Hätte er doch bloß den Mund gehalten.

„Komm, Mechthild. Wir gehen noch ein Stück, und dann bringe ich dich nach Hause."

Mechthild war einverstanden. Jetzt wollte sie hier nur noch raus. Sich bewegen. Schweigend gingen sie Hand in Hand die Horner Straße bis zur Humboldtstraße entlang. Als sie Mechthilds Zuhause erreichten, drückte sie sich fest an Behrmann.

„Es ist gut, dass du mich ins Leben zurückholst, Fritz. Und ich will es auch so. Mit dir."

Dann küsste sie ihn innig, löste sich aber genauso plötzlich von ihm und ging schnellen Schrittes die Stufen zu ihrer Haustür hinauf.

Fritz Behrmann sah ihr immer noch nach, als sie schon längst im Haus verschwunden war. Als das Licht im Wohnzimmer anging und auch den kleinen Vorgarten erleuchtete, sah er, wie die Gardine beiseite geschoben wurde, Mechthild erschien und ihn hereinwinkte. Unsicher erklomm Behrmann die Treppe zum Eingang. Aber als Mechthild ihm öffnete, war er glücklich, diese Nacht mir ihr zu verbringen.

Als Mechthild Kayser und Fritz Behrmann am nächsten Morgen das Polizeipräsidium erreichten, gingen beide sofort in ihre Büros. Es galt neugewonnene Erkenntnisse zu bewerten und in die Ermittlungen einzufügen. Behrmann hatte seinen Leuten keine Pause gegönnt, sondern verlangt, dass sie über Nacht die weitere Spurenauswertung betreiben sollten. Jetzt brauchten seine Mitarbeiter ihre verdiente Ruhe, und er konnte sich mit den neuen Ergebnissen weiterbeschäftigen. Vielleicht fand er ja sogar einen Grund, seine geliebte Mechthild gleich wieder aufzusuchen. Die hatte unterdessen mit dem Polizeipräsidenten gesprochen, und der war einverstanden, dass Peer Souton ab sofort ihr Team ergänzte. Für die zum Aufstieg benötigte gute Beurteilung würde der PP schon auf dem kleinen Dienstweg sorgen. Dann besprachen sie die bevorstehende Pressekonferenz. Aus einer Bemerkung des PP entnahm Mechthild, dass er noch etwas mit ihr zu besprechen hatte. Aber worum es ging, wollte er noch nicht sagen.

Gegen zehn Uhr saßen alle Ermittler wieder im Besprechungszimmer. Auch Souton war wieder da. Behrmann hatte ein Photo des Toten aus einer erkennungsdienstlichen Behandlung vervielfältigen lassen und dabei darauf geachtet, dass das Aktenzeichen der Aufnahme nicht auf den Abbildungen erschien. Das ging die Öffentlichkeit nichts an. Einem seiner Mitarbeiter war es in der Nacht gelungen, die Passwörter auf den sichergestellten USB-Sticks zu knacken. Behrmann gab aber zu bedenken, dass die Auswertung der Dateien noch mehrere Tage in Anspruch nehmen würde. Er schlug vor, dass Harald Strehlow sich daran setzen könnte.

„Wonach soll ich denn suchen?“

„Sie lesen einfach alles durch und halten fest, was Ihnen verdächtig vorkommt“, erklärte Mechthild. „Notieren Sie außerdem alle Namen und Kontakte, die auftauchen. Ich weiß, es ist eine mühsame Arbeit, aber sie muss gemacht werden.“

„Kein Problem“, erwiderte Harald Strehlow. Das Herumstöbern im Leben eines anderen lag ihm.

Weiterhin hatte der ED herausgefunden, dass der Täter nicht gewaltsam in die Wohnung Dunkers eingedrungen war. Entweder muss das Opfer ihn mitgebracht, ihm aber zumindest freiwillig geöffnet haben.

Peer Souton berichtete, dass nach Auffassung des Gerichtsmediziners sicher war, dass Dunker durch einen Schlag auf die Halsschlagader kurzfristig bewusstlos gewesen sein muss. Von Sülzen ließ außerdem zurzeit alle genetischen Spuren analysieren.

„Wir werden in der Pressekonferenz kein Wort über die Folterungen des Opfers verlieren. Aber wir weisen darauf hin, dass er misshandelt wurde“, fuhr Mechthild fort. „Ich nehme an, dass wir eine ganze Menge Hinweise aus der Bevölkerung erhalten werden. Immerhin war Christian Dunker offensichtlich politisch aktiv. Ich verspreche mir sehr viel davon.“

Die Zeit war gekommen, den Presseraum aufzusuchen. Ernst Logemann saß schon in der Mitte des Podiums, und Mechthild Kayser und ihre Ermittler nahmen die Plätze an den Seiten des langen Tisches ein. Neben den Bremer Tageszeitungen waren auch Vertreter überregional tätiger Agenturen anwesend. Für Mechthild ein klares Zeichen dafür, dass schon einige Informationen über den Fall nach außen gesickert waren.

Mit Bedacht erklärte sie die Umstände des Auffindens des Toten und die bislang keine konkreten Ansätze bietende Spurenlage. Sie deutete an, dass das Opfer schwerste Verletzungen aufwies, ließ aber Details aus. Nach den üblichen Fragen zu Tatzeit, Wohnort und Lebensumständen des Opfers gab es nichts weiter zu berichten. Merkwürdigerweise hielten sich die Journalisten mit ihren Fragen auffällig zurück. Ganz im Gegensatz zu der Situation, der sich Mechthild anlässlich ihrer Ermittlungen in ihrem letzten Mordfall ausgesetzt sah. Da wurde sie geradezu von der Presse mit Fragen bombardiert, und die anschließende Berichterstattung übte einen enormen Druck auf die Ermittler aus. Aber heute blieb es wider Erwarten ruhig und sachlich. Zum Abschluss appellierte Mechthild an die Anwesenden, ausdrücklich die Bevölkerung zu ermuntern, Hinweise zu den Lebensverhältnissen des Opfers zu geben, da die Mordkommission diesbezüglich noch keine Ansprechpartner hatte.

Als Harald Strehlow die Photos des Toten verteilte, waren die meisten schon in Aufbruchstimmung und schnappten sich die Abbildungen im Hinausgehen.

Mechthild beorderte ihre Ermittlungsgruppe in das Besprechungszimmer ihres Kommissariats, als der Polizeipräsident sie zurückhielt.

„Einen Augenblick noch“, bat Logemann und schloss die Tür des Presseraums. „Es gibt noch etwas, das ich mit Ihnen nicht vor der Pressekonferenz besprechen wollte, um keinen falschen Unterton in die Berichterstattung zu lancieren.“

Dann erklärte er ihr, dass es sehr wohl Anhaltspunkte gäbe, die die Tat in einen Zusammenhang mit den politischen Aktivitäten des Opfers bringen würden. Aus diesem Grunde verlangte er, dass die Mordkommission mit dem Kommissariat für politische Straftaten zusammenarbeitete.

Mechthild protestierte. Nicht so sehr, weil sie eine Kooperation mit ihren Kollegen scheute, sondern weil der stellvertretende Leiter dieses Kommissariats ihr ehemaliger Stellvertreter in der Mordkommission gewesen war und ihr Kommissariat unter äußerst unrühmlichen Umständen verlassen musste. Als sie in ihrem letzten Fall gegen einen Serienmörder in Bremen ermittelte, hinterging ihr damaliger Stellvertreter Kurt Roder sie in einer Art und Weise, die damals die Festnahme des Täters beinahe scheitern ließ. Sie hatte kein Interesse, wieder mit ihm in Kontakt treten zu müssen.

„Herr Polizeipräsident. Sie erinnern sich bestimmt daran, dass Sie mich nach den Vorfällen mit Herrn Roder fragten, ob es eine weitere Zusammenarbeit mit ihm geben könnte?“

Der PP nickte.

„In der damaligen Situation hielten wir das beide für ausgeschlossen. Und ich will Ihnen ehrlich sagen: Das sehe ich auch heute noch so.“

„Ich weiß, ich weiß“, erwiderte Logemann. „Aber wenn wir in diesem Fall nicht bremisch handeln, bekommen wir das, was Sie bei unserem letzten Gespräch als den ‚großen Bahnhof‘ bezeichneten. Und dann sind Sie raus, und Roder bleibt trotzdem im Spiel. Verstehen Sie? Das will ich vermeiden."

Mechthild trommelte nervös auf der Tischplatte. Roder hatte im damaligen Fall eine üble Intrige gegen sie gestartet, um ihr den Fahndungserfolg streitig zu machen. Das konnte sie nicht vergessen. Aber dass ihre Mordkommission ausgeschaltet werden sollte: Das gefiel ihr überhaupt nicht. Sie besann sich noch einen Moment, aber dann stimmte sie schweren Herzens zu.

„Also gut. Wenn es nicht anders geht, machen wir das so. Ich nehme sowieso an, dass es sich nicht um einen Vorschlag von Ihnen handelt, sondern um eine Anordnung. Aber ich werde auf Roder aufpassen wie eine Schießhündin."

„Ich verstehe Ihre Bedenken, Frau Kayser", erklärte er leise. „Wenn Sie den Eindruck bekommen, dass etwas nicht sauber läuft, kommen Sie einfach direkt zu mir. Haben Sie Vertrauen. Ich will auf keinen Fall, dass Roder noch einmal eine solche Nummer abzieht. Und vergessen Sie nicht: Ich bin nicht nur der Polizeipräsident, sondern zurzeit auch der kommissarische Leiter der Kripo. Solange die Stelle nicht besetzt ist."

Mechthild erinnerte sich mit Unbehagen daran, dass es nicht gerade der PP war, der ihr im letzten Fall Roder vom Leib gehalten hatte, sondern es nur ihr eigenes entschlossenes Handeln und das ihrer Ermittlergruppe war, das letztendlich dazu führte, dass Roder ausgetrickst werden konnte. Der PP hatte nur im Nachhinein die Wogen geglättet, um zu verhindern, dass darüber irgendetwas an die Öffentlichkeit geraten konnte. Aber so funktionierte die Polizeiverwaltung eben: Bloß keinen Anlass für öffentliche Kritik bieten.

Mechthild verabschiedete sich von Logemann und ging in Gedanken vertieft zu ihrem Besprechungszimmer, wo sie ihre Ermittler traf. Ihr missmutiger Gesichtsausdruck blieb nicht unbemerkt.

„Ist irgendetwas, Mechthild?" erkundigte sich Ayse Günher.

Wieder trommelte Mechthild mit den Fingern auf der Tischplatte. Sie wusste, dass die Ermittler, die das Vorgehen von Kurt Roder damals miterlebt hatten, überhaupt nicht begeistert sein würden über die Vorstellung einer erneuten Zusammenarbeit. Aber es ging nun mal nicht anders.

„Der PP hat mich gerade darüber in Kenntnis gesetzt, dass der Mord an Christian Dunker sehr wohl in Zusammenhang mit seinen politischen Aktivitäten stehen kann. Entsprechende Hinweise liegen angeblich unseren Kollegen von der politischen Abteilung vor."

Bekundungen des Erstaunens waren zu hören. Heller wollte als Erster wissen, was das für ihre Arbeit bedeuten würde.

„Das ist ziemlich klar“, antwortete Mechthild ernst. „Erstens heißt das, dass diese Information als Dienstgeheimnis zu behandeln ist. Und zweitens, dass wir mit den Kollegen vom politischen Kommissariat zusammenzuarbeiten haben. Unser Kontaktmann wird Herr Roder sein.“

„Scheiße!“ entfuhr es Ayse Günher. „Das kann doch nicht wahr sein. Nach allem, was dieser Typ gemacht hat!“

Auch Heiner Heller schüttelte frustriert den Kopf. Er erinnerte sich noch gut daran, wie abwertend er von seinem damaligen Vorgesetzten behandelt wurde.

„Aber dennoch ist es so“, fuhr Mechthild fort. „Die Alternative ist, dass wir die Ermittlungen an die Bundesanwaltschaft abgeben und hier Däumchen drehen.“

Mechthild wartete einen Moment. Sie wollte sehen, wie diese Möglichkeit bei ihren Ermittlern ankam. Harald Strehlow und Peer Souton verstanden den Grund der Aufregung nicht. Ihnen waren die Umstände nicht vertraut. Heller und Ayse Günher tuschelten miteinander. Mechthild hatte den Eindruck, dass sie sich nicht ausschalten lassen wollten, aber sicher war sie sich nicht.

„Also, ich habe mich jedenfalls entschlossen, dass wir die Zusammenarbeit annehmen und diesen Mord aufklären werden. Sieht das jemand anders?“ Mechthild blickte in die Runde. Heiner Heller und seine Kollegin Ayse schüttelten den Kopf. Harald Strehlow war verwundert, aber wusste auch nicht, was er dazu sagen sollte. Doch der erfahrenere Peer Souton ahnte, dass etwas im Busch war.

„Ich möchte mich nicht wirklich einmischen, aber ich habe den Eindruck, dass es hier etwas gibt, von dem ich nichts weiß, was aber für unsere Zusammenarbeit mit den Kollegen scheinbar wichtig ist. Kann mich mal einer aufklären?“

Mechthild wechselte einen Blick mit ihrer Freundin Ayse. Sie verstand. „Ich erkläre Ihnen nachher, worum es geht. Und Ihnen auch, Herr Strehlow.“

„Also gut. Dann können wir jetzt mit unserer Arbeit weitermachen.“ Mechthild sortierte die vor ihr liegenden Unterlagen.

„Herr Strehlow, wenn Sie bei ihren Nachforschungen auf Personendaten treffen, lassen Sie die sofort durch unser System laufen. Ayse zeigt Ihnen, wie das gemacht wird. Wenn wir Glück haben, finden wir Zuordnungen zu den gefundenen Fingerabdrücken oder den genetischen Spuren in unserem System. Das hilft uns beim Ein- und Ausgrenzen von Personen. Alle ED-relevanten Ergebnisse gleich an Herrn Behrmann."

Heller berichtete, dass er die Eltern des Opfers ermitteln konnte. Sie lebten in Göttingen, und die dortigen Kollegen würden ihre Benachrichtigung übernehmen. Sehr zu seiner Erleichterung.

„Heute Nachmittag, spätestens morgen früh erhalte ich die Telephonkontakte von der Telephongesellschaft. Allerdings nur für die letzten sechs Monate. Länger dürfen die nicht speichern. Und auf den Rechnungen, die ich in Dunkers Wohnung gefunden habe, ist leider kein Einzelnachweis dabei gewesen. Die Gebühr dafür wollte er wohl nicht ausgeben. Wir haben aber auch ein persönliches Telephonverzeichnis gefunden. Wenn Sie einverstanden sind, rufe ich einen nach dem anderen an."

Mechthild war einverstanden. Am Anfang einer Ermittlung brauchten sie jeden Hinweis. Gerade als sie fortfahren wollte, klopfte es. Sie stand auf und öffnete die Tür des Konferenzraumes.

Grinsend stand Kurt Roder vor ihr. „Guten Tag, Frau Kollegin!" begrüßte er sie spürbar aufgesetzt. „Ich darf doch?" Ohne eine Antwort abzuwarten trat Roder ein. Er setzte sich wie selbstverständlich auf seinen ehemaligen Platz neben Mechthild. Im Raum war es still geworden.

„Ich möchte gleich zur Sache kommen. Der PP hat Sie ja schon vorinformiert. Das Opfer war uns kein Unbekannter. Es hat nicht nur kritisch, sondern auch in höchstem Maße radikal Kritik am demokratischen System der Bundesrepublik Deutschland geübt. Entsprechende Vorstrafen dürften Ihnen ja mittlerweile bekannt sein. Die politischen Aktivitäten Christian Dunkers haben in vielfältiger Weise den Boden der freiheitlich demokratischen Grundordnung verlassen, weshalb er unter Beobachtung stand."

„Aha", unterbrach ihn Mechthild gereizt. Sie spürte ihre tiefe Abneigung gegen ihren ehemaligen Stellvertreter. „Dann können Sie uns ja sicherlich auch etwas über seine Besucher der letzten Tage sagen."

„So weit ging es leider nicht. Sonst hätten wir seinen Mörder ja schon vor Ihnen festgenommen. Nein, Dunker stand unter der sogenannten unregelmäßigen Beobachtung."

„Und gibt es Erkenntnisse über seine Beziehungen, Kontakte, Leute und so weiter?" wollte Ayse wissen.

Roder lehnte sich mit einer arroganten Geste im Stuhl zurück. „Das schon. Aber da kann ich Ihnen nicht weiterhelfen. So gern ich auch wollte.

Aber da unterliegen wir einer anderen Geheimhaltungsstufe als die Mordkommission."

„Wie stellen Sie sich denn dann eine Zusammenarbeit vor, Herr Roder? Sie sagen uns nichts, und wir kommen jeden Morgen zum Rapport zu Ihnen?" Mechthild war wütend. Sie hatte Mühe, sich zu beherrschen.

„Es gibt keinen Grund zynisch zu werden, Frau Kollegin. Ich komme ja nicht mit leeren Händen. Wir haben Erkenntnisse, die darauf hindeuten, dass Dunker sein Engagement gegen Neonazis zum Verhängnis wurde. Wir glauben, dass der Täter aus dem Umfeld der rechtsextremen Szene kommt. Dort müssen Sie ansetzen." Dabei überreichte er Mechthild ein Buch. „Hier, schauen Sie: ‚Das Ende der Zeit', ein Antikriegsroman von Herbert Wolter. Eines der Bücher, die Bremer Neonazis im letzten Jahr auf einer Sonnenwendfeier verbrannt haben. Oder wie die es nannten: den Flammen übergaben. Wir haben es bei einer Hausdurchsuchung bei einem Neonazi beschlagnahmt."

Mechthild nahm das Buch in die Hand. Sie öffnete es an der Stelle, an der ein Lesezeichen eingefügt war und überflog den mit einem Marker gekennzeichneten Text. *„Mit dem verletzten Berger kam unser kleiner Trupp Nachhut nicht gut voran. Eine ganze Kompanie Waffen-SS war schon vor Stunden an uns vorbei nach vorne gezogen. Immer weiter voran durch die kleinen Dörfer Russlands.*

Vor uns tauchten einige brennende Bauernkaten auf. Hier war die Waffen-SS augenscheinlich schon durchgekommen. Am Dorfeingang befand sich das einzige noch stehende und unversehrte Gebäude; ein kleines Sägewerk. Berger brauchte schon wieder eine Verschnaufpause. Wir entschieden, uns im Schutz des Sägewerks auszuruhen. Vielleicht fanden wir sogar noch etwas zu essen.

Als wir in den großen Werkstattraum eintraten, schlug uns ein erbärmlicher Gestank entgegen. Das Sägemehl auf dem Boden war mit Blut, Fleischfetzen und Exkrementen verschmiert. Um den Sägetisch herum lagen abgetrennte Arme und Beine. Auf dem Tisch, ins Sägeblatt gedrückt, lag der misshandelte, tote Torso eines Russen. In seinen Rücken hatten seine Peiniger einen fünfzackigen Sowjetstern tief eingeschnitten." Mechthild legte das Buch aufgeschlagen zur Seite. „Und deswegen glauben Sie ...?"

„Ja, natürlich!" konstatierte Roder. „So gehen die Nazis mit den Kommunisten um, wenn sie ein Exempel statuieren wollen. Mit dem, was wir sonst wissen, passt das sehr gut zusammen. Wir hatten ja nicht nur Dunker im Visier. Auch in der Naziszene verdichteten sich die Hinweise darauf, dass sie Dunker etwas anhaben wollten. Wir sind ja auf dem rechten Auge nicht blind."

Mechthild las den anderen die Passage im Buch vor. Bestürzung machte sich breit.

„Haben wir denn solche Neonazis in Bremen?" Ayse konnte das nicht glauben. Als türkischstämmige Deutsche bereiteten ihr ausländerfeindliche Gruppen große Sorgen und Angst. Auch um ihre Eltern.

Aus einer Aktentasche zog Roder einen dicken Ordner hervor. „Hier. Das sind Daten über Personen und Orte mit rechtsextremistischem Bezug. Hierauf sollten Sie Ihre Ermittlungen fokussieren. Sie werden sehen, dass Sie dort schnell vorankommen werden."

Mechthild blätterte den Aktenordner durch. Er war voller Notizen und Photos. Kopien von Strafanzeigen zeigten, dass Neonazis auch in Bremen, mehr als ihr lieb war, präsent waren. Übergriffe auf Ausländer, Brandanschläge, und immer wieder Ermittlungen wegen Volksverhetzung.

„Also gut." Mechthild schluckte ihre Vorbehalte gegen Roder runter. „Wir setzen uns gleich an die Auswertung der Hinweise. Wie stellen Sie sich unseren Informationsaustausch denn nun vor, Herr Roder?"

„Da brauchen wir keinen großen Aufwand zu betreiben. Es reicht mir, wenn Sie mir einfach per E-Mail Ihre Ermittlungsfortschritte mitteilen. Wenn mir auffällt, dass ich Ihnen irgendwo weiterhelfen kann, melde ich mich bei Ihnen."

Ayse Günher und Heiner Heller waren erleichtert, dass sie ihren ehemaligen Chef nicht ständig erleben mussten. Auch sie wollten nach den zurückliegenden Vorfällen lieber auf Distanz bleiben. Aber Mechthild erschien diese Zurückhaltung von Kurt Roder eher verdächtig. Das entsprach gar nicht seiner bekannten Art, sich in den Vordergrund spielen zu wollen. Es deutete eher darauf hin, dass er aus dem Hintergrund die Kontrolle behalten wollte. Sie wollte vorsichtig sein. Sie gab vor, mit Roders Vorschlag einverstanden zu sein. Roder verabschiedete sich, bemerkte, dass er glaube, die bevorstehende Zusammenarbeit würde bestimmt schnell zu einem erfolgreichen Ergebnis führen, und verließ das Konferenzzimmer.

Mechthild schlug den Aktenordner wieder zu. „Also gut. Ich bin zwar nicht gerade begeistert, dass wir uns so schnell festlegen sollen, aber es ist immerhin eine Spur, die es genauso zu verfolgen gilt wie andere auch. Selbst wenn sie nach Auskunft des Kollegen Roder die einzig richtige sein soll."

Sie reichte Peer Souton die Akte und bat ihn, eine Kopie für sich herzustellen. Er sollte sich ebenso wie sie selbst mit den Inhalten beschäftigen und Vorschläge für das weitere Vorgehen entwickeln. Strehlow, Günher und Heller hatten ihre Personendateien, Telephonlisten und die gespeicherten Schriftstücke zu bewältigen.

„Wer Lust hat, sollte heute noch mal eine ordentliche Mittagspause machen. Ich denke, dass ab morgen nach Erscheinen der Presseberichte einiges los sein wird."

Mechthild setzte den nächsten Besprechungstermin für vier Uhr nachmittags an. Dann wartete sie in ihrem Büro auf Souton, der ihr erst nach einer halben Stunde den Aktenordner wieder zurückbrachte.

„Ist mehr drin als man glaubt", entschuldigte er sich. „Beim Kopieren habe ich Gestalten gesehen, denen ich lieber nicht auf der Straße begegnen möchte."

„Das glaube ich gern. Wenn an der Sache etwas dran ist, müssen wir ganz schön vorsichtig sein. Wenn die wirklich etwas mit Dunkers Tod zu tun haben, haben wir es nicht mit irrgeleiteten kleinen Jungs zu tun."

Mechthild schlug die Akte auf. Roders Handschrift war klar zu erkennen. Trotz seiner menschlichen Unzulänglichkeiten verstand er sein Handwerk. Er hatte die Unterlagen nach Straftaten, Tätern und verdächtigen Personen, Treffpunkten, Aufrufen und Abhörprotokollen gegliedert. Mechthild nahm sich zuerst die politischen Aufrufe vor.

„Deutschland den Deutschen" und „Heimführungshilfen für Ausländer" waren nur Andeutungen einer rechten Gesinnung im Vergleich zu Flugblättern mit der Forderung „Moscheen und Synagogen verhindern", „Die Straße gehört dem deutschen Volk" und „Ghettos beseitigen". Gruppen wie „White Power" und „Germania Skinheads" riefen auf, ausländerfreie Zonen durch starke Präsenz auf der Straße auf- und auszubauen, auf einem Photo mit der Unterschrift „In Deutschland noch verboten, in den USA toleriert" wurde ein Bild mit Ku-Klux-Klan-Anhängern gezeigt, die einen Schwarzen an ein Kreuz genagelt hatten. Solche Aufrufe hatten natürlich kein Impressum. Aber auch subtilere Botschaften wurden verbreitet: „Mehr Sozialhilfe für Deutsche", „Deutsche Arbeitsplätze für deutsche Hände" oder „Deutschland stirbt aus – Familienförderung für Frauen". Mechthild las aufmerksam jedes Flugblatt und jeden Aufruf. Einige Schriften hoben sich deutlich von dem ansonsten vorherrschenden, platten, agitatorischen Stil ab. Sie arbeiteten mit angeblichen Fakten, demographischen Statistiken und kriminalistischen Studienergebnissen. Sie richteten sich in moderater Form an gebildetere

Menschen und überließen den Lesern, die richtigen Schlüsse zu ziehen. Die Stoßrichtung war aber dieselbe. Immer ging es darum, Feindbilder aufzubauen, Intoleranz zu verbreiten und gegen Minderheiten aufzuhetzen. Als sie den ersten Teil der Akte hinter sich gebracht hatte, musste sie zugeben, dass sie nicht einen der Namen unter den Schriften kannte. Sie war zwar unzweifelhaft gegen Rechtsextremismus eingestellt, aber wer in Bremen diese politische Richtung vertrat, damit hatte sie sich noch nie wirklich beschäftigt.

Nun nahm sich Mechthild die Personendaten, zum Teil mit Photos ergänzt, vor. Sie ging davon aus, dass sie die dort Aufgelisteten sicher in den später folgenden Abschnitten immer wieder antreffen würde. Dann wollte sie wissen, mit wem sie es zu tun haben würde. Hauptsächlich wurde sie mit finster blickenden Typen mit kahlgeschorenen Schädeln und eindeutigen Tätowierungen konfrontiert. Viele von ihnen waren auch in der Hooligan-Szene zu Hause. Aber dann gab es die, denen man ihre Gesinnung nicht ansehen konnte. Ein Rechtsanwalt, der seit geraumer Zeit versuchte, ein seiner Geisteshaltung entsprechendes Schulungsheim zu errichten. Ein Journalist, der ein Buch mit Beiträgen zur nationalen Lage herausgegeben hatte, zu dem sogar eine bekannte Bremer Politikerin einen unterstützenden Aufsatz beigesteuert hatte. Auf seinen Lesungen und Vorträgen ließ der Mann im Hintergrund Filme zeigen, auf denen Adolf Hitler reißerische Reden vor SA-Männern hielt. Da es sich um offizielles Material der Landeszentrale für politische Bildung handelte, konnte man ihm rechtlich nur schwer beikommen. Auch wenn er die Bilder ohne Ton laufen ließ, so dass der dazugehörige, kritische Kommentar seinen Anhängern erspart blieb. Mechthild Kayser war erstaunt, wie viele ihrer Bremer Mitbürger offen für ihre rechte Gesinnung eintraten. Gerade auch im immer etwas vernachlässigten Norden Bremens hatte sich eine feste rechte Gemeinschaft entwickeln können, die als gewaltbereit galt und sogar Fackelzüge im Stadtteil Blumenthal veranstalten konnte. Aber auch die Bremer Innenstadt und das als aufgeklärt und tolerant geltende Viertel, in dem sie wohnte, waren nicht frei von Rechtsextremen. Sogar in der Humboldtstraße, in der sie wohnte, gab es einen Verein, der sich Vereinigte Arier nannte.

Mechthild schlug den nächsten Aktendeckel zurück und las Kopien von Strafanzeigen. Kurt Roder hatte den Vorgängen eine Statistik über die Entwicklung rechtsextremer Straftaten in Bremen vorgehängt und wies darauf hin, dass im Folgenden nur ein Auszug der aktuellen Taten beispielhaft wiedergegeben wurde. Es reichte Mechthild auch so. Silvesterhatz einer

Skinhead-Armada auf Türken, Überfall auf ein Jugendzentrum, verabredete Schlägereien zwischen Hooligans, Ausländern und Autonomen, gewalttätige Angriffe auf antifaschistische Bündnisse. Mechthild wurde klar, dass der Hinweis Kurt Roders nicht von der Hand zu weisen war. Die rechtsextremen Taten entwickelten sich zunehmend brutaler. Und ein Mord, der ein Exempel statuieren sollte, passte dazu ins Bild. Schon einmal hatte vor einigen Jahren ein Bremer Rechtsextremer einen Mann erschossen. Allerdings reichte die Beweislage nur für eine Verurteilung wegen fahrlässiger Tötung aus. Entsprechend niedrig war auch die Bestrafung.

Mechthild schob den Aktenordner von sich. Soviel brauner Sumpf auf einmal verlangte nach einer Pause und frischer Luft. Ein Blick nach draußen verstärkte diesen Wunsch. Ein strahlendblauer Himmel mit feinen, weißen Wolkenschlieren zeugte davon, dass es auf der Straße wahrscheinlich wärmer war als in dem alten Gemäuer des Polizeihauses. Mechthild zog die Jacke ihres beigen Hosenanzugs über, knotete sich ein regenbogenfarbenes Seidentuch in den Ausschnitt ihrer weißen Bluse und stellte bei einem Blick in den Spiegel an ihrem Büroschrank zufrieden fest, dass sie ganz schön schick aussah. Sie schlich sich an den Büros ihrer Mitarbeiter, die emsig an ihren Aufgaben arbeiteten, vorbei und überlegte vor dem Polizeihaus stehend, wohin ihr Weg sie am besten treiben sollte. Fritz Behrmann fiel ihr ein und sie zückte ihr Handy. Er war gleich dran. Und obwohl er noch sehr viel zu organisieren hatte, konnte er der Verlockung nicht widerstehen, mit Mechthild die Mittagspause zu verbringen. Nur wenige Minuten später eilte er aus dem Haus und traf sie vor der Tür. Sie entschlossen sich, an der Weser spazieren zu gehen und irgendwo einen leichten Salat zu essen. Als sie die Promenade am Weserufer erreicht hatten, stolzierten sie Hand in Hand, so wie es nur Frischverliebte können, den befestigten Weg entlang.

Heiner Heller hatte zwar von der Telephongesellschaft schon eine Bestätigung per Fax erhalten, dass man ihm die Telephondaten Christian Dunkers in Kürze zusenden würde, aber sie waren eben noch nicht da. Also arbeitete er sich durch das kleine Notizbuch Dunkers. Der schwarze Einband aus Pappe war arg ramponiert, und einige Seiten waren herausgefleddert und wieder hineingesteckt worden. Aber es schien keine zu fehlen. Heller wählte die erste Nummer. Nachdem er sich zu erkennen gegeben hatte, wurde er von dem Angerufenen, der als Erster auf der Seite für Nachnamen mit Anfangsbuchstaben A stand, ziemlich barsch abgewiesen mit dem Hinweis, dass man nicht mit der Polizei zusammenarbeiten würde und er nicht auf die

Idee kommen sollte, noch einmal anzurufen. Heller verstand die Welt nicht mehr. Ihm ging es doch darum, einen Mord aufzuklären und nicht, irgendwelche Bekannte des Opfers auszukundschaften. Als auch das zweite Telephonat einen ähnlichen Verlauf nahm, entschloss sich Heller, erst einmal jeden Namen aus dem Telephonbuch durch die Datensammlung der Polizei laufen zu lassen. Bei diesen schwierigen Zeugen musste er besser vorbereitet sein. Eine mühsame Arbeit. Im Ergebnis stellte sich heraus, dass die meisten Eingetragenen noch nie etwas mit der Polizei zu tun gehabt hatten. Aber es gab auch einige andere. Ein Bremer Anwalt sollte angeblich Anfang der achtziger Jahre Kontakte mit deutschen Terroristen gehabt haben. Bewiesen wurde das aber nie. An einem Überfall auf ein Observationsteam des Verfassungsschutzes in der Neustadt war ein Wissenschaftler der Universität beteiligt gewesen. Er fand vieles in der Vergangenheit einiger Leute, was selbst einem Polizisten wie Heller verdeutlichte, wie überzogen der Staat auf ein paar Terroristen, die angeblich die ganze Republik bedrohten, reagiert hatte. Er stieß auf eine junge Frau, deren Wohnung durchsucht wurde und in der lediglich ein einzelnes Flugblatt zur Unterstützung der RAF gefunden wurde. Das brachte ihr ein Jahr Haft wegen Unterstützung einer terroristischen Vereinigung ein. Und zwar ohne Bewährung. Heller kannte diese deutsche Periode nur aus Erzählungen, aber es machte ihn schon nachdenklich, wie schnell man damals kriminalisiert werden konnte. Mit all den nachteiligen Folgen für das weitere Leben.

Aktuelle Erkenntnisse lagen nur spärlich vor und waren nicht besonders aufregend. Gegen zwei Frauen war ein Verfahren eröffnet worden, weil sie im vergangenen Jahr Eier auf die ehrenwerten Teilnehmer der Schaffermahlzeit im Bremer Rathaus geworfen hatten. Dann gab es unter den Bekannten von Dunker noch einen stadtbekannten Punk, der sich an einem Fußballspiel auf der Sielwallkreuzung beteiligt hatte und bei seiner Festnahme einen Beamten getreten hatte. Das war aber auch alles. Christian Dunker hatte wahrscheinlich nicht mehr mit Straftätern zu tun als andere Bürger auch. Wer wusste denn schon von seinem Nachbarn, mit dem er beim Grillen im Garten ein Bier trank, dass dieser schon einmal beim Ladendiebstahl erwischt worden war oder seinen Führerschein wegen Trunkenheit verloren hatte?

Nein, kriminelle Zusammenhänge konnte Heller beim besten Willen nicht aus diesem Telephonverzeichnis ableiten. Dunker schien ein Politaktivist zu sein, aber kein Verbrecher. Wahrscheinlich werden die Ergebnisse der Arbeit von Harald Strehlow diese Annahme noch deutlicher unterstreichen, sagte er sich. Er griff wieder zum Telephon und rief eine der unverfänglichen Nummern an. Es nahm am anderen Ende aber niemand ab.

Mechthild hatte ihren Mozzarellasalat im Garten des Bürgerhauses Weserterrassen aufgegessen und streichelte Behrmanns auf dem Tisch liegende Hand.

„Habt ihr eigentlich schon erste Ergebnisse aus den DNA-Untersuchungen?“

Fritz Behrmann zog seine Hand weg und streckte sich. Sie waren also wieder beim Dienst angekommen. Die schöne Pause war zu Ende.

„Es sind ne ganze Menge. Aber heute Abend haben wir die ersten Minisatelliten vorliegen. Dann rechnen wir sie noch in die Zahlencodes um, und dann wollen wir mal sehen. Ich bleibe heute länger mit einem Kollegen im Büro, und wir versuchen den Rest dann auch noch zu schaffen. Morgen weißt du dann mehr, mein Schatz.“

„Wenn es so viele sind, dann schalte doch noch ein privates Institut ein. Dann geht's vielleicht schneller“, schlug Mechthild vor, und leider wurde ihr zu spät klar, dass ihr Liebster für solche Ratschläge überhaupt nicht zugänglich war.

Fritz Behrmann verzog seinen Mund zu einer beleidigten Schnute. „Liebe Mechthild, du glaubst doch nicht, dass ich diese Diskussion jetzt auch noch mit dir führe? Wenn du dich erinnerst, habe ich mit von Sülzen zwei Jahre lang versucht, die Politik zu überzeugen, dass es billiger ist, selbst eine Untersuchungseinheit aufzubauen, als immer nur Fremde zu bezahlen. Da werde ich doch jetzt nichts nach außen vergeben und mich lächerlich machen!“

Mechthild winkte lachend ab. „Ist schon gut, Fritz. Daran hatte ich einen Moment nicht gedacht. Mach es so, wie du es für richtig hältst. War ne blöde Idee von mir.“

Behrmann ließ die Rechnung kommen, und die beiden machten sich wieder auf den Weg zurück ins Präsidium.

Während Mechthild sich den Rest der Unterlagen aus Roders Ordner vornahm, kam Heller mit seinen Telephonaten jetzt doch besser voran. Er vermied weiterhin, die Menschen anzurufen, denen er nach vorliegenden Erkenntnissen unterstellte, der Polizei bei ihrer Arbeit nicht weiterzuhelfen. Und auch Harald Strehlow und Ayse Günher gelang es nach und nach, einen Überblick über die politischen Aktivitäten Christian Dunkers zu erhalten. Bei der emsigen Arbeit der Ermittler verstrich die Zeit sehr schnell, und so verspäteten sich bis auf die Leiterin der Mordkommission alle zum vereinbarten Gedankenaustausch. Behrmann erschien zu Mechthilds Bedauern nicht. Aber er hatte sich vorab telephonisch entschuldigt. Er wollte seine Untersuchungen voranbringen und keine Unterbrechungen. Ayse Günher, Heller und Strehlow zeichneten aufgrund ihrer Erkenntnisse ein Bild von Dunker, das eher auf einen Mann des kritischen Wortes als auf einen der Tat hindeutete. Die den Ermittlern zugänglichen Schriften waren zwar äußerst kritisch gehalten, aber enthielten keine Aufrufe zu Gewalt oder dergleichen. Die Personen, mit denen Heller ins Gespräch kam, schilderten ihn als rastlosen, unermüdlichen Verfechter der Idee einer besseren Welt.

„Und gibt es Verbindungen zu Neonazis?“ Mechthild konnte nicht glauben, dass die rechte Szene ein Exempel statuiert haben sollte, ohne dass es hierzu einen entsprechenden Vorlauf gegeben hatte.

„Das kann man wohl sagen“, nahm Harald Strehlow die Frage auf. „Er hat sich eindeutig öffentlich gegen aufkommenden Rechtsradikalismus ausgesprochen. Er hat nicht nur diverse Aufrufe zu Demonstrationen mitunterzeichnet, sondern auch selbst an Mahnwachen vor Häusern, in denen NPD-Funktionäre wohnen, teilgenommen. Die wurden zwar regelmäßig durch die Polizei beendet, aber es wurden Strafanzeigen gestellt, so dass sein Name den Rechten bekannt gewesen sein dürfte. Und seine Adresse stand im Telephonbuch.“

„Die Neonazis hatten sogar schon einmal eine Strafaktion gegen Dunker verabredet“, ergänzte Ayse Günher. „Aber die konnte durch die Polizei vereitelt werden, da der Verfassungsschutz einige der Telephone abgehört hatte, über die die Nazis sich besprochen hatten.“

Mechthild lehnte sich im Stuhl zurück und verschränkte ihre Arme. Dass sie damit eine Haltung ihres ungeliebten, ehemaligen Stellvertreters Roder kopierte, wurde ihr nicht bewusst.

„Dann müssen wir wohl davon ausgehen, dass Herr Roder mit seinen Hinweisen ziemlich richtig lag. Also müssen wir uns überlegen, wie wir an diese Leute näher herankommen.“

„Offen brauchen wir da gar nicht erst ranzugehen“, erläuterte Peer Souton. „Wenn die spitzkriegen, dass wir gegen sie ermitteln, warnen wir sie damit alle vor. Wir müssen da erst einmal verdeckt ran.“

Ayse Günher dachte genauso. „Wir könnten uns doch als Erstes die Personen vornehmen, die laut Abhörprotokollen an dem geplanten Anschlag auf Dunker beteiligt waren. Die haben doch ihre Treffpunkte. Da müsste man mal ganz unverfänglich auftauchen. Das geht doch als Frau am besten. Also, ich stelle mich zur Verfügung."

„Kommt gar nicht in Frage!" stellte Mechthild klar. „Wenn du mit deinem türkischen Aussehen da auftauchst, hast du die ganze Bagage gleich am Hals. Aber dein Vorschlag ist nicht schlecht. Herr Souton, können Sie sich an einen Hinweis in Roders Akte erinnern, wo sich die Leute aus der Abhöraktion treffen?"

Peer Souton konnte. Zwei Namen waren ihm noch geläufig, die auch mehrmals mit einer Gaststätte in der Nähe der Discomeile Bremens verbunden wurden.

„Das ist ne öffentliche Kneipe. Da kann eigentlich jeder mal auf ein Bier vorbeischauen."

Heller, der Benjamin der Truppe, sah eine Chance sich zu profilieren. Beim letzten Mordfall hatte ihm der Mut seiner Chefin so sehr imponiert, dass er jetzt auch zeigen wollte, dass er bereit war, Risiken bei der Ermittlung eines Mörders einzugehen.

„Ich kann das ja machen. Erstens kennt man mich nicht. Und eine Bomberjacke und Springerstiefel habe ich auch zu Hause." Als er die skeptischen Blicke der anderen registrierte, legte er nach: „Was soll schon passieren? Ich geh da rein, trink ein Bierchen und höre mal so, was die dort erzählen. Der Mord an Dunker ist vielleicht ein Gesprächsthema. Ich überlege mir auch eine kleine Legende, wenn ich mit denen ins Gespräch kommen sollte. Und wenn es komisch wird, kann ich ja gleich gehen."

Fragend sah er seine Chefin an. Sie sollte diesem Vorgehen zustimmen. Mechthild überlegte lange. Sie merkte, dass ihr die Neonaziszene noch zu fremd war und sie sie nicht richtig einschätzen konnte. Aber dennoch mussten sie ja irgendwie mal anfangen.

„Also gut, Herr Heller. Versuchen Sie es. Gehen Sie auf keinen Fall ein Risiko ein. Sowie Sie glauben, es braut sich etwas zusammen, hauen Sie sofort ab. Ich bin die ganze Nacht über Handy zu erreichen."

Heller freute sich. Diese kleine Sonderrolle gefiel ihm. Er ließ sich von Peer Souton in Roders Unterlagen einweisen und studierte Gesichter und Personalien verschiedener Rechtsextremer, die sich in der bezeichneten einschlägig bekannten Kneipe trafen. Diesen Abend noch wollte er den Treffpunkt aufsuchen.

Die angeforderten Daten über Dunkers Telephonkontakte lagen noch nicht vor, so dass Heller genügend Zeit hatte, sich eine kleine Geschichte für den Fall auszudenken, dass er an seinem Einsatzort in ein Gespräch verwickelt werden sollte.

Ayse Günher und Harald Strehlow hatten von Mechthild den Auftrag bekommen, die Verbindungen Christan Dunkers in ein Schaubild zu übertragen, um seine Aktivitäten nachvollziehbarer zu machen. Ihr Plan war, sich dann mit den Institutionen in Verbindung zu setzen, mit denen Dunker am häufigsten zusammenarbeitete. Als sich die Besprechungsrunde auflöste, hielt Mechthild Peer Souton noch einen Augenblick zurück.

„Denken Sie, es ist zu gewagt, Heller da hinzuschicken?“

„Ich glaube nicht. Jeder kann sich mal in eine solche Kneipe auf ein Bier verirren. Wahrscheinlich wird man ihn ignorieren, und irgendwann geht er dann einfach. Aber vielleicht hört er etwas Interessantes. Einen Versuch ist es doch wert. Machen Sie sich mal keine Sorgen.“

Mechthild war beruhigter. Heller würde wahrscheinlich auf eine Art geschlossene Gesellschaft treffen. Er gehörte nicht zu ihnen, und deshalb würde man ihn einfach meiden. Sie bedankte sich bei Souton und ging zurück in ihr Büro. Sie versuchte Fritz Behrmann zu erreichen, bekam aber nur einen seiner Leute ans Telephon, der ihr erklärte, dass Behrmann angewiesen hatte, nicht gestört werden zu wollen. Ein bisschen traurig machte sie das schon. Sie vermisste ihn. Aber die Arbeit ließ der Liebe jetzt keinen Raum. Sie hatten eben Berufe, die nicht die Vorzüge geregelter Arbeitszeiten aufwiesen und die eine Planung privater Vorhaben nicht immer zuließen. Also setzte sich Mechthild noch einmal an die vorläufige Spurenakte. Morgen früh würde sie Fritz Behrmann sicher treffen.

Heiner Heller schnürte die blankgeputzten Springerstiefel zu, schob die schwarze Jeans über die Schäfte und zog sich eine schwarze Bomberjacke über. Pistole und Dienstausweis hatte er schon in dem kleinen Möbeltresor im Schrank verstaut. Er wollte nichts Verräterisches bei sich haben. Er versuchte seine blonden Haare streng zu scheiteln, was aber nur zum Teil gelang. Er betrachtete sich im Spiegel auf dem Flur. So musste es gehen: blonder Typ in schwarzen Klamotten. Er verließ seine Wohnung in Schwachhausen und fuhr mit dem Bus bis zum Bremer Hauptbahnhof. Die große Uhr an dessen Front stand auf kurz nach zehn. Strammen Schrittes marschierte er unter der Hochstraße hindurch, und wenige Minuten später stand er vor der besagten Kneipe. Neben dem Eingang stand ein massiger Kerl, der unter einem extrem großen, schwarzen T-Shirt eine riesige Wampe vor sich hertrug. Unbehelligt konnte Heller die Kneipe betreten. Aus den

Boxen an der Wand donnerte deutsche Rockmusik. Die Texte waren zum Teil herausgebrüllt, so dass Heller kaum ein Wort verstand. Ein gutes Dutzend dunkelgekleideter Männer waren anwesend. Die meisten von ihnen trugen ihre Haare kurzgeschoren. Heller setzte sich an die Theke und bestellte ein Bier. Der Mann hinter dem Tresen bot auf den ersten Blick einen echten Kontrast zu seinen Gästen. Er hatte lange, schwarze Haare, und seine nackten Arme waren über und über mit Tätowierungen verziert. Um den Hals trug er an einer Kette das Eiserne Kreuz. Und auf seinem schwarzen T-Shirt stand in dicken weißen Lettern „Pit Bull – White Power“. So groß unterschied er sich von seinen Gästen also doch nicht. In einem Spiegel hinter dem Thekenbüfett konnte Heller erkennen, dass eine Gruppe von fünf Männern weiter hinten im Raum beisammensaß. Einen von ihnen erkannte er wieder. Er war mit Photo in Roders Akte vermerkt. Worüber sie sprachen, konnte er allerdings nicht hören. Der Mann, der die ganze Zeit vor der Kneipe gestanden hatte, kam jetzt herein und setzte sich neben Heller an den Tresen. Er musste seinen Hocker ein ganzes Stück zurückziehen, um mit seinem dicken Bauch Platz zu finden.

„Na, brauchste auch ein gepflegtes Feierabendbierchen?“ begann er eine Unterhaltung.

„Kann man wohl sagen“, entgegnete Heller und prostete seinem Thekennachbarn zu.

„Du bist wohl nicht von hier, oder?“

In Windeseile ging Heller noch einmal die Geschichte durch, die er sich zurechtgelegt hatte.

„Ja und Nein. Ich komme zwar von hier, aber war lange in Halle am Arbeiten.“

„Und was machste jetzt hier?“ bohrte der andere weiter. Heller erzählte ihm davon, dass der Betrieb, in dem er gearbeitet hatte, pleite gemacht hat. Erst wären immer mehr Ausländer gekommen, die die Löhne drückten, und dann war irgendwann Feierabend, log er.

„Ja, die Scheißausländer!“ grunzte der Dicke und spendierte Heller einen Korn. Auch Heller wollte sich nicht lumpen lassen und orderte ebenfalls einen Schnaps für die beiden. Es folgten noch einige Runden, aber als Heller noch einmal bestellte, winkte der Dicke ab. „Lass mal gut sein. Brauchst dein Geld doch auch. Komm, ich stell dir ein paar Kumpels vor.“

Mit diesen Worten zog er Heller von seinem Barhocker und schob ihn durch den Gastraum bis zu dem Tisch in der hinteren Ecke. Dort drückte er ihn auf einen Stuhl zwischen zwei andere Kahlrasierte. Die Gespräche am Tisch verstummten.

„Ich bin der Heiner“, stellte sich Heller selbstbewusst vor, und der Dicke ergänzte, dass er ganz okay sei. Wortführer am Tisch war ein muskulöser Typ um die dreißig. Auf der Unterseite seines rechten Armes war in altdeutschen Buchstaben das Wort Bataillon 18 tätowiert. Heller überlegte: Bataillon 18; die 18 stand für den ersten und den achten Buchstaben des Alphabets. A und H, Adolf Hitler. Er war hier also genau richtig.

Heller wurde in die Gespräche verwickelt. Sein Zechkumpan von der Theke erklärte, dass die Ölaugen Heller seinen Job weggenommen hatten. Heller schimpfte in diesem Stil mit. Seit geraumer Zeit standen mehrere Schnapsflaschen auf dem Tisch, aus denen eifrig eingeschenkt wurde. Auch für Heller, der sich nicht ausschließen wollte, um keinen Verdacht zu erregen. Saufen und Neonazis, das gehörte wahrscheinlich zusammen. Irgendwann fragte ihn einer, ob er denn Kameraden aus Halle kennen würde. Trotz seiner einsetzenden Trunkenheit war Heller vorbereitet. Er wusste, dass diese Frage kommen würde. Und er hatte sich genau überlegt, wie er eine Blöße vermeiden konnte.

„Darüber rede ich nicht so gern mit Leuten, die ich nicht kenne.“

Alle lachten, und einer schlug Heller freundschaftlich auf den Rücken. „So gefällst du uns!“ grölte er. „Bloß nicht zuviel erzählen. Aber den Arno aus Halle, den musst du doch kennen. Den kennt doch jeder!“

Heller kippte den nächsten Schnaps hinunter, um Zeit zum Überlegen zu gewinnen. Er war schon sehr betrunken, und langsam begann es sich um ihn herum zu drehen.

„Kann sein“, antwortete er zurückhaltend und lallend. „Vielleicht haben wir zusammen mal ein paar Rote verhauen.“ Und dann musste er selbst lachen.

„Ja, ja, die Zecken!“ kam es vom anderen Ende des Tisches. „Glücklicherweise hat ja schon wieder eine dran glauben müssen.“

„Darauf trinken wir!“ schrie Heller und sprang auf, um seinen Toast zu unterstreichen. Aber er war viel zu betrunken, um sich auf den Beinen zu halten. Er torkelte nach hinten, stolperte über seinen umgekippten Stuhl und schlug lang hin. Der Mann mit der Bataillon-18-Tätowierung erhob sich und beugte sich über Heller.

„Kamerad, du hast für heute genug.“ Ohne große Kraftanstrengung hob er Heiner Heller auf und stellte ihn wieder auf die Beine. Dann beauftragte er zwei andere, ihn zum nahegelegenen Taxenstand zu bringen. „Ihr seid mir dafür verantwortlich, dass unser Kamerad heil nach Hause kommt. Verstanden?“ Wie von fern hörte Heller ein mehrstimmiges „Jawohl“. Er konnte seinen Kopf nicht mehr oben halten. So viel Bier und Korn. Das war nichts für ihn.

Auf beiden Seiten wurde er unter die Arme gegriffen, und zwei starke Männer bugsierten ihn aus der Kneipe. In einem Durchgang zum Herdentorsteinweg wurde er plötzlich an eine Hauswand geschubst. Eine Sekunde später traf ihn ein Faustschlag in die Magengrube, und fast bewusstlos rutschte er wie ein nasser Sack an der Hauswand herunter auf den Boden. Er spürte nicht mehr, wie ihm ein brillenartiges Gestell aus Eisen auf die Nase geschoben wurde. Aber als ein Vorschlaghammer mit Wucht auf das Gestell traf, tanzten vor seinen Augen unzählige Sterne und bunte Punkte herum. Blut lief ihm aus der gebrochenen Nase, und Heller musste sich übergeben.

Er hörte nicht mehr, wie einer der beiden im Weggehen lachte, während der andere sagte: „So, nun hat der Kleine auch mal einen Blick durch die braune Brille werfen dürfen!“

Wie viel Zeit verstrichen war, bis Heller sich aufraffen konnte und auf allen Vieren bis zum Herdentorsteinweg kroch, konnte er nicht sagen. Ein vorbeikommender Autofahrer rief die Polizei, und wenig später wurde er von einem Krankenwagen ins nahegelegene Krankenhaus in der St.-Jürgen-Straße gebracht. Trotz seiner Gesichtsverletzungen wurde Heller erst einmal einer Magenspülung unterzogen. Dann wurden seine Verletzungen versorgt. Die gebrochene Nase war nicht schwer zu richten. Aber um seine Augen hatten sich riesige, kreisförmige Hämatome gebildet. Mit Eisbeuteln versuchten die Ärzte ein Zuschwellen der Augen zu verhindern. Es gelang ihnen. Die Röntgenbilder zeigten, dass die Jochbeine Hellers nicht gebrochen waren. Die größte Wucht des Schlages wurde durch das Nasenbein absorbiert. Ein schwacher Trost für Heller, der jetzt mit Schwindelgefühlen und Kotzanfällen in einem Dreibettzimmer auf den nächsten Tag und vor allem auf Besserung wartete.

Als Mechthild Kayser am kommenden Morgen sehr früh in ihr Büro kam, machte sie sich sofort daran, eingegangene E-Mails zu studieren. Immer in der Hoffnung, dass entscheidende Hinweise eingegangen sein könnten. Erschrocken las sie die Nachricht des Kriminaldauerdienstes, der Heller noch in der Nacht im Krankenhaus aufgesucht hatte. Mit Unterstützung mehrerer Streifenwagenbesatzungen wurde die Kneipe der Neonazis überprüft. Aber da Heller aufgrund seines betrunkenen Zustandes keine konkreten Angaben über die beiden Schläger machen konnte, verlief diese Aktion im Sande. Lediglich die Personalien von den Anwesenden konnten festgehalten werden. Einige Namen kamen Mechthild Kayser bekannt vor. Sie waren auch in Roders Unterlagen enthalten.

Mechthild machte sich sofort auf den Weg ins Krankenhaus. Unterwegs schickte sie Ayse eine SMS und informierte sie kurz über den Vorfall mit Heller.

Als sie sein Krankenzimmer betrat, lag dieser mit geschlossenen Augen auf dem Bett. Er trug noch immer seine schwarze Bomberjacke, die Springerstiefel standen unter einem Stuhl. Heller sah entsetzlich aus. Mechthild wusste zwar, dass Gesichtsverletzungen immer schlimmer aussahen als sie waren, aber er tat ihr unendlich leid. Sie setzte sich und nahm seine Hand. Heller öffnete die Augen, und als er seine Chefin sah, versuchte er zu lächeln. Es gelang ihm nicht überzeugend. Mechthild sagte kein Wort. Sie blickte nur auf das blaugeschwollene Gesicht Hellers und auf die angeklebte Kunststoffschiene auf seinem Nasenrücken.

„Alles nicht so schlimm“, sagte er leise mit nasalem Ton. „Ich hab auch schon gefrühstückt und wollte gleich ins Büro kommen.“

„Mensch, Heller. Dass Ihnen so etwas widerfährt! Damit habe ich nicht gerechnet. Es tut mir wirklich leid“, sagte Mechthild traurig. „Aber Sie müssen erst mal hier bleiben und sich erholen. Wenn es Ihnen besser geht, dann kommen Sie zurück, okay?“

Heller stemmte sich mit den Händen im Bett hoch und setzte sich aufrecht hin. „Kommt gar nicht in Frage! Es ist nur ein Nasenbeinbruch. Sonst nichts.“ Er rutschte auf den Bettrand und versuchte seine Stiefel zu greifen. Aber als er sich nach vorne beugte, wurde ihm übel und er musste sich sofort zurück ins Bett fallen lassen.

„Machen Sie keine Dummheiten, Herr Heller. Ich verstehe, dass Sie uns nicht im Stich lassen wollen. Aber Sie brauchen mit Sicherheit noch wenigstens einen Tag. Um auszunüchtern.“ Mechthild wedelte mit der Hand vor ihrer Nase, um Heller zu signalisieren, dass er erheblich nach Alkohol roch.

Heller musste aufgestoßenen, brennenden Magensaft wieder herunterschlucken. Seine Chefin hatte recht. Er stank sicherlich nicht nur nach Alkohol. Er brauchte ganz sicher auch eine Dusche.

Als Mechthild Kayser gegangen war, unternahm er einen zweiten Anlauf aus dem Bett zu kommen. Er spürte den Schwindel in seinem Schädel, und es war ihm unangenehm, dass er sich noch nicht die Zähne geputzt hatte. Der Geschmack in seinem Mund lag irgendwo zwischen verbrannter Kohle und Hundescheiße. Dazwischen schwamm der metallisch anmutende Geschmack von Blut. Heller schaffte es mit großer Mühe, in seine Stiefel zu kommen. Als er endlich stand, musste er die Augen zukneifen und sich am Bett festhalten. Schwer ging sein Atem. Er wankte zur Tür und dann vom Flur aus in das Schwesternzimmer der Station. Hier unterschrieb er eine Erklärung, dass er auf eigenen Wunsch das Krankenhaus verlassen hatte. Dann nahm er sich vor dem Krankenhaus ein Taxi und fuhr nach Hause.

Im Besprechungszimmer der Mordkommission herrschte große Aufregung über den Angriff auf Heller. Kurt Roder war zur Sitzung erschienen, und alle rechneten damit, dass er die Gelegenheit nutzen würde, um Mechthild Dilettantismus und fehlende Kompetenz in der Einschätzung der Verhältnisse vorzuwerfen. Auch Mechthild ging davon aus, dass er sich diese Gelegenheit nicht entgehen lassen würde. Aber es kam ganz anders. Entgegen aller Erwartungen lobte Roder Heiner Heller für seinen Mut. Er unterstrich, dass es sicherlich ein richtiger Ansatz war, verdeckt in die Szene eintauchen zu wollen, aber zukünftig würden Polizisten für solche Einsätze nicht mehr herhalten dürfen. Nach Roders Ansicht war Heller von den Neonazis sicher gleich identifiziert worden, was für seine Auffassung sprach, dass die Mitarbeiter der Polizei längst gezielt beobachtet werden würden.

„Aber Herr Heller hat deutlich in das Wespennest gestochen. Wir sind auf der richtigen Spur. Es gäbe keinen anderen Grund, Herrn Heller so zuzurichten, wenn man nicht andere vor weiteren Ermittlungen abschrecken wollte."

Mechthild stimmte ihm zu. Sie hatte ihre Bedenken gegenüber Roders Hinweisen plötzlich verloren. Für sie stand ziemlich sicher fest, dass sie im Bereich der Neonazi-Szene weitersuchen mussten. Während ihres nächtlichen Studiums der ihnen von Roder überlassenen Unterlagen hatte sie feststellen müssen, dass die organisierten Neonazis längst Maßnahmen ergriffen hatten, um die Gegenseite, also auch die Polizei, auszuspionieren. Wenn sie von dieser Art Gegenobservation früher etwas gewusst hätte, dann hätte sie Hellers Vorhaben nicht ohne ausreichende Rückendeckung zugestimmt. Wahrscheinlich wussten sie ganz genau, dass Heller Polizist war. Sie bedauerte ihre Fehleinschätzung zutiefst.

Kurt Roder schwor alle darauf ein, jetzt bloß nicht lockerzulassen. Bevor er die Sitzung verließ, versprach er, über den Verfassungsschutz weitere

Erkenntnisse zu beschaffen, die der Mordkommission bei ihren weiteren Ermittlungen helfen sollten. Dann verschwand er.

Jetzt musste es erst einmal ohne Heller weitergehen. Ayse hatte die für ihn bestimmte Liste der von Dunker geführten Telephonate durchgearbeitet und weiter mit Harald Strehlow versucht, im Umfeld von Christian Dunker zu recherchieren. Aber der größte Teil der Angerufenen konnte nur das Bild, das die Mordkommission von Dunker bereits hatte, unterstreichen. Dass er den Rechtsextremen in Bremen ein Dorn im Auge war, wurde von allen Seiten bekräftigt. Aber weiter führten die Ermittlungen nicht. Niemand der kontaktierten Personen war im Zeitraum der Tat mit Dunker in Verbindung getreten. Niemand gab zu, mit ihm verabredet gewesen zu sein.

Dennoch machte Ayse eine Entdeckung. Sie war die endlich vorliegende Liste der Telephonate Dunkers durchgegangen.

„Eine Nummer fällt aus dem Rahmen. Kurz vor seiner Ermordung wurde Dunker vom Landesvorsitzenden der konservativen Partei angerufen."

Mechthild war erstaunt. „Wie kommst du darauf, dass er es war?"

Ayse erklärte, dass in der Geschäftsstelle der Partei ein gesonderter Anschluss für den Parteivorsitzenden ausgewiesen ist. „Der kann bestimmt nicht von allen benutzt werden. Wäre doch interessant zu erfahren, was die beiden miteinander zu tun gehabt haben."

Mechthild war klar, dass sie den Besuch bei der konservativen Partei selbst machen musste. Immerhin gehörte die Partei derzeit der Landesregierung an und war somit auch ein Teil ihrer eigenen politischen Führung. Auch wenn der der Polizei vorstehende Innensenator den Sozialisten angehörte, waren beide Parteien in einer Koalition gemeinsam für die Politik in Bremen verantwortlich. Und dabei gab es so etwas wie eine Koalitionsräson. Obwohl viele glaubten, dass diese Verbindung aus der Not heraus geboren worden war, konnte nicht von der Hand gewiesen werden, dass keine der beiden Parteien den Fortbestand der Koalition gefährden wollte. Während den Sozialisten nach Jahrzehnten der Alleinregierung die Ideen ausgegangen waren und das Land in einer Schuldenfalle zu hängen schien, waren die Konservativen zum ersten Mal wieder in die Regierung vorgedrungen. Und da wollten sie so schnell nicht wieder raus.

Es war fürwahr eine heikle Aufgabe, die Mechthild zu bewältigen hatte. Immerhin war es der direkte und persönliche Telephonanschluss des Landesvorsitzenden der konservativen Partei, von dem das Gespräch mit Christian Dunker geführt worden war. Und das nur wenige Tage vor seiner Ermordung.

In der Nähe des Wallgrabens erreichte sie die Geschäftsstelle des Parteibüros. Als sie durch eine breite Glastür den Flur betrat, war sie überrascht, wie modern das Design der Einrichtung war. Glas, Edelstahl, edle Lampen aus Acryl setzten glatte, zeitlose Akzente. Ein mehrstufiger Ständer aus gebürstetem Eisen bot auf seinen Etagen einschlägige Politlektüre und konservative Zeitungen an. Auf der gegenüberliegenden Seite lugte durch eine offenstehende Tür zwischen zwei Glaswänden eine Frau in Mechthilds Alter zu ihr herüber. Lächelnd fragte sie, ob sie etwas für sie tun könne. Ihr damenhaftes, ausgesprochen adrettes Outfit, das Distanz zu anderen herzustellen versuchte, machte ihre Freundlichkeit allerdings zur Farce. Mechthild holte tief Luft und ging resolut auf sie zu, postierte sich vor dem abstandschaffenden Schreibtisch und zog ihren Dienstausweis hervor. Die Sekretärin schob ihre schmale Lesebrille vorne auf ihre Nase und beäugte argwöhnisch den Ausweis. Mechthild kam ohne Umschweife zur Sache. Sie mochte solche gekünstelten Situationen nicht besonders.

„Ich muss in einer dringenden Ermittlungssache mit Ihrem Landesvorsitzenden sprechen."

Über den Rand ihrer Lesebrille hinweg musterte die Sekretärin Mechthild noch einmal eindringlich. Dabei zog sie ihren Mund zusammen, und ihre Augenbrauen hoben sich. Mechthild Kayser blieb einfach stehen und blickte sie unbeeindruckt an. Etwas widerwillig griff ihr Gegenüber zum Telephon.

„Hier ist eine Frau Kayser von der Polizei, die Sie sprechen möchte. Soll ich einen Terminvorschlag für die kommende Woche machen?"

Dabei lächelte sie ein herablassendes Lächeln und versuchte, ihre Terminmacht vorzuführen.

Doch plötzlich öffnete sich die lederverkleidete Tür zum Büro des Landesvorsitzenden und Bernhard Lange, der Chef der konservativen Partei, ging strahlend auf Mechthild zu.

„Aber für unsere Leiterin der Mordkommission habe ich doch immer genügend Zeit!" Bei diesen Worten sah er vorwurfsvoll auf seine Sekretärin hinab, die ihren Blick demutsvoll senkte. Bernhard Lange reichte Mechthild seine ausgestreckte Hand, begrüßte sie überschwänglich und zog sie in sein Büro. „Bitte nehmen Sie Platz, Frau Kayser. Tee, Kaffee, Gebäck?"

„Nein danke", lehnte Mechthild ab. „Ich will Ihre knapp bemessene Zeit nicht überstrapazieren. Sie haben sicher viel zu tun."

„Das kann man wohl sagen. Seit wir in der Regierungsverantwortung sind und nun nach all den Jahren der Misswirtschaft dieses Land aus dem

Dreck ziehen sollen ... Na ja, Sie können sich das ja vorstellen. Aber was führt Sie in mein Büro?“

„Es handelt sich nur um eine Nachfrage. Ich bin gerade mit einer umfangreichen Ermittlung beschäftigt und benötige eine allgemeine Auskunft.“

„Aber gern. Sie wissen ja, dass meine Partei von jeher immer auf Seiten unserer Sicherheitsorgane stand. Was möchten Sie wissen?“

„Sie haben doch einen persönlichen Telephonanschluss hier in Ihrem Büro?“ Mechthild gab sich naiv. „Aber weshalb lassen Sie sich denn nicht immer über Ihre Sekretärin vermitteln? Das wäre doch eigentlich viel angemessener.“

Bernhard Lange zog kurz seine Augenbrauen zusammen, und seine Stirn bildete eine breite Falte. Er konnte nicht einschätzen, was sich hinter dieser Frage verbarg.

„Nun, Frau Kayser.“ Lange suchte nach einer unverfänglichen Antwort. „Ein Landesvorsitzender hat auch die Aufgabe, seine Partei zusammenzuhalten und die Mitglieder dazu zu bewegen, mit einer Stimme zu sprechen. Wir sind eine weltoffene Partei mit vielen verschiedenen Strömungen. Aber wir führen unsere Diskussionen intern, bilden dann eine Meinung und mit der treten wir öffentlich auf. Das macht es einfach erforderlich, dass ich auch mal ganz persönlich mit einem meiner Freunde sprechen muss, ohne dass meine Sekretärin daran beteiligt ist. Das geht ja manchmal um sehr vertrauliche Inhalte.“

„Ich verstehe. Dann kann also auch nicht jeder einfach Ihren persönlichen Anschluss benutzen, oder?“

Bernhard Lange wurde langsam misstrauisch. Was wollte diese Frau? Er konnte sich keinen Reim darauf machen. Er antwortete ehrlich.

„Natürlich nicht. Der Anschluss ist durch einen Zahlencode geschützt. Aber ich verstehe nicht, warum Sie das interessiert?“

Jetzt wurde Mechthild deutlicher. „Möglicherweise sind Sie für uns ein wichtiger Zeuge in der Mordsache Christian Dunker.“

„Dieser Kommunist, der ermordet wurde?“ Bernhard Lange wurde hellhörig. Sie sah ihm an, dass es in seinem Kopf mächtig zu arbeiten begann. Lange setzte sich aufrecht in seinen Sessel und rollte näher an seinen Schreibtisch heran.

Mechthild lächelte. Sie spürte, dass Lange etwas beunruhigte. „Also, ob er ein Kommunist war, weiß ich nicht. Aber er gehörte mit Sicherheit zu den kritischen Geistern in unserer Stadt.“

Lange kniff die Augen etwas zusammen. „Und was habe ich mit diesem armen Menschen zu tun?“

Mechthild holte ein kleines Notizheft aus ihrer Handtasche. Sie hatte die Daten zwar alle im Kopf, wollte Lange aber gern ein wenig schmoren lassen.

„Der Ermordete wurde einige Tage vor seinem Tod von Ihrem persönlichen Anschluss aus angerufen.“

Bernhard Lange ließ sich demonstrativ in seinen Sessel zurückfallen. „Unmöglich! Ich kenne den Mann nicht.“

Er griff sich die Zigarettenschachtel auf seinem Schreibtisch und steckte sich eine Zigarette an. Nachdem er den ersten tiefen Zug ausgeatmet hatte, war ihm eine Antwort eingefallen.

„Vielleicht ein Zahlendreher! Wir wissen ja alle, dass bei den Telephongesellschaften auch nicht immer alles rund läuft. Das hat doch jeder schon mal erlebt, dass die Abrechnung nicht stimmte. Also ganz ehrlich: Ich habe mit diesem Herrn nichts zu tun gehabt. Wenn das alles war ... Ich müsste jetzt langsam mal wieder.“ Mit diesen Worten zog sich Bernhard Lange eine dicke Akte aus einem Stapel.

Mechthild überlegte, wie sie weiter vorgehen sollte. Es konnte natürlich stimmen, dass bei der Auflistung der Gesprächsverbindungen ein Fehler aufgetreten war. Aber für sehr wahrscheinlich hielt sie das nicht. Aber um Bernhard Lange gezielter befragen zu können, brauchte sie einfach mehr Fakten. Sie musste sich erst einmal zurücknehmen.

„Das ist natürlich auch möglich“, stimmte sie Lange zu. „Aber Sie haben sicher Verständnis dafür, dass wir jeden Anhaltspunkt, und mag er noch so abwegig sein, überprüfen müssen.“

Jetzt lächelte Lange wieder. „Selbstverständlich, Frau Kayser. Sie haben meine volle Unterstützung. Wenn Sie mal wieder meine Hilfe brauchen ...“ Mit diesen Worten erhob er sich und signalisierte Mechthild das Ende dieses Gespräches. Während Lange mit der linken Hand seine Bürotür öffnete, reichte er Mechthild zum Abschied die rechte. In dem Moment, in dem sie hörte, wie die Tür geschlossen wurde, machte Mechthild auf dem Absatz kehrt und wandte sich noch einmal an die Sekretärin Langes. Erwartungsvoll wurde Mechthild über die Lesebrille angestarrt.

„Sagen Sie mal, wer ist das eigentlich da hinter Ihnen auf dem Photo?“ Die Sekretärin drehte sich kurz um, und mit einem arroganten Lächeln wandte sie sich an Mechthild zurück.

„Das ist Konrad Adenauer. Seinem Geiste fühlen wir uns politisch verbunden.“ Dann verschwand ihr Lächeln sofort wieder.

Mechthild hatte die Gelegenheit genutzt und sich den Terminkalender vom Schreibtisch der Sekretärin gezogen.

„Es geht mir nur um einen bestimmten Tag.“ Sie blätterte zurück, bis die Seite mit dem Datum des Anrufs an Christian Dunker erschien. Dann schritt sie selbstsicher an den Kopierer neben dem Schreibtisch und kopierte sich diese Seite des Kalenders.

„Was fällt Ihnen ein?“ keifte die Sekretärin und kam wie eine Furie hinter ihrem Schreibtisch hervor. Mechthild klappte den Terminkalender wieder zu und reichte ihn zurück. Mit der anderen Hand schnappte sie sich ihre Photokopie.

„Ich mache hier eine Mordermittlung, liebe Frau ...“ Mechthild suchte auf dem Schreibtisch nach einem Namensschild, fand aber keines. „Und diese Kopie gehört dazu.“

Ohne ein weiteres Wort drehte sie sich um und verließ das Büro der konservativen Partei. Gerne hätte sie mitgehört, welche Telephonate Bernhard Lange jetzt führte. Zurück auf der Straße wusste sie: Das gibt noch Ärger.

Und so war es auch. Mechthild Kayser wurde nach ihrer Rückkehr ins Präsidium gleich zu ihrem Polizeipräsidenten zitiert und ermahnt, nicht über die Stränge zu schlagen. Sie verteidigte sich damit, dass diese Spur wie jede andere behandelt werden würde und Bestandteil der Ermittlungen sei. Selbst wenn nichts dran sei. Ernst Logemann erinnerte sie noch einmal daran, dass sie nicht vergessen sollte, in die richtige Richtung, nämlich gegen die Neonazis, zu ermitteln. Sauer verließ sie den PP.

Sie empfand es immer als eine Anmaßung, wenn jemand von oben versuchte, die Objektivität einer Untersuchung zu beeinflussen. Und genau so hatte sie das Auftreten Ernst Logemanns empfunden. Auch wenn sie nicht glaubte, dass Logemann das ernsthaft aus eigenen Stücken versuchen würde, aber er hatte bestimmt gleich nach ihrem Besuch bei Bernhard Lange Druck bekommen. Und die Regierenden sahen es nun mal nicht gerne, wenn sie mit einem Verbrechen in Verbindung gebracht wurden. Aber Mechthild ließ sich nicht beirren. An ihrem Schreibtisch studierte sie die Photokopie aus Langes Terminkalender. Zum Zeitpunkt des Anrufes bei Christian Dunker war er anwesend gewesen. „CH im Büro“ stand als Kürzel zum besagten Zeitpunkt in der Spalte des Kalenders. Die Bedeutung dieser

Abkürzung sagte Mechthild nichts. Nachzufragen brauchte sie bei Lange aber auch nicht mehr. Das war klar.

Als Mechthild an diesem Abend mit dem Fahrrad nach Hause fuhr, war sie sehr erschöpft. Den ganzen Tag über hatten sie und ihre Ermittler Personendaten durch ihre Computer gejagt, Bekannte und Freunde von Christian Dunker angerufen und waren dabei kein Stück weitergekommen. Es schien, als wenn die Szene um Dunker die ganze Sache selbst in die Hand nehmen wollte. Aber was konnten sie denn tun? fragte sich Mechthild. Auch einen Racheakt organisieren? Das hielt sie für abwegig.

Sie hoffte sehr, dass Fritz Behrmann und von Sülzen bis zum nächsten Morgen endlich neue Ermittlungsansätze erarbeiten würden. Aber jetzt wollte sie nicht mehr daran denken. Leichter Nieselregen hatte eingesetzt, und jetzt musste sie ihre ganze Aufmerksamkeit dem rutschigen Straßenpflaster und den gefährlichen Straßenbahnschienen des Ostertorsteinwegs widmen.

Als sie zu Hause war, stellte sie im Spiegel auf dem Flur fest, dass der Regen ihre Frisur arg in Mitleidenschaft gezogen hatte. Sie entschied zu duschen und sich dann umzuziehen. Sie wollte heute Abend gut aussehen, denn sie hatte sich mit Fritz verabredet, und sie wollte ihm nach dem Essen vorschlagen, eine Ausstellungseröffnung in einer Galerie zu besuchen.

Mechthild war glücklich, dass sie schon wieder Zeit für sich und Fritz Behrmann gefunden hatte. Natürlich wusste sie, dass dies darin begründet lag, dass sie in ihren Ermittlungen einfach nicht vorankamen. Aber dieser Umstand konnte ihr Glück, mit ihm zusammenzusein, nicht trüben. Leise summte sie unter der Dusche die Melodie von „Immer wieder Sonntags“ vor sich hin.

Fritz Behrmann hatte vorgeschlagen, noch einmal ins Kleine Lokal zu gehen; dorthin, wo sie sich zum ersten Mal nähergekommen waren. Aber Mechthild war dagegen. Zum einen war für sie noch nicht der Zeitpunkt erreicht, wo man seine Beziehung auffrischen musste und dazu den Ort aufsuchte, an dem man sich entschlossen hatte, es miteinander zu versuchen. Zum anderen war ihr dieser romantische Ort auf Dauer zu teuer. Ein Italiener mit guter Pasta und einem bekömmlichen, roten Landwein reichte ihr völlig. Also hatten sie verabredet, sich im Sorrento an der Bismarckstraße zu treffen. Als Mechthild im Lokal ankam, war Fritz Behrmann schon da und beim zweiten Bier. Er hatte es zu Hause nicht länger aushalten können und war deswegen viel zu früh im Restaurant angekommen. So schlug er dort die Zeit, bis Mechthild erschien, mit dem Trinken von kleinen Bieren tot.

Als Fritz Behrmann sich erhoben hatte, küsste Mechthild ihn sehr zärtlich auf die Wange. „Kein Wort über die Arbeit, einverstanden?"

Behrmann lächelte und nickte.

Nachdem ihre Bestellung auf dem Tisch stand, prosteten sie sich mit dem süffigen Hauswein zu und sprachen lange kein Wort. Nur ab und zu trafen sich ihre Blicke, und dann lächelten sie sich liebevoll an. Sie brauchten nicht unbedingt Konversation zu betreiben. Allein die Anwesenheit des anderen reichte beiden. Beim Espresso angekommen, präsentierte Mechthild ihren Vorschlag für den weiteren Verlauf des Abends.

„Wann warst du eigentlich das letzte Mal in einer Galerie? Ich würde mit dir gerne eine besuchen. Eine besondere natürlich."

Fritz Behrmann ließ sich für alles begeistern, was er mit seiner Geliebten zusammen unternehmen konnte.

„Kennst du den Schönen Hans?"

Behrmann überlegte. Er schüttelte den Kopf.

„Na, der Zuhälter! Der malt nämlich nebenbei und hat jetzt nach einer Ausstellung in Johannesburg eine hier in einer Galerie am Ende der Contrescarpe."

„Und da willst du hin? Okay, ich komme mit. Ich gehe sowieso überall da hin, wo du hingehst."

Sie bezahlten und nahmen sich ein Taxi zur Contrescarpe. Die Galerie befand sich in einer Villa aus der Gründerzeit. Schon von der Straße aus konnte man sehen, dass die großen Räume im Hochparterre hell erleuchtet waren. Mechthild und Fritz kamen etwas zu spät. Die Einführungsrede war gerade ausgeklungen, und sie betraten den Ausstellungsraum während eines langanhaltenden Beifalls. Nach einer kurzen Orientierung entdeckte Mechthild den sogenannten Schönen Hans. Er war ein etwas kleinerer, sehr gepflegter Mann mit trainiertem Körper ohne die hässlichen Auswucherungen eines Bodybuilders, mit blondgefärbten, in einen modischen Schnitt gebrachten Haaren. Er trug zu einer hellbraunen Hose ein dunkelbraunes Jackett, das seine gebräunte Haut noch dunkler wirken ließ. Mechthild schritt auf ihn zu.

„Ah, Frau Oberrätin. Welche Ehre", begrüßte sie der Schöne Hans. Er wusste genau, wer sie war. Behrmann dackelte ein wenig unsicher hinter Mechthild her.

„Darf ich Ihnen meinen Freund vorstellen?“ Mechthild zog Fritz Behrmann am Arm näher. Folgsam reichte er dem Schönen Hans die Hand und stellte sich vor.

Mechthild war übertrieben freundlich. „Ich würde gerne unsere persönliche Bekanntschaft dazu nutzen, dass Sie uns ein wenig über ihre Werke erzählen.“

Der Schöne Hans wurde zwar argwöhnisch, konnte aber weder einen Hinterhalt noch eine beabsichtigte Abwertung in Mechthilds Augen ausmachen. Es war ihm gar nicht lieb, wenn Vertreter der Polizei seine Ausstellungen besuchten. In seiner Malerei war er ein anderer Mensch. Die hatte nichts mit seinem sonstigen anrüchigen Broterwerb zu tun. Er ging nicht davon aus, dass Polizisten in der Lage waren, eine solche Differenzierung zustande zu bringen. Alle seine Erfahrungen mit ihnen ließen den Schluss zu, dass sie ausschließlich selektiv denken konnten. Aber dennoch stimmte er zu. Er nahm Mechthild und Fritz mit auf eine Reise in seine Gedankenwelt. Kein Wort von ihm deutete darauf hin, dass auch nur eines seiner Bilder in irgendeinem Zusammenhang mit seiner Arbeit als Zuhälter stehen würde. Vielmehr ging es ihm einerseits um die Darstellung der Schönheit der Natur und andererseits darum mittels Abstraktionen das globale menschliche Elend zu kritisieren.

Mechthild war ziemlich erstaunt, welche Beweggründe in einem Zuhälter noch zu Hause sein konnten. Aber trotz seines schwärmerischen Tons war Hans nicht von Sinnen. Für ihn war das Auftauchen der Leiterin der Mordkommission kein Zufall.

„Ihr neuer Fall ist ziemlich schwierig, oder?“ lenkte er von seinen Bildern ab.

„Mein neuer Fall?“ Mechthild gab sich irritiert. „Ja, wir haben so gut wie keine Spur“, gestand sie.

„Sie forschen auch an der falschen Stelle.“

Mechthild wollte wissen, wie er das meinte, und Fritz Behrmann verzog sich vor ein anderes Bild. Er sah Mechthilds Gesichtsausdruck an, dass sie nun doch wieder dienstlich werden würde. Er vermutete sogar, zwar zu Unrecht, dass sie aus dem einzigen Grund mit ihm auf diese Ausstellung gegangen war, um ihre Ermittlungen fortzusetzen.

Der Schöne Hans zog Mechthild in einen Erker des Ausstellungsraumes. „Sie denken doch da an Ihre Neonazis, nicht?“ Hans wartete nicht, bis Mechthild etwas antworten konnte. „Sie müssen mal ganz woanders gucken!“

Mechthild wurde hellhörig. Ihr Gefühl, dass die Hinweise von Roder zu einspurig waren, verschaffte sich wieder Zugang zu ihrem Bewusstsein. Aufmerksam richtete sie ihren Blick auf den Schönen Hans. Und dann begann der über die Probleme zu klagen, die er als ehrlicher deutscher Prostitutionskaufmann so hatte, seit die Russen versuchten, das Geschäft zu dominieren. Mechthild glaubte, im falschen Film zu sein, ließ ihn aber weiter lamentieren in der Hoffnung, dass dabei noch etwas für sie herauskommen könnte. Und nachdem er eindringlich versichert hatte, dass seine Frauen alle freiwillig für ihn arbeiten würden und er sie höchstens einmal im Jahr, und nur weil es zu seinem beruflichen Ethos gehörte, schlagen würde, ließ er endlich die Katze aus dem Sack.

„Sie sollten sich mal das Restaurant Moskau genauer ansehen. Und besonders die Flüge von Riga nach Bremen und zurück studieren. Zum Beispiel so um die Zeit, als Ihr Typ da ums Leben kam. Dann kommen Sie auf jeden Fall weiter!"

Mechthild war erstaunt. Und skeptisch. Diese Hinweise passten ja überhaupt nicht in ihre bisherige Ermittlungsrichtung. Sie fragte sich, ob der Schöne Hans ihr wirklich einen Tipp geben, oder nur einen Schlag gegen die ungeliebte Konkurrenz provozieren wollte. Sie konnte diese Frage nicht klären. Sie blieb misstrauisch. Trotz der ganzen Malerei war Hans immerhin ein Krimineller. Verunsichert wechselte sie das Thema.

„Verkaufen Sie eigentlich auch mal ein Bild?"

Dem schönen Hans schien der Themenwechsel recht zu sein. Er strahlte sie an. „Bringt jetzt schon fast mehr ein, als das, was ich sonst noch mache. Vor allem im Ausland verkaufe ich gut." Dann ließ er Mechthild einfach stehen und stolzierte zu einem älteren Herrn, der sehr interessiert am Erwerb eines der Bilder zu sein schien.

Fritz Behrmann gesellte sich zu ihr zurück. „Was wollte der?" fragte er, und Mechthild glaubte, eine Spur von Eifersucht bei ihrem Geliebten zu erkennen.

„Ach, ich weiß nicht. Wahrscheinlich nur Gerede."

Mechthild wollte Behrmann nicht einweihen. Sie hatte Sorge, dass ihre ganze Untersuchung damit durcheinandergebracht werden würde. Und sie war jetzt auch zu müde, um klug nachdenken zu können.

Als Fritz Behrmann sie an ihrer Haustür absetzte, sah sie etwas Weißes durch das Guckloch in ihrem Briefkasten scheinen. Ein Brief ohne Absender. Im Wohnzimmer riss sie den Umschlag auf und fand darin eine getippte Nachricht:

„Ruf mich unter der angegebenen Handynummer an. Mach das von einer Telephonzelle. Nicht von zu Hause, nicht vom Büro.

Paul

PS: Wir waren zusammen auf der Führungsakademie in Hiltrup"

Mechthild war verwundert. Natürlich wusste sie, wer Paul war. Immerhin hatte sie mit ihm während ihrer Zeit an der Polizeiführungsakademie ein Verhältnis gehabt, das sie aber beendeten, als es darum ging, mehr daraus zu machen. Paul hätte seine Frau und die beiden Kinder verlassen müssen. Das wollte Mechthild nicht. Vielleicht fühlte sie sich damals aber auch nicht in der Lage, wieder eine feste Beziehung einzugehen. Sie wusste, dass Paul mittlerweile eine hohe Position im Bundeskriminalamt innehatte. Aber warum er so geheimnisvoll tat, konnte sie sich nicht erklären. Trotz ihrer Erschöpfung riss sich Mechthild zusammen und suchte die Telephonzelle an der Ecke zum Dobben auf. Sie wählte die angegebene Handynummer, und es meldete sich ein ihr unbekannter Mann. Als sie nach Paul fragte, wurde der Hörer weitergegeben. Mechthild vermied es, irgendetwas über ihre Beziehung in Hiltrup zu sagen. Sie wollte keine alten Kamellen aufwärmen. Paul schien das nur recht zu sein. Er kam sofort zum Thema.

„Hör zu, Mechthild. Bei deinen Ermittlungen läuft etwas nicht sauber ab. Das BKA und der Verfassungsschutz haben da ihre Finger drin und manipulieren dich. Mehr kann ich dir nicht sagen."

Mit dem Hinweis, dass Mechthild gut auf sich aufpassen sollte, und nachdem Paul verdeutlicht hatte, dass dieses Gespräch selbstverständlich nicht stattgefunden habe, verabschiedete er sich kurz.

Was sollte das? fragte sich Mechthild. Pauls Hinweise verunsicherten sie. Aber sie war sich sicher, dass er sie nicht hinters Licht führen würde. Sie hatten eine schöne Zeit miteinander gehabt und waren in Freundschaft wieder auseinandergegangen. Sie hatten zwar die letzten Jahre keinen Kontakt mehr gehabt, aber das musste zwangsläufig so sein. Grübelnd machte sich Mechthild wieder auf den Weg nach Hause. Den Mann, der sich im Schatten eines Hauses in der Besselstraße verborgen hielt und sie beobachtete, bemerkte sie nicht.

Am nächsten Tag holte Mechthild ihre Freundin Ayse zu sich ins Büro. Sie erklärte ihr, dass sie auf etwas gestoßen sei, dem vielleicht keine Bedeutung zukäme, das aber dennoch einer Recherche bedurfte. Mechthild drückte sich sehr umständlich aus. Ihre Gedanken waren durcheinander.

„Sag mal, was willste denn nun von mir?“ Ayse konnte mit diesem unkonkreten Vorgeplänkel nichts anfangen.

„Ich weiß auch nicht so genau“, antwortete sie und spürte, dass sie hin- und hergerissen war zwischen ihren bisherigen Ermittlungsergebnissen und diesen obskuren Andeutungen. „Du musst mir einfach einen Gefallen tun und den anderen nichts davon erzählen. Geht das?“

„Darüber brauchst du dir doch keine Gedanken zu machen. Ich bin deine Freundin, und das steht für mich an oberster Stelle. Also, was willst du? Vielleicht etwas über Fritz Behrmanns Vergangenheit herausfinden?“ Ayse lächelte verschwörerisch. Und Mechthild lief rot an.

„Fritz? Wie kommst du jetzt darauf?“

„Das sieht doch jeder, dass zwischen euch was läuft! Seid ihr verliebt?“

Mechthild holte tief Luft. „Mensch, Ayse! Ja, das sind wir, und ich genieße es. Aber es geht um etwas anderes.“

Ayse war zufrieden. Es freute sie, dass Mechthild ihr gegenüber kein Geheimnis aus der Liaison mit Behrmann machte. Sie war schließlich ihre beste Freundin und meinte ein Recht darauf zu haben, über diese Angelegenheiten informiert zu werden.

Mechthild rückte näher an ihre Freundin heran. „Ich möchte, dass du die Flüge zwischen Riga und Bremen um die Zeit der Ermordung Dunkers, hin und zurück, überprüfst und die Passagierlisten checkst. Lass die Leute durch unseren Computer laufen. Und dann erzähl mir, was du herausgefunden hast. Aber sag niemandem etwas davon. Vielleicht ist nichts dran. Dann bleibt das einfach unter uns. Okay?“

Ayse stimmte zu. Sie hatte kein Problem damit, exklusiv etwas für ihre Chefin und Freundin zu tun. „Eine Woche vor und eine nach dem Auffinden. Reicht dir das?“

Mechthild nickte.

Zwei Stunden später saßen die Ermittler der Mordkommission gemeinsam im Besprechungszimmer. Leider war es auch weiterhin so gewesen, dass die Befragungen von Personen aus Christian Dunkers Umfeld auf große Zurückhaltung gestoßen waren. Behrmann hatte mit seinen Leuten haufenweise genetische Spuren klassifiziert und durch die Systeme laufen lassen. Aber ein Treffer war nicht dabei. Mechthild wies Fritz an, mit Kurt Roder Kontakt aufzunehmen und abzuklären, ob genetische Spuren von Personen aus der Neonazi-Szene irgendwo gesondert gespeichert wurden.

Vorstellbar war das für sie. Immerhin waren mit der Ausforschung dieser Szene die Inlandsgeheimdienste beschäftigt. Und wer wusste schon, was die alles sammeln würden.

In dem Moment, in dem Mechthild die Runde für beendet erklärte, wurde die Tür zum Besprechungszimmer geöffnet. In der Tür stand Heiner Heller. Geschmückt mit einer riesigen Sonnenbrille, die aber das Ausmaß der Blutergüsse in seinem Gesicht nicht vollständig verdecken konnte.

„Hallo, da bin ich wieder!“ begrüßte er seine Kollegen mit auffällig nasalem Tonfall, und alle blickten mitfühlend auf die beiden Tamponagen in seinen Nasenlöchern.

„Oh, Herr Heller!“ begrüßte ihn Mechthild mitleidig, erhob sich und nahm seine ausgestreckte Hand in ihre beiden. „Sie sehen schrecklich aus. Sind Sie sicher, dass Sie schon wieder mitarbeiten können?“

„Vielleicht sollte ich persönliche Kontakte noch vermeiden. Aber an Computer und Telephon bin ich wieder ganz der Alte.“

„Bevor Sie hier weitermachen, möchte ich, dass Sie mit Herrn Roder sprechen, ob es nicht doch noch eine Möglichkeit gibt, die Täter zu ermitteln. Er verfügt bestimmt über die meisten Erkenntnisse der Szene und hat sicher auch seine Informanten. Es geht mir schwer ab, dass diese Tat ungesühnt bleiben soll.“

„Muss das denn sein? Ich habe eben Pech gehabt. Das passiert in unserem Beruf doch schon mal. Und mit Herrn Roder ... Sie wissen ja.“

Doch Mechthild bestand auf ihrer Anordnung. „Ja, das muss sein. Auf diesem Wege kommen wir vielleicht näher an die Mörder von Christian Dunker heran. Vielleicht ist einer von denen, die Ihnen das angetan haben, an dem Mord beteiligt gewesen. Also, wenn Sie sich nicht krank schreiben lassen wollen, dann gehört das zu ihren Ermittlungen dazu.“

Heiner Heller nickte vorsichtig und schob einen herausrutschenden Tampon zurück in seine Nase.

Zwei Stunden später klopfte Ayse bei ihrer Chefin an. Sorgfältig schloss sie die Tür hinter sich und breitete einen Stapel von Unterlagen vor Mechthild aus.

„Das ging ja schnell. Hast du etwas gefunden?“

„Leider nicht. Alles unbescholtene Bürger. Deutsche, Russen und Letten. Nichts dabei.“

Aber das entmutigte Mechthild nicht. „Ja, bei uns nicht.“ Sie zog ihre Freundin zu sich herüber an den Bildschirm ihres Computers. „Hier, die Internetseite der Kriminalpolizei in Riga. Sogar auf Englisch. Siehst du, die

Mordkommission wird dort auch von einer Frau geleitet. Laima Neumane. Die rufen wir jetzt an und fragen sie mal, ob sie etwas über unsere Passagiere weiß."

„Sprichst du denn genügend Englisch?" fragte Ayse.

„Ich kann es ja mal versuchen. Wenn nicht, holen wir uns einen Dolmetscher."

Mechthild wählte die Nummer ihrer Kollegin in Riga. Als Laima Neumane sich prompt meldete, versuchte Mechthild Kayser ihr Anliegen auf Englisch zu erklären. Dabei stellte sie fest, dass ihr doch so einige Worte fehlten und sie mit allerlei Umschreibungen versuchte, ihrer Kollegin ihr Ansinnen zu erläutern.

„Sie können ruhig Deutsch mit mir sprechen", schallte es aus dem Hörer mit einem starken Akzent. „Ich habe vor meinem Eintritt in die Polizei hier Deutsch studiert."

Mechthild war erleichtert. Sie war schon drauf und dran einfach wieder aufzulegen, so sehr hatte sie sich verhaspelt. Sie erklärte, wer sie war und um welchen Fall es gehen würde. Dann bat sie ihre Kollegin, alle Personen auf den Passagierlisten zu überprüfen. Laima Neumane hatte keine Probleme damit, auf diesem direkten Wege der Polizei in Bremen unterstützend zur Seite zu stehen. Bremen und Riga waren seit vielen Jahren Partnerstädte, und die Zusammenarbeit hatte viele Früchte in der Hauptstadt Lettlands getragen. Trotzdem verlangte sie, dass ihr ein offizielles Schreiben mit den Listen zugefaxt würde. Mit einem Lachen wies sie darauf hin, dass ja sonst jeder anrufen könnte. Mit freundlichen Worten beendeten die beiden Frauen ihr Telephonat. Mechthild fertigte an ihrem PC ein Anschreiben mit dem Briefkopf des Bremer Polizeipräsidiums an, und dann legte sie es zusammen mit den Daten aus den Passagierlisten auf ihr Faxgerät. Knarrend wurden die einzelnen Seiten eingezogen, und auf dem Display erschien das Sendezeichen.

Ayse bot Mechthild an, sie zum Mittagessen einzuladen, aber sie wollte im Büro verweilen, falls ihre Rigaer Kollegin sich melden würde. Sie wollte vermeiden, dass jemand anderes mit ihr sprach. Also zog Ayse ein wenig enttäuscht alleine los. Sie hätte sehr gerne ihre Freundin über ihr neues Verhältnis ausgequetscht. Sie war eben neugierig. Nicht nur von Berufs wegen.

Lange tat sich gar nichts in Mechthild Kaysers Büro. Sie schlug die Zeit tot, indem sie die vielen Hausmitteilungen der anderen Kommissariate des Polizeipräsidiums studierte und stellte fest, dass sie alle hier im Haus sehr viel zu tun hatten. Sie dachte daran, dass ihr Praktikant Harald Strehlow ihr berichtet hatte, dass sie nur zwanzig Studenten in seinem Jahrgang waren. Und die Politik produzierte ein Gesetz nach dem anderen. Wie zukünftig deren Einhaltung durch die Polizei gesichert werden sollte, stand dabei in den Sternen.

Das Telephon klingelte, und Mechthild wurde aus ihren Gedanken gerissen. Es war Laima Neumane.

„Das ging aber schnell“, lobte Mechthild ihre Kollegin. „Und haben Sie etwas gefunden?“ Mechthilds Puls ging schneller.

„Ja, einer Ihrer Bremenbesucher ist hier sehr bekannt. Er heißt Erglis Bruninieks und ist lettischer Staatsbürger. Aber kein Ruhmesblatt für uns. Unter der sowjetischen Besatzung hat er schon mit den Russen kollaboriert. Und heute unterhält er Kontakte zur russischen Mafia. Er ist sehr gewalttätig und hat auch schon einige Zeit im Gefängnis gesessen. Wie bringen Sie ihn mit ihrem Fall in Verbindung?“

Mechthild holte weit aus, vermied es aber, darauf hinzuweisen, dass ihre Ermittlungen auf einem Tipp eines Zuhälters basierten. Sie wusste nicht, wie ihre Kollegin darauf reagieren würde. Sie suchte nach einer Möglichkeit, diese Information in einen handfesten Beweis umzuwandeln.

„Sagen Sie mal, Frau Neumane, haben Sie eigentlich schon eine Gen-Datenbank?“

Laima Neumane lachte. „Wir sind zwar nur ein kleines Land, Frau Kayser, aber die baltischen Republiken leben nicht hinter dem Mond. So sagt man das doch, oder?“

Mechthild entschuldigte sich sofort, und ihre Kollegin erläuterte ihr, dass sie schon vor geraumer Zeit mit Unterstützung der Europäischen Union begonnen hatten, eine umfangreiche Datenbank mit genetischen Fingerabdrücken aufzubauen. „Und damit Sie das gleich wissen: Erglis Bruninieks ist darin erfasst.“

Aufgeregt ging Mechthild auf ihrem Schreibtisch ihre Unterlagen durch. Aber die Gen-Spurenakte war nicht zu finden. Fritz Behrmann hatte sie heute Morgen nach der Besprechung wieder mitgenommen.

„Das heißt also auch, dass ich Ihnen einige Datensätze übermitteln könnte und Sie prüfen, ob Sie einen davon gespeichert haben?“ fragte Mechthild zurückhaltend. Sie rechnete schon jetzt damit, dass eine solche Bitte nicht ohne einen immensen Aufwand an Bürokratie erfüllt werden konnte. Und damit wäre mit ihrer Geheimniskrämerei gleich Schluss gewesen.

„Selbstverständlich. Schicken Sie mir Ihre Datensätze. Für mich stellt sich das alles nur als eine Vorermittlung dar. Dafür brauche ich keine Formulare auszufüllen. Das war doch Ihre Sorge, oder?“

Mechthild gab zu, dass sie ihre derzeitigen Nachforschungen noch nicht in ihre offizielle Ermittlungstätigkeit integriert hatte. Ließ die Gründe dafür aber offen.

Doch Laima Neumane bekräftige noch einmal ihre Hilfsbereitschaft. „Wir Frauen müssen doch zusammenhalten. Das wird bei Ihnen in Bremen nicht anders sein als hier in Riga. Also mailen Sie mir Ihre Gen-Spuren. Ich melde mich so schnell wie möglich. Wenn ich sie gleich bekomme, können Sie noch heute mit einer Antwort rechnen.“

Mechthild Kayser war sehr erleichtert. Solche Kolleginnen konnte man sich nur wünschen. Sie erreichte Fritz Behrmann in seinem Büro und bat ihn, die vorhandenen Datensätze an die Mordkommission in Riga zu übermitteln. Behrmann versuchte zwar, den Hintergrund dieser Maßnahme zu erfahren, aber Mechthild blockte ab. „Tu es einfach, Fritz. Mir zuliebe!“ Mit diesen Worten hatte sie ihn natürlich überzeugen können. Also machte er sich gleich an die Arbeit.

Es dauerte nicht einmal eine Stunde, da hatte Mechthild ihre Rigaer Kollegin schon wieder am Telephon. Laima Neumane klang sehr ernst. „Ja, unser Erglis war bei Ihnen am Tatort. Das ist sicher.“

Mechthild war überrascht. Das bewies zwar noch nicht Erglis Bruninieks Täterschaft, aber ein deutliches Indiz war das schon. Endlich kam Bewegung in die Ermittlungen.

„Ist Ihr Toter denn ein Gangster?“ wollte Laima Neumane wissen. Für sie konnte es keinen anderen Zusammenhang geben. Erglis Bruninieks galt als „Ausputzer“, der die Schwierigkeiten der Rigaer Mafia mit brutaler Gewalt löste.

„Nein, das nicht. Er war ein linker Politaktivist. Mit der Mafia hatte er eigentlich nichts zu tun. Jedenfalls deutet bislang nichts darauf hin.“

„Das ist merkwürdig. Bruninieks verkehrt eigentlich nur in solchen Kreisen. Aber das ist ja erst einmal nicht von Bedeutung. Sicher wollen Sie Herrn Bruninieks vernehmen. Das geht allerdings nicht so einfach.“

Dann erklärte Laima Neumane, dass man Erglis Bruninieks zwar verhaften könne, aber dazu ein offizielles Auslieferungsersuchen an die Rigaer Behörden gestellt werden müsse. Bei der vorliegenden Beweislage sicher keine Schwierigkeit, aber eben absolut erforderlich. Sie versprach, schnell zu reagieren, wenn die Formalitäten erfüllt sein würden. Mechthild bedankte sich und dachte nun darüber nach, wie sie es anstellen sollte, ihren Verdächtigen möglichst schnell nach Bremen zu bekommen. Sie dachte an Kurt Roder und seine verbissen vertretene Auffassung, dass die Neonazis hinter allem stecken würden. Und die Zweifel wuchsen in ihr. Laima Neumane hatte keine Hinweise darauf, dass Bruninieks Kontakte in die rechte Szene unterhielt. Aber warum kam er extra aus Riga nach Bremen, um Christian Dunker aufzusuchen und möglicherweise zu ermorden? Ein Zusammenhang erschloss sich Mechthild vorerst nicht. Aber das machte auch nichts. Wenn Bruninieks erst einmal in ihrem Verhörzimmer säße, würde sie schon weiterkommen. Davon war sie überzeugt.

Mechthild legte eine neue Spurenakte an und machte sich damit auf den Weg zum Polizeipräsidenten. Ernst Logemann war über die neuerliche Entwicklung im Mordfall Dunker nicht gerade begeistert. Auch er konnte sich keinen Reim darauf machen, wie die Neonazis mit Bruninieks in Verbindung gebracht werden konnten.

„Genau deshalb brauchen wir den Kerl ja hier", betonte Mechthild. „Die Spur ist doch zu eindeutig. Die können wir doch jetzt nicht ignorieren." Ernst Logemann sah schon wieder den alten Konflikt zwischen Mechthild und Kurt Roder am Horizont aufkommen. Roder hatte ziemlich viele Hinweise zur Verfügung gestellt, dass der Mörder aus dem Kreis der Neonazis stammen musste. Und nun war ein lettischer Verbrecher Hauptverdächtiger. Aber was sollte er machen. Ein genetischer Fingerabdruck war ein erdrückender Beweis. Ernst Logemann nahm die Spurenakte an sich und versprach Mechthild, unter Hochdruck das Auslieferungsverfahren in Gang zu setzen. Einen internationalen Haftbefehl in Riga umzusetzen war seit Lettlands Mitgliedschaft in der EU kein großes Problem mehr. Außerdem rechnete er damit, dass die lettischen Behörden keine Zeit damit verschwenden würden, einen wie Bruninieks loszuwerden. Möglichst für immer.

Zufrieden eilte Mechthild in ihr Büro zurück und beorderte ihre Mitarbeiter ins Besprechungszimmer. Roder lud sie nicht ein.

Die Überraschung war ihr gelungen. Alle staunten nicht schlecht, als sie das Ergebnis ihrer Anfrage in Riga vorstellte. Fritz Behrmann konnte es nicht fassen. Und für ihn war klar, dass dieses Ergebnis viel früher hätte vorliegen können, wenn sich die Politiker in Europa endlich auf eine gemeinsame Gen-Datenbank einigen würden.

„Und die Nazis?" Peer Souton meldete sich als Erster zu Wort.

„Ich weiß nicht." Mechthild schüttelte den Kopf.

„Vielleicht ein Auftragsmord", meinte Ayse.

„Das kostet aber", ergänzte Heller. „Meint ihr, die Bremer Nazis haben soviel Geld?"

Mechthild zuckte mit den Schultern. „Wir werden sehen. Erst einmal brauchen wir unseren Verdächtigen hier im Haus zur Vernehmung. Dann schauen wir weiter. Vorerst werden wir ..."

Die Tür zum Besprechungszimmer wurde aufgerissen, und Mechthild hielt inne. Kurt Roder kam wutentbrannt herein. „Sie wollen einen Verdächtigen festnehmen?" schnaubte er. „Warum erfahre ich nichts davon? Muss ich immer erst auf den Anruf des PP warten, um über Ihre Arbeit informiert zu werden?" Roder hatte rote Flecken im Gesicht, und auf dem Hemd unter seinen Achseln zeigten sich Schweißflecken. Entweder war er zur Mordkommission gerannt, oder er schwitzte aus ganz anderen Gründen.

„Jetzt nehmen Sie erst einmal Platz, Herr Roder!" versuchte Mechthild ihren ehemaligen Stellvertreter zu beruhigen. „Wir haben einen genetischen Fingerabdruck aus Christian Dunkers Wohnung und dazu einen passenden Verdächtigen aus Lettland. Also, was regt Sie so auf?"

Roder versuchte seinen Zorn zu bändigen. „Ich kann Ihnen genau sagen, was mich aufregt: Sie kooperieren nicht mit mir. Ich erfahre nichts, und Sie lassen mich im Dunkeln tappen!"

Gespannt warteten alle Anwesenden darauf, wie dieses Duell ausgehen würde. Mechthild lehnte sich zurück. „Erst einmal, Herr Kollege, ist dies ein ganz aktuelles Ergebnis. Sie selbst hatten vorgeschlagen, dass wir Ihnen nur beizeiten, wenn wir etwas Konkretes vorliegen haben, Mitteilung machen sollten. Dass der Polizeipräsident mir vorgegriffen hat, ist eher ein Malheur, als dass ich vorhatte, sie auszuschließen. Immerhin müssen Sie uns doch nun bei der Frage unterstützen, wie Erglis Bruninieks in die Neonazi-Szene Bremens passt."

Damit schob sie Roder den Ausdruck eines Photos von Bruninieks zu, den sie aus Riga per E-Mail erhalten hatte. Roder starrte auf das Bild. Er biss die Zähne zusammen. „Ich glaube, dass Sie auf eine falsche Fährte reinfallen. Diese Spur ist möglicherweise absichtlich gelegt worden, um sie abzulenken. Sie schenken der Gegenseite damit noch mehr Zeit, sich gegen unsere Ermittlungen zu wappnen."

Es hörte sich nicht überzeugend an, was Roder da gerade von sich gegeben hatte. Aber mit aller Gewalt wollte er an seiner Theorie des Racheaktes aus der Nazi-Szene festhalten.

Mechthild schüttelte den Kopf. „Herr Roder. Es behauptet doch niemand, dass Ihre Ansicht falsch ist. Vielleicht stellt sich ja noch eine Verbindung Bruninieks nach Bremen heraus. Es wäre auch möglich, dass er ein gekaufter Mörder ist. All das werden wir bald in einer Vernehmung abzuklären versuchen. Wir erhöhen doch eindeutig den Verfolgungsdruck, wenn wir bekannt geben, dass ein dringend Verdächtiger gefasst wurde. Das sehen Sie doch wohl auch so?“

Roder griff sich das Photo Bruninieks und stand auf. „Ja, das sehe ich auch so. Aber diesen Bruninieks halte ich für nicht besonders verdächtig. Wer weiß, aus welchen Gründen der bei Dunker war. Vielleicht haben die beiden eine politische Verbindung. Das werde ich klären.“ Dann stampfte Roder aus dem Besprechungszimmer.

Ayse wedelte mit der Hand vor ihrem Gesicht und deutete damit an, dass sie Roder für nicht ganz richtig im Kopf befand.

Mechthild kommentierte die Situation nicht weiter. Ihr war aufgefallen, wie einfach Roder der ungewöhnliche Name des Verdächtigen über die Lippen kam.

„Wir sollten Herrn Roders Gefühlsausbruch nicht überbewerten. Noch handelt es sich bei Bruninieks nur um einen Verdächtigen. Herr Roder könnte immer noch recht behalten, und es könnte sich herausstellen, dass er aus ganz anderen Gründen unser Opfer aufgesucht hatte.“ Und mit einem Lächeln fügte sie hinzu. „Daran glaube ich persönlich allerdings nicht.“

Peer Souton, Ayse Günher und Fritz Behrmann wurden damit beauftragt, das belastende Material gegen Bruninieks aufzuarbeiten und eine Strategie für eine Vernehmung zu entwickeln. Mechthild selbst wollte von ihrem Büro aus noch einmal mit Laima Neumane sprechen und ihr mitteilen, dass der Haftbefehl in Arbeit sei. Vielleicht war es besser, den Verdächtigen in Riga schon vorsorglich zu observieren, damit er ihnen nicht entwischen konnte. Mechthild beschlich ein ungutes Gefühl. Sie hielt es für möglich, dass Bruninieks vorgewarnt werden könnte.

Dieser Ermittlungstag war für alle verwirrend gewesen. Am Abend auf dem Heimweg versuchte Ayse die neuen Indizien mit den bisherigen Erkenntnissen in Zusammenhang zu bringen. Aber es gelang ihr nicht. Bremer Neonazis und Bruninieks aus Riga: Das passte noch nicht zusammen. Die Vernehmung stand ja noch bevor. In Gedanken versunken erreichte sie den Eingang zu ihrer Wohnung in der Straße Vor dem Steintor. Die anrüchige Kneipe im Erdgeschoss hatte schon geöffnet, und durch die nikotinvergilbte Gardine des großen Fensters, vorbei an mehreren verwelkten Yuccapalmen, konnte sie sehen, dass schon einige Gestalten an der Theke saßen. In dem schmalen Hauseingang ging nicht nur rechts die Tür zur Gaststätte ab, sondern geradeaus auch die Haustür, die zum Treppenhaus führte und zu den Wohnungen in den oberen Geschossen. Verärgert stellte Ayse fest, dass mal wieder die Klingelanlage verkokelt worden war, und so, wie sie jetzt aussah, bestimmt nicht mehr funktionierte. Die nur angelehnte Haustür unterstrich diese Feststellung. Hauseingänge schienen sich bei den Drogenabhängigen im Steintor großer Beliebtheit zu erfreuen. Man konnte von vorbeifahrenden Streifenwagen nicht so schnell entdeckt werden, bei Regen boten sie Schutz, und man konnte hier relativ unbemerkt und schnell die erforderlichen kleinen Geschäfte erledigen. Warum aber von den Wartenden dabei regelmäßig die Klingelanlagen den Angriffen von Einwegfeuerzeugen ausgesetzt waren, erschloss sich niemandem. Sie kamen einem vor wie kindliche Zündeleien aus Langeweile. Na wenigstens war der Briefkasten diesmal verschont geblieben. Ayse entnahm ihm mehrere Briefe, begutachtete sie kurz und ärgerte sich über die Werbeeinwürfe, die trotz ihres Aufklebers „Keine Werbung" den Weg in ihren Kasten gefunden hatten. Ob die Stromversorgung des Treppenhauses in irgendeinem Zusammenhang mit der Klingelanlage stand, wusste Ayse nicht. Aber das Licht auf dem Flur ging ebenfalls nicht mehr. Im Halbdunkel stieg sie müde die Stufen in die erste Etage zu ihrer Wohnung hoch. Als sie die Tür hinter sich schloss, fiel von ihr unbemerkt ein Briefumschlag auf den braunen Teppichboden im Flur. Im Wohnzimmer ließ sie sich sofort auf ihr rotes Sofa fallen, warf die Post auf den Tisch vor sich und begann, ein Couvert nach dem anderen zu öffnen. Nichts wirklich Interessantes bot sich ihr. Hauptsächlich Angebote von Kreditvermittlern, die einem versprachen, jetzt endlich seine geheimsten materiellen Wünsche zu besten Konditionen verwirklichen zu können. Und ein Schreiben von der Haftpflichtversicherung mit dem Beleg für die Steuererklärung.

Ayse warf alles zurück auf den Tisch. Sie suchte nach der Fernbedienung für den Fernseher, als es an ihrer Haustür klopfte. Sie stutzte einen Moment, aber dann fiel ihr ein, dass die Klingelanlage ja kaputt war.

„Ich komme!" rief sie laut Richtung Haustür. Dann ging sie ohne Eile auf den Flur. Hier im Steintor war es nicht ratsam, seine Haustür gleich zu öffnen. Immer wieder standen irgendwelche schrägen Typen vor einem, die man nicht so leicht wieder loswerden konnte. Einmal hatte Ayse sogar einen überaus aufdringlichen Zeitungsverkäufer einer Drückerkolonne die Treppe hinunterschubsen müssen, und erst, als sie ihm ihren Dienstrevolver unter die Nase hielt, machte er sich schimpfend davon. Leider hatte ihre Wohnungstür keinen Spion.

„Ja, wer ist da?“ fragte sie deutlich. Auf eine Antwort wartend entdeckte sie den heruntergefallenen Brief auf dem Boden und bückte sich nach ihm. Im gleichen Moment gab es einen ohrenbetäubenden Knall. Über ihrem gebeugten Körper zerbarst das Holz ihrer Wohnungstür, und ein Hagel kleiner Holzsplitter schoss über ihrem Rücken durch den Flur und verteilte sich auf dem Boden. Putz staubte auf. Ayse ließ sich sofort auf den Boden fallen, drückte sich so flach wie möglich nieder, und schon krachte es ein zweites Mal. Starr vor Angst blieb sie liegen. Sie wusste nicht, was über ihr gerade geschah und was noch kommen würde. Sie war der Situation hilflos ausgeliefert. Vor Angst hatte sie die Augen fest geschlossen.

In der Wohnungstür war auf Brusthöhe ein Loch mit zackigem Rand aus zerfetztem Holz entstanden. Kurz spähte ein Augenpaar durch die Öffnung, sah durch den eingeschränkten Blickwinkel Po und Beine von Ayses ausgestrecktem Körper regungslos auf dem Boden liegen und verschwand dann sofort wieder. Ayse hörte jemanden die Treppenstufen vor ihrer Wohnung hinunterhasten. War das die Entwarnung? Sie traute sich noch nicht, sich zu bewegen, aber ihr Verstand kam langsam wieder dazu, die Situation einzuschätzen. Sie zwang sich, ihre Augen zu öffnen. Ganz klar: Das waren zwei Schüsse gewesen. Auf sie. Auf die Kriminaloberkommissarin Ayse Günher. Ein Anschlag. Ein Mordversuch. Zitternd rappelte sie sich auf und setzte sich auf den Fußboden. Sie sah nach oben und auf das große, vom Schuss gefressene Loch in ihrer Tür. Sie sah ans andere Ende ihres Flures. Auf der hinteren Wand war ein gesprenkeltes Muster aus vielen kleinen Einschlägen auszumachen. Schrot, dachte Ayse. So sieht Schrot aus. Langsam entspannte sie sich wieder. In ihrer Hand spürte sie den Briefumschlag, den sie aufgehoben hatte. Ohne darüber nachzudenken, riss sie ihn auf. Der Kontoauszug ihrer Lebensversicherung. Eingezahltes Kapital, Überschussbeteiligung, Auszahlung im Todesfall. Dieser besondere Zusammenhang wurde ihr zwar klar, aber sie brachte nicht mal ein ironisches Lächeln zustande. Noch einmal atmete sie tief durch. Dann riss sie sich zusammen, aktivierte ihre Kräfte und eilte ins Wohnzimmer zum Telephon. Und als sie die Einsatzleitstelle dran hatte, war sie wieder ganz Polizistin. In kurzen, prägnanten Sätzen, als wenn sie selbst nicht betroffen wäre, schilderte sie den Vorgang, der sie fast das Leben gekostet hatte, wies gleich darauf hin, dass es keine Täterbeschreibung gäbe, eine allgemeine Fahndung aber auszulösen wäre, da eine

Schrotflinte nicht so leicht zu verbergen war. Zumindest, wenn der Täter zu Fuß unterwegs sein sollte. Und dann ging alles seinen Lauf.

Eine halbe Stunde später war Mechthild bei ihrer Freundin. Sie nahm sie mit zu sich in die Humboldtstraße. In ihrer Wohnung konnte Ayse jetzt sowieso nicht mehr bleiben. Ein Team des ED hatte die umfangreiche Spurensicherung übernommen, und hinter der zerstörten Tür würde Ayse auch keine Ruhe mehr finden können. Zuhause bei Mechthild löste sich endlich der tief in Ayse sitzende Schock. Schluchzend verbarg sie ihr Gesicht in den Händen, während Mechthild sie fest im Arm hatte und ihr beruhigend den Rücken streichelte. Mechthild hatte angeordnet, dass ihr jedes Ergebnis der Fahndung sofort mitgeteilt werden sollte. Aber ihr Telephon schwieg die ganze Nacht.

Am nächsten Morgen nahm sich Mechthild lange Zeit, um mit ihrer Freundin zu frühstücken. Ayse hatte sich nach dem Duschen wie neugeboren gefühlt und lehnte den Vorschlag ihrer Freundin, den Polizeipsychologen für ein Gespräch hinzuziehen, rigoros ab. „So etwas brauche ich nicht. Da mach dir mal keine Sorgen!" Ihr alter Kampfgeist war schon wieder in sie eingezogen. Dennoch entschied Mechthild, ihre Freundin im Auge zu behalten. Ein solches Geschehen konnte einen Menschen leicht traumatisieren und plötzlich und unverhofft einholen.

Als die beiden das Haus verließen, fiel Mechthild auf dem gegenüberliegenden Parkstreifen ein Wohnmobil auf. Erst dachte sie erfreut, es würde sich um das von Fritz Behrmann handeln, aber dann stellte sie fest, dass es ein anderes war. Hinter dem Seitenfenster sah sie von einer Gardine leicht verborgen einen Mann sitzen. Merkwürdig, dachte sie sich. Warum setzt sich ein Mann frühmorgens in sein Wohnmobil? Aber sie verschwendete keinen weiteren Gedanken daran.

Die Nachricht von dem Mordversuch an Ayse hatte das ganze Polizeipräsidium in Aufruhr versetzt. Auch die Tageszeitungen hatten noch am Abend ihre Headline umgesetzt, als sie von diesem Ereignis erfuhren. Einen solchen Vorfall hatte es seit Kriegsende noch nie in Bremen gegeben.

Als Mechthild und Ayse ins Besprechungszimmer kamen, war neben den anderen Ermittlern auch Kurt Roder schon am Tisch. Nach der Begrüßung ihrer Kollegen übergab Mechthild gleich Roder das Wort. Sie wollte wissen, wie er den Vorfall einschätzte. Roder gab sich sehr besorgt und war deutlich ruhiger als am Vortag.

„Der Anschlag auf Frau Günher kann meiner Ansicht nach nicht getrennt von ihren Ermittlungen gesehen werden. Möglicherweise besteht doch ein Zusammenhang zwischen dem Verdächtigen aus Riga und der rechten Szene. Ich möchte das jetzt nicht mehr von der Hand weisen. Wir wissen ja alle, dass die rechtsextremen Kräfte ihr Augenmerk besonders auf die Vertreibung von Ausländern legen. Übergriffe, Anschläge und Bedrohungen dienen ihnen dazu, sogenannte ausländerfreie Zonen zu schaffen. Den Mordanschlag auf Frau Günher sehe ich in diesem Zusammenhang. Wir haben schon den Verfassungsschutz gebeten, uns über mögliche Erkenntnisse zu informieren."

Diesmal musste Mechthild ihm zustimmen.

Roder fuhr fort: „Die Letten haben schnell reagiert und Bruninieks festgenommen. Er wird noch heute mit der Elf-Uhr-Maschine in Bremen eintreffen."

Mechthild war erstaunt. „Dann können wir ihn ja heute noch vernehmen!"

„Wohl erst morgen", schränkte Roder ein. „Ich habe mir mit dem Einverständnis des PP erlaubt, Ihnen die Formalitäten für die Festnahme abzunehmen. Erst gibt es eine Vorführung beim Haftrichter, und dann wird er in die Untersuchungshaft überführt. Aber morgen können Sie ihn sich vornehmen." Dann verabschiedete sich Roder schnell.

Mechthild war nicht wirklich erfreut darüber, dass er die Festnahme abwickeln würde. Aber zurzeit wollte sie mit dem Polizeipräsidenten nicht schon wieder aneinandergeraten. Also konzentrierte sie sich mit ihren Leuten auf die anstehende Vernehmung des Verdächtigen. Mit Respekt stellte sie fest, dass Harald Strehlow an der Polizeihochschule gut aufgepasst hatte. Er machte eine Reihe sehr kluger Vorschläge, wie sie Bruninieks aus der Reserve locken konnten. Mechthild entschied, ihn an der Vernehmung teilnehmen zu lassen und verbannte die anderen vor die Lautsprecher hinter das Fenster des Vernehmungszimmers. Während Peer Souton sich zurückhielt, protestierten Ayse und Heller gegen diese Entscheidung. Aber Mechthild ließ sich nicht beirren. Ein Teil ihrer Taktik basierte darauf, dass Bruninieks glauben sollte, er hätte es mit Anfängern zu tun. Eine gute Grundlage, um dann eine knallharte Verunsicherung einzuläuten.

Abends, als Mechthild nach Hause zurückkehrte, stand das Wohnmobil noch immer gegenüber ihrem Haus. Aus purer Neugierde holte sie sich ihr Fernglas aus dem Schreibtisch, löschte das Licht und versuchte, durch die geschlossenen Gardinen das Fahrzeug auszukundschaften. Sie erschrak. Im dunklen Innenraum konnte sie schemenhaft einen Mann entdecken, der ebenfalls mit einem Fernglas zu ihr herüberblickte. Aufgeregt trat sie sofort ein paar Schritte zur Seite. Sie war sich sicher, dass er sie nicht gesehen haben konnte und versuchte nun, aus einer abgelegenen Ecke ihre Gegenbeobachtung weiterzuführen. Ihr Gegenüber schien wirklich nichts bemerkt zu haben. Vorsichtig schlich Mechthild durch ihr dunkles Treppenhaus in die erste Etage. Dort, vom Flurfenster aus, wollte sie versuchen, das Kennzeichen abzulesen. Sie fingerte nach ihrem Handy und wählte die Nummer des Polizeireviers im Steintor. Sie hatte Glück. Es meldete sich ein Beamter, der sie kannte. Sie bat ihn, das Kennzeichen des Wohnmobils zu überprüfen, ohne ihm mitzuteilen, worum es ging.

Seine Antwort war überraschend. „Tut mir leid, Frau Kayser. Da haben Sie sich beim Ablesen vertan. Dieses Kennzeichen ist bislang gar nicht ausgegeben worden."

Mechthild verschlug es für einen Augenblick die Sprache. Aber dann besann sie sich. „Verdammt noch mal! Ich glaube, ich sollte mir bald mal eine Brille zulegen. Aber trotzdem vielen Dank. Dann muss ich morgen im Büro noch mal schauen."

Beunruhigt über den Beobachter versuchte Mechthild zu schlafen. Aber es klappte nicht. Sie war zu nervös. Erst als sie sich ihre Dienstpistole neben das Bett legte, kam sie ein wenig zur Ruhe.

Als sie morgens aufwachte, hatte sie keinen erholsamen Schlaf hinter sich. Sie hatte wirres Zeug von Dämonen und brennenden Häusern geträumt und war wiederholt wach geworden. Sie vermied es, im Haus Licht anzuschalten. Das Wohnmobil stand noch immer an seinem Platz. Mechthild versuchte, sich nichts anmerken zu lassen, als sie das Haus verließ. Aber entgegen ihrer sonstigen Gewohnheit ließ sie heute das Fahrrad stehen und nahm ihr Auto, um ins Präsidium zu fahren. Dort holte sie gleich Ayse und Harald Strehlow in ihr Büro. Sie schwor beide darauf ein, nichts über das verlautbaren zu lassen, was sie ihnen jetzt erzählen würde. Und dann berichtete sie über ihren unheimlichen Beobachter und das merkwürdige Kennzeichen.

„Ich habe eine Bitte an Sie, Herr Strehlow. Sie sind am wenigsten bekannt von uns allen. Könnten Sie dieses Wohnmobil observieren. Sie brauchen nichts weiter zu tun, als zu schauen, wohin es fährt, oder wer ein- und aussteigt. Wenn jemand das Fahrzeug verlässt, versuchen Sie an ihm dranzubleiben und festzustellen, wohin er geht. Sie brauchen keinerlei Risiken einzugehen. Wenn Sie unsicher werden, kommen Sie einfach zurück ins Präsidium."

Harald Strehlow fühlte sich geehrt. So viel Vertrauen in ihn zu setzen. Jetzt stand für ihn fest, dass er eine astreine Abschlussbeurteilung erhalten würde. Er hatte auch kein Problem damit, für diesen Auftrag seinen privaten Pkw einzusetzen. „Wahrscheinlich ist Ihr Wagen der Einzige, der nicht gleich erkannt wird", meinte Mechthild. Strehlow hoffte das auch und machte sich auf den Weg.

„Und wenn es nur ein Spanner ist, der sich einen runterholt, während er dich beobachtet?" Ayse glaubte zwar selbst nicht daran, nach allem, was sie bisher erlebt hatten, aber sie wollte ihre Freundin beruhigen.

„Mit einem Kennzeichen, das es gar nicht gibt? Das glaubst du doch wohl selbst nicht, oder?" Mechthild war gereizt. Nicht, weil Ayse sie beruhigen wollte. Das verstand sie sehr gut. Sie war ja schließlich ihre Freundin. Aber irgendetwas war hier im Gange, das sie nicht richtig erfassen konnte. Und das machte sie wütend.

„Ich glaube, Ayse, wir müssen verdammt vorsichtig sein. Irgendetwas geht hier vor. Hinter unserem Rücken wird agiert, als wenn hier viele andere ihr eigenes Süppchen kochen würden. Wir müssen aufpassen, dass uns die Ermittlungen nicht entgleiten." Dann erzählte Mechthild ihrer Freundin von den merkwürdigen Hinweisen, die sie von Paul erhalten hatte.

Ayse schloss für einige Zeit die Augen und besann sich. „BKA, Verfassungsschutz und so? Die arbeiten doch nicht gegen uns. Das kann ich mir nicht vorstellen."

„Vielleicht nicht direkt gegen uns, Ayse", erwiderte Mechthild nachdenklich. „Aber ich habe schon mal davon gehört, dass sie Ermittlungen behindert haben, um andere, sogenannte höherwertigere Ziele, verfolgen zu können." Dann erzählte sie Ayse von einem Ingenieur, der wegen angeblichen Verfolgungswahns aus einem Unternehmen geschmissen worden war, weil er glaubte, einen Agenten aus dem Osten entdeckt zu haben. Das Unternehmen war mit Rüstungsaufträgen befasst, und die Geheimdienste überwachten die damit beschäftigten Mitarbeiter. Nachdem dieser Ingenieur entlassen worden war, wurde mehrmals bei ihm eingebrochen, aber nie etwas entwendet. Er behauptete sogar, dass man versucht hatte, ihn umzubringen. Einmal waren die Radmuttern an seinem Auto gelöst worden, ein anderes Mal versuchte ein Fahrzeug ihn von der Bundesstraße zu drängen. Die Rückfragen der ermittelnden Polizeibeamten beim Verfassungsschutz ergaben, dass der Ingenieur als psychisch krank galt und sich alles ausdenken würde. Deshalb war er auch seinen Job losgeworden, da er für den Sicherheitsbereich nicht mehr als zuverlässig eingestuft werden konnte.

„Das ist doch klar, dass so einer nicht an geheimen Projekten arbeiten darf.“

„Das schon“, entgegnete Mechthild. „Aber einige Jahre später wurde in der Firma dieser Spion verhaftet. Die Geheimdienste wollten ihn nach den Hinweisen des Ingenieurs aber länger beobachten, um auch noch an andere heranzukommen. Und dabei störte dieser gute Mann nun mal.“

Ayse schaute bedrückt ihre Freundin an. „Der arme Kerl. Das meintest du also mit deinen sogenannten höherwertigen Zielen.“

Mechthild nickte. „Aber jetzt müssen wir uns unseren Verdächtigen aus Lettland vorknöpfen. Und dann sehen wir weiter. Da Strehlow nun eine andere Aufgabe hat, wirst du mit mir die Vernehmung machen.“ Obwohl Ayse schon damit gerechnet hatte, freute sie es. Einem Mordverdächtigen gegenüberzusitzen, ihn durch die Mangel zu drehen und zu überführen. Das befriedigte sie ausgesprochen.

Die Mittagszeit war schon angebrochen, als Mechthild und Ayse die Haftanstalt in Oslebshausen erreichten. Vorab hatten sie telephonisch die Vernehmung von Bruninieks angekündigt und ein Vernehmungszimmer reserviert. Am Tor wiesen sie sich mit ihren Dienstausweisen aus und gaben ihre Waffen ab. Anderen Besuchern war es nicht gestattet, aber sie durften ihre Mobiltelephone behalten.

Sie passierten die Sicherheitsschleuse und gingen über den hinter der Mauer gelegenen Hof zum Haus III, in dem die Untersuchungshäftlinge eingesperrt waren. Das gesamte Gefängnis galt als zu alt und sanierungsbedürftig. Was sowohl die Technik anbelangte als auch die humanitäre Unterbringung der Insassen. Der alte Backsteinbau war im Jahre 1874 in Anlehnung an den gotischen Stil errichtet worden. Alle Gebäude wurden vom Turm der alten Anstaltskirche überragt.

Mechthild und Ayse setzten sich auf die eine Seite des abgenutzten, hölzernen Tisches des Vernehmungszimmers. Ihnen gegenüber befand sich nur der Stuhl für den Verdächtigen Bruninieks. Sie legten ihre Unterlagen zurecht und warteten darauf, dass die Stahltür mit dem Guckauge geöffnet wurde und sie das erste Mal Auge in Auge mit Bruninieks Kontakt aufnahmen. Aber nichts geschah. Nach zwanzig Minuten ging Mechthild zu dem an der Wand befindlichen Telephon, das einen direkten Kontakt mit dem Aufsichtspersonal herstellte, und fragte nach, wo Erglis Bruninieks bleiben würde. Der Beamte am Ende der Leitung war sehr aufgeregt. „Ich weiß auch nicht, es ist irgendetwas passiert. Ich melde mich gleich wieder!“

Es dauerte noch eine ganze Weile, bis die Tür zum Vernehmungszimmer geöffnet wurde. Herein kam nicht der Verdächtige, sondern ein Vollzugsbeamter. Begleitet von einem Anstaltsarzt.

„Es tut mir leid“, begann der Beamte und nestelte an der grauen Krawatte seiner Uniform herum. „Herr Bruninieks ist tot. Selbstmord.“

Mechthild sah ihn entgeistert an. „Das kann doch nicht wahr sein! Stand er denn nicht unter Beobachtung?“ schnauzte sie vorwurfsvoll.

Hilfesuchend sah sich der Beamte zu dem Anstaltsarzt um. Der hatte seine Hände straff in den Taschen seines Kittels stecken. „Das konnte keiner verhindern. Der Insasse hat sich vergiftet. So wie es roch mit Zyankali. Vielleicht hatte er eine Giftkapsel dabei.“

Mechthild ließ sich entmutigt auf ihren Stuhl sinken.

„Ja, verdammt noch mal, haben Sie ihn denn nicht durchsucht?“ ereiferte sich nun auch Ayse.

„Selbstverständlich!“ erwiderte der Beamte, dem die Sache ausgesprochen unangenehm war. „Aber wir hatten nichts bei ihm gefunden.“

„Und hatte er irgendwelche Kontakte? Beim Hofgang oder woanders?“

„Nein, nein“, versuchte der Vollzugsbeamte Ayse zu beschwichtigen. „Wir sind genau nach Vorschrift vorgegangen. Er war als U-Häftling von allen anderen isoliert. Der Einzige, den er gesprochen hatte, war sein Anwalt.“

„Sein Anwalt?“ Mechthild konnte es nicht glauben. „Der Bruninieks ist doch gestern erst angekommen und hatte schon einen Anwalt?“

„Ja, so ist es“, antwortete der Beamte und zog ein Blatt aus seiner Uniform hervor. „Hier, auf der Besucherliste ist nur Herr Dr. Schellmann vermerkt. Der war heute Morgen schon um neun Uhr hier. Bis halb elf. Dann ist er wieder weg.“

Mechthild war erschüttert. Dr. Schellmann, angesehener Bremer Anwalt und Abgeordneter der konservativen Partei in der Bürgerschaft. Mit Sicherheit nicht Bruninieks Preisklasse. Sehr merkwürdig.

Kopfschüttelnd verließen Mechthild und Ayse das Haus III. Als sie wieder in ihrem Dienstwagen saßen, richtete sich Mechthild an ihre Freundin. „Kannst du mir mal erklären, wieso der Bruninieks ein paar Stunden nach seiner Auslieferung schon einen der besten Anwälte Bremens bekommt?“

Ayse konnte es nicht erklären. Normalerweise dauerte es oft sogar einige Tage, bis ein Beschuldigter einen Pflichtverteidiger gestellt bekommen würde.

Mechthild wies Ayse an, loszufahren und kramte ihr Handy hervor. Sie wählte eine Vermittlungszentrale an und ließ sich mit dem Büro von Dr. Schellmann verbinden. Kurze Zeit später hatte sie ihn am Hörer und stellte sich vor.

„Herr Dr. Schellmann. Können Sie mir erklären, wie es dazu gekommen ist, dass Sie die anwaltliche Vertretung von Herrn Erglis Bruninieks übernommen haben?“ Ihre Stimme klang gereizt.

„Aber selbstverständlich, Frau Kayser. Ein ganz normaler Vorgang. Ich bin als Pflichtverteidiger benannt worden, da Herr Bruninieks über keine ausreichenden finanziellen Mittel verfügt.“ Dr. Schellmann schien von Mechthilds Frage überhaupt nicht überrascht zu sein.

„Dann wissen Sie vielleicht auch schon, dass Herr Bruninieks sich heute Morgen das Leben genommen hat. Übrigens gleich nach Ihrem Besuch.“

„Oh!“ Dr. Schellmann gab sich bestürzt. „Das ist aber unangenehm. Wie konnte das denn passieren? Hat er sich aufgehängt?“

„Er hat sich vergiftet. Wahrscheinlich mit einer Zyankalikapsel.“

„Das ist ja merkwürdig, ich dachte die Insassen werden alle genau durchsucht. Wissen Sie denn schon, woher er das Gift hatte?“

Mechthild fühlte die Scheinheiligkeit in den Worten des Anwalts. Aber ein Gefühl war eben nur ein Gefühl. „Nein, das wissen wir nicht. Ich dachte, dass Sie vielleicht eine Idee hätten?“

„Ich?“ Dr. Schellmann war erstaunt. „Nein, Frau Kayser. Keine Ahnung. Mit Gift habe ich nichts zu tun.“ Er lachte.

Mechthild beendete das Gespräch.

„Was war?“ wollte Ayse wissen, als sie die Niedergeschlagenheit im Gesicht ihrer Freundin bemerkte.

„Ach, nichts, Ayse. Er war nur als Pflichtverteidiger bestellt worden. Ich habe aber das Gefühl, dass der Schellmann uns anlügt. Ein bisschen wenig, um jemanden zu verdächtigen.“

„Du meinst ...?“ Ayse sah ihre Freundin erschrocken an.

„Ich halte in diesem Fall nichts mehr für unwahrscheinlich.“

Im Präsidium angekommen, zog sich Mechthild in ihr Büro zurück. Sie informierte den Polizeipräsidenten über den Tod Bruninieks und begann, ihren diesbezüglichen Bericht zu schreiben. Gestört wurde sie lediglich von

Kurt Roder, der ihr zu erklären versuchte, dass der Selbstmord Bruninieks seiner Meinung nach nur ein weiteres Indiz dafür wäre, dass die Mordkommission auf eine falsche Spur geleitet werden sollte. Er versuchte doch tatsächlich Mechthild einzureden, dass man in Osteuropa Männer kaufen könne, die eine Straftat für einen anderen zugeben würden, wenn sie dafür zugesichert bekämen, dass ihre Familien ausreichend versorgt werden würden.

Was für ein Schwachsinn, dachte Mechthild, als Roder wieder gegangen war. Der mit seiner Nazitheorie. Daran glaubte sie jetzt nicht mehr. Wenig später wurde sie von Ernst Logemann angerufen. Vorsichtig erkundigte sich der Polizeipräsident, ob für Mechthild der Fall nun abgeschlossen sei. Jetzt, wo der mutmaßliche Mörder tot war. Mechthild glaubte ihren Ohren nicht zu trauen. Wut stieg in ihr auf. Es kam ihr vor, als wenn sie beim Backen eines Friede-Freude-Eierkuchens behilflich sein sollte.

„Wenn er es denn wirklich war, Herr Polizeipräsident, dann muss doch die Frage erlaubt sein, weshalb ein Mann einen anderen, zu dem er keinerlei Verbindung hatte, auf diese schreckliche Art und Weise foltert und tötet. Jeder kriminalistische Anfänger kommt hier doch zwangsläufig zum dem Schluss, dass es sich um einen Auftragsmord handeln könnte. Und ich nehme an, dass Sie noch nicht vergessen haben, dass ein Anstifter wie der Täter bestraft wird.“ Mechthild wusste, dass sie gegenüber ihrem PP die Nerven verloren hatte. So durfte man selbst unter vier Ohren nicht mit ihm sprechen. Sie wusste, dass sie sich für ihren Tonfall besser entschuldigen sollte.

Aber Ernst Logemann kam ihr zuvor. „So habe ich das nicht gemeint. Es war nur eine Nachfrage. Ich will Ihnen nicht in Ihre Ermittlungen hineinreden. Das müssen Sie mir glauben. Ich dachte nur, dass es in der Öffentlichkeit gut aussehen würde, wenn wir berichten können, dass der Mörder gefasst sei. Verstehen Sie?“ Mechthild verstand. Dem PP ging es wie so oft um eine positive Darstellung der Polizei in der Presse. Vielleicht.

Mechthild wartete einen Augenblick, bis sie sich beruhigt hatte. „Entschuldigen Sie bitte, dass ich mich so aufgeregt habe. Ich wollte Sie gar nicht angreifen. Natürlich geben wir den Tod Bruninieks in der Presse bekannt. Aber die Journalisten sind doch auch nicht dumm. Die fragen doch sofort nach weiteren Zusammenhängen. Und von Roders Nazitheorie haben wir doch überhaupt noch nichts an die Öffentlichkeit dringen lassen. Meinen Sie denn, dass wir dazu jetzt etwas verlauten lassen sollten?“

„Das geht auch nicht. Roder und die anderen wollen nicht, dass davon etwas nach außen dringt. Da sollen Sie schon mehr im Verborgenen ermitteln. Wenn es ein Mord der Neonazis war, dann wollen wir den Fall nur mit dem Täter präsentieren."

Mechthild hatte verstanden. Roder und die anderen. Wer immer das auch war. „Ich bleibe da dran. Wir werden unseren Neonazi schon kriegen." Dann legte sie auf.

Am frühen Abend kam Harald Strehlow aufgeregt in Mechthilds Büro. Nach all den Ereignissen des Tages hatte sie fast vergessen, dass sie ihn mit einem Spezialauftrag versorgt hatte.

Mit feuchten Händen, die er sich während des Sprechens immer wieder rieb, erzählte Harald Strehlow von seinen Beobachtungen. „Ich hatte mich abseits mit meinem Auto aufgestellt und das Wohnmobil im Auge behalten. Als es losfuhr, bin ich ihm gefolgt. Der Mann ist zu einem piekfeinen Restaurant nach Rotenburg gefahren. Und jetzt halten Sie sich fest: Dort hat er sich mit Herrn Roder und Herrn Brunken, dem Bremer Wirtschaftssenator der konservativen Partei, getroffen."

Mechthild wurde hellhörig. „Und was dann?"

„Mit am Tisch war auch der Typ von dieser neuen Partei ‚Bremen nach vorn'. Sie haben zusammen gegessen, und dann ist Roder als Erster wieder abgehauen. Er hatte es sehr eilig. Ich bin dann weiter dem Typen mit dem Wohnmobil gefolgt. Er ist zurück nach Bremen in die Innenstadt gefahren und hat den Wagen auf der Bürgerweide abgestellt. Dann ist er zu Fuß weggegangen und in einem Haus verschwunden."

„Ja, und weiter? Haben Sie schon die Meldedaten des Hauses gezogen?"

„Das wird nichts bringen", antwortete er. „Es war das Haus des Bremer Verfassungsschutzes."

Sprachlos rutschte Mechthild in ihrem Sessel nach vorne. Das musste sie erst einmal verdauen. Der Bremer Verfassungsschutz beobachtete sie? Reflexartig ließ sie ihre Vergangenheit vor ihrem inneren Auge durchrattern. Aber das war Quatsch. Sie brauchte in ihrer Vergangenheit nicht zu suchen. Da war nichts. Immerhin war sie gleich bei ihrer Einstellung vom Verfassungsschutz überprüft worden. Und später, als sie in den höheren Dienst kam, wurde sie noch einmal gründlich durchleuchtet. Nein, alles musste mit diesem Fall zusammenhängen. Aber wie?

Noch am gleichen Abend besprachen sich die Ermittler der Mordkommission mit ihrer Chefin. Mechthild legte offen alles dar. Die anderen konnten es kaum glauben, aber die Hinweise sprachen ihre eigene Sprache.

„Ich kann mir nicht vorstellen, dass unser Verdächtiger aus Lettland einfach so nach Bremen fliegt und einen anderen ermordet", schimpfte Peer Souton. „Es muss eine Verbindung zu Dunker geben. Aber welche?" Dann ergänzte er, dass es ihm gelungen sei, die Freundin oder Ex-Freundin, das wusste er nicht so genau, von Christian Dunker ausfindig zu machen. „Sigrid Janssen. Journalistin und Photographin. Aber keine Chance: Sie hat einfach wieder aufgelegt. Sie war mal wegen Unterstützung einer terroristischen Vereinigung angeklagt, aber mangels Beweisen freigesprochen worden. Sie will mit uns nichts zu tun haben, hat wohl ganz schön schlechte Erfahrungen gemacht."

Mechthild Kayser stützte ihre Stirn in eine Hand. Sie war müde, ausgebrannt. Sie hatte keine Ideen mehr.

„Wir brechen für heute ab. Ich weiß nicht, wie wir weitermachen sollen. Bitte überlegen Sie sich bis morgen früh, wie wir vorgehen können. Und halten Sie Stillschweigen über das, was wir heute besprochen haben!"

Etwas schwerfällig stützte sie sich beim Aufstehen vom Tisch ab. Ohne ein weiteres Wort zu verlieren, verließ sie den Raum und holte ihre Sachen aus ihrem Büro. Sie wollte nach Hause. Sich hinlegen, entspannen.

Hauptgesprächsthema des nächsten Tages war aber nicht mehr der Mordanschlag auf Ayse Günher. Alles wurde überschattet von der Meldung einer Boulevardzeitung, dass der den mitregierenden Sozialisten angehörende Innensenator Arendt Herzog möglicherweise Kontakte zur russischen Mafia unterhielt. Die Zeitung zeigte ein Bild von ihm während eines offiziellen Arbeitsessens im Restaurant „Moskau". Mit ihm am Tisch, neben einigen anderen, der russische Besitzer des Restaurants Wladimir Steiner, gegen den das Bundeskriminalamt angeblich ermittelte, wie aus dem dazugehörigen Artikel hervorging. Als Quelle für das Bild wurde das BKA angegeben, das im Artikel aber heftig dementierte, es herausgegeben zu haben. Dass sie es aufgenommen hatten, wurde aber nicht zurückgewiesen. Aber eben auch nicht bestätigt.

Allen war klar, dass diese Veröffentlichung im Wahlkampf zu einer Destabilisierung der sozialistischen Partei führen würde und sicher den Ausgang der Wahl beeinflussen konnte. Am Mittag dieses Tages gab der Innensenator auf einer Pressekonferenz bekannt, dass er von seinem Amt zurücktreten würde. Mechthild hörte die Nachricht aus dem Radio in ihrem Büro. Selbstverständlich stritt Senator Herzog vehement ab, auch nur irgendeine

Art krimineller Kontakte zu unterhalten. Aber er wollte seine Partei im Wahlkampf vor weiterem Schaden bewahren.

Mechthild Kayser war im Grunde genommen nicht besonders interessiert an dem Geplänkel der Politiker während des Wahlkampfs. Aber in diesem Fall war ihr Interesse geweckt worden, war der Innensenator doch ausgerechnet in dem Restaurant abgelichtet worden, auf das sie der Schöne Hans aufmerksam gemacht hatte. Konnte das ein Zufall sein?

Als Leiterin eines Kommissariats hatte sie eine Telephonnummer zur direkten Verbindung mit ihrem Innensenator. Sofort rief sie an.

„Ich bin nicht mehr Ihr Senator", stellte Arendt Herzog sofort fest. „Aber wenn ich Ihnen in einer Angelegenheit helfen kann, so will ich das als Bürger gerne tun." Herzog war gefasst und freundlich wie immer. Mechthild erläuterte ihm ihre Ermittlungen, die Senator Herzog nicht unbekannt waren, und wollte von ihm wissen, weshalb er gerade dieses Lokal ausgesucht hatte. Arendt Herzog erklärte, dass es um die Besprechung einer Benefizveranstaltung von Deutschrussen zugunsten des Täter-Opfer-Ausgleichs gegangen war und die Organisation dieses Treffens bei einem Referenten aus dem Rathaus lag. Der hatte auch die Kontakte zu den Deutschrussen hergestellt und das Restaurant ausgesucht. Er als Innensenator hatte sich nichts dabei gedacht. „Und das ist ja auch schon über zwei Wochen her. Dass das Bild jetzt in die Presse lanciert wird, ist doch pure Absicht", schimpfte er und erzählte weiter, dass er gar nicht gewusst hatte, dass das Restaurant vom BKA ausgespäht wurde. Und auch sein Kollege aus der konservativen Partei, der Wirtschaftssenator Brunken, wollte erst mitkommen, hatte dann aber einen anderen Termin wahrzunehmen. „Der hätte dann da genau so gesessen wie ich! Hat einfach Glück gehabt."

Mechthild ließ sich den Namen des Referenten aus dem Rathaus geben. Er hieß Abdul Beran, ein Deutscher mit albanischer Herkunft, der wie der Innensenator Mitglied der sozialistischen Partei war. Mechthild bedankte sich bei ihrem ehemaligen Senator und gab zu verstehen, dass sie seinen Rücktritt wirklich bedauerte.

Sie dachte darüber nach, was das alles zu bedeuten hatte. Als Ayse in ihr Büro trat, kam ihr eine Idee. „Ayse, besorg dir doch mal das Bild aus der Zeitung, wo der Herzog drauf ist!"

Für Ayse kein Problem. Sie hatte sich gleich nach Bekanntwerden dieser Meldung die Zeitung gekauft.

Als Mechthild das Photo näher betrachtete, bat sie ihre Freundin, es zu scannen und zu vergrößern. Neben dem ehemaligen Innensenator konnten sie Wladimir Steiner und Abdul Beran aus dem Rathaus identifizieren. Die anderen Personen blieben ihnen unbekannt. Aber dann staunten die beiden nicht schlecht. Im Hintergrund des Bildes saß an einem anderen Tisch ein Mann, der ihnen sofort bekannt vorkam. Ayse vergrößerte diesen Bildausschnitt. Ohne Zweifel: Das war Erglis Bruninieks.

Ayse und Mechthild verschlug es die Sprache. „Da stinkt doch was zum Himmel“, ereiferte sich Mechthild. „Hör zu, Ayse. Setz dich mal an deinen Computer und besorge alles, was du über unseren Senator Brunken, Wladimir Steiner und diesen Abdul Beran herausfinden kannst. Aber schön diskret. Und dann informierst du nur mich. Ich muss jetzt überlegen, wie wir hier endlich ordentlich weiterkommen.“

Während Mechthild in ihrem Büro darüber nachdachte, in was ihre Mordkommission da hineingeraten war, recherchierte Ayse sehr geschickt in den Datenbanken der Stadt und in den Suchmaschinen des Netzes. Sie war fit darin, Nachrichten so zu filtern, dass sie nicht unendlich viele Seiten von Papier bewältigen musste, um Hinweise zu finden. Als besonders hilfreich erwiesen sich die Zugriffsmöglichkeiten auf Bundesdatenbanken, die mit Länderdateien vernetzt waren. Abdul Beran war eine Art Tausendsassa. Er war häufig als Initiator irgendwelcher Veranstaltungen in den Medien präsent und hatte für Bremen und die hier ansässige Wirtschaft umfangreiche Kontakte nach Osteuropa hergestellt. In den letzten zwei Jahren war er für sein Bundesland auffällig häufig in Russland, Usbekistan und Lettland gewesen. Oft in Begleitung von Wirtschaftsdelegationen und dem Wirtschaftssenator Brunken. Und Ayse fand heraus, dass Beran zusammen mit Wladimir Steiner und Senator Brunken eine Import-Export-Firma besaß, die unter anderem Baumwolle aus Usbekistan importierte und dort eine Agentur in Samarkand unterhielt. Ayse eilte zurück ins Büro ihrer Chefin.

„Usbekistan?“ fragte Mechthild verwundert. „Ist das nicht eine Diktatur?“

„Das könnte man so sagen. Die Wahlen jedenfalls erfüllen nach Angaben der OSZE nicht gerade demokratische Vorgaben. Und ich habe gelesen, dass die Baumwolle dort unter Bedingungen von Zwangsarbeit durch Studenten und Kinder geerntet wird. Und den paar freien Bauern soll sie einfach mit Gewalt weggenommen werden.“

„Und unser Wirtschaftssenator hat eine Firma, die das unterstützt? Das wäre doch längst rausgekommen.“

„Eigentlich schon“, erwiderte Ayse. „Aber Bremen ist nicht der Nabel der Welt. Und Brunken ist nicht überall bekannt.“ Sie schob Mechthild einen Ausdruck zu. „Die Firma wurde in Nürnberg gegründet. Die Gründung wurde ordnungsgemäß veröffentlicht. Mit Angabe der Gesellschafter. Aber dann wurde der Firmensitz nach Bremen verlegt. Und in den amtlichen Bekanntmachungen in Bremen wurde dann nur die Sitzverlegung veröffentlicht mit dem Namen der Firma, aber nicht mit deren Gesellschaftern. Ich würde das eine klare Verschleierung nennen."

Mechthild stöhnte. Wohin sollte sie dieser Fall denn noch führen? „Und Dunker, hatte der irgendetwas mit Usbekistan zu tun?"

„Habe ich mir auch gleich gedacht. Der hat ja zu allem Möglichen Stellung bezogen. Aber Usbekistan war nicht dabei."

„Schade, das wäre ja eine schöne Spur gewesen."

Ayse ließ sich in ihrem Sessel zurückfallen und legte die Füße auf den Schreibtisch ihrer Chefin. „Mechthild, ich glaube, das ganze Ding kriegt eine Dimension, die wir nicht mehr beherrschen können. Entweder sind wir total auf dem Holzweg und verrennen uns. Oder ..."

„Wenn es einen Zusammenhang zwischen allem gibt, was wir bisher wissen, dann kommen wir nur weiter, wenn wir mehr über Dunker herausfinden können. Und zwar nicht nur das, was wir überall über ihn lesen können, sondern das, was nicht offiziell bekannt ist."

Ayse erinnerte ihre Freundin noch einmal daran, wie sehr Dunkers Umfeld gegenüber der Polizei dichtmachte. Alle Ermittler hatten es bisher versucht und waren auf eine Mauer des Schweigens gestoßen.

„Was wir brauchen, ist jemand, der uns dabei hilft. Der nicht wie wir gleich Misstrauen erregt." Dann kam Mechthild eine Idee. Wie gehetzt sprang sie auf. „Ayse, sag den anderen, dass ich das nächste Meeting erst morgen früh mache!" Mit diesen Worten eilte sie aus dem Zimmer und ließ ihre Freundin verwirrt zurück.

Heute verließ Mechthild ihr Büro früher als sonst üblich. Sie hatte einige Zeit darüber nachgedacht, wie sie weiterkommen könnte und sich entschlossen, einen Versuch zu wagen, der nicht unbedingt auf Zustimmung stoßen würde. Sie musste eine Möglichkeit finden, tiefer in das Umfeld von Christian Dunker einzudringen. Auch wenn Bruninieks mit großer Wahrscheinlichkeit sein Mörder war, reichte ihr das noch lange nicht. Wozu dann dieser ganze Aufwand von Roder, dem Verfassungsschutz oder dieses merkwürdige Treffen in Rotenburg?

Als Mechthild Kayser ihr Haus in der Humboldtstraße erreichte, stand das Wohnmobil mit dem Verfassungsschützer schon wieder auf dem Parkstreifen gegenüber ihrem Wohnzimmerfenster. Für das, was sie jetzt vorhatte, konnte sie ihren Beobachter nicht gebrauchen. Sie ging über ihre Terrasse in den Garten und spähte über den Zaun zu ihren Nachbarn hinüber. Auf der einen Seite rührte sich nichts, aber hinter dem Haus auf der anderen saß der alte Herr Schmidt im Schatten einer kleinen Markise. Freundlich winkte sie zu ihm herüber. Der alleinlebende Schmidt erhob sich und schritt auf sie zu in der Erwartung, ein kleines Gespräch unter Nachbarn führen zu können. Mit anderen Menschen zu plauschen hatte er nicht mehr so oft Gelegenheit. Seine geliebte Frau war vor ihm an Krebs gestorben, die Kinder waren in alle Welt verstreut, und seine wenigen Freunde gingen wie er auch nicht mehr so gern aus dem Haus.

„Frau Kayser! Schön, Sie mal wiederzusehen“, begrüßte er Mechthild freundlich.

„Ich habe eine Bitte, Herr Schmidt. Mein Telephon funktioniert nicht. Und ich muss dringend zwei Telephonate führen. Darf ich mal bei Ihnen?“

Und ob sie durfte. Herr Schmidt freute sich, einer, im Verhältnis zu ihm erheblich jüngeren Dame über den Zaun helfen zu können und lud sie ein, ins Haus voranzugehen. Dabei verkniff er sich nicht, Mechthilds Po eingehend zu studieren. Eine kleine Freude eben, die nichts Anrüchiges hatte und ihm vergönnt sein sollte.

Im bieder eingerichteten Wohnzimmer überließ er Mechthild sein Telephon und zog sich, wie es sich für ihn gehörte, diskret zurück.

Als Erstes rief Mechthild Kayser den Lokalredakteur der taz, Klaus Haschner, an. Die taz war eine der wenigen deutschen Tageszeitungen, die im Zuge der 68er-Bewegung gegründet wurden und bis heute ihre Unabhängigkeit dadurch wahren konnten, dass sie genossenschaftlich organisiert waren. Sie galt als linkspolitisches Blatt und schrieb sachlich-kritisch über die herrschenden Verhältnisse. Mechthild Kayser hatte sich schon einige Male eine taz gekauft, und ihr war wohltuend aufgefallen, dass in ihr über Dinge berichtet wurde, die man in anderen Zeitungen schon nicht mehr fand. Besonders die Artikel aus der Dritten Welt und aus Lateinamerika zeigten ihr, dass die Welt nicht nur aus Europa und den USA bestand, aber sehr wohl viele Missstände durch deren Dominanzgebahren verursacht wurden. Natürlich wurde auch gerade ihr Berufsstand häufig aufs journalistische Korn genommen. Nicht immer zu recht, wie Mechthild fand. Aber eine kontroverse Diskussion zu führen, war ihr immer noch lieber als einen von Mächtigen gesteuerten Einheitsbrei präsentiert zu bekommen.

Sie hatte sich überlegt, dass es zum einen über den Kontakt mit Haschner einen Weg geben könnte, im Umfeld von Christian Dunker zu recherchieren, ohne auf die Vorbehalte zu treffen, die ihr und ihren Ermittlern entgegengebracht wurden. Zum anderen war sie mittlerweile der Meinung, dass sie zu ihrer eigenen Sicherheit einen neutralen Mitwisser brauchte.

Klaus Haschner war ziemlich erstaunt, als er Mechthild am Apparat hatte. Und als sie ihm erklärte, dass es sich um ein halbdienstliches Gespräch handeln würde, weckte das seine Neugier. Sie verabredeten sich eine Stunde später im Horner Eck, einer Kneipe, die nur ein paar hundert Meter von ihrem Zuhause entfernt in einer Nebenstraße lag. Jetzt musste sie nur noch ihren Beschatter loswerden. Mechthild wählte die Nummer des Polizeireviers im Steintor.

„Guten Tag, hier ist Frau Schmidt aus der Humboldtstraße. Vor meinem Haus steht ein Wohnmobil. Ich glaube, zwei Junkies versuchen gerade, es aufzubrechen."

Der Wachhabende bedankte sich für den Hinweis und rief umgehend die Besatzung einer seiner im Revier herumstreifenden Wagen.

Mechthild ging zurück in den Garten von Herrn Schmidt, wo dieser schon wieder unter seiner Markise saß. Als er Anstalten machte, Mechthild noch zum Verweilen zu bewegen, wiegelte sie schnell ab. „Ich bin leider sehr in Eile, Herr Schmidt. Ein anderes Mal vielleicht!" Dann stieg sie behände über den Zaun und eilte in ihr Haus zurück. Hinter ihrem Wohnzimmerfenster wartete sie das Eintreffen des Streifenwagens ab. Als sie ihn herannahen sah, zog sie ihre Jacke über und verließ das Haus. Der Streifenwagen hielt genau neben dem Wohnmobil. Als Mechthild ihr Fahrrad aus dem Vorgarten schob, klopfte einer der Beamten gerade an die Tür des Fahrzeugs. Er hatte darin eine Person ausgemacht, die er nun aufforderte, zu öffnen. Mechthild schwang sich auf den Sattel und radelte schnell davon. Die erste Gelegenheit, in eine Nebenstraße abzubiegen, nutzte sie, um ihren hinter ihr herspähenden Beobachter zu täuschen. Dann war sie aus seinem Blickfeld verschwunden. Sicher ist mein unerwünschter Begleiter nicht dumm, dachte sich Mechthild. Das bedeutete wahrscheinlich auch, dass er nun wusste, dass sie ihn entdeckt hatte. Aber vielleicht war das so gedacht. Schließlich gab es auch so etwas wie eine offene Observation, wo der Betroffene erkennen sollte, dass er beobachtet wurde. Um ihn zu verunsichern und zu lähmen.

Sie war früher als geplant im Horner Eck angekommen. Ihr Magen knurrte, und so bestellte sie sich zu ihrer Weinschorle noch eine der auf einer Schiefertafel angepriesenen hausgemachten Frikadellen. In Gedanken versunken starrte sie abwesend auf den seine Arbeit verrichtenden Wirt.

„So vereinigt sich sinnbildlich das Proletariat mit der herrschenden Klasse; wenigstens in Ihrem Magen." Klaus Haschner stand an Mechthilds Tisch und lächelte freundlich. Sie benötigte einen Moment, um den Scherz Haschners richtig zu verstehen.

„Es ist nur eine Weinschorle", gab sie zurück und versuchte ebenfalls zu lächeln. Es gelang ihr nicht überzeugend.

Mit den Worten „Tja, den Herrschenden geht es eben auch nicht mehr so gut" setzte sich Haschner ihr gegenüber. Er entdeckte in ihrem Gesicht die bedrückte Ernsthaftigkeit, die es Mechthild nicht ermöglichte, einen unverbindlichen Smalltalk zu beginnen. Haschner spürte sofort, dass es um etwas ging, das die Chefin der Mordkommission ihm mit größter Vorsicht zu verstehen geben wollte. Auch er wollte vorsichtig bleiben. Er wusste aus Erfahrung, dass ein Behördenangehöriger mit einem halbdienstlichen Gespräch meistens eines meinte, dass nicht stattgefunden haben sollte. Und dass es im Anschluss journalistisch oft nur schwer seriös zu bearbeiten war, da es häufig an der Belegbarkeit mangelte. Aber auch eine nicht sofort verwertbare Information konnte wertvoll sein. Später einmal.

Mechthild Kayser kam sofort auf den Punkt. Sie erklärte Haschner ihre Schwierigkeiten, in das Umfeld von Christian Dunker einzudringen. Klaus Haschner glaubte zu wissen, worum es Mechthild ging, und erhob sich sofort demonstrativ. „Keine Chance, Frau Kayser. Für so etwas stehe ich nicht zur Verfügung." Er machte Anstalten zu gehen.

Mechthild ergriff seine Hand. „Hören Sie mir bis zum Ende zu. Es ist ganz anders als Sie vermuten. Bitte. Ich brauche auch Ihre Meinung."

Haschner zögerte. Mechthild Kaysers emotionaler Ausbruch ließ ihn vermuten, dass sie sich in einer Ausnahmesituation befand. Und wenn sie nur seine Meinung hören wollte? „Also gut." Haschner ließ sich wieder auf den Holzstuhl sinken. „Bring mir ein Haake Beck, Karl." Der Wirt verschwand und begann hinter der Theke zu zapfen.

Mechthild war klar, dass sie einen falschen Einstieg für dieses Gespräch gewählt hatte. Nun begann sie an einem anderen Punkt. Sie schilderte Haschner die Folter, die Christian Dunker zu erleiden hatte. Etwas, das sie bisher im Detail aus der Presseberichterstattung herausgehalten hatten. Sie wollte Haschner zeigen, dass sie offen sein wollte. Dann ging sie über zu den Bemühungen Kurt Roders, alle Ermittlungen in die Richtung der Neonazis zu lenken. Haschner sagte kein Wort. Ab und zu nickte er. Das war alles noch nicht ungewöhnlich für ihn. Auch der Umstand, dass der potenzielle Mörder Dunkers aus Lettland eingeflogen war, beeindruckte ihn nicht besonders. Aber als Mechthild ihm von der persönlichen Warnung aus dem BKA, den Gründen für den Rücktritt des Innensenators und den Personen auf dem in der Presse veröffentlichten Bild berichtete, wurde er langsam hellhörig. „Sie vermuten eine Verbindung?"

„Sie nicht?" spottete Mechthild und es tat ihr leid, jetzt zynisch geworden zu sein. Als sie das Zustandekommen des Treffens im Moskau erläuterte und einen Ausdruck aus den amtlichen Bekanntmachungen in Nürnberg und Bremen auf den Tisch legte, aus denen hervorging, wer Gesellschafter der besagten Baumwollfirma war, setzte sich Haschner aufrecht hin und rückte näher an den Tisch heran. Konspirativ beugte er sich zu Mechthild herüber. Aber sie wollte ihn noch nicht zu Wort kommen lassen. Schnell setzte sie ihn darüber in Kenntnis, dass sie selbst nun vom Verfassungsschutz beobachtet werden würde. Und als sie das ominöse Treffen zwischen Verfassungsschutz, Wirtschaftssenator, politischer Polizei und dem Spitzenkandidaten der populistischen Partei „Bremen nach vorn" schilderte, war Klaus Haschner doch sehr überrascht und überaus interessiert.

„Und was schließen Sie daraus, Frau Kayser?"

„Ich komme nicht mehr klar, Herr Haschner. Mein Mitarbeiter, Herr Heller, wollte sich verdeckt in der Neonaziszene umhorchen und wurde gleich beim ersten Versuch brutal zusammengeschlagen. Das war schrecklich und führte dazu, dass wir uns in unserem Ermittlungsansatz bestätigt fühlten. Heute kann ich mir vorstellen, dass damit nur meine Ermittlungen dirigiert werden sollten. Als mir erste Zweifel kamen, nach diesem obskuren Treffen mit dem Wirtschaftsenator und den anderen, habe ich eine Mitarbeiterin damit betraut, im Umfeld dieser Personen zu recherchieren. Dabei sind wir auf die besagte Firma gestoßen. Am Abend des Tages, an dem meine Mitarbeiterin die Spur nach Riga aufnahm, wurde der Ihnen bekannte Mordanschlag auf meine Kollegin verübt. Wir sind irgendwo auf einen Zusammenhang all dieser Vorfälle gestoßen und wissen nicht wo. Aber ich bin fest davon überzeugt, dass die Dinge zusammengehören." Dann wiederholte Mechthild noch einmal ihre Bitte an Haschner, ihr bei den Recherchen im Umfeld Christian Dunkers behilflich zu sein. Sie glaubte, dort könnte der Schlüssel verborgen liegen. Zumindest wollte sie nichts unversucht lassen, diese grausame Tat wirklich aufzuklären.

Haschner überlegte lange. Es könnte eine interessante Story werden. Er hatte einen ausgeprägten Spürsinn für Korruption und Vetternwirtschaft.

Auch wenn die Sache vielleicht doch nichts mit dem Mord an Dunker zu tun haben würde, gab es einige bemerkenswerte Details. Aber er brauchte Belege, Beweise. Er kam zu einem Schluss. „Gut, Frau Kayser. Auf der Basis dieser Informationen versuche ich, etwas für Sie zu tun. Ich kann Ihnen nichts versprechen. Aber ich erwarte eine Gegenleistung."

Mechthild schaute ihn erstaunt an.

„Wenn an der Sache etwas dran ist", fuhr Haschner fort, „will ich Belege haben. Mehr, als Sie sonst bereit sind auf Ihren Pressekonferenzen herauszugeben."

„Ich will hier einen Mord aufklären, Herr Haschner!" Mechthild war entrüstet. „Den Mord an einem Mann, von dem ich annehme, dass er Ihnen politisch nahestand!"

„Das muss der Deal sein, Frau Kayser", entgegnete Haschner kühl. „Wenn Sie richtig liegen und jetzt schon so viel vertuscht werden soll, sogar mit kriminellen Methoden, dann werden Sie am Ende Ihrer Ermittlungen so unter Druck geraten, dass für die Öffentlichkeit nichts bleibt."

Mechthild senkte den Kopf. Zum ersten Mal wurde ihr ernsthaft klar, dass der Mordanschlag auf Ayse ebenso bedeutete, dass auch sie selbst nicht unantastbar, ja vielleicht in Gefahr war.

„Gut, Herr Haschner. Ich bin einverstanden. Was haben Sie vor?"

Klaus Haschner trank den letzten Schluck seines Bieres und stand auf. „Ich rufe Sie an." Dann verschwand er.

Mechthild wurde nervös, sehr unruhig. Hatte sie sich richtig entschieden? Der direkte Kontakt mit der Presse außerhalb der Richtlinien des Polizeipräsidiums war nicht gestattet. Darauf standen Disziplinarstrafen bis hin zu Anklagen wegen Verrats von Dienstgeheimnissen. Mechthild wusste, dass sie sich auf sehr dünnes Eis begeben hatte. Sie konnte nicht damit rechnen, dass Haschner im Fall der Fälle auf sie Rücksicht nehmen würde. Sie brauchte jetzt Geborgenheit, Sicherheit. Jemand, auf den sie sich verlassen konnte, der sie ablenken konnte. Sie zahlte, und vor der Kneipe zog sie ihr Handy hervor und wählte Fritz Behrmanns Nummer. Beruhigt und glücklich hörte sie seine geliebte Stimme.

„Wo bist du? Ich komm zu dir." Fritz Behrmann war froh, dass sie sich bei ihm gemeldet hatte. Seit geraumer Zeit hatte sie kein persönliches Wort mehr für ihn gehabt. Er dachte schon, er hätte etwas falsch gemacht. Oder dass die Liebe einfach vorbei sein könnte. Er war von unbegründeten Verlustängsten geplagt.

„Ich bin ..." Mechthild unterbrach sich. Ihr fiel der Hinweis von Paul ein, dass ihr Telephon vielleicht abgehört wurde. „Ich bin gerade einkaufen. Wir treffen uns im Engel. Dann können wir zusammen essen. Ich habe einen Riesenhunger!"

Behrmann erwiderte, dass er sich sofort auf den Weg machen würde. Er war noch in den Katakomben des Präsidiums, die natürlich keine waren. Aber ganz unzutreffend war diese Bezeichnung für das Untergeschoss, in dem der Erkennungsdienst residierte, auch nicht. Schließlich befasste er sich im Keller des Präsidiums ja mit den Toten. Wenn auch meistens nur mit einer winzig kleinen Spur von ihnen.

Mechthild radelte das Steintor entlang. Kurz vor der Sielwallkreuzung fiel ihr eine Reklame im Schaufenster eines Afro-Shops auf: „Supergünstige Prepaid-Handys". Sie hielt an und kaufte sich eines. Bevor es weiterging, sandte sie eine SMS mit ihrer neuen Telephonnummer an Klaus Haschner. Sicher war sicher.

Vor dem Café Engel hatte es sich Fritz Behrmann schon an einem Tisch unter der roten Markise gemütlich gemacht. Als Mechthild mit ihrem Fahrrad ankam, ging er schnellen Schrittes zu ihr hinüber. Dann schlang sie ihre Arme um ihn und presste sich fest an seine Brust. Behrmann legte zärtlich seine Hand hinter ihren Kopf, durchstreifte ihr Haar und küsste sie auf die Stirn. „Ich liebe dich, Mechthild", säuselte er leise. Das tat ihr gut. In diesem Augenblick des Glücks vergaß sie all die Not, in der sie sich gerade befand.

„Komm, lass uns drinnen sitzen. Jetzt, wo alle bei dem Wetter auf der Terrasse sitzen wollen, sind wir dort unter uns", bestimmte Mechthild und zog ihren Geliebten ins Innere des Engel. Sie setzten sich hinter ein paar Pflanzen an ein Fenster, und Fritz winkte einem jungen Mann zu, der hinter der Theke an einem Kaffeeautomaten hantierte.

In Theke und Rückbüfett des Engel waren Teile der Einrichtung der hier ehemals ansässigen, gleichnamigen Apotheke verarbeitet worden. Das gab dem Café zusammen mit den etwas kitschigen Boticelli-Engeln an der Wand einen gemütlichen, nostalgischen Charakter. Nachdem die beiden ihre Bestellung aufgegeben hatten, bemerkte Fritz Behrmann, dass Mechthild wie unauffällig immer wieder zwischen den Pflanzen auf der Fensterbank nach draußen auf den Ostertorsteinweg blickte. „Erwartest du noch jemanden?"

Mechthild sah ihn an. „Besser nicht", gab sie ernst zurück, und Behrmann hatte das Gefühl, als wäre seine Geliebte den Tränen nahe. Er ergriff ihre Hände und schloss sie fest in seine ein. „Was ist los? Ich seh doch, dass dich irgendetwas bewegt. Mir kannst du doch alles sagen."

Mechthild nickte. Fritz Behrmann hatte recht. Wenn sie ihm nicht mehr vertrauen würde, gab es niemanden mehr auf der Welt, mit dem sie sprechen konnte. Sie nahm einen kräftigen Schluck Rotwein und erzählte dann von ihrem neuesten Coup: wie sie den Verfassungsschützer losgeworden war und was sie mit Haschner besprochen hatte.

„Dafür kannst du ganz schön viel Ärger bekommen", kommentierte Behrmann, „aber ich glaube, dass du das Richtige getan hast. Ich mache mir schon seit einiger Zeit große Sorgen um dich. Seit dem Anschlag auf Ayse denke ich, dass es genauso auch dich hätte treffen können. Ich hoffe, du hast immer deine Waffe dabei."

Mechthild hatte feuchte Augen bekommen und schniefte, als sie Behrmann demonstrativ ihre Umhängetasche zeigte und sie beruhigend mit der Hand tätschelte. „Keine Sorge, Fritz. Die ist immer dabei."

Behrmann blieb ernst. „Und was denkst du, wie geht es weiter?"

„Wenn Haschner etwas rauskriegt ... Konspirativ geht's dann weiter. Konspirativ."

Fritz Behrmanns Sorgen wurden nicht kleiner. Nach dem Essen schlug er seiner Geliebten vor, die Nacht bei ihm zu verbringen. Es bedurfte keiner großen Überredungskunst: Mechthild wollte gar nichts anderes. Bei Behrmann angekommen, kuschelten sie sich im Bett aneinander, schliefen zärtlich miteinander, legten ihre Gesichter ganz nah beisammen und flüsterten sich die halbe Nacht ihre Träume, manch eine Phantasterei und ihre Wünsche zu. Gemeinsame Wünsche. Bis ihnen vor Müdigkeit die Augen zufielen. Sie schmiegten sich Arm in Arm aneinander und schliefen ein. In dieser Nacht dachte keiner der beiden an den toten Christian Dunker und die verwirrenden Ermittlungen. In dieser Nacht waren sie geborgen im warmen Haus ihrer Liebe.

Prompt verschliefen beide am kommenden Morgen. Hektisch hatte Fritz Behrmann Mechthild aus dem Schlaf geholt, hielt ihr das Zifferblatt seiner Armbanduhr vor die Nase und machte sich dann gleich daran, seine Kleidung zusammenzusuchen. Auch Mechthild kam beträchtlich in Fahrt. Zu allem Überdruss klingelte jetzt auch noch ihr Handy in einer ihrer Manteltaschen. „Ja, ja! Ich weiß, dass ich noch nicht im Büro bin!" Sie suchte ihr Diensttelephon in den tiefen Taschen, und als sie es in der Hand hatte, stellte sie zu ihrer Überraschung fest, dass es ausgeschaltet war. Aber das Klingeln hielt an. Hektisch griff sie noch einmal in ihren Mantel und holte ihr neues Handy heraus. Es vibrierte und bimmelte weiter. Der Einzige, der diese Nummer kennt, ist Haschner, schoss es ihr in den Kopf. Nervös drückte sie die Gesprächstaste. „Ja“, meldete sie sich, ohne ihren Namen zu nennen.

„Können wir uns gleich noch treffen?“ vernahm sie Haschners Stimme.

„Ja, etwa jetzt sofort?“ fragte sie unsicher.

„Kennen Sie das Licht- und Luft-Bad am anderen Weserufer? In einer halben Stunde. Wir frühstücken.“ Dann erschien auf dem Display „Anruf beendet“.

Mechthild wandte sich Fritz Behrmann zu. „Du musst in meine Morgenrunde gehen und mich entschuldigen. Denk dir irgendetwas aus. Und halte meine Leute zusammen. Erzähl ihnen möglichst umfangreich über die Spuren Bruninieks in Dunkers Wohnung und was ihn noch alles überführt hätte. Ich muss sofort weg. Haschner hat was herausgefunden.“ Dann küsste sie Fritz Behrmann auf den Mund und schnappte sich ihren Mantel. Glücklicherweise stand ihr Fahrrad noch wohlbehalten am Zaun vor Behrmanns Haus in Arsten. Mechthild musste sich einen Moment orientieren. Der Stadtteil Arsten in der Bremer Neustadt war ihr nicht sehr vertraut. Aber dann ging es los. Sie raste zur Erdbeerbrücke und verließ diese über eine Wendeltreppe, noch bevor sie die Weser überquerte. Sie befand sich schon auf der richtigen Seite des Flusses. Das Licht- und Luft-Bad lag in der Nähe des Anlegers der Sielwallfähre. Zu Beginn des neunzehnten Jahrhunderts einmal ein abgeschirmter Bereich der Nudisten- und Naturheilbewegung, war es heute ein öffentlicher Ort mit einer kleinen Restauration und verschiedenen Kulturveranstaltungen geworden. Obwohl der FKK-Bereich noch immer bestand.

Mechthild fuhr parallel zur Weser am Strandweg entlang und bog dann in Höhe der Fähre ab. Hundert Meter weiter stellte sie ihr Rad vor dem Licht- und Luft-Bad ab und erklärte dem freundlichen Herrn an der Kasse, dass sie nur in die Gaststätte wollte. Dafür brauchte kein Eintritt gezahlt zu werden. Als sie die kleine Terrasse betrat, entdeckte sie ohne Mühe Klaus Haschner. Er saß mit einer blonden Frau Ende dreißig, Anfang vierzig zusammen. Als er Mechthild sah, winkte er sie heran. Haschner stellte die Frau vor. Es war Sigrid Janssen, Christian Dunkers ehemalige Lebensgefährtin.

„Ich habe gestern noch mit Sigrid gesprochen“, begann Haschner. „Einer ihrer Leute hatte es ja auch schon versucht, aber aus bestimmten Gründen schloss sich für Frau Janssen eine Kooperation aus.“ Mechthild nickte ruhig und verständnisvoll, aber war innerlich total angespannt.

„Ich bin froh, Frau Janssen, dass Sie mir jetzt helfen wollen. Hat Herr Haschner Ihnen erzählt, weshalb ich mich an ihn gewandt habe?“

„Ja, das hat er. Und das ist auch der einzige Grund, weshalb ich hier bin.“ Dann erzählte sie in knappen Worten, was sie wusste. Christian Dunker war vor seiner Ermordung mehrfach bedroht worden. Aber man hatte ihm auch Geld angeboten. Weshalb, wusste aber auch Sigrid Janssen nicht. „Christian wollte es mir nicht sagen. Er hatte Angst um mich. Aber er gab mir ein paar Wochen vor seinem Tod etwas zur Aufbewahrung.“ Sie stellte ein kleines Kunststoffkästchen zur Diaaufbewahrung auf den Tisch. „Darin sind ein paar Bilder aus der Zeit, als Christian in Nicaragua war. Vor über zwanzig Jahren. Alles ganz normal. Immer der gleiche Typ drauf. Nur auf einem sieht es so aus, als wenn einer Frau Gewalt angetan wird. Aber dort herrschte damals Bürgerkrieg. Im Krieg kommt es oft zu schlimmeren Übergriffen. Christian war in einer Brigade zur Verteidigung der Revolution in Nicaragua.“

„Ich weiß“, antwortete Mechthild und erntete einen erstaunten Blick von Sigrid Janssen, aber Haschner ermutigte sie, fortzufahren.

„Ich weiß nicht, ob die Sachen überhaupt zusammengehören. Aber es ist der einzige Hinweis, den ich Ihnen geben kann.“

Oder geben will, dachte Mechthild. Aber sie wollte keine Forderungen stellen. Haschner hatte Sigrid Janssen dazu gebracht, ihr weiterzuhelfen. Ganz sicher hatte sie sich genau überlegt, was diesem Gespräch dienlich war. Nicht mehr, aber auch nicht weniger. Trotzdem musste Mechthild noch eines wissen. „Kennen Sie jemanden auf den Dias?“

„Nein“, antwortete sie. „Christian nannte den Typen immer nur den Colonel. Wenn ich wüsste, wer das ist, wäre ich mit Sicherheit schon weiter als Sie.“

Jetzt war Mechthild erstaunt. Was hatte das nun zu bedeuten? Doch bevor sie weiterfragen konnte, stand Sigrid Janssen auf und verließ wortlos den Tisch. Mechthild sah ihr verunsichert nach und fragte dann Haschner, ob sie immer so sein würde.

„Seien Sie froh, dass sie überhaupt mit Ihnen gesprochen hat. Sie hat mit Vertretern Ihrer Behörde Erfahrungen gemacht, die sie niemals vergeben oder vergessen wird.“

Mechthild war beschämt. „Ja, ich verstehe. Glauben Sie, dass die Bilder für mich relevant sind? Sie haben sie doch sicher schon angesehen.“

„Nein, hab ich nicht“, erklärte Haschner zu Mechthilds Überraschung. „Sigrid lässt niemanden an sich ran. Auch nicht an ihre Materialien. Sie behält immer alles für sich. Von den Dias hat sie sich natürlich Kopien angefertigt. Sie ist sehr misstrauisch. Der Einzige, der ihr näherkommen konnte, war Dunker.“

„Tja, und was machen wir jetzt?“ Mechthild wusste nicht weiter. Sie hatte sich von diesem Gespräch, das Haschner so geheimnisvoll eingeläutet hatte, mehr versprochen.

„Frühstücken, Frau Kayser. Frühstücken. So wie Sie aussehen, kommen Sie ja wohl gerade aus dem Bett, oder?“

Aufgeschreckt griff sich Mechthild in die Haare und ordnete ihre Frisur. Sie hatte sich noch nicht einmal die Zähne geputzt. Es war ihr unangenehm, so ungeordnet aus dem Haus gegangen zu sein.

Kurt Roder schob seine Plastikkarte mit dem Magnetstreifen in den kleinen Schlitz des Lesegerätes neben der Panzerglastür, die die Räumlichkeiten der politischen Polizei von allen anderen Abteilungen im Präsidium trennte. Dann gab er über die Nummerntastatur den dazugehörigen Code ein, und ein Surren des Summers war zu hören und zeigte an, dass die schwere Tür nun zum Öffnen bereit war. Er ging in sein Büro und startete noch im Stehen seinen PC. Dann hängte er, ordnungsliebend wie er war, seinen Mantel auf einen Bügel in einen Schrank, strich die Ärmel noch einmal nach und schaute in den kleinen Spiegel an der Innenseite der Schranktür, um den Sitz seiner Haare zu überprüfen. Für einen Augenblick starrte er gedankenverloren auf sein Konterfei, schloss dann den Schrank und nahm hinter seinem Schreibtisch Platz. Ein „Ping“ aus dem Lautsprecher seines Computers zeigte ihm an, dass eine dringende Nachricht für ihn gespeichert war. Eine verschlüsselte Mitteilung aus dem Haus des Verfassungsschutzes. Nichts Ungewöhnliches. Er öffnete sein Dechiffrierprogramm und ließ die Buchstaben- und Zahlenketten durchlaufen, bis der Text in seiner Urform erschien. Die Nachricht ließ ihn aufhorchen. Ein Mitarbeiter des VS war in der Humboldtstraße von Schutzpolizisten vorläufig festgenommen worden, da er sich in einem Fahrzeug mit nichtregistriertem Kennzeichen befand. Wenig später wurde er aber wieder auf freien Fuß gesetzt. Die Beamten des Steintorreviers hatten auf einen telephonischen Hinweis hin reagiert. Anruferin war eine Frau Schmidt. Wahrscheinlich aus dem Nachbarhaus, vor dem das Fahrzeug stand.

Roder verzog keine Miene. Er öffnete die Meldedatei der Stadt und gab Straße und Hausnummer ein. Bewohner des Hauses waren Albert und Henriette Schmidt, geborene Wagschal. Henriette Schmidt war vor einigen Jahren verstorben. Der verbliebene Ehemann wohnte alleine in dem Haus.

„So, so", sprach Roder leise vor sich hin und griff zum Telephonhörer. Er wartete ab, bis sich eine Stimme mit einem kurzen „Ja?" meldete.

„Sie hat's gemerkt."

„Das wissen wir auch schon."

„Gibt es Probleme?"

„Nein, keine. Alles schon geregelt."

„Bleiben Sie an ihr dran?"

„Nein, das bringt nichts mehr. Wir verfolgen eine andere Strategie. Wir müssen uns treffen."

Roders Gesprächspartner legte einfach auf. Aber er wusste, was jetzt zu tun war.

Während Klaus Haschner in aller Ruhe ein opulentes Frühstück zu sich nahm, schlang Mechthild förmlich ihr Croissant hinunter und kippte ihren Kaffee ungeduldig hinterher. Sie wischte sich hastig den Mund mit einer Serviette ab.

„Ich muss jetzt ins Büro", versuchte sie ihre Eile zu erklären und machte Anstalten zu gehen. Sie verharrte noch einen Moment. „Soll ich bezahlen?"

„Nein, alles Spesen der taz. Ich hoffe, gut angelegte Ausgaben!"

Mechthild griff sich die kleine Box mit den Dias und eilte zu ihrem Fahrrad. Aus den kleinen Lautsprechern auf der Terrasse klang leise „Games people play" von Joe South. Aber davon bekam Mechthild nichts mit. Sie war zu sehr mit der Frage beschäftigt, wie es denn nun weitergehen sollte. Ein paar Dias, ja und? Vor zwanzig Jahren aufgenommen. Und jetzt sollten sie möglicherweise ein Schlüssel zur Lösung des Falles sein? Das hörte sich sehr unwahrscheinlich an. Doch es gab ja auch etwas Positives zu vermelden: Es war Mechthild mit der Hilfe von Haschner gelungen, endlich einen Kontakt aus der näheren Umgebung Christian Dunkers herzustellen. Auch wenn sie sich nicht sicher war, ob sie weiterhin mit Sigrid Janssen rechnen konnte. Aber immerhin. Es war ein kleiner Schritt vorwärts. Für den Rückweg nahm Mechthild die Fähre am Café Sand. Das war schneller als den ganzen Weg über die Weserbrücke zurückzulegen. Und sie wollte unbedingt erst noch nach Hause. Zähneputzen, Wäsche wechseln. Aber auch einen Blick auf die Dias werfen. Bis zur Einmündung der Humboldtstraße marterte sie ihr Gehirn mit der Frage, wo sie denn den alten Diaprojektor gelagert hatte. Kein Mensch nutzte so etwas mehr, seit man alles mit Digitalkameras aufnahm und in Computern abspeicherte und, falls man seine Photos anderen zeigen wollte, sie mal eben auf eine CD brannte. Aber sie besaß noch einen. Sie konnte sich bei einer sich anbietenden Gelegenheit nicht dazu durchringen, ihn wegzuschmeißen, da sie noch viele Dias hatte, auf denen ihre Tochter Anna war. Sammy photographierte nach Annas Geburt immer noch mit einer herkömmlichen Spiegelreflexkamera.

Als Mechthild ihr Haus erreichte, war von dem Wohnmobil weit und breit nichts mehr zu sehen. Sie rannte ins Haus, und als sie in ihrem Keller den Kunststoffkoffer mit dem Projektor fand, spürte sie, dass er nur noch vorhanden war, weil sie die Möglichkeit nicht ausschließen wollte, einmal die Bilder ihrer verschwundenen Tochter anzuschauen. Aber sie hatte es sich nie getraut. Mechthild hatte Angst vor der großen Trauer, die sie hätte überkommen können. Sie verdrängte ihre aufkommenden, traurigen Gedanken und brachte den Projektor in ihrem Wohnzimmer in Stellung. Sie hängte ein Bild von der weißen Wohnzimmerwand gegenüber ab und zog die dicken rosa Samtvorhänge zu, die noch von ihrer verstorbenen Tante stammten. Als das Licht des Projektors den Raum erhellte, sortierte Mechthild die wenigen Dias in einen Kasten ein und schob diesen in das Gehäuse. Mehrfach klickte der Apparat, als er den Kasten nach vorne zog und ein weißes Bild nach dem anderen an die Wand warf. Dann kamen die Bilder. Das, was es zu sehen gab, war genau das, was Sigrid Janssen angekündigt hatte: Auf allen Dias war ein Mann zu sehen, augenscheinlich ein Europäer. Mal auf einem Pferd mit einer Waffe auf dem Rücken, mal auf einer Terrasse vor einer einfachen Holzhütte sitzend. Aber auf dem letzten Dia war er zu sehen, wie er eine Frau vergewaltigte. Mechthild ging sofort von einer Gewalttat aus, denn in der Vergrößerung des Dias war zu sehen, dass das Gesicht der Frau blutverschmiert war. Und sie hatte wahrlich einen gequälten Gesichtsausdruck. Der Mann, der zwischen ihren gewaltsam auseinandergedrückten Schenkeln stand und sie so misshandelte, lachte. Ekelhaft, dachte Mechthild und schüttelte den Kopf. Aber die Tat war zwanzig Jahre her, sie geschah in Mittelamerika, eine Anzeige lag nicht vor. Also: Was zum Teufel sollte sie mit diesen Bildern tun? Sie fand keine Antwort und schaltete den Projektor aus. Es war Zeit, endlich im Büro aufzutauchen. Sie ging ins Badezimmer, duschte und frisierte sich, zog sich hektisch an und machte sich mit dem Fahrrad auf den Weg ins Polizeipräsidium.

Dort wurde sie schon sehnsüchtig von ihren Kollegen erwartet. Fritz Behrmann war noch immer damit beschäftigt, penibel jede kleine am Tatort gesicherte Spur aus Christian Dunkers Wohnung zu erläutern, seine angewandten kriminaltechnischen Untersuchungsmethoden darzustellen und somit dem Wunsch von Mechthild entsprechend den ganzen Ermittlerkreis zu beschäftigen. Allerdings hörte mittlerweile kaum mehr einer zu. Als Mechthild das Besprechungszimmer betrat, ging ein Aufatmen durch die Runde. Und auch Fritz Behrmann war froh, endlich mit seinem Vortrag enden zu können.

„Ich hoffe, Herr Behrmann hat Ihnen allen noch einmal die Spurenlage ins Gedächtnis gerufen und vielleicht bei dem einen oder anderen noch eine Idee für weitere Forschungen hervorgerufen?" Erwartungsgemäß kam keine Antwort. Doch Mechthild lag daran, ihren Geliebten nicht nur als Lückenbüßer dastehen zu lassen. Immerhin bestand stets die Möglichkeit, dass eine erneute Aktualisierung der Zwischenergebnisse auch eine neue Spur hervorbringen konnte. Aber das war eben jetzt nicht der Fall.

Dann berichtete Mechthild vom Grund ihrer Verspätung. Ihr Treffen mit Sigrid Janssen wurde mit anerkennendem Gemurmel kommentiert. Immerhin war es vorher niemandem gelungen, auch nur eine Person aus dem Umfeld Dunkers zur Mitarbeit zu bewegen. Unerwähnt ließ Mechthild dabei die Rolle Klaus Haschners. Nicht, weil sie ihren Mitarbeitern misstraute, sondern weil sie nicht wollte, dass, falls es diesbezüglich einmal Schwierigkeiten geben würde, sie davon gewusst hatten. Das musste sie gegebenenfalls auf ihre eigene Kappe nehmen.

„Und darf man auch erfahren, was sie Ihnen erzählt hat?" wollte Peer Souton wissen und klang dabei unbeabsichtigt etwas schnippisch. Mechthild hatte zwar seinen Unterton registriert, sah ihm aber an, dass er es bestimmt nicht so gemeint hatte.

„Frau Janssen hat mir fünf Dias übergeben, die in der Zeit aufgenommen wurden, als Christian Dunker in Nicaragua war. Auf allen ist immer der gleiche unbekannte Mann zu sehen. Einmal dabei, wie er höchstwahrscheinlich eine einheimische Frau vergewaltigt."

Mechthild erntete von allen Seiten ungläubige Blicke.

„Und daraus wird jetzt eine Spur?" Heiner Heller konnte mit diesem Hinweis nichts anfangen.

Mechthild spürte, dass ihre Ermittler sehr skeptisch waren. „Es ist jedenfalls möglich. Dunker wurde wahrscheinlich Geld für die Bilder geboten. Aber er wurde auch bedroht, wie Frau Janssen versicherte. Beides in Zusammenhang mit den Dias. Es ist auch möglich, dass Dunker jemanden damit erpresst hat. Ich kann das jedenfalls nicht ausschließen."

„Eine Erpressung passt doch nicht zu einem Typen wie Dunker, der für Transparenz und Gerechtigkeit eintritt", gab Harald Strehlow zu bedenken.

„Genau, das glaube ich auch nicht", unterstützte Ayse seine Äußerung und lächelte ihm zu. Die letzten Tage der Zusammenarbeit mit Strehlow hatten in ihr große Sympathien für ihn geweckt. Sie empfand ihn als klug und charmant. Auch wenn er etwa zehn Jahre jünger war als sie, war sie nicht abgeneigt, ihn näher kennenzulernen.

„Wenn ihr richtig liegt, und eine Erpressung nicht in Frage kommt, dann kann es Dunker nur um eine Veröffentlichung der Bilder gegangen sein. Und diese Aussicht muss für ihn so gefährlich gewesen sein, dass der Betreffende möglicherweise soweit gegangen ist, sogar einen Auftragsmörder anzuheuern."

Es klopfte an der Tür, und einen Augenblick später trat Kurt Roder ein. Er grüßte kurz und setzte sich sofort neben Harald Strehlow. Roder wirkte wie immer mürrisch. Und er schien sauer zu sein. Aber an seinem Gesicht konnte man auch ablesen, dass er gestresst war und unter Druck stand. Neugierig spähte er auf das Blatt Papier vor Strehlow, aber der hatte sich noch keine Notizen gemacht. Mechthild ließ einen Blick durch die Runde gehen, der allen klarmachen sollte, dass sie Roder nichts über das erzählen sollten, was sie gerade behandelt hatten. Aber das wäre nicht erforderlich gewesen. Sie hatten mittlerweile alle das Gefühl, dass Kurt Roder nicht ernsthaft an einer akkuraten Ermittlung interessiert war.

„Ich versuche seit Stunden, Sie zu erreichen, Frau Kayser", begann er vorwurfsvoll. „Sie müssen erreichbar bleiben. Ich muss doch erfahren, wo Sie mit Ihren Ermittlungen stehen!" Roder wirkte aufgebracht und spielte den Enttäuschten, der sein Bestes geben wollte und keine Möglichkeit dazu erhielt.

Mechthild musste jetzt blitzschnell umdenken. Roder durfte nicht verunsichert werden. Natürlich wusste er längst, dass sie den Verfassungsschützer vor ihrer Haustür enttarnt hatte. Aber er konnte sich natürlich nicht sicher sein, dass sie diesen Vorfall richtig einzuordnen wusste. Vielleicht war es ihm aber auch gleichgültig. Roders wirkliches Spiel blieb Mechthild sowieso erst mal verborgen.

„Das tut mir leid, Herr Roder. Wir stehen wirklich vor großen Problemen." Mechthild versuchte Zeit zu gewinnen. Auf der einen Seite musste sie Roder davon überzeugen, dass sie keinerlei Verschwörungstheorien mehr verfolgten und ihm auf der anderen Seite bestätigen, dass sie in der Neonaziszene nicht locker ließen, also auf der falschen Spur geblieben waren.

„Ich stehe doch immer zu Ihrer Verfügung. Sie müssen mir nur sagen, worum es geht. Damit ich im Bilde bleibe. Ich kann Ihnen vielleicht mehr helfen als sie glauben.“ Er lächelte überheblich.

„Ja, Herr Roder. Wir brauchen wirklich Beistand.“ Mechthild hatte ihre Gedanken wieder im Griff. „Wir sind nach wie vor davon überzeugt, dass Erglis Bruninieks der Mörder von Christian Dunker war. Aber wir glauben auch, dass er beauftragt worden ist. Und dass er möglicherweise nicht alleine am Tatort war.“

Roder nickte ihr misstrauisch zu, aber bat darum, fortzufahren.

„Wenn die Annahme stimmt, dass Bruninieks als Auftragsmörder gehandelt hat, dann müssen wir einen Anstifter unter den Neonazis suchen.“

Roder konnte ein leichtes Strahlen im Gesicht nicht verstecken.

„Aber genau da gehen unsere Probleme los. Wir haben bisher mit vereinten Kräften alle möglichen Hinweise, Internetseiten und auch noch einmal ihre uns überlassenen Unterlagen durchforstet. Aber so kommen wir nicht voran. Wir brauchen von Ihnen einen klarer eingegrenzten Personenkreis, der für eine solche Tat überhaupt in Frage kommt. Neonazis, die durch besondere Gewaltbereitschaft aufgefallen sind. Leute, die Ähnliches schon einmal begangen haben oder solche Taten propagieren. Wir sind nicht in der Lage, Tausende von Biographien der rechten Szene zu bearbeiten. Wir müssen den möglichen Kreis der Anstifter eingrenzen können. Und dazu brauchen wir Sie.“

Nun hatte sie es aber wirklich hingekriegt, dachte Ayse und wechselte einen Blick mit Peer Souton.

„Ja, Sie haben recht“, räumte Roder ein. „Es ist nicht so leicht in dem braunen Sumpf zu ermitteln. Es könnte jemand aus der gewaltbereiten Gruppe sein, aber, und das gebe ich zu bedenken, vielleicht ist es auch jemand von ganz oben. Einer der politischen Drahtzieher der Neonazis. Es muss ja Geld geflossen sein. Das hat dort nicht jeder zur Verfügung.“

Mechthild war entschlossen, Roder weiter zu blenden. „Gibt es denn Unterlagen über Geldströme? Wird so etwas beobachtet? Können Sie uns Materialien zur Verfügung stellen, Herr Roder?“

Roder massierte mit der rechten Hand nachdenklich sein Kinn. Ihm gefiel es, dass sie mal wieder alle von seiner Zuarbeit abhängig waren. „Ich muss darüber nachdenken. Sie wissen, dass wir aus taktischen Gründen nicht alles preisgeben dürfen. Ich kann das nicht alleine entscheiden. Ich werde mit meinen Vorgesetzten und den Diensten darüber sprechen. Aber ich bin mir sicher, dass ich mich mit Ihrem Anliegen durchsetzen kann. Immerhin geht es um Mord. Das wollen wir nicht vergessen."

Mechthild war zufrieden. Jetzt ging es darum, Roder so schnell wie möglich wieder loszuwerden. „Wann können wir denn mit ersten Hinweisen rechnen? Wir sind ziemlich unter Druck, das wissen Sie ja."

Roder erhob sich. „Ich werde mir Mühe geben, Frau Kayser. Aber ein, zwei Tage benötige ich. Bleiben Sie ruhig solange an ihrer Recherche dran. Vielleicht kommen Sie ja auch ohne mich ein Stückchen weiter."

Mechthild nickte. „Gut! Wir machen erst einmal so weiter. Und hoffen alle, dass Sie uns weiter füttern können. Wir müssen doch mal zum Abschluss kommen, verdammt noch mal!"

Roder nickte ihr zu. Ohne ein weiteres Wort, aber mit zufriedenem Ausdruck, verließ er das Besprechungszimmer. Mechthild wollte sichergehen, dass er nicht an der Tür lauschte. Mit den Worten „Jetzt brauchen wir mal ein bisschen Frischluft" riss sie die Tür zum Flur auf. Aber niemand war zu sehen. Für einen Moment kam ihr der Gedanke, dass das Konferenzzimmer abgehört werden könnte. Aber sie verwarf ihn sofort wieder. So weit konnte es nicht gehen. Sie schloss die Tür wieder.

„Also, Leute. Souton, Strehlow und Heller malträtieren das Internet. Alle sollen sehen, dass wir die Neonaziszene durchforsten. Herr Souton, Sie nehmen sich besonders die lettischen Seiten vor. Notfalls besorgen Sie sich einen Dolmetscher. Und Heller und Strehlow recherchieren in Deutschland weiter. Machen Sie ruhig einen ordentlichen Popanz. Ich werde mich mit Fritz Behrmann und Ayse Günher um die Bilder kümmern. Alles klar?"

Mechthilds Ermittler hatten verstanden. Mit Behrmann und Ayse begab sich Mechthild in die Räume des ED. Auch der ED verfügte über einen Diaprojektor, und sie ließ die fünf Bilder an die Wand werfen.

„Hör zu, Fritz. Ihr habt doch damit angefangen, von Verdächtigen biometrische Daten zu erfassen. Die Bilder sind zwar etwa zwanzig Jahre alt. Aber die Verhältnisse der Konturen haben sich nicht verändert. Kannst du nicht die biometrischen Daten des Gesichtes mit den vorhandenen Daten abgleichen?"

Fritz Behrmann warf den Kopf in den Nacken. „Damit haben wir gerade angefangen. Da gibt es erst ein paar tausend Datensätze für ganz Deutschland. Ich kann es gerne machen. Aber es ist viel Aufwand, und ich prophezeie dir, dass die Chance etwa bei null liegt."

„Aber versuchen müssen wir es, Fritz. Wir müssen herausfinden, wer das auf den Photos ist. Das ist vielleicht der Knackpunkt!"

„Ja, ich tu's ja", stimmte Behrmann etwas unwillig zu. Er wusste, dass die Abnahme biometrischer Daten von Photos sehr aufwendig war, da sie nur zweidimensional waren.

„Ich habe auch noch eine andere Idee!" Ayse war ein Gedanke gekommen. „Ich habe mal im Internet eine Antiraucherkampagne aus den USA gesehen. Dort haben sie Bilder von jugendlichen Rauchern an Schulen eingescannt und ihnen dann vorgeführt, welchen Alterungsprozessen sie durch das Qualmen ausgesetzt sind und wie sie dann ein paar Jahrzehnte später aussehen würden. Wenn man das Bild von dem Typen aus Nicaragua durch ein solches Programm laufen lassen würde, könnte man vielleicht herauskriegen, wie er heute etwa aussehen könnte."

Mechthild war beeindruckt. „Haben wir nicht auch so etwas, Fritz?"

Behrmann fuhr sich durch die Haare und kratze sich im Nacken. „Ja, schon. Aber es ist nur eine Spielerei. Nichts Gerichtsfestes." Er stand auf. „Ich hole mal ein Gerät, mit dem ich die Dias in meinen PC einlesen kann. Und dann versuchen wir es mal." Kurze Zeit später hatte Fritz Behrmann einen kleinen Kasten mittels USB-Stecker an seinen PC angeschlossen. Er schob eines der Dias hinein und wartete einen Moment, bis sein Computer erkannt hatte, dass Daten übertragen wurden. Er schnitt mittels einer Maske das Gesicht des Colonels aus und speicherte es gesondert ab. Dann fuhr er das betreffende Programm hoch.

„Warum hast du nie erzählt, dass du so ein Programm hast?" wollte Mechthild wissen. „Da würde ich auch ganz gerne mal dein Gesicht einlesen. Damit ich weiß, was auf mich zukommt!"

Ayse lachte. Und Behrmann brummte verärgert. „Es ist ne illegale Kopie. So was darf man gar nicht auf seinem Behördencomputer haben. Ich habe sie von Dr. von Sülzen. Und der hat sie auch mal irgendwo kopiert. Aber ihr schwärzt mich jetzt ja wohl nicht an, oder?"

„Das muss ich mir noch mal überlegen!" meinte Mechthild scherzhaft. Und Ayse fügte hinzu, dass sie schon wüsste, wo sie gerne mal zum Essen eingeladen werden wollte.

Nachdem Behrmann das Bild ins Programm geladen hatte, wählte er einen Alterungsprozess von zwanzig Jahren, und das kleine Stundenglas auf dem Bildschirm zeigte an, dass das Programm arbeitete. Es dauerte fast zwei Minuten, bis ein gealtertes Konterfei des Colonel auf dem Bildschirm erschien. Aber keiner der drei konnte das Gesicht jemandem zuordnen, den sie kannten.

„Druck mir das Bild farbig aus“, verlangte Mechthild. „Und dann versucht ihr beide mal, damit zu arbeiten.“

Behrmann schaltete den Farblaserdrucker an, und wenig später steckte Mechthild das Bild ein. Während Ayse noch auf ihre Kopie wartete, mit der sie die Verbrecherdatei durchforsten sollte, machte sich Mechthild schon wieder auf den Weg in ihr Büro. Sie wollte wissen, ob sich Roder mittlerweile mit neuen Unterlagen gemeldet hatte. Je schneller er mit etwas rüberkam, desto mehr würde sie glauben müssen, dass es Fehlinformationen waren. Schon beim Eintreten sah sie, dass auf ihrem Bildschirm auf dem Schreibtisch das Symbol für eingegangene E-Mails blinkte. Roder hatte ihr auf die Schnelle Daten über geistige Führer der Neonazis zukommen lassen. Wenig, was ihr weiterhalf. Aber sie sandte sie sofort mit der Bitte um Einbeziehung in die Recherchen an Strehlow und Souton weiter.

Mechthild ließ den Kopf sinken und schloss die Augen. Sie war müde. Die letzte Nacht mit Fritz Behrmann war nur von kurzem Schlaf gekennzeichnet gewesen. Und im Gegensatz zu ihm kam sie mit zu wenig Schlaf nicht zurecht. Sie war erschöpft. Ich geh nach Hause, sagte sie sich. Da räume ich mal endlich die Küche auf, und dann gehe ich ins Bett. Sie brauchte noch einen Moment, bis sie sich aufraffen konnte, das Büro zu verlassen. Aber dann riss sie sich zusammen und holte ihren Mantel von der Garderobe. Gerade als sie die Tür öffnen wollte, schrillte ihr Telephon. Das Vorzimmer des Polizeipräsidenten. Auch das noch: Der PP wollte sie sofort sprechen. Mechthild zog ihren Mantel wieder aus und warf ihn über ihren Stuhl. Dann stieg sie die Stufen zum Büro des PP hinauf.

Im Büro von Ernst Logemann standen alle Fenster offen. Die frische Luft im Raum machte auch Mechthild wieder ein bisschen lebendiger. Noch während er ihr mit einer Geste einen Platz vor seinem Schreibtisch anbot, begann Logemann. „Ich habe in den internen Hausmitteilungen gelesen, dass vor Ihrem Haus in der Humboldtstraße ein Mann des Verfassungsschutzes eine Observation durchgeführt hatte. Durch eine Kontrolle der Schutzpolizei ist er aber in seiner Arbeit gestört worden. Können Sie mir sagen, was der vor Ihrer Haustür wollte?“

„Vor meiner?“ Mechthild tat erstaunt. „Ich habe keine Ahnung. Wann war das denn?“

„Na, gestern!“

Mechthild spielte weiter die Unwissende. „Und weiß man, welchen Auftrag er hatte?"

Logemann verzog sein Gesicht. „Das sagen die einem doch nie, Frau Kayser. Ich bin nur der Ansicht, dass Sie das wissen sollten."

Mechthild überlegte. Was sollte dieses Gespräch? Wo stand in dieser ganzen verwirrenden Angelegenheit ihr eigener Polizeipräsident? Logemann sah Mechthilds Nachdenklichkeit. Er lehnte sich in seinem Sessel nach vorne und sprach leise weiter. „Ich meine nur, dass Sie doch davon erfahren müssen, Frau Kayser. Vielleicht gibt es in Ihrer Nachbarschaft eine rote Zelle oder so etwas. Sie wohnen da ja in einer Gegend, die für ihre Haltung gegenüber dem Staat bekannt ist. Also passen Sie ein bisschen auf. Ich möchte nicht, dass Ihnen auch noch so etwas passiert wie Frau Günher."

Mechthild war erleichtert. Daher wehte der Wind. Der PP hatte gar keine Ahnung, was wirklich abging. Das war auch gut so. Er machte sich also nur Sorgen um sie.

„Ich danke Ihnen für diesen Hinweis, Herr Logemann. Ohne Sie hätte ich davon sicher gar nichts erfahren. Nochmals danke. Ich halte meine Augen offen. Da können Sie sicher sein."

Logemann lehnte sich wieder bequem zurück. „Genau das meine ich. Halten Sie Augen und Ohren offen. Der Staat kann heutzutage an allen Ecken und Kanten angegriffen werden. Und noch etwas: Ich habe Ihnen natürlich nichts gesagt, klar?"

Mechthild nickte verschwörerisch. Dass die Meldung über den enttarnten Verfassungsschützer als Hausmitteilung allen Mitarbeitern der Kripo zugänglich war, schien Logemann gar nicht erfasst zu haben. Er schien seinen eigenen Apparat nicht mehr gut genug zu kennen. Aber das war jetzt unwichtig. Mechthild schüttelte ihrem PP zum Abschied die Hand, und dieser hatte das Gefühl, wieder etwas für seine Leiterin der Mordkommission getan zu haben.

Jetzt war aber Schluss mit Büro. Mechthild holte sich schnell ihren Mantel und eilte in den Innenhof des Polizeipräsidiums. Sie schwang sich auf ihr Fahrrad, und dann ging es ab nach Hause. Die Küche wartete, und die bevorstehende, eintönige Aufräumarbeit war genau die richtige Ablenkung für sie.

Es war wirklich an der Zeit, mal wieder gründlich zu putzen. Mechthild hatte die vergangenen Tage nur immer schnell irgendetwas zu essen bereitet, dann alles stehen und liegen lassen und sich um ihre Ermittlungen gekümmert. Aber sauberes Geschirr und Besteck gingen zur Neige, und so war es genau die richtige Entscheidung gewesen, endlich wieder für Ordnung zu sorgen.

Nach getaner Arbeit ließ sie sich zufrieden mit einem Glas Rotwein auf ihrer Couch nieder. Auf dem Tisch vor ihr lag das Photo des künstlich gealterten Colonel. Aber für die Arbeit konnte sie sich nicht mehr interessieren. Sie war abgespannt und schaltete den Fernseher ein. Im Regionalfernsehen lief ein Zusammenschnitt früherer Beat-Club-Sendungen. Dave Dee war zu sehen, wie er eine Sendung moderierte. Alles noch in Schwarzweiß, und die auftretenden Musiker trugen zum Teil noch Sakkos und Krawatte. Als Arthur Conleys „Sweet Soul Music“ lief, fielen Mechthild die Augen zu, und sie wurde in einen träumerischen Halbschlaf entführt. Schöne Träume waren das. Sie mit ihrem Fritz an einem sonnenbeschienenen Strand vor einer märchenhaften Kulisse aus steilen Ufern, grünen Wiesen, blauem Himmel, und ein frisches Lüftchen wehte ihnen um die Nase. Ein behagliches Gefühl von Leichtigkeit und Wärme durchflutete sie. So sollte es immer weitergehen.

Aber eine markige Stimme riss sie aus ihrer Traumwelt und mochte überhaupt nicht dazu passen. „Einer Stadt muss es zuerst immer um ihre eigenen Bürger gehen“, schallte es aus dem Fernseher. „Einem Deutschen zuerst um Deutschland!“ Im Fernsehen lief ein Wahlkampfspot der Partei „Bremen nach vorn“. Mechthild wurde barsch aus ihren Imaginationen gerissen und suchte verzweifelt die Fernbedienung. Sie wollte schnell wieder hinweggleiten und sich nicht so einen Scheiß anhören. Doch sie hatte sie verlegt. „Zwanzig Jahre haben die Linken diese Stadt regiert. Und ruiniert! Unsere Kinder trauen sich nicht mehr in die Schulen. In den Vorstädten entstehen fremdländische Parallelgesellschaften. Damit muss jetzt Schluss sein!“ Endlich hatte Mechthild die Fernbedienung unter einem Sofakissen entdeckt. Sie suchte den Programmwahlknopf und blickte noch einmal auf den Bildschirm. Und hielt inne. Das Konterfei eines sonnengebräunten Sonnyboys blickte sie an und ließ sie erstarren. Sie blickte auf das vor ihr auf dem Tisch liegende Photo des Colonels und wieder zurück auf den Bildschirm. Noch einmal hin und her. Kein Zweifel: Der Spitzenkandidat von „Bremen nach vorn“ war der Colonel. Nur eben älter geworden. In Mechthilds Kopf begann es zu rauschen. Der Wahlkampfspot war zu Ende. Sie schaltete den Fernseher auf stumm und ging zu dem auf ihrem Schreibtisch platzierten Laptop. Schnell rief sie das Internet auf und ging auf die Seite dieser erstmals in Bremen zur Bürgerschaftswahl antretenden, populistischen Partei. Gleich auf der ersten Seite prangte das Gesicht ihres Spitzenkandidaten Cäsar Hermstein. Sie klickte das Bild zum Vergrößern an und holte dann das Photo vom Wohnzimmertisch. Sie konnte es kaum glauben. Es war unvorstellbar. Cäsar Hermstein war der Colonel. Aufgeregt griff sie zum Telephon und wählte Ayses Handynummer.

„Wo bist du gerade?" fragte sie, ohne sich vorzustellen. Ayse erkannte die Stimme ihrer Freundin sofort.

„Im Büro natürlich."

„Komm zu mir nach Hause!" forderte Mechthild sie auf. Aber dann fiel ihr ein, dass ihr Telephon vielleicht überwacht werden würde. Mit betont bedrückter Stimme fuhr sie fort. „Ich habe irgendwie einen Depri wegen Anna. Es wird mir alles zu viel. Kannst du kommen?"

Ayse stimmte sofort zu. Sie wusste, dass es irgendwann schlimmer werden musste. Mechthild konnte nicht immer so tun, als wenn sie das Verschwinden ihrer Tochter alleine bewältigen könnte. Nur kurz erklärte Ayse Fritz Behrmann, warum sie dringend aus dem Büro musste. Fritz wollte mitkommen, aber Ayse wehrte ab. „Es ist besser, wenn wir Frauen erst einmal alleine sind."

Als Ayse endlich voller Sorge das Haus ihrer Freundin erreichte, war sie schon auf alles vorbereitet. Sie hatte Beruhigungspillen dabei und die Telephonnummer eines befreundeten Therapeuten, der ihr zugesichert hatte, im Notfall sofort zu kommen. Nervös betätigte sie die Klingel. Als Mechthild ihr öffnete, schien diese aber schon wieder ganz gefasst zu sein.

„Tut mir leid, Ayse. Es ist wirklich nichts. Ich wollte nur nicht, dass einer den wahren Grund erfährt, warum du herkommen solltest." Sie zog ihre Freundin ins Haus.

Ayse wurde wütend. „Weißt du eigentlich, was ich mir für Sorgen gemacht habe? Ich habe immer damit gerechnet, dass Annas Verschwinden dich eines Tages aus der Bahn werfen wird. Und jetzt hast du mir nur etwas vorgemacht?" Aufgebracht ging sie im Wohnzimmer auf und ab. Dann fiel ihr Blick auf den Plasmabildschirm von Mechthilds Laptop. Verdutzt blieb sie stehen und hielt inne. Sie beugte sich langsam herunter.

„Das, das gibt es doch nicht", stammelte sie.

„Und ob", konstatierte Mechthild nicht ohne Stolz. „Du siehst es also genauso wie ich?"

Ayse setzte sich auf den kleinen Stuhl vor dem Schreibtisch. Auch sie ließ ihren Blick jetzt zwischen den beiden Bildern hin und her wandern.

„Mein Gott, Mechthild. Ein Volltreffer!“ All ihre Wut war verflogen und einer Aufgeregtheit gewichen. „Und was machen wir jetzt?“

Mechthild hockte sich neben ihre Freundin. „Wenn ich das nur wüsste, Ayse. Wir müssen alles, was wir haben, noch einmal neu zusammenfügen. Dann sehen wir weiter.“

Mechthild heftete ein großes Blatt Papier an die Wohnzimmerwand. Dann begann sie zu notieren: Hermstein in Nicaragua, Dunker auch. Konservative Partei, „Bremen nach vorn“. Und über allem mit einem dicken Fragezeichen: Verfassungsschutz. Dazu kam der lettische Mörder, der erst recht nicht in das Schaubild passen wollte. Aber als sie das Photo Bruninieks aus dem Restaurant Moskau ins Spiel brachte, entstand die Verbindung zwischen dem russischen Restaurantbesitzer und dem Wirtschaftssenator der konservativen Partei, da sie ja gemeinsam eine Firma besaßen.

„Und weißt du, was noch auffällt?“ Ayse schaute wie gebannt auf Mechthilds Verbindungslinien an der Wand und stand auf. „Im Terminkalender von Bernhard Lange stand CH. Das könnte auch Cäsar Hermstein heißen!“

Mechthild pinselte ein CH aufs Papier und zog eine Linie zur konservativen Partei. „Ja, wenn Hermstein zu dem Zeitpunkt im Büro von Lange war, dann erklärt das möglicherweise den Anruf bei Dunker. Vielleicht wurde klar, dass Dunker ein Problem werden könnte, und einer der beiden hat dann bei ihm angerufen. Frau Janssen sagte ja aus, dass Dunker Geld geboten worden war.“

Ayse setze sich rücklings auf den Stuhl am Schreibtisch und legte ihren Kopf auf die Lehne. „Aber wie um alles in der Welt passen da Roder und der Verfassungsschutz rein? Und wer hat auf mich geschossen? Und warum?“

„An dem Tag, als der Anschlag auf dich verübt wurde, hattest du zum ersten Mal eine Recherche in eine andere Richtung begonnen. Du erinnerst dich? Du hast die Passagierlisten Bremen-Riga überprüft.“

„Ja, aber das hat doch keiner gewusst!“

Mechthild blickte ihre Freundin lange und ruhig an. „Ich wäre mir da nicht so sicher.“ Sie tippte mit dem Finger auf ihr Schaubild und zeigte auf das Wort „Verfassungsschutz“.

„Wenn wir von Anfang an überwacht wurden, dann haben sie, wer immer das sein mag, auch gewusst, dass wir mit Riga in Kontakt waren.“

„Aber warum sollte der VS so etwas machen? Das ergibt doch erst mal keinen Sinn! Das sind doch sozusagen Leute von uns!“

„Wir brauchen jemanden, der anders denkt als wir. Der die Dinge anders betrachten kann als wir mit unserer kriminalistischen, staatstragenden Ausrichtung.“ Sie griff sich ihr neues Handy und versendete eine SMS.

„Wen hast du benachrichtigt?“ Ayse war neugierig.

„Warte es ab! Ich hoffe, ich kriege gleich eine Antwort.“ Wenig später deutete ein leises Signal den Eingang einer Nachricht auf Mechthilds Handy an. „Er ist auf dem Weg“, gab sie Ayse bekannt, die noch immer nicht ganz verstand. „Lass dich überraschen!“

Etwa zwanzig Minuten später schellte es an der Haustür. Mechthild eilte auf den Flur und öffnete. Ayse konnte hören, wie sie jemanden kurz begrüßte und eine männliche Stimme antwortete, die ihr aber nicht bekannt vorkam. Wenig später trat Mechthild zusammen mit Klaus Haschner ins Wohnzimmer. Ayse war erstaunt. Was hatte Mechthild mit Haschner zu tun? Der war in der Polizei recht gut bekannt und zum Teil berüchtigt für seine kritischen Artikel über ihre Arbeit.

Ayse gefiel diese Verbindung ganz und gar nicht, und sie machte keinen Hehl daraus. „Was soll das denn, Mechthild? Arbeiten wir jetzt schon mit den Leuten zusammen, die uns andauernd in die Pfanne hauen? Dazu habe ich keine Lust.“ Sie machte Anstalten zu gehen.

„Nun warte mal!“ Mechthild hielt ihre Freundin zurück. „Wir verdanken Herrn Haschner den Kontakt mit Sigrid Janssen und somit auch die Photos. Ohne ihn wären wir heute noch lange nicht so weit. Also was ist? Willst du dich jetzt aus dem Staub machen, oder wollen wir uns anhören, ob Herr Haschner uns bei der Entschlüsselung dieses Rätsels behilflich sein kann?“

Ayse presste die Lippen aufeinander. Über Haschner war ihre Freundin also zu den Photos gekommen. Dafür hatte sie ihm sicherlich schon so einiges erzählt. Am schlimmsten aber fand sie, dass ihr ihre beste Freundin das verschwiegen hatte.

„Wenn Ihnen eine Zusammenarbeit mit mir unangenehm ist, dann kann ich auch wieder gehen, Frau Günher“, mischte sich Klaus Haschner nun ein. „Aber Sie sollten bedenken, dass auf Sie ein Mordanschlag verübt worden ist, und es spricht nichts dafür, dass es keinen zweiten geben kann.“ Sofort warf Mechthild Haschner einen bösen Blick zu. So sollte er nicht mit ihrer Freundin sprechen. Aber Haschners Worte hatten bereits gewirkt.

„Verdammt noch mal!“ motzte Ayse. „So kriegen wir am Ende doch noch mehr Ärger! Wenn rauskommt, dass wir mit der Presse zusammenarbeiten. Und auch noch mit der taz!“

Mechthild versuchte, ihre Freundin zu beruhigen. „Was wir dringend brauchen, ist eine öffentliche Instanz, die uns gegebenenfalls weiterhelfen kann. Lass uns unsere Erkenntnisse austauschen. Ich verspreche dir: Wenn es Ärger gibt, erkläre ich, dass ich dich gegen deinen Willen hier hineingezogen habe. Ist das okay für dich?“ Mechthild war erregt und Ayse immer noch unsicher.

„Ach, es ist mir sowieso langsam alles scheißegal“, schimpfte sie los. „Jemand hat auf mich geschossen!“ Weinend sackte Ayse aufs Sofa. Der durch den Anschlag ausgelöste Schock saß noch immer tief.

Mechthild setzte sich neben sie und nahm sie tröstend in den Arm. „Ich möchte nicht, dass sich so etwas wiederholt, Ayse. Darum brauchen wir Hilfe von außen.“

Langsam beruhigte Ayse sich wieder. Sie wischte ihre Tränen ab, putzte sich die Nase und atmete einmal tief durch. „Gut, dann los!“ Sie hatte sich wieder gefasst. Mechthild schritt vor das an die Wand geheftete Papier. Sie erläuterte Klaus Haschner ihre Notizen und festgestellten Verbindungen.

Der taz-Redakteur war erstaunt über die Puzzlestücke, die ihm präsentiert wurden. Mit langsamen Bewegungen holte er sich eine Zigarette aus einer Schachtel, die er in der Jacke hatte. „Darf ich?“ Mechthild nickte. Haschner inhalierte tief den Rauch und blies ihn genüsslich wieder aus. Er starrte in Gedanken vertieft auf die Notizen an der Wand. Seine Gesichtszüge blieben ernst. „Es muss so etwas wie ein Komplott, eine Intrige sein. Hier geht es um Politik, Machtpolitik. Sehen Sie: Wir haben eine Koalitionsregierung, die nicht wirklich gut zusammenpasst. Jede der beiden regierenden Parteien hat eigentlich in den letzten Jahren gemacht, was sie wollte. Alles, was Ärger bedeutet hätte, haben beide Parteien ausgeklammert. Aber wirklich glücklich waren sie nicht miteinander. Und die Wähler auch nicht. Jetzt kommt „Bremen nach vorn“. Alles deutet darauf hin, dass sie eine ganze Reihe von Protestwählern um sich scharen und wahrscheinlich, so peinlich das auch ist, in den Landtag einziehen werden.“

„Ja, und?“ Ayse konnte Haschners Vortrag nichts abgewinnen.

Haschner drückte seine Zigarette aus. „Was glauben Sie, wer eher mit einer populistischen Partei koalieren würde: die Sozialisten oder die Konservativen?“

„Das ist doch wohl klar. Die Konservativen natürlich!“

„Eben“, bestätigte Haschner. „Und so wird ein Schuh daraus: Die Konservativen planen, mit ‚Bremen nach vorn‘ die Regierung zu bilden, sofern die Populisten genügend Stimmen bekommen. Dann verunsichern sie die

Sozialisten mit dieser Mafianummer, und der Innensenator muss zurücktreten. Ein gemachter Skandal.“

„Ja, genau!“ Ayse sprang auf. „Und dann taucht Christian Dunker auf und könnte alles zu Fall bringen, indem er droht, Hermstein zu enttarnen!“

„Aber das würde doch bedeuten, dass die Konservativen einen Killer bestellt hätten. Das kann ich mir nicht vorstellen. Zu absurd!“ warf Mechthild ein.

Haschner lächelte. „Ist ja nur eine Überlegung. Ich traue allen immer alles zu. Dennoch muss es ja auch nicht so gewesen sein. Nehmen wir mal an, Hermstein klärt Bernhard Lange an dem Tag, an dem Christian von dort aus angerufen worden ist, darüber auf, dass es diese Photos gibt. Vielleicht hat Lange ihm geraten, Christian Geld anzubieten und damit die Sache aus der Welt zu schaffen. Hermstein ruft vom Büro aus an und erfährt von Christian, dass der sich nicht kaufen lassen wird. Dann musste eben eine andere Lösung her. Für die ist Christian doch nur ein verwirrter Kommunist gewesen.“

Mechthild schüttelte ungläubig den Kopf. „Und was hat der Verfassungsschutz damit zu tun?“

Jetzt kam Haschner in Fahrt. „Überlegen Sie mal. Hermstein war in Nicaragua. Sigrid Janssen hat mit erzählt, dass Christian kurz nachdem er die Photos gemacht hatte, die Brigade verlassen musste. Angeblich, weil er ein Sicherheitsrisiko darstellen könnte. Das war damals nicht ungewöhnlich. Aber in diesem Zusammenhang? Nee, vielleicht war Hermstein im Auftrag eines deutschen Geheimdienstes in der Brigade. Damals hieß es doch von überall her, in Nicaragua würde die nächste Terroristengeneration ausgebildet werden. Da waren die Geheimdienste schon dran interessiert. Was spricht dagegen, dass Hermstein in ihrem Auftrag da war, ein bisschen aus dem Ruder lief und nach der photographierten Vergewaltigung seinen Auftrag gefährdet sah und Christian loswerden musste?“

„Also jetzt mal langsam!“ In Ayses kriminalistischem Kopf entstand ein Bild, das sie so nun gar nicht glauben konnte. „Wenn Hermstein für den Geheimdienst arbeitet, was will er dann in der Bremer Regierung?“

„Na, sich selbst kontrollieren.“ Haschner verging ein Anflug von Lächeln. „Ein deutscher Geheimdienst hätte damit zum ersten Mal direkten Zugang in eine Regierung. Ohne dass es bekannt ist, wohlgemerkt. Das würde manches für deren Arbeit leichter machen. Stellen Sie sich mal vor, Hermstein würde in einer neuen Regierung Innensenator werden!“

Mechthild setzte sich zurück aufs Sofa und ließ ermattet die Hände sinken. Wenn Haschner mit dieser Vermutung richtig liegen sollte? Sie fühlte sich plötzlich völlig ohnmächtig. „Wenn das wahr ist, was sollen wir denn dann machen? Gegen solch eine geballte Macht haben wir doch keine Chance. Das würde doch auch bedeuten, dass unsere eigenen Leute hinter dem Mordversuch an Ayse ..." Mechthild stockte. „Nein, das kann ich mir beim besten Willen nicht vorstellen."

Haschner ergriff wieder das Wort. Seine journalistische Leidenschaft war geweckt worden. Er sah sich involviert, möglicherweise einen politischen Skandal aufdecken zu können. „Vielleicht begehen sie keinen Mord. Oder wollen zumindest dafür keine Verantwortung tragen. Aber was ist, wenn ihnen Hermstein seine Schwierigkeiten erklärte und man mit Geld nicht weiterkam? Der Wirtschaftssenator kann dem Hermstein doch mal den Rat gegeben haben, sich vertrauensvoll an seinen Geschäftspartner aus Russland zu wenden. Und schon wird die Sache wieder rund."

Mechthild schüttelte verzweifelt den Kopf. „Alles Spekulation. Wir haben doch nichts in der Hand."

So sah das Haschner aber gar nicht. Und er hatte einen Vorschlag. „Gegen die Geheimdienste werden wir mit dem, was wir haben, wohl nicht punkten können. Aber wir könnten uns Hermstein vornehmen."

„Wir können ihn höchstens outen. Und was bringt das?" Ayse war frustriert. „Für die Vergewaltigung kriegen wir ihn sowieso nicht mehr dran. Das ist höchstens ein Skandal. Der tritt zurück, und das war's dann."

Aber Haschner hatte etwas ganz anderes vor. Angespannt drückte er seine Handflächen aneinander und fuhr fort. Er wollte, dass Sigrid Janssen Hermstein die Photos für eine bestimmte Summe anbot. Bei der Geldübergabe könnte die Mordkommission dann zugreifen. Dass sie die Vergewaltigung nicht zu Ende ermitteln können würden, wüssten sie zu diesem Zeitpunkt doch noch nicht. So hätten sie einen Grund, bei Hermstein eine Hausdurchsuchung durchzuführen. Und vielleicht stießen sie dann auf Material, das die ganze Geschichte aufhellte.

„Also, wie denken Sie darüber?" Haschner sah beide Frauen abwechselnd an.

Mechthild fuhr sich nervös durch die Haare. „Das ist Anstiftung zu einer Straftat. Und für Frau Janssen viel zu riskant."

Auch Ayse hatte ihre Bedenken. „Wenn das rauskommt, fliegen wir raus. Das ist doch wohl klar."

Haschner setzte noch einmal an. „Ganz im Ernst, meine Damen: Wenn an der Sache etwas dran ist, müssen Sie sich sowieso die Frage stellen, ob Sie für eine solche Regierung überhaupt arbeiten wollen. Und zweitens: Wenn es rauskommen sollte, dann will keiner etwas davon gewusst haben, und Sie beide wird man fein in Ruhe lassen. Also, ich sage, wir machen das. Aber es geht nur mit Ihrer Hilfe.“

Ayse zog Mechthild vom Sofa und ging mit ihr außer Reichweite Haschners. Er konnte nicht hören, was sie besprachen, aber sie tuschelten sehr aufgeregt miteinander. Als sie sich wieder umdrehten, ergriff Mechthild das Wort. „Gut, wir machen das. Es kommt sowieso nicht mehr drauf an. Aber glauben Sie wirklich, Frau Janssen spielt da mit?“

Haschner erhob sich erleichtert. „Wo ist das Telephon?“

„Hier! Nehmen Sie lieber dieses Handy. Man weiß ja nie!“

Haschner nickte und ging mit dem Telephon auf den Flur. Es dauerte fast eine Viertelstunde, bis er zurückkam. Sein Gesicht war sehr ernst. „Sie macht es. Aber wir müssen noch Vorbereitungen treffen.“

„Ach, und an was haben Sie gedacht, Herr Kommissar?“ spöttelte Ayse und zog sich einen sauren Blick Mechthilds zu.

Haschner ignorierte Ayses Spruch. „Sie müssen eine Telephonüberwachung für Sigrid Janssen beantragen. Damit wir mithören können.“

Mechthild schüttelte den Kopf. „Geht nicht. Dann wissen alle gleich Bescheid. Wir machen das anders.“ Dann erläuterte sie, dass Sigrid Janssen eine Erklärung unterschreiben sollte, die Mechthild erlaubte, ihr Telephon abzuhören, wenn es erforderlich sein würde. Nur zur Sicherheit. Ansonsten sollte sie den Übergabezeitpunkt und -ort auf Mechthilds neues Handy übermitteln. Dann würde sie mit einem Ermittlerteam bereitstehen für die Festnahme Hermsteins. Haschner sah zwar noch einige mögliche Komplikationen, aber merkte, dass sie nur so arbeiten konnten. Eben konspirativ.

„Wann wollen wir starten?“

„Wir dürfen keine Zeit verlieren. Frau Janssen soll Hermstein noch heute anrufen. Geldübergabe am besten gleich morgen Abend. Hermstein wird das Geld sicher schnell verfügbar haben, denn er wollte es ja schon Dunker geben.“

„Okay, das kriege ich hin“, antwortete Haschner und verabschiedete sich schnell und kurz. „Wir bleiben über ihr neues Handy in Kontakt. Und vergessen Sie nicht: Die Story bleibt bei mir.“ Mechthild lächelte gezwungen. „Keine Sorge, das ist versprochen.“

„Der ist auch nur hinter seiner Story her. Hoffentlich geht das gut.“

„Ich glaube nicht, dass es ihm nur um die Geschichte geht. Was hier abläuft, geht eigentlich alle an."

Das Telephon klingelte. Beide Frauen erschreckten sich. Ein Zeichen dafür, dass ihre Nerven sehr angespannt waren. Mechthild nahm ab. Es war Fritz Behrmann, der sich nach ihr erkundigen wollte.

„Alles wieder gut", sagte Mechthild sanft. „Ich bin schon wieder okay. Ich gehe gleich zu Bett und schlaf mich aus. Morgen bin ich dann wieder die Alte."

„Ich liebe dich, Mechthild." Behrmann war erleichtert. „Wenn du willst, komme ich noch!"

„Heute besser nicht, Fritz. Aber bitte sorge dafür, dass Souton, Strehlow und Heller morgen pünktlich um neun zur Frühbesprechung da sind. Und es wäre gut, wenn du auch kommst und uns das Ergebnis deiner biometrischen Untersuchung mitteilen könntest." Mechthild hauchte noch einen Kuss durchs Telephon und legte dann auf.

„Und du, Ayse, machst dich morgen früh gleich auf und holst eine Einverständniserklärung von Sigrid Janssen ein, dass wir ihre Telephondaten anfordern dürfen."

„Das mache ich noch heute Abend. Ich habe alle erforderlichen Formblätter auch auf meinem Computer zu Hause", gestand sie.

Mechthild verdrehte die Augen. Das war eindeutig nicht zulässig. Aber unter diesen Umständen sehr hilfreich. Sie gab Ayse die Telephonnummer von Haschner, und dann schickte sie ihre Freundin los.

Mechthild betrachtete noch einmal das Schaubild an der Wand. Sie spürte ihr Herz wild schlagen. So aufgeregt war sie. Ihr wurde sogar ein bisschen schwindelig. Um sich abzulenken, zog sie irgendeine CD aus ihrer bescheidenen Sammlung und legte sie in den Player. Sie hatte Albinonis „Adagio" erwischt. Keine gute Wahl für diesen Moment. Das schwermütige Cello zog sie herunter. Sie drückte die Stopp-Taste und suchte sich ganz bewusst den „Boss". Als Bruce Springsteens „It's hard to be a saint in the city" aus den Boxen zu hören war, drehte sie lauter. Seine Stimme tat ihr gut und baute sie auf. Das brauchte sie jetzt.

Am kommenden Tag erschien Mechthild pünktlich um neun Uhr im Besprechungszimmer. Von ihren Ermittlern fehlte niemand, und auch Behrmann war da und strahlte seine Geliebte an. Mechthild wirkte entschlossen und kraftvoll. Behrmann war froh, dass es ihr wieder besser ging. Vom Treffen mit Klaus Haschner und Sigrid Janssen hatte Ayse noch nichts erzählt. Sie hielt es für besser, ihrer Freundin und Chefin diesen Part zu überlassen.

Mechthild nahm ihren angestammten Platz ein, und es wurde still im Raum. „Also, ich will es gleich vorweg sagen: Ich plane noch für heute einen Zugriff."

Überrascht starrten sie alle an. Nur Ayse nicht. Die lächelte und wedelte Mechthild mit einem bedruckten Bogen Papier zu. Die Einverständniserklärung Sigrid Janssens. Mechthild nickte zufrieden.

„Aber dazu später. Fritz, hast du mit den Bildern etwas anfangen können?"

Fritz Behrmann schüttelte den Kopf. „Nein, leider nicht. Ich habe so gut wie möglich das Gesicht auf dem Bild vermessen und dann die Daten durch unsere Dateien laufen lassen. Aber wie ich es erwartet hatte, habe ich keine Übereinstimmung gefunden." Er war bedrückt, dass er nicht weiterhelfen konnte. Aber Mechthild schien das nichts auszumachen.

„Wenn du ein Vergleichsphoto hättest, Fritz", fragte sie munter, „könntest du dann genauere Angaben machen?"

„Du meinst vergleichen, ob jemand der Typ auf dem Photo ist? Das wäre etwas ganz anderes. Aber an wen denkst du denn?"

„Später", entgegnete Mechthild kurz. „Ayse, geh mit Fritz runter. Du weißt ja, wo du unseren Mann im Internet findest."

Ayse strahlte ihre Freundin an und erhob sich. Das bisschen Heimlichtuerei gefiel ihr. „Alles klar, Chefin!" Sie verließ mit dem sehr erstaunten Leiter des ED den Raum.

Mechthild rückte ihren Stuhl näher an den Besprechungstisch und legte ihre Hände flach auf dessen Platte.

„Wir haben seit gestern Abend einen konkreten Hinweis, wer der Mann auf den Photos sein könnte. Ich bin mir sogar ziemlich sicher. Aber ich möchte dennoch das Ergebnis der biometrischen Untersuchung abwarten. Hoffentlich dauert es nicht so lange. Wenn mein Verdacht zutreffen sollte, dann müssen wir wahrscheinlich noch heute eine Festnahme durchführen und eine Wohnungsdurchsuchung organisieren. Ich möchte allerdings, dass diese und die folgenden Informationen diesen Raum nicht verlassen. Sie bleiben unter uns. Wir sind leider auf uns gestellt. Kann ich mit ihrer Diskretion rechnen?"

Heller, Souton und Strehlow nickten zustimmend. So versichert erklärte Mechthild ihnen die aufgetauchten Zusammenhänge. Haschner erwähnte sie nicht. Das musste einfach ihr Ding bleiben. Ausführlich schilderte sie ihre Vermutungen und die darauf hinweisenden Indizien.

„Hört sich sehr nach einer politischen Intrige an“, sagte Peer Souton. „Aber beweisen können wir doch damit eigentlich nichts, oder?“

Mechthild nickte. „Das stimmt. Zumindest vorerst. Aber wenn wir wissen, dass Hermstein der Colonel ist, dann werden wir versuchen, an ihn heranzukommen und ihn festzunageln. Hausdurchsuchung inklusive.“

Harald Strehlow war ziemlich überrascht. Er empfand die ganze Situation als sehr aufregend. Und er war fest davon überzeugt, dass er als Polizeistudent nicht zur Verantwortung gezogen werden würde, wenn hier etwas schiefging. Aber mitmachen wollte er auf jeden Fall. Doch er hatte Bedenken. Strehlow zog seinen Stuhl näher an den Tisch und richtete sich auf.

„Braucht man für eine Hausdurchsuchung nicht einen dringenden Tatverdacht?“

Bevor Mechthild antworten konnte, erläuterte Peer Souton die Vorgehensweise. Er hatte sie gleich verstanden. „Wenn Hermstein identifiziert ist, nehmen wir ihn als Tatverdächtigen einer Vergewaltigung fest. Zu diesem Zeitpunkt können wir ja noch nicht wissen, ob es zu einer Anzeige gekommen ist. Dann holen wir uns einen Durchsuchungsbeschluss und versuchen, weitere Beweismittel zu finden. Und möglicherweise stoßen wir dabei auf Zusammenhänge mit dem Mord an Christian Dunker.“

„Moment mal!“ Heller hatte seine Hände vor sich gefaltet und begann sie zu kneten. „Dann sollen wir wirklich davon ausgehen, dass Hermstein mit dem Tod von Dunker etwas zu tun hat? Er also der Anstifter der Tat war?“

„So sieht es aus, Herr Heller“, bestätigte Mechthild und spürte das große Unbehagen, das Heller befallen hatte.

„Ein Politiker, der einen Mord in Auftrag gegeben hat, um an die Macht zu kommen?“

„Halten Sie das für ungewöhnlich?“ fragte Mechthild kritisch. Sie war verunsichert. Wollte Heller im Spiel bleiben oder aussteigen? „Die ganze Geschichte ist voll von politischen Morden. Glauben Sie, das passiert heute nicht mehr?“

Heller kam in Verlegenheit. „Ja, schon. Aber bei uns in Bremen?“

„Es ist bestimmt sehr selten.“ Souton hatte das Wort ergriffen. „Aber denken Sie doch mal an den Fall Barschel. Für mich ist da noch einiges unklar. Oder die Ermordung von Buback. Die Rolle des Geheimdienstes ist bis heute nicht geklärt.“

Heller kam leicht ins Schwitzen. Die ganze Dimension dieses Falles überforderte ihn. „Und wir, die kleine Mordkommission in Bremen, decken das alles auf?“

Jetzt wurde es Mechthild zu bunt. „Wir sind keine kleine Mordkommission. Wir sind eine der besten in Deutschland. Und Sie gehören dazu. Wir sind mutig. Wir lassen uns nicht abschrecken. Wir sind Polizisten. Und nicht jede Ermittlung führt zu einem Erfolg. Mancher Straftäter kommt davon. Bei anderen Verdächtigen stellt sich heraus, dass sie unschuldig sind. Das kennen wir doch! Aber wir haben immer zu ermitteln. Das ist unser Job. Auch Ihrer. Also: Haben Sie zu große Bedenken, oder sind Sie dabei?“ Sie wollte Klarheit. Sie hatte noch nichts von ihrem Coup mit Sigrid Janssen erzählt. Dieses riskante Vorhaben wollte sie erst erläutern, wenn sie sicher sein konnte, dass ihre Leute hinter ihr standen.

Heller wankte noch immer. Er wusste, dass seine Chefin ihre Mitarbeiter niemals im Stich ließ. Das war zwar einerseits beruhigend. Aber andererseits hatte er Sorge, dass sie bei einem Fehlschlag gar nichts für ihn tun können würde. Dieser Zwiespalt war unerträglich. Aber er musste sich jetzt entscheiden. Ja, sie waren mutig. Das hatten sie schon bewiesen. Und Mechthild Kayser konnte taktieren. Das hatte sie im Umgang mit Kurt Roder schon gezeigt.

Heller biss die Zähne zusammen. „Ich mache mit.“ Mechthild war erleichtert. Eine Schwächung ihrer Truppe konnte sie zu diesem Zeitpunkt nicht gebrauchen.

Die Tür zum Besprechungszimmer wurde aufgerissen, und eine siegessicher strahlende Ayse und ein etwas verstörter Leiter des ED kamen hereingerauscht.

„Er ist es!“

„Jedenfalls zu achtzig bis neunzig Prozent“, schränkte Behrmann ein. „Mensch, das ist der Spitzenkandidat einer Partei. Den kann man doch nicht einfach so festnehmen!“

Mechthild war mit dem Ergebnis der biometrischen Untersuchung zufrieden. Jetzt konnte sie ihren Verdacht begründen und weitere Maßnahmen einleiten.

„Für mich ist er nur ein Verdächtiger, und er wird von uns genauso behandelt, wie alle anderen auch!“

Das Ergebnis des biometrischen Vergleichs beruhigte Heller sehr. Sie hatten jetzt ja wirklich etwas in der Hand. „Dann nehmen wir ihn also gleich fest“, kommentierte er den aktuellen Sachstand. Heller wollte am liebsten sofort loslegen. Jetzt war es für Mechthild an der Zeit, allen anderen, die noch nichts davon wussten, ihren Plan mit dem Einsatz von Sigrid Janssen zu erläutern.

„Wir lassen uns noch ein bisschen Zeit. Ich muss Ihnen mitteilen, dass ich weiß, dass Hermstein gestern Abend erneut erpresst wurde mit der Veröffentlichung der Photos."

Bis auf Ayse waren alle erstaunt. „Hat Cäsar Hermstein Anzeige erstattet?" wollte Souton wissen.

„Nein, es ist anders", begann Mechthild vorsichtig. Sie wusste, dass das, was sie jetzt erzählen würde, langsam und behutsam vermittelt werden musste, um nicht schon wieder große Bedenken auszulösen. „Die Erpresserin hat sich an uns gewandt und uns ihre Unterstützung zugesagt."

Heller verdrehte den Kopf und starrte zur Decke. Was hatte sich seine Chefin da bloß ausgedacht? Und er hatte auch noch gerade zu allem sein Einverständnis gegeben. Mechthild erläuterte ihren Plan. Allen Beteiligten wurde schnell klar, wie riskant dieses Vorhaben war.

„Die Frau begeht damit eine Straftat, Mechthild", ergriff Fritz Behrmann das Wort. Er machte sich große Sorgen.

„Das ist auf den ersten Blick richtig. Aber es fehlt ihr am Vorsatz. Sie will sich nicht bereichern, sondern uns bei unseren Ermittlungen helfen."

Peer Souton gefiel das, was er gehört hatte. Er war ziemlich beeindruckt davon, wie weit die Leiterin der Mordkommission gegangen war, um dem Recht auf die Sprünge zu helfen. Trotzdem wollte er noch eines wissen. Nur um vorbereitet zu sein.

„Haben Sie möglicherweise die Frau Janssen dazu angestiftet? Ich frage nur, um darüber Klarheit zu gewinnen, wie wir uns zu verhalten haben. Und nicht, um unser weiteres Vorgehen in Frage zu stellen!"

Mechthild überlegte einen Moment. „Ich meine, das spielt keine Rolle." Sie wich einer ehrlichen Antwort aus. Sie hatte sich in dieser Angelegenheit zwar nichts vorzuwerfen, aber sie wollte Klaus Haschner auch weiterhin heraushalten. Es reichte, dass Ayse davon wusste. Und die sagte von sich aus bestimmt nichts zu diesem Thema.

„Okay, ich verstehe", erklärte Peer Souton, und für ihn schien deutlich geworden zu sein, dass Mechthild Sigrid Janssen angestiftet hatte. Für einen alten Kriminalisten wie ihn kein Problem. Er hatte schon anderes erlebt. Und er war zufrieden, dass sie alle aus einer Mitwisserschaft herausgehalten wurden. Um Mechthild zu unterstützen und weiteren Bedenkenträgern zuvorzukommen, fuhr er gleich fort. „Dann müssen wir also nur noch wissen, wann sich Frau Janssen mit Hermstein treffen wird.“

Mechthild war erleichtert. Souton hatte die Sicherheit, die er brauchte, und endlich kam einer auf die Idee, den bevorstehenden Einsatz zu planen. Keine Vorbehalte, keine kritischen Äußerungen mehr. Mechthild ergriff die Initiative. „Ich warte darauf, dass mir Frau Janssen eine SMS mit Ort und Zeitpunkt ihres Treffens schickt. Das müsste in Kürze geschehen. Dann gehen wir in Position und greifen zu.“

Alle waren einverstanden. Sogar Fritz Behrmann. Obwohl er mehr von Sorge um Mechthild getrieben war; er wollte auf jeden Fall an ihrer Seite bleiben. Denn er hielt den Plan für ziemlich aussichtslos. Aber das verkündete er nicht.

Mechthild Kayser schaute auf ihre Uhr. „Es ist jetzt mittags. Machen Sie noch eine ordentliche Pause. Der Tag könnte lang werden. Wenn sich Frau Janssen bei mir gemeldet hat, sende ich Ihnen ohne weitere Hinweise einen Termin für die nächste Besprechung. Wir werden das schon schaffen!“

Die Runde um den Besprechungstisch löste sich langsam auf. Peer Souton überredete Heller und Strehlow, mit ihm in der Kantine im Hochparterre zu Mittag zu essen. Fritz Behrmann blieb sitzen und starrte Mechthild nachdenklich an.

Mechthild lächelte. „Ich weiß. Es ist ungewöhnlich, so vorzugehen. Aber ich habe keine bessere Idee gefunden.“

Ihr auf dem Tisch liegendes Handy vibrierte und bewegte sich dabei gefährlich Richtung Tischkante. Aufgeregt schnappte sich Mechthild das Telephon. Eine SMS war angekommen. Aber leider nicht von Sigrid Janssen, sondern von Klaus Haschner.

„Ich erwarte, dass Sie mir den Treffpunkt mitteilen. Sigrid hat sich nicht zurückgemeldet. K.H.“

Auch das noch. Ayse und Behrmann sahen Mechthild erwartungsvoll an. Aber mit einer Handbewegung gab sie ihnen zu verstehen, dass es nicht die Nachricht war, auf die sie alle warteten.

Mechthild ging mit dem Telephon auf den Flur und rief Haschner zurück. „Ich kann Sie einfach nicht zu einer Festnahme mitnehmen. Das geht nicht“, flüsterte sie und versuchte, ihn von seinem Wunsch abzubringen.

Aber so hatte Haschner es auch nicht beabsichtigt. „Ist mir schon klar, Frau Kayser. Ich tauche nicht auf. Aber ich will mich mit einem Super-Tele auf die Lauer legen. Sie kriegen gar nichts davon mit. Okay?“

Das schmeckte Mechthild gar nicht. Aber sie wollte auch nicht, dass er absprang und am Ende noch Sigrid Janssen zum Abblasen der Aktion riet. „Also gut. Aber wirklich auf Entfernung. Und dass Sie mir nicht auftauchen!“

Haschner versprach ihr, unbemerkt im Hintergrund zu bleiben.

Sie drückte die rote Taste ihres Handys und kehrte in das Besprechungszimmer zurück. „Ehrlich gesagt: Ich bin jetzt nicht in der Lage, etwas essen zu gehen. Aber wenn ihr beide loswollt, habe ich nichts dagegen. Ich bleibe im Büro.“

Fritz Behrmann war unschlüssig. Er hatte Appetit, am liebsten hätte er ihn zusammen mit Mechthild gestillt. Aber er verstand: Sie wollte unbedingt noch Ruhe für sich und ihre Planungen haben. Also hakte er Ayse Günher unter und zog sie aus dem Raum. Mechthild setzte sich wieder hin und massierte sich die Schläfen. Wenn sich doch die Janssen endlich melden würde. Mechthild schloss die Augen und versuchte sich zu entspannen. Sie streckte ihre Arme weit nach hinten und dehnte ihren Oberkörper. Dann sank sie wieder in sich zusammen und ließ den Kopf auf die Brust sacken. So dämmerte sie eine geraume Zeit vor sich hin. Sie benötigte keine Zeit, um sich zu konzentrieren. Sie brauchte dringend Erholung. Sie war müde und erschöpft. Dieser Fall ging ihr an die Nieren und verschlang unendlich viel ihrer Energie.

Das Zappeln ihres Handys auf dem Tisch riss sie zurück in die Wirklichkeit des Polizeipräsidiums. Eine Nachricht: „20 Uhr. Parkplatz Unisee! SJ“.

Endlich war es soweit. Sie suchte im Adressbuch ihres Handys die Nummern ihrer Mitarbeiter zusammen und schickte ihnen die Nachricht, sich um 18.00 Uhr im Präsidium einzufinden. Was würde sie wohl erwarten, wenn sie Hermstein mit Sigrid Janssen überraschten? Hoffentlich machte er keinen unnötigen Stress, wünschte sich Mechthild.

Noch bevor es sechs Uhr wurde, waren alle im Besprechungszimmer erschienen. Nervosität hatte sich breit gemacht. Besonders Fritz Behrmann hatte sie erfasst. Er konnte partout nicht still sitzen und rutsche ständig auf seinem Stuhl hin und her. Mechthild erläuterte den Anwesenden ihr Vorgehen.

„Wir werden uns gegen 19.00 Uhr am Rande des Parkplatzes verstecken. Alle kriegen ein Handfunksprechgerät. Aber es gilt absolutes Funkverbot. Es wird nur im Notfall unterbrochen. Wir wollen uns nicht schon vorher verraten. Souton und Fritz nehmen Position auf der vorbeiführenden

Straße. So weit weg wie möglich. Ayse, Heller und ich übernehmen den Zugriff. Falls es Hermstein gelingt, abzuhauen, bleibt ihr mit dem Wagen an ihm dran."

Dann verteilte sie ihre Aufträge. Ayse sollte genügend Funkgeräte besorgen, und Behrmann hatte Halogenhandstrahler aus seinem Fundus zu beschaffen. Mechthild kümmerte sich um ein Nachtsichtgerät und einen zweiten Dienstwagen. Eine halbe Stunde später war ihre Mannschaft im Innenhof des Polizeipräsidiums versammelt. Die Ausrüstung wurde noch einmal gecheckt, und dann ging es los.

Als Ayse den Dienstwagen ihrer Freundin auf den dunklen Parkplatz am Unisee lenkte, befand sich dort kein weiteres Fahrzeug. Die unbefestigte Erde des Parkplatzes war feucht und rutschig. Ab und zu drehten die Hinterräder des Wagens durch. Es gab hier keine Laternen, die den Platz beleuchteten. Das wusste Mechthild noch aus ihren Besuchen am See im vergangenen Sommer. So konnten sie ihr Auto gut verdeckt in einer dunklen Ecke des Parkplatzes abstellen und sich hinter dichtem Gebüsch verbergen. Mechthild schaltete das Nachtsichtgerät ein und lugte durch das Monokular. In Grün- und Grautönen zeigte sich ihr die Umgebung. Kein Mensch war weit und breit zu entdecken. Sie mussten warten.

Heller setzte sich an einen Baum ins feuchte Gras und kam nach wenigen Minuten wieder hoch. „Scheiße, meine Hose ist nass!" fluchte er, und Mechthild fuhr ihn an: „Ruhe! Verdammt!"

Fritz Behrmann und Souton hatten sich einen Platz weit entfernt von der Einfahrt zum Parkplatz gewählt. Gerade so, dass sie einen einfahrenden Wagen erkennen konnten. Fritz Behrmann kratzte sich dauernd die Hände. Er war nervös. „Wenn das nur gut geht", sprach er vor sich hin.

Souton sah ihn an. „Was soll denn schiefgehen? Wenn der Typ kommt, schnappen wir ihn uns, holen uns einen Durchsuchungsbeschluss und nehmen seine Bude bis morgen früh gründlich auseinander. So einfach ist das." Er verstand die Sorgen seines Beifahrers nicht.

Die Zeit verging unendlich langsam. Um acht Uhr meldete Heller seiner Chefin die Uhrzeit. „Jetzt müsste es losgehen!"

Gespannt warteten sie auf das Erscheinen von Sigrid Janssen und hoffentlich auch von Hermstein. Immer wieder suchte Mechthild mit dem Nachtsichtgerät die Umgebung ab. Aber nichts tat sich. Die Minuten verstrichen und wurden zu einer vollen halben Stunde.

„Irgendetwas stimmt hier nicht", flüsterte Mechthild Ayse und Heller zu. Sie zog ihr Handy aus der Manteltasche, um zu überprüfen, ob sie möglicherweise unbemerkt noch eine Nachricht von Sigrid Janssen erhalten hatte. Aber Fehlanzeige. Mit sorgenvoller Miene suchte sie noch einmal den Parkplatz ab. Aber niemand war zu sehen.

Plötzlich überkam Mechthild ein schreckliches Gefühl. Sie wollte es erst nicht glauben, was da in ihren Kopf schoss. Aber es schien eine der wenigen Möglichkeiten zu sein, weshalb ihr Einsatz hier danebengehen würde. Aufgeregt wandte sie sich an Heller. „Wir brechen ab. Heller, funken Sie die beiden anderen an. Wir treffen uns sofort im Präsidium. Los geht's!" Mechthild eilte zu ihrem Wagen.

Heller sah Ayse an. „Und was soll das jetzt?"

Ayse zuckte mit den Schultern. „Keine Ahnung. Aber sie wird's schon wissen."

„Wie lange dauert das denn noch? Wir müssen ins Präsidium. Los! Beeilung", herrschte Mechthild ihre nur langsam herannahenden Mitarbeiter an.

Heller hatte noch keine Anstalten gemacht, Behrmann zu informieren. Hektisch riss ihm seine Chefin das Funkgerät aus der Hand und informierte Souton und Behrmann.

„Gib Gas, Ayse!" Mechthild Kayser schien es sehr eilig zu haben. Mit durchdrehenden, den Schotter aufwühlenden Reifen sauste Ayse los. Zweimal drohte der Wagen auf dem Parkplatz auszubrechen, aber Ayse fing ihn jedes Mal gekonnt wieder ein. Als sie die Straße erreichten, kam Souton schon von weitem herangefahren. Dahinter ein weiteres Fahrzeug: Klaus Haschner. Ayse zeigte, was es hieß, wenn sie Gas geben sollte. Mit über hundert Sachen raste sie die Parkallee am Bürgerpark entlang. Aber am nächsten Kreisverkehr, dem Stern, war Schluss. An diesem Verkehrsknotenpunkt nahm der Verkehr erheblich zu. Mechthild setzte das Blaulicht aufs Dach. „Nimm die Straßenbahntrasse. Sonst brauchen wir noch ewig!" Sie rauschten am Hauptbahnhof vorbei. Ayse überholte einen Linienbus im Gegenverkehr, erntete für diese Aktion ärgerliches Gehupe anderer Autofahrer, aber kurze Zeit später bogen sie in den Wall und dann von der Buchtstraße auf den Hof des Präsidiums ein. Mit quietschenden Reifen stoppte Ayse. Mechthild wurde nach vorne gedrückt, aber sicher von ihrem Gurt gehalten. „Ayse, hast du die Einverständniserklärung von Sigrid Janssen im Büro?"

„Du meinst für die Telephonüberwachung? Na klar, liegt oben!" Ayse dämmerte jetzt, was ihre Freundin vorhatte. Sie rannten die Treppe ins Besprechungszimmer hoch, und Ayse holte die von Sigrid Janssen unterzeichnete Erklärung.

Mechthild setzte sich auf einen der Tische. „Ruf sofort den Telephonanbieter an und lass das Handy von Frau Janssen orten!“ Ayse griff sofort zum Telephon. „Und Sie, Heller, funken jetzt unsere beiden Kollegen an. Sie sollen unten im Hof auf uns warten!“

Jetzt war auch Heller klargeworden, was abging. Sie wollten über die Handydaten möglichst genau herausfinden, wo sich Sigrid Janssen im Augenblick aufhielt. Vielleicht die einzige Möglichkeit, sie noch zu finden.

„Mordkommission Bremen. Ayse Günher hier. Ich möchte mit jemandem sprechen, der mir aktuelle Verbindungsdaten für ein Mobiltelephon geben kann.“ Ayse musste einen Augenblick warten. Aber dann meldete sich ein junger Mann. Sie schilderte ihm, worum es ging und wollte ihm gerade die Telephonnummer von Sigrid Janssen geben, als er sie unterbrach.

„Tut mir leid. So einfach ist das nicht. Da kann ja jeder kommen und anrufen. Woher weiß ich denn, dass Sie von der Polizei sind?“

„Hören Sie mal!“ Ayse war aufgebracht. „Hier geht es um einen Notfall!“

„Das ist mir völlig egal“, erwiderte ihr Gesprächspartner. „Schicken Sie mir erst einmal die richterliche Anordnung. Dann sehen wir weiter.“

„Moment.“ Ayse versuchte sich zu beruhigen. „Ich habe hier die schriftliche Einverständniserklärung Ihrer Kundin, dass wir ihre Verbindungsdaten abrufen dürfen. Sagen Sie mir Ihre Faxnummer und bleiben Sie dran.“

Ayse blickte zu Mechthild und hielt die Sprechmuschel zu. „Er will nicht“, erklärte sie. Mechthild kochte vor Wut. Sie riss Ayse den Hörer aus der Hand.

„Hören Sie mal zu, mein Herr. Hier spricht Kriminaloberrätin Mechthild Kayser. Ich leite die Mordkommission. Sie behindern hier nicht nur gerade eine Ermittlung, sondern gefährden auch das Leben einer Ihrer Kunden. Wenn Sie nicht wollen, dass Ihre Firma einen auf den Sack bekommt und ich Ihnen anschließend den Arsch aufreiße, dann tun Sie besser genau das, was ich jetzt von Ihnen will. Sie kriegen jetzt mit der Kennung des Polizeipräsidiums ein Fax von mir, und dann sehen Sie zu, dass Sie mir die aktuellen Ortungsdaten besorgen. Haben wir uns verstanden?“

Mechthild war außer sich. So hatte Ayse ihre Freundin noch nie erlebt. Sie musste sich sehr große Sorgen um Sigrid Janssen machen. Nur in Momenten, in denen Mechthild wirklich Angst um das Leben eines Menschen hatte, konnte sie so aufbrausen. Der Mann der Telephongesellschaft am anderen Ende der Leitung schluckte. So hatte noch niemand mit ihm gesprochen. Schon gar nicht eine Frau. Der Gedanke, einfach aufzulegen, kam ihm als Erstes. Aber dann besann er sich. Wenn an der Sache etwas dran sein würde, hätte er am Ende vielleicht seinen Job verloren.

„Also gut." Er nannte die Nummer des Faxanschlusses in seiner Zentrale, und Mechthild sprach laut für Ayse die Ziffern nach. Dann zog das Gerät die Seite mit der Erklärung ein und sandte sie ab. Mechthild gab vorab schon die Mobilfunknummer von Sigrid Janssen durch und forderte den jungen Mann auf, sofort anzufangen und nicht auf den Ausdruck des Fax zu warten. Vom anderen Ende der Leitung konnte Mechthild die Tippgeräusche auf einer Tastatur hören.

„Das Handy ist auf Empfang. Moment, ich grenze es ein ... Es befindet sich in Bremen, Europahafen, genau zwischen den beiden Sendemasten von Speicher zwei und drei."

Mechthild gab Heller und Ayse ein Zeichen, dass es sofort losgehen würde. „Halten Sie sich in Ihrer Zentrale bereit. Vielleicht müssen wir uns von unterwegs noch einmal melden." Dann knallte sie den Hörer auf.

Alle drei rannten die Treppen in den Hof des Präsidiums hinunter. Im Laufen informierte Mechthild ihre Kollegen. „Europahafen, Speicher zwei und drei!" Sie sprangen in den Dienstwagen, Heller informierte noch schnell Behrmann und Souton, und eine Sekunde nachdem Ayse das Zuschlagen der hinteren Tür durch Heller hörte, raste sie auch schon mit quietschenden Reifen davon. Blaulicht und Martinshorn wurden von Mechthild eingeschaltet und verschafften Ayse den erforderlichen Raum, um ihren Wagen wie eine Rallyefahrerin durch den abendlichen Verkehr zu manövrieren. Der schnellste Weg war ihrer Meinung nach direkt über den beschaulich und stimmungsvoll erleuchteten Marktplatz, dessen Rathaus seit neuestem Weltkulturerbe war.

Als sie neben dem Schütting, dem Sitz der Bremer Handelskammer, den Marktplatz in die Langenstraße verließ, musste sie eine Vollbremsung hinlegen, die sich gewaschen hatte. Ein Fahrzeug der Stadtreinigung wollte gerade ordnungsgemäß auf den Marktplatz einbiegen, um die Überbleibsel des täglichen, touristischen Ansturms zu beseitigen. Aber Ayse hatte es einfach drauf. Blitzschnell schaltete sie einen Gang runter, riss die Handbremse kurz hoch und ließ den Dienstmercedes mit dem Heck so geschickt ausbrechen, dass sie elegant um das Fahrzeug der Stadtreinigung herumdriftete, fing den schleudernden Mercedes ein, und schon heulte der Motor wieder auf, und Ayse setzte ihre rasante Fahrt fort. Mechthild Kayser und Heiner Heller waren vor Schreck blass und stumm geworden. Aber nun befanden sie sich schon auf der Martinistraße in Richtung Westen. Mechthild wollte kein Wort der Kritik äußern. Sie wusste um die Fahrkünste ihrer Freundin, die jedem Mann Respekt abverlangen konnten. Und sie hatten es wirklich eilig. Hoffentlich kamen sie nicht zu spät. Die Aufklärung des ganzen Falles hing vom erfolgreichen Verlauf dieser Aktion ab.

Souton und Behrmann hatten kein Blaulicht in ihrem Wagen. Sie mussten sich vorsichtig vortasten, waren als Polizisten nicht zu erkennen und kamen deshalb nur langsam voran. Haschner folgte ihnen.

Mit beiden Händen das Lenkrad fest umkrallt, das Gaspedal durchgetreten, drückte Ayse den Wagen in die Linkskurve Richtung Nordstraße. Sie brauchte beide Abbiegespuren, um die über die Vorderräder schiebende Limousine auf Kurs zu halten. Sie wusste genau, wie sie zum Europahafen kommen würde. Sie schien die ganze Stadt im Kopf zu haben. Die Ampel am Hansator zeigte Grün, so dass Ayse mit unvermindertem Schwung nach links abbiegen konnte. Wenige Meter weiter verringerte sie die Geschwindigkeit und bog rechts in den Hafen ein. Mechthild schaltete Einsatzhorn und Blaulicht aus, und der Wagen rauschte zwischen zwei verduzten und erschreckten Zollbeamten hindurch ins Hafengebiet. Noch einmal links, noch einmal rechts; dann hatten sie die Speicher des Europahafens erreicht. Die besonders bei Nacht beeindruckende Kulisse der riesigen Speicherbauten türmte sich vor ihnen auf. Fahles, gelbes Licht fiel von wenigen Laternen auf den großen Rangierplatz zwischen den beiden Speichern. Im Schritttempo ließ Ayse den Wagen auf den Platz rollen. Angestrengt suchte Mechthild mit dem Fernglas die Umgebung ab. Kurz vor dem Ende des Speichers stand an der Ecke eine silberne Mercedes S-Klasse. Daneben ein Mann. Eindeutig Cäsar Hermstein. Aber von Sigrid Janssen keine Spur. Mechthild gab Ayse ein Zeichen, und sie beschleunigte erneut den Wagen. Mechthild schaltete kurz das Blaulicht ein, um Hermstein zu signalisieren, dass sie von der Polizei waren. Ayse stoppte ihren Wagen, so dass die ganze Szenerie durch die Scheinwerfer erhellt wurde. Cäsar Hermstein schien überrascht zu sein, machte aber keine Anstalten, sich zu entfernen. Mechthild Kayser und Heiner Heller stiegen aus und bewegten sich auf Hermstein zu. Ayse blieb hinter der geöffneten Tür des Dienstwagens stehen, ließ den Motor laufen und beobachtete aufmerksam das Geschehen.

„Mechthild Kayser, Kriminalpolizei!“ Sie hielt Hermstein ihren Dienstausweis vor das Gesicht. „Mein Kollege, Herr Heller.“ Heller nickte kurz und sah sich in der Umgebung um. Sigrid Janssen war nicht zu sehen. Und auch im Wagen Hermsteins saß sie nicht.

„Wir hätten gerne mal Ihren Ausweis gesehen“, forderte Mechthild Hermstein auf.

„Kein Problem“, erwiderte dieser, fingerte aus der Innentasche seines Sakkos einen Personalausweis hervor und übergab ihn Mechthild. Sie tat so, als wenn sie ihn eingehend studieren würde. Dann wandte sie sich wieder an Hermstein. „Dürfen wir erfahren, was Sie zu später Stunde hier im Hafen machen?“

Hermstein sah Mechthild eine Zeitlang ernst an. Er dachte darüber nach, ob sie rein zufällig hier war oder einen besonderen Grund hatte. Dann lächelte er. „Ich muss gestehen, ich hatte ein dringendes Bedürfnis und bin deshalb mal eben schnell in den Hafen gefahren. Sie wissen schon: Hier ist ja niemand.“

Mechthild fummelte nervös am Ausweis Hermsteins herum. Wie sollte sie jetzt weitermachen? Aber Heller hatte die rettende Idee. Er wollte unbedingt einen Blick in den Kofferraum der S-Klasse werfen. „Herr Hermstein, können Sie uns mal Warndreieck und Verbandskasten zeigen? Wenn man die nicht dabei hat, ist das eine Ordnungswidrigkeit.“ Heller lächelte unverbindlich, aber Hermstein war aufgefallen, dass er seinen Namen kannte, ohne den Ausweis in der Hand gehabt zu haben. Auch Mechthild spürte eine Veränderung bei Hermstein, aber erkannte nicht, warum. War Sigrid Janssen im Kofferraum eingesperrt?

Hermstein schritt zum Fond seines Wagens, öffnete die Tür und zeigte auf die lederne Rückbank. „Alles dabei. Wie es sich gehört!“ Hier lagen Verbandskasten und ein Warndreieck. Das war ungewöhnlich. Normalerweise befanden sich diese Utensilien im Kofferraum.

Heller fühlte sich ausgetrickst, aber gab noch nicht auf. „Öffnen Sie bitte Ihren Kofferraum!“

Hermstein rollte seinen Kopf hin und her, als wenn er seine Halsmuskulatur lockern müsste. „Das will ich eigentlich nicht, junger Mann. Wenn ich das richtig sehe, brauchen Sie dafür einen Durchsuchungsbeschluss oder wenigstens den Verdacht einer Straftat. Das sollten Sie eigentlich wissen. Aber bitte: Machen Sie mir einen ordnungsgemäßen Vorhalt, sagen Sie mir, was ich getan haben soll, und dann vergessen Sie bitte auch nicht, mich korrekt zu belehren, bevor Sie mit Ihren Maßnahmen beginnen und meine Rechte als Bürger verletzen.“

Heller ballte die Fäuste, und an seinen Oberschenkeln zuckten die Muskeln. Er war kurz davor, einfach loszupreschen. Mechthild hielt ihn am Ärmel seiner Jacke fest. Sie hatten nichts in der Hand. Sie mussten ihn fahren lassen. Aber sie wollte ihm auf den Fersen bleiben.

„Ist gut, Herr Hermstein“, beruhigte sie ihn. „Hier ist Ihr Ausweis. Gute Fahrt!“ Dann zog sie Heller von Hermsteins Wagen weg. „Ach, einen Moment noch, Herr Hermstein!“ Sie hatte eine Idee.

Überrascht sah Hermstein, wie Mechthild ihr Mobiltelephon hervorzog und eine Nummer wählte. Die Nummer von Sigrid Janssen. Aus dem Kofferraum des Wagens war ein leises Klingeln zu hören. Zum gleichen Zeitpunkt bogen Souton und Behrmann wie bestellt auf den Rangierplatz vor dem Speicher ein.

Eine halbe Stunde später saß Cäsar Hermstein mit auf den Rücken gefesselten Händen im Vernehmungszimmer der Mordkommission. Heller und Souton waren bei ihm. Aus dem Kofferraum des Wagens von Hermstein hatten sie die mit Klebeband gefesselte und geknebelte Sigrid Janssen befreien können. Sie war zwar unverletzt, hatte aber die bangsten Minuten ihres Lebens hinter sich. Nun saß sie weinend Ayse und Mechthild gegenüber. Sigrid Janssen gestand, dass sie der Verlockung, hunderttausend Euro zu bekommen, nicht widerstehen konnte und deshalb einen falschen Treffpunkt genannt hatte. Sie hätte noch nie so viel Geld besessen. Es sollte endlich mal einer für das bezahlen, was ihr die Gesellschaft angetan hatte mit ihrer Hatz gegen alle, die diese Welt nicht für in Ordnung befanden. Dass Hermstein sie überwältigen und entführen könnte; damit hatte sie nicht gerechnet. Unter Tränen bat sie Mechthild um Verzeihung.

Jetzt hatte sie die Erpressung von Hermstein also ernsthaft betrieben. Doch konnte Mechthild ihn nicht überführen, wenn Sigrid Janssen in der Beweiskette als waschechte Erpresserin auftauchen würde. Es also keine Zusammenarbeit gegeben hätte.

„Ich denke, Frau Janssen, wir tun so, als wenn alles so abgesprochen war, wie es geschehen ist. Das Treffen am Unisee gab es einfach nicht, okay?“

Sigrid Janssen sah Mechthild mit großen Augen an. Mechthild blickte zu Ayse. Sie nickte. Sigrid Janssen hielt sich die Hände vors Gesicht. „Danke, Frau Kayser. Vielen, vielen Dank!“

Mechthild erhob sich. „Gut, Frau Janssen. Dann ist ja alles geklärt. Sie können jetzt gehen. Ruhen Sie sich aus, und kommen Sie morgen Nachmittag, damit wir Ihre Aussage zu Protokoll nehmen können. Wir kriegen das alles hin." Mechthild reichte ihr die Hand, und Sigrid Janssen begann noch einmal zu weinen. Jetzt aber waren es Tränen der Erleichterung.

Auf dem Weg ins Vernehmungszimmer klingelte Mechthilds Handy. Es war Klaus Haschner. „Vielen Dank, dass Sie vergessen hatten, mich zu informieren!" Haschner schien sauer zu sein. Mechthild wusste, dass sie ihn völlig vergessen hatte.

„Es tut mir leid! Ich hatte gar nicht mehr an Sie gedacht. Es musste alles so schnell gehen." Mechthild war klar, dass sie es mit Haschner verbockt hatte. Das war nicht gut. Aber er gab sich versöhnlich.

„Glücklicherweise haben Ihre anderen beiden Kollegen einen zivilisierteren Fahrstil. Ich war noch rechtzeitig da und habe alles im Kasten. Übrigens: Danke für die Sache mit Sigrid. Ich habe gerade mit ihr gesprochen. Das war ein feiner Zug von Ihnen."

„Sie wissen doch auch, dass ich gar nicht anders konnte."

Haschner machte eine kurze Pause. „Wer weiß? Hätte sicherlich auch anders kommen können. Aber wie geht es jetzt weiter? Denken Sie daran, dass wir eine Vereinbarung haben. Sie können mich die ganze Nacht erreichen."

Bei der anschließenden Vernehmung stellte sich Hermstein stumm. Er gab seine Personalien an, und dabei blieb es.

„Herr Hermstein", ermahnte ihn Mechthild. „Es geht hier um eine schwere Straftat: Entführung! Und vielleicht um Mord!"

Hermstein hob den Kopf und starrte auf einen Punkt irgendwo an der Decke. Er schwieg.

Mechthild konfrontierte ihn mit den Photos aus Nicaragua. Hermstein sagte nichts. „Verdammt noch mal!" Sie knallte ihre Hand auf den Tisch, dass es bebte. „Sie kommen hier nicht wieder raus. Wir durchsuchen heute Nacht noch Ihre Wohnung. Sie sollten sich mal darüber klar werden, in welcher Lage Sie sich befinden."

Aber Hermstein ließ sich nicht beeindrucken. Er strahlte eine apathisch anmutende Gelassenheit aus. Als wenn er allein im Raum wäre. Alle Bemühungen des Vernehmungsteams zeigten keine Erfolge. Mit stoischer Ruhe schwieg Hermstein weiter. Er schien zu warten. Aber auf was?

Mechthild brauchte eine Pause zur Besinnung. Sie wusste: Hermstein war geliefert. Auch politisch. Den weiteren Wahlkampf konnte er vergessen. Seine Partei würde am Ende sein. Sie rief Heller zu sich. „Nehmen Sie Kontakt mit dem richterlichen Notdienst auf. Schildern Sie unsere Festnahme, und holen Sie sich einen Durchsuchungsbeschluss für Hermsteins Wohnung. Dann nehmen wir eben erst mal seine Bude auseinander. Mal sehen, was wir da noch alles finden."

Ayse kam aus dem Vernehmungszimmer und schloss leise die Tür. „Der muss doch wissen, dass er hier nicht wieder herauskommt! Bei allem, was wir haben, ist der doch erledigt!"

Mechthilds Gesicht begann zu jucken. Ein untrügliches Zeichen für ihre Nervosität. Genervt kratzte sie an ihrer Wange. Irgendetwas stimmte hier nicht. Hermstein war zu selbstsicher. „Los, wir nehmen ihn uns noch mal vor."

Gerade als sie wieder ins Vernehmungszimmer wollten, kam Heller angerannt. Aufgeregt berichtete er, dass der richterliche Notdienst heute Nacht ausnahmsweise nicht besetzt war, da der zuständige Richter erkrankt war.

„Dann eben sein Stellvertreter! Mensch Heller", raunte Mechthild sauer. „Darauf können Sie doch wohl selbst kommen!"

„Der ist auch krank", erklärte Heller.

„Also gut. Wir haben keine Gefahr im Verzug. Morgen werden ja wohl nicht alle Richter gleichzeitig fehlen." Dann nahm sie sich mit Ayse noch einmal Hermstein vor.

Aber kurz nach Mitternacht wollte Mechthild die Vernehmung erschöpft abbrechen. Hermstein war nicht zu bewegen, nicht zu knacken. Enttäuscht blickte sie zu ihrer Freundin.

Plötzlich drang vom Flur vor dem Vernehmungszimmer Lärm herein. Sie hörten Soutons aufgeregte Stimme. Die Tür zum Vernehmungszimmer wurde aufgerissen, und zwei Männer in dunklen, gepflegten Anzügen traten ein, wiesen sich als Kollegen des Bundeskriminalamtes aus und präsentierten eine richterliche Entscheidung, dass ihnen Hermstein und die Photos übergeben werden müssten, da er des Landesverrats und der Spionage bezichtigt werde und andere Verfahren vorerst ausgesetzt werden würden. Mechthild und Ayse waren mehr als überrascht. Mehrfach schauten sie sich ungläubig die richterliche Anordnung und die Ausweise der BKA-Beamten an. Alles hatte seine Richtigkeit. Das konnte doch nicht wahr sein. Darauf hatte Hermstein also gewartet. Mechthild roch förmlich eine Verschwörung. So etwas hatte sie in ihrem ganzen Leben noch nicht erlebt. Aber ihr war auch klar, dass sie keine Wahl hatte. Sie wies Ayse an, Hermstein die Handfesseln abzunehmen. Widerwillig folgte Ayse dem Befehl. Sie mussten Hermstein gehen lassen. Zwar war er immer noch festgenommen. Aber Mechthild wurde die Vermutung nicht los, dass hier etwas nicht mit rechten

Dingen zuging. Woher wusste das BKA, dass Hermstein von ihnen festgenommen worden war? Und wie kamen sie so schnell an eine richterliche Anordnung zur Überstellung? Das sah nicht gut aus. Überheblich lächelnd verließ Hermstein mit den BKA-Beamten das Bremer Polizeipräsidium. Es sah nicht wie eine Verhaftung Hermsteins aus; eher wie seine Befreiung.

Völlig erschöpft saß Mechthild nun mit Ayse allein im Vernehmungszimmer.

„Das stinkt doch zum Himmel!" schimpfte Ayse. „Die nehmen Hermstein doch nur aus unserer Schusslinie! Das gibt es doch nicht! Du musst mit Haschner reden!"

„Das würde ich mir noch genau überlegen." In der Tür stand Kurt Roder, begleitet von zwei anderen Männern in Anzügen, die sich nicht vorstellten. Einen von ihnen erkannte Mechthild als Wilhelm Kotzeck, den Leiter des Bremer Verfassungsschutzes. Der unbekannte dritte schien aber der Wortführer zu sein. Ayse wurde aufgefordert, den Raum zu verlassen. Entgeistert schaute sie Mechthild an und erwartete, dass ihre Freundin protestieren würde. Aber die bestätigte ihr nur durch ein Kopfnicken, dem Ansinnen zu folgen. Mit zusammengebissenen Zähnen ließ Ayse sie allein.

„Setzen wir uns", forderte der Unbekannte auf. Langsam ließ sich Mechthild auf dem Stuhl nieder, auf dem vorher Cäsar Hermstein seiner Vernehmung getrotzt hatte. Die drei Männer setzten sich Mechthild gegenüber an den Tisch. Der Unbekannte stellte sich mit Helmut Schmidt vor, versuchte eine witzige Bemerkung über die Namensgleichheit mit dem ehemaligen Bundeskanzler zu machen, erntete aber keinen Lacher. Mit ruhiger, selbstsicherer Stimme und ohne weitere Umschweife erklärte er Mechthild, dass weder eine Partei, noch ein Geheimdienst oder das BKA irgendetwas mit dem Mord an Christian Dunker oder dem Anschlag auf ihre Freundin Ayse zu tun gehabt hätten. Ihren Erkenntnissen nach trafen hier Zufälle zusammen. Dennoch sähe man die Gefahr, dass sich Mechthild und dem Journalisten, mit dem sie Kontakt hatte und dem sie verbotenerweise Dienstgeheimnisse anvertraut hatte, das Bild eines Komplotts aufgedrängt haben könnte. Zumal der besagte Journalist dabei seiner Phantasie freien Lauf lassen konnte.

Mechthild beäugte argwöhnisch ihr Gegenüber. Aber noch sagte sie nichts.

„Ich bitte Sie, Frau Kayser. Wir arbeiten doch alle für die gleiche Sache: Schutz unserer Gesellschaft und der Demokratie! Herr Haschner will Sie nur benutzen, um eine angebliche Verschwörung aufzudecken. Damit liefert er Sie doch nur ans Messer. Und Sie nehmen Schaden."

Mechthild blieb verstockt. Sie war nicht überzeugt von dem, was ihr da aufgetischt wurde. Sie wusste, sie hatte nur wenig in der Hand. Aber Kopien der Dias und andere Unterlagen waren bei Haschner in Sicherheit.

Schmidt, dessen Name bestimmt falsch war, schien sich aber durch ihr Schweigen nicht aus der Ruhe bringen zu lassen. Mechthild wusste, dass sie die Initiative wieder an sich reißen musste. Sie wollte den Druck, den die Männer ihr machten, umkehren.

„Sie wollen doch nur Ihren Mann zurück. Bevor ich mit meinen Ermittlungen an die Öffentlichkeit gehe. Sie wissen genau, dass ich das bewerkstelligen kann. Wenn Sie von mir eine bestimmte Art von Diskretion erwarten, dann will ich dafür die ganze Wahrheit haben. Und zwar jetzt!"

Mechthild wusste, dass sie hoch pokerte, bluffte. Die Männer, die ihr gegenübersaßen, waren nach allen Erfahrungen, die sie in der letzten Zeit gemacht hatte, auf keinen Fall zu unterschätzen. Schmidt schaute nacheinander Roder und Kotzeck an. Er war eindeutig der Chef dieser mysteriösen Veranstaltung.

„Gut, Frau Kayser. Ich erkläre Ihnen alles." Er lehnte sich entspannt in seinem Stuhl zurück und faltete vor sich die Hände. Er sah kurz zur Decke, ließ dabei seine Fingerspitzen aneinander federn und begann ganz ruhig zu erzählen.

„Sie gehen sicher davon aus, dass wir einen Anschlag auf die Gewaltenteilung, die Demokratie geplant hatten. Aber das Gegenteil ist der Fall. Wir hatten Erkenntnisse, dass von demokratiefeindlicher Seite versucht wurde, die Regierung Bremens, des kleinsten Bundeslandes, zu unterwandern. Und von hier aus nach und nach Einfluss auf die Bundesrepublik zu nehmen. Um diesen Vorgang zu kontrollieren, den wir mit demokratischen Mitteln nicht verhindern konnten, versuchten wir, in den inneren Kreis dieser Landesregierung einen unserer Leute einzubringen. Damit hätten wir die Möglichkeit gehabt, diesen Prozess weiter zu beobachten und gegebenenfalls zum richtigen Zeitpunkt mit belastbaren Beweisen Schlimmeres zu verhindern."

Mechthild hatte aufmerksam zugehört. Sie war sich sicher: Dieser Mann konnte ihr jede Lüge auftischen. Eine schöne Geschichte, dachte sie.

„Und das soll ich Ihnen glauben? Könnte es nicht auch so gewesen sein, dass die treibende Kraft zur Unterminierung unserer Landesregierung mit den von Ihnen geschilderten Zielen das Ansinnen eines Geheimdienstes war? Und das kleinste Bundesland sich am ehesten für einen Versuch anbot?“

Schmidt machte eine Handbewegung, die bedeuten sollte, dass Mechthilds Frage lächerlich und abwegig war.

„Ganz sicher nicht, Frau Kayser. Das Potenzial deutscher Geheimdienste ist viel größer, weitreichender. Wenn wir wollten, könnten wir direkt in Berlin einsteigen. Aber das ist ja nicht unsere Aufgabe. Nein, hier geht es darum, das Gegenteil zu verhindern.“

Mechthild hatte genau verstanden, dass Schmidt mit seiner Antwort zugegeben hatte, dass er einem Geheimdienst angehörte. Das war jetzt eindeutig. Vorsichtig setzte Mechthild nach.

„Und Sie haben gar keine Sorge, dass ich mit dieser ganzen Geschichte an die Öffentlichkeit gehen könnte?“ Mechthild wusste: Jetzt wird es riskant.

Schmidt beugte sich nach vorne, kam mit dem Gesicht so nah an das von Mechthild heran, wie die Breite des Tisches es zuließ. „Erstens, liebe Frau Kayser, ist das nicht mehr erforderlich. Die demokratische Struktur der Bremer Landesregierung ist als gesichert anzusehen. Und zweitens gab es dieses Gespräch quasi nicht. Sie können davon ausgehen, dass wir alle hier zu diesem Zeitpunkt woanders waren. Zeugen können das schon heute beschwören. Also machen Sie besser keinen Unfug.“

„Und wenn ich es trotzdem an die Öffentlichkeit bringe? Frau Günher hat sie schließlich alle gesehen.“ Langsam trieb es Mechthild auf die Spitze. Sie wollte jetzt nur noch wissen, wie weit diese Herren gehen würden.

„Frau Günher ist kein Problem. Wenn wir erst einmal mit ihr gesprochen haben, wird sie sich aus allem raushalten.“ Roder und Kotzeck nickten.

Mechthild war sich nicht sicher: Wollten sie sie nur täuschen, oder konnten Sie Ayse mit irgendetwas wirklich unter Druck setzen?

„Frau Günher brauche ich nicht unbedingt dazu. Sie wissen, dass ich so manche Indizien vorweisen kann, die Sie in Bedrängnis bringen könnten.“

Helmut Schmidt ließ sich nicht aus der Ruhe bringen. Er blieb kühl. „Aber nicht wirklich, Frau Kayser. Und ich möchte betonen, dass ich nicht ihre Feindschaft will, sondern ihre Kooperation. Auf ihrer Ebene sind Sie die Einzige, die diesen Sachverhalt ein wenig kennt. Nicht einmal Ihr Senator oder Ihr Polizeipräsident wissen etwas darüber. Sie stehen allein. Aber Sie können sich doch auch vorstellen, dass uns Ihre Verschwiegenheit sehr viel Wert sein könnte. Eine Frau mit Ihren Qualitäten muss ihre Karriere ja nicht als Oberrätin beenden. Da könnten sich noch ganz andere Perspektiven ergeben ..."

„Sie wollen mich kaufen?" Mechthild wurde wütend. Was dachte dieser Kerl, wer sie sei? Zu ihrer Verwunderung begann Schmidt laut zu lachen.

„Sehen Sie, Frau Kayser. Das schätze ich an Ihnen. Dieser Vorschlag wurde von meinem Vorgesetzten gemacht. Und ich war gleich dagegen, Ihnen einen Karrieresprung anzubieten. Aber ich wurde mehrheitlich gedrängt, es trotzdem zu versuchen. Doch ich wusste: Das beeindruckt Sie nicht im Geringsten. Sie sind aus ganz anderem Holz. Was mir persönlich übrigens gut gefällt."

Mechthild war baff. Sie hatten sich schon vorher eindringlich mit ihrer Person beschäftigt. Sie durchleuchtet, Wege gesucht, sie unter Druck zu setzen oder anders für sich zu vereinnahmen. Wie widerlich ihr das wurde.

Schmidt fuhr fort. „Ich war der Ansicht, dass wir Ihnen nur ein wirklich attraktives, wertvolles Angebot machen sollten."

Schmidt griff in die Innentasche seines eleganten Sakkos und zog ein Photo hervor, das er Mechthild über den Tisch zuschob. Auf dem Bild war ein fünf- bis sechsjähriges Mädchen zu sehen, das vor einer weißgetünchten Hauswand in der Sonne stand. Es trug ein geblümtes Sommerkleid und hatte ein dunkles Kopftuch um ihre Haare geschlungen. Mechthild erkannte sie sofort. Ihre Augen, ihre Nase, ihren Mund. Unter Hunderten von Kindern hätte sie sie wiedererkannt. Ihre Anna. Mehrmals atmete sie tief durch. Ihr Puls begann zu rasen. Ihr Herz krampfte sich zusammen, und sie konnte nicht verhindern, dass ihr die Tränen aus den Augen schossen. Ihr ganzer Körper wurde weich und sackte in sich zusammen. Diese Schweine. Das hatte ihnen Roder gesteckt.

Schmidt lächelte. „Wir wissen, wo sie ist. Wir könnten sie Ihnen zurückbringen."

Mechthild biss die Zähne zusammen. Ihre Zunge drückte sich gegen ihre Schneidezähne. Sie brachte kein Wort heraus. Unter dem Tisch pressten sich ihre Knie gegeneinander. Sie war völlig aufgelöst und durcheinander. Anna, ihre kleine Tochter Anna, die sie seit Jahren trotz aller Bemühungen nicht finden konnte. Schnodder lief ihr aus der Nase, und sie konnte ihren Tränenfluss nicht stoppen. Kleine Tröpfchen platschten vor ihr auf die Tischplatte. Wie konnten diese Typen nur so niederträchtig sein? Mechthild suchte nach einem Taschentuch und versuchte, sich wieder zu beruhigen. Sie ließen ihr Zeit. Endlich gelang es ihr.

„Wie viel Zeit habe ich, um es mir zu überlegen?"

„Bis morgen Mittag. Keine Minute später als zwölf Uhr. Rufen Sie Herrn Roder an. Dann unterschreiben Sie uns eine Erklärung, händigen uns Ihr restliches Material aus, und Ihre Tochter kehrt zurück. Wäre doch wirklich schön, jetzt, wo Sie gerade eine neue Beziehung eingegangen sind."

„Und der Mord?" fragte Mechthild leise. Sie hatte einen Teil ihrer Fassung wiedererlangt.

„Das dürfen Sie sich aussuchen", erwiderte Schmidt gleichgültig. „Na ja, entweder leben Sie mit einem unaufgeklärten Mord in Ihrer Biographie. Oder wir haben auch einen aidskranken Neonazi, der bald die Tat gestehen würde. Eher ein Mitläufer, der sich in der Szene profilieren wollte. Er wird gestehen, und seine Frau und die beiden Kinder werden nach seinem baldigen Tod versorgt sein."

Mechthilds Denkapparat wurde langsam wieder lebendig. „Und die genetischen Beweise aus Riga? Die fragen doch sicher nach?"

„Ach, Frau Kayser. Lettland ist doch jetzt in der EU. Die haben doch die gleichen sicherheitspolitischen Interessen wie wir. Kein Problem also."

Mechthild spürte, dass diese Situation sie überforderte. Diese Herren schienen an alles gedacht zu haben. Doch sie brauchte Zeit.

„Ich muss es mir überlegen. Ich kann das jetzt nicht entscheiden. Das ist zu viel für mich. Kann ich jetzt gehen?" Sie war mit einem Mal völlig fertig. Und wollte hier weg. Nur weg von diesen Scheißkerlen.

„Es gibt hier nur das Hier und Jetzt", schnauzte Kotzeck los und erntete einen strafenden Blick von Schmidt. Der hatte hier das Sagen.

„Nichts überstürzen, Herr Kollege!" Dann wandte er sich an Mechthild. „Ich will Ihr Ehrenwort, dass Sie bis zu Ihrer Entscheidung nichts weiter unternehmen. Ich weiß, dass Ihr Wort für Sie etwas zählt und Sie sich daran halten werden."

Mechthild nahm noch einmal alle Kraft zusammen. „Einverstanden. Sie haben mir etwas unterbreitet, auf das ich nicht gefasst war. Das bringt mich völlig durcheinander. Für Sie ist diese Situation völlig emotionslos, aber in mir werden tiefste Gefühle geweckt. Wir bewegen uns auf unterschiedlichen Ebenen. Ich hatte mit verschiedenen, rationalen Angeboten gerechnet, über die ich hier am Tisch hätte nachdenken können. Aber jetzt berühren Sie mich als Mutter und reißen alte Wunden auf. Da bin ich als Frau einfach nicht so schnell wie Sie." Mechthild spielte die emotionale Karte. Und es machte den Eindruck, als wenn diese versammelte Männergesellschaft darauf hereinfallen würde. Sie dachten, sie hätten sie gebrochen. Schmidt gab sich jovial.

„Natürlich, das verstehe ich. Kein Problem. Ich habe das erwartet. Gehen Sie ruhig. Sie sind ein freier Mensch."

Erschöpft und mit großer Anstrengung erhob sich Mechthild und ging zur Tür. Sie taumelte leicht und prallte gegen den Türrahmen. Aber dann fand sie den Weg sicher hinaus. Auf dem Flur wartete Ayse. Sie war schockiert, ihre Freundin so verstört und niedergeschlagen zu sehen. Sie ahnte nicht, was vorgefallen war. Aber es musste schrecklich gewesen sein. Vorsichtig nahm sie sie in den Arm und drückte sie fest. Mechthild schniefte. „Komm, lass uns hier verschwinden."

In ihrer Wohnung berichtete Mechthild ihrer Freundin von dem Angebot, das man ihr unterbreitet hatte. Ayse war sich sicher, dass es nur zum Schein abgegeben worden war, um Zeit zu gewinnen. Zeit, die diese Herren brauchten, um alles zu vertuschen. „Roder ist nicht ehrlich, Mechthild. Und diese Leute, mit denen er aufgetaucht ist: Denen kann man doch nicht über den Weg trauen!"

Mechthild nickte bedrückt. Natürlich hatte Ayse recht. Aber ihre Gedanken waren bei Anna. Konnten sie sie ihr wirklich zurückbringen?

Ayse rückte auf dem Sofa näher an ihre Freundin heran. „Aber ich kann dir deine Entscheidung nicht abnehmen. Es ist eine Chance. Ich kann verstehen, wenn du nichts unversucht lassen willst, um deine Tochter wieder zurückzubekommen. Anna ist wichtiger als alles andere in der Welt. Scheiß auf Hermstein! Mach, was du willst. Alle im Team werden dich verstehen. Egal, wie du dich entscheidest: Ich bleibe auf deiner Seite."

Mechthild sah Ayse ernst in die Augen. Sie wirkte abwesend, schien durch Ayse hindurchzublicken. Schweigend saßen die beiden Freundinnen auf dem Sofa. Nach langer Zeit des Nachdenkens kam Mechthild zu einem Schluss.

„Ich traue ihnen nicht, Ayse. Ruf Haschner an!"

Am kommenden Tag gab die taz zur Mittagszeit eine Bremer Sonderausgabe heraus und verteilte sie kostenlos auf dem Marktplatz. Sie titelte:

„Bremer Verfassungsschutz versuchte, zukünftige Regierung zu unterwandern!

Musste Christian Dunker deshalb sterben?

Parteichef Cäsar Hermstein vom BKA verhaftet!"

Schon am nächsten Tag trat Wilhelm Kotzeck von seinem Amt als Leiter des Bremer Verfassungsschutzes zurück. Aus gesundheitlichen Gründen, wie es hieß.

Mechthild Kayser führte mit ihrem Team die Ermittlungen ordnungsgemäß zu Ende. So gut es eben ging. Nachdem bekannt geworden war, dass die Identität Hermsteins falsch war, konnte Ayse Günher Einblick in sein Girokonto nehmen. Hermstein hatte vor der Ermordung Christian Dunkers viertausend Euro an Erglis Bruninieks nach Lettland überwiesen. In der Wohnung von Hermstein in der Seewenjestraße fand die Polizei eine abgesägte Schrotflinte. Die Herkunft der Waffe konnte nicht rekonstruiert werden. Der echte Hermstein starb vor über zwanzig Jahren bei einem Verkehrsunfall in Oberbayern.

Kurt Roder bewarb sich erfolgreich auf eine Stelle beim Bundeskriminalamt in der Abteilung für Organisierte Kriminalität und verließ Bremen.

Sigrid Janssen blieb von der Justiz unbehelligt. Mechthild hatte ihr Wort gehalten.

Und auf der Internetseite des Bataillon 18 wetterten die Neonazis gegen ungerechtfertigte Verdächtigungen der Polizei.

Zwei Wochen später ging eine Meldung des BKA in allen Polizeidienststellen ein. Dem angeblichen Hermstein war bei der Überführung zu einer Vernehmung die Flucht gelungen. Die wahre Identität des Geflüchteten blieb unbekannt. Nähere Umstände seiner Flucht wurden nicht bekannt gegeben. Zu Mechthilds Verwunderung verschwand Hermstein schon kurze Zeit später von der offiziellen Fahndungsliste des BKA im Internet.

Mechthild und Fritz Behrmann zogen sich nach dem Ende der Ermittlungen für ein verlängertes Wochenende ohne Angabe ihres Zieles auf eine der ostfriesischen Inseln zurück. Bei einem abendlichen Spaziergang am Strand nahm Behrmann seine Mechthild vor der untergehenden Sonne in die Arme.

„Wir wissen jetzt wenigstens, dass es Anna gut geht."

„Ja, Fritz", antwortete Mechthild und küsste ihn.